De Geheime Schrift

Ander werk van Sebastian Barry

De lange, lange weg (roman, 2006)

Sebastian Barry

De Geheime Schrift

Vertaald door Johannes Jonkers

AMSTERDAM · ANTWERPEN
EM. QUERIDO'S UITGEVERIJ BV
2008

Versregels uit 'Holy Sonnet nr. x' van John Donne zijn ontleend aan de vertaling van Peter Verstegen in John Donne, *Gedichten* (Ambo, 1993).

Versregels uit *Love's Labour's Lost* van William Shakespeare zijn ontleend aan de vertaling van Willy Courteaux in William Shakespeare, *Verzameld werk* (Meulenhoff/Manteau, 2007).

Oorspronkelijke titel *The Secret Scripture*
Oorspronkelijke uitgever Faber & Faber, Londen
Copyright © 2008 Sebastian Barry
Copyright translation © 2008 Johannes Jonkers/
Em. Querido's Uitgeverij BV, Singel 262, 1016 AC Amsterdam

Omslag Brigitte Slangen
Omslagbeeld Gavin Morris/Johnny Ring
Foto auteur Jerry Bauer

ISBN 978 90 214 3497 1 / NUR 302
www.querido.nl

Voor Margaret Synge

'De grootste onvolmaaktheid ligt in onze innerlijke blik, in die zin dat we spoken zijn in onze eigen ogen.'
Sir Thomas Browne, *Christian Morals*

'Hoe weinigen van de velen die geschiedenis studeren of er in elk geval kennis van nemen, halen voordeel uit hun inspanning!... Er is trouwens veel onzekerheid, zelfs in de beste voor authentiek verklaarde oude en moderne geschiedenissen; en die liefde voor de waarheid, die bij sommige geesten aangeboren en onveranderbaar is, leidt noodzakelijkerwijs naar een liefde voor geheime memoires en privéanekdotes.'
Maria Edgeworth, Voorwoord bij *Castle Rackrent*

Deel een

Roseannes getuigenis van zichzelf
(*Patiënt, Regionale psychiatrische inrichting van Roscommon*, 1957 –)

Bij elke geboorte begint de wereld opnieuw, zei mijn vader altijd. Hij vergat te zeggen dat die bij elke dood eindigt. Of hij vond dat vanzelfsprekend. Want een groot deel van zijn leven werkte hij op een kerkhof.

*

De plaats waar ik werd geboren was een koude stad. Zelfs de bergen hielden zich op een afstand. Net als ik hadden ze het er niet zo op, op die donkere plek, die bergen.

Er stroomde een zwarte rivier door de stad, en al had die rivier geen charme voor stervelingen, hij had die wel voor zwanen, en veel zwanen vertoefden daar en lieten zich bij overstromingen zelfs meedrijven op de rivier als een soort bokkende dieren.

De rivier nam ook het vuil mee naar de zee, en resten van spullen die ooit van mensen waren geweest en van de oevers waren getrokken, en ook lichamen, zij het zelden, o, en een enkele keer arme baby's die ongewenst waren. De snelheid en diepte van de rivier moeten wel de beste maatjes met geheimhouding zijn geweest.

Ik heb het hier over de stad Sligo.

Sligo heeft me gemaakt en gebroken, maar ik had ook veel eerder moeten ophouden met me laten maken en breken door menselijke steden, en mijn lot in eigen hand moeten nemen. De verschrikking en het leed in mijn verhaal zijn me overkomen omdat ik in mijn jonge jaren dacht dat anderen mijn geluk of ongeluk bepaalden; ik wist niet dat je een muur van denkbeeldige bakstenen en cement kon ophouden tegen de verschrikkingen en wrede, duistere streken van de tijd die ons bestormen, en dat je zo je eigen leven kon vormgeven.

Nu ben ik daar niet, ik ben nu in Roscommon. Het is een oud gebouw dat ooit een herenhuis was, maar nu is het een en al crèmekleurige verf en ijzeren bedden, en grendels op de deuren. Het is het koninkrijk van dokter Grene. Dokter Grene is een man die ik niet begrijp, maar ik ben niet bang voor hem. Wat voor godsdienst hij heeft weet ik niet, maar hij lijkt als twee druppels water op St. Thomas met zijn baard en kalende kruin.

Ik ben helemaal alleen, er is buiten dit gebouw niemand op de wereld die me kent, al mijn eigen familie, dat handjevol dat er ooit was, mijn winterkoninkje van een moeder waarschijnlijk voorop, ze zijn nu allemaal overleden. Mijn kwellers zijn volgens mij ook voor het merendeel overleden, en dat komt allemaal omdat ik nu een stokoude vrouw ben, ik ben misschien wel honderd, hoewel ik dat niet weet, niemand weet het. Ik ben alleen nog maar een restant, een overgebleven vrouw, ik zie er niet eens meer uit als een mens, ik ben slechts een schriel stuk huid en bot in een vale rok en blouse en een canvas jack, en ik zit hier in mijn hoekje als een roodborstje zonder zang – nee, als een muis die is doodgegaan onder de haardsteen waar het warm was en daar nu ligt als een mummie in de piramiden.

Niemand weet zelfs maar dat ik een verhaal heb. Volgend jaar, volgende week, morgen, zal ik vast en zeker zijn overleden, en er zal voor mij maar een kleine kist nodig zijn en een nietig gat. Er zal nooit een steen bij mijn hoofd staan, en wat maakt het ook uit.

Maar misschien zijn alle menselijke dingen klein en nietig.

Overal om me heen heerst stilte. Mijn hand is goed en ik heb een mooie balpen vol blauwe inkt, gekregen van mijn vriend de dokter, omdat ik zei dat ik de kleur ervan mooi vond – hij is eigenlijk best een geschikte vent, misschien zelfs een filosoof – en ik heb een stapel papier gevonden tussen andere overbodige spullen in een voorraadkast; ik verberg deze schatten onder een losgeraakte vloerplank. Ik schrijf mijn leven uit op overbodig papier – overschot van de benodigdheden. Ik begin met een schone lei, een leeg vel – veel lege vellen. Want ik zou nu dolgraag een verslag achterlaten, een soort wankele en eerlijke geschiedenis van mijzelf, en als God me de kracht geeft zal ik dit verhaal vertellen en het opsluiten onder de vloerplank, en dan zal het me een vreugde zijn naar mijn eigen rustplaats te gaan onder de zoden van Roscommon.

*

Mijn vader was de schoonste man ter wereld, in elk geval van Sligo. In zijn uniform leek hij bezaaid te zijn met gespen – niet op een lukrake manier, maar regelmatig als een handelsboek. Hij was de opzichter van het kerkhof, en voor dit werk had hij een schitterend uniform gekregen, dat vond ik tenminste als kind.

Hij had een regenton in de tuin en met de daarin verzamelde regen spoelde hij zich elke dag van het jaar af. Hij draaide de gezichten van mijn moeder en mij naar de muur van de keuken en ging zonder angst om te worden gezien poedelnaakt tussen de mossen en korstmossen van de tuin staan en waste zich genadeloos onder alle weersomstandigheden, midden in de winter kreunend als een stier.

Teerzeep waarmee je een vettige vloer schoon had kunnen schrobben, veranderde hij met woeste bewegingen in een pak van schuim dat hem goed paste, en hij schuurde zichzelf met een stuk grijze steen, dat hij na gedane arbeid in een speciaal nisje in de muur stopte, waar het uit stak als een neus. Dit alles zag ik in een flits als ik snel mijn hoofd omdraaide, want ik was op dit punt een oneerlijke dochter, en ik kon niet gehoorzamen.

Geen circusnummer had me meer kunnen vermaken.

Mijn vader was een zanger die je niet tot zwijgen kon brengen, hij zong alle nummers van de operettes uit die tijd. Hij vond het leuk om de preken te lezen van dominees die allang overleden waren, omdat, zei hij, hij zich kon voorstellen dat de preken op een zondag in een grijs verleden fris waren en de woorden nieuw in de mond van de dominees. Zijn eigen vader was dominee geweest. Mijn vader was een vurige, ik zou bijna willen zeggen op het hemelse gerichte presbyteriaan, wat in Sligo niet bepaald een veelvoorkomende eigenschap was. Hij koesterde de *Preken* van John Donne als geen ander boek, maar zijn ware evangelie was *Religio Medici* van sir Thomas Browne, een boek dat ik nog steeds bezit te midden van alle rotzooi van mijn leven, een klein, gehavend bandje. Ik heb het hier voor me op m'n bed, met zijn naam in zwarte inkt binnenin, Joe Clear, en de datum 1888, en de stad Southampton, want in zijn vroege jeugd was hij matroos geweest en voor zijn zeventiende had hij alle havens ter wereld aangedaan.

In Southampton vond een van de mooiste en belangrijkste gebeurtenissen van zijn leven plaats, hij leerde er namelijk mijn moeder Cissy kennen, die kamermeisje was in zijn favoriete pension voor zeelieden.

Hij vertelde vroeger een eigenaardig verhaal over Southampton, dat ik als kind voor zoete koek slikte. Het kan trouwens best waar geweest zijn.

Toen hij op een keer de haven aandeed en geen bed kon vinden in zijn favoriete pension, moest hij wel verder lopen langs de winderige woestenijen van rijtjeshuizen en borden, en vond hij een eenzaam huis met een 'niet-bezet'-bordje om klanten te lokken.

Hij ging naar binnen en werd te woord gestaan door een vrouw van middelbare leeftijd met een grauw gezicht, die hem een bed gaf in het souterrain van haar huis.

Midden in de nacht werd hij wakker en meende hij iemand in de kamer te horen ademen. Geschrokken, en met de extreme helderheid waar een dergelijke paniek mee gepaard gaat, hoorde hij gekreun: er lag iemand naast hem in het donker.

Hij stak zijn kaars aan met de tondeldoos. Er was niemand. Maar hij zag aan de deuk in het beddengoed en de matras dat er een zwaar persoon had gelegen. Hij sprong van het bed en slaakte een kreet, maar er kwam geen antwoord. Op dat moment merkte hij dat zijn maag rommelde en had hij een verschrikkelijk hongergevoel, een honger die geen Ier meer had geteisterd sinds de aardappelhongersnood halverwege de negentiende eeuw. Hij stormde naar de deur, maar die bleek tot zijn verbazing op slot te zijn. Hij kookte nu van woede. 'Laat me eruit, laat me eruit!' riep hij, zowel ontsteld als beledigd. Hoe durfde die oude heks hem op te sluiten! Hij bonsde aan één stuk door op de deur, en uiteindelijk kwam de hospita eraan en deed de deur rustig open. Ze verontschuldigde zich en zei dat ze zonder erbij na te denken de sleutel moest hebben omgedraaid tegen dieven. Hij vertelde haar over het verontrustende voorval, maar zij glimlachte alleen maar naar hem en zei niets, en ging vervolgens naar boven, naar haar eigen kamers. Hij meende een vreemde lucht van haar op te vangen, een geur van grond en kreupelhout, alsof ze door bosgebied had gekropen. Daarna was er rust, en hij blies zijn kaars uit en probeerde te slapen.

Een tijdje later gebeurde hetzelfde. Hij sprong weer op, stak zijn kaars aan en liep naar de deur. Hij was weer op slot! Weer die diepe, knagende honger in zijn buik. Om de een of andere reden, misschien omdat ze zo vreemd was, kon hij er niet toe komen de hospita te roepen, en hij bracht de nacht zwetend en verward door in een stoel.

Bij het ochtendgloren werd hij wakker en hij kleedde zich aan. Toen hij naar de deur liep was die open. Hij pakte zijn tassen en ging naar boven. Op dat moment viel hem op hoe vervallen het huis was, wat in het flatteuze duister van de nacht niet zo duidelijk was geweest. Hij kon de hospita niet wakker maken, en omdat zijn schip op het punt stond af te varen, moest hij het huis verlaten zonder haar te zien en gooide hij de paar shilling op het gangtafeltje.

Toen hij buiten op straat omkeek, zag hij tot zijn verbijstering dat veel ruiten van het huis waren gebroken en dat er leien ontbraken op het verzakkende dak.

Hij ging de winkel op de hoek binnen om tot rust te komen door met een ander mens te praten, en hij vroeg de winkelier hoe het zat met dat huis. Het huis, zei de winkelier, was een paar jaar geleden afgesloten en was onbewoond. Normaal gesproken zou het met de grond gelijk zijn gemaakt, maar het maakte deel uit van het huizenblok. Hij kon daar de nacht niet hebben doorgebracht, zei de winkelier. Er woonde niemand en niemand zou het in zijn hoofd halen het huis te kopen, omdat een vrouw haar man daar had vermoord door hem in het souterrain op te sluiten en uit te hongeren. De vrouw zelf was berecht en opgehangen wegens moord.

Mijn vader vertelde mij en mijn moeder dit verhaal met de hartstocht van iemand die het gebeurde al vertellend opnieuw beleefde. Het naargeestige huis, de grijze vrouw en het kreunende spook doemden op achter zijn ogen.

'Dan is het maar goed dat er bij ons plaats was toen je de volgende keer de haven aandeed, Joe,' zei mijn moeder zo neutraal mogelijk.

'Zeg dat wel, zeg dat wel,' zei mijn vader.

Een klein menselijk verhaal, een zeemansverhaal, waar op de een of andere manier nog steeds mijn moeders contrasterende schoonheid in besloten lag en de geweldige aantrekkingskracht die ze toen en altijd op hem uitoefende.

Want haar schoonheid was van die donkerharige, donkerhuidige Spaanse soort, met groene ogen als Amerikaanse smaragden, waar geen man zich tegen kan verweren.

En hij trouwde met haar en nam haar mee naar Sligo, en daar leefde ze haar leven voortaan, niet opgegroeid in die duisternis, maar als een verloren shilling op een lemen vloer, glinsterend met een zekere wanhoop. Een mooier meisje is er in Sligo niet geweest, ze had een huid zo zacht als veren, en een warme, gulle borst, een en al pas gebakken brood en verrukking.

In mijn jonge leven was er geen grotere vreugde dan met mijn moeder in de schemering door de straten van Sligo te lopen, want ze vond het prettig mijn vader tegemoet te gaan als hij van zijn werk op het kerkhof kwam. Pas vele jaren later toen ik zelf wat volwassener was, realiseerde ik me terugkijkend dat er iets van bezorgdheid was in dat tegemoet lopen, alsof ze niet vertrouwde dat de tijd en de normale gang van zaken hem thuis zouden brengen. Want ik ben ervan overtuigd dat mijn moeder onder haar halo van schoonheid op een vreemde manier gekweld werd.

Hij was daar de opzichter, zoals ik al zei, en droeg een blauw uniform en een pet met een klep zo zwart als het verenkleed van een merel.

Dit was in de tijd van de Eerste Wereldoorlog, toen het in de stad wemelde van de soldaten, alsof Sligo zelf een slagveld was, maar dat was natuurlijk niet zo. Het waren alleen maar mannen met verlof die we daar zagen. Maar met die uniformen hadden ze veel weg van mijn eigen vader, zodat hij overal in die straten leek op te duiken toen mijn moeder en ik daar liepen en ik net zo gespannen naar hem uitkeek als mijn moeder. Mijn vreugde was pas compleet als het uiteindelijk hem bleek te zijn, in looppas van het kerkhof op weg naar huis, zoals meestal op de donkere avonden van de winter. Zodra hij me in het oog kreeg begon hij met me te spelen en trapte hij lol als een kind. Er waren heel wat mensen die met opgetrokken wenkbrauwen naar hem keken, en misschien paste zulk gedrag ook niet bij zijn waardigheid als opzichter van de doden van Sligo. Maar hij had dat zeldzame vermogen om in het gezelschap van een kind alles van zich af te laten glijden en gek te doen en vrolijk te zijn in het schrale licht.

Hij was de beheerder van de graven, maar hij was ook zichzelf, en met zijn pet met klep en zijn blauwe uniform kon hij iemand met gepaste ernstige waardigheid naar een graf van een familielid of vriend leiden, maar wanneer hij alleen in zijn kerkhofhuis was, een kleine betonnen tempel, hoorde je hem vaak prachtig 'I dreamt that I dwelt in Marble Halls' zingen uit *The Bohemian Girl*, een van zijn favoriete operettes.

Op vrije dagen ging hij eropuit op zijn Matchless-motor om over de kronkelwegen van Ierland te rijden. Vormde het aan de haak slaan van mijn moeder een glorieuze gebeurtenis, het feit dat hij in een fantastisch geluksjaar, omstreeks de tijd van mijn geboorte, op zijn fraaie motor de korte koers van de Isle of Man racete en respectabel in de middenmoot finishte en niet verongelukte, was een bron van voortdurende herinnering en vreugde, die hem ongetwijfeld heeft getroost in zijn betonnen tempel tijdens de akelige Ierse winterperioden, omringd als hij was door die slapende zielen.

Het andere 'beroemde verhaal' van mijn vader, beroemd in ons kleine gezinnetje, gebeurde in zijn vrijgezellenjaren, toen hij meer in de gelegenheid was om naar de paar motorevenementen van die tijd te gaan. Het gebeurde in Tullamore, en het was een heel eigenaardige geschiedenis.

Hij reed zelf met grote snelheid en vóór hem bevond zich een langgerekte, brede heuvel, die naar een scherpe bocht leidde waar de weg op de muur van een landgoed uitkwam, een van die hoge, dikke stenen muren die tijdens de Ierse hongersnood waren gebouwd als een soort zinloze werkverschaffing om de arbeiders in leven te houden. Hoe dan ook, de motorcoureur die vóór hem de heuvel af scheurde en een enorme snelheid bereikte, leek in plaats van te remmen nog extra te accelereren bij de tegenoverliggende muur en knalde er uiteindelijk ongenadig hard tegenop in een verschrikkelijke warboel van rook, metaal en lawaai als van kanonnen. Turend door zijn vuile motorbril verloor mijn vader bijna de controle over zijn eigen machine, zo groot was zijn afgrijzen; maar toen zag hij iets wat hij niet kon verklaren en nooit heeft kunnen verklaren, hij zag de motorrijder opstijgen als op vleugels en de muur over gaan met een rappe en elegante beweging, als de soepele glijvlucht van een zeemeeuw in een opwaartse wind. Heel even, heel even meende hij inderdaad een flits van vleugels te zien, en hij kon nooit meer in zijn gebedenboek over engelen lezen zonder aan dat uitzonderlijke moment te denken.

Denk nu alsjeblieft niet dat mijn vader dit uit zijn duim zoog, want daar was hij totaal niet toe in staat. Het is waar dat in bepaalde regio's op het platteland – zelfs in de steden – mensen je graag vertellen dat ze wonderen hebben gezien, zoals mijn man Tom en de tweekoppige hond op de weg naar Enniscrone. Het is ook waar dat zulke verhalen alleen werken als de verteller doet alsof hij het echt gelooft – of die wonderen inderdaad echt heeft gezien. Maar mijn vader was geen tovenaar van leugens en verhalen.

Mijn vader slaagde erin vaart te minderen en zijn motor tot stilstand te brengen. Hij rende langs de muur van het landgoed, vond zo'n raar hekje, duwde het roestige ijzer open, snelde door brandnetels en zuring en vond zijn wonderbaarlijke vriend. Daar lag hij aan de andere kant van de muur, volkomen bewusteloos, maar ook, en mijn vader zwoer dat het zo was, volkomen ongedeerd. De man, naar bleek een Indische heer die sjaals en andere spullen uit een koffer verkocht langs de hele westelijke kust, werd uiteindelijk wakker en glimlachte naar mijn vader. Ze verwonderden zich allebei over deze onverklaarbare ontsnapping, waarover in Tullamore nog jaren later werd gesproken, wat niet zo vreemd is. Als je dat verhaal ooit hoort, geeft de verteller het misschien de titel 'De Indische engel'.

Wederom bleek uit de manier waarop mijn vader dit verhaal hervertelde heel duidelijk hoe merkwaardig gelukkig hij was. Het was alsof zo'n gebeurtenis een beloning was voor het feit dat hij leefde, een klein vertelgeschenk waar hij zo van genoot dat het hem in dromen en waken een bevoorrecht gevoel gaf, alsof zulke flarden van verhalen en gebeurtenissen voor hem een ruig evangelie vormden. En als er ooit een evangelie over het leven van mijn vader geschreven zou worden – en waarom zou dat niet gebeuren, aangezien elk leven God dierbaar schijnt te zijn – denk ik dat die vleugels, waarvan hij niet meer dan een glimp opving op de rug van zijn vriend de Indier, meer gewicht zouden krijgen, en dat dingen waar hij alleen maar op zinspeelde vaste vorm zouden aannemen in de nieuwe versie van het verhaal uit de tweede hand, een niet te bewijzen vorm, maar nog hoger opgetild naar het rijk van het wonder. Opdat Jan en alleman er troost uit konden putten.

Het geluk van mijn vader. Het was op zichzelf een kostbaar geschenk, zoals de bezorgdheid van mijn moeder misschien een eeuwige spaak in haar wiel was. Want mijn moeder maakte nooit minilegendes van haar leven en had vreemd genoeg geen verhalen, hoewel ik zeker weet dat over haar leven net zulke mooie dingen te vertellen waren als over dat van mijn vader.

Het is eigenaardig, maar het komt me voor dat mensen zonder anekdotes die ze tijdens hun leven koesteren en die hen overleven, eerder spoorloos verdwenen zullen zijn, niet alleen voor de geschiedenis, maar ook voor de familie die na hen komt. Dit is natuurlijk het lot van de meeste zielen; hele levens, hoe levendig en prachtig ook, worden gereduceerd tot die trieste zwarte namen in verwelkende stambomen, waar een halve datum en een vraagteken achteraan bungelen.

Het geluk van mijn vader verloste hem niet alleen, maar dreef hem tot verhalen en houdt hem zelfs nu nog levend in mij, als een tweede geduldiger en aangenamer ziel binnen in mijn arme ziel.

Misschien was zijn geluk wonderlijk ongefundeerd. Maar mag een mens zichzelf niet zo gelukkig maken als hij kan in de vreemde, lange trajecten van een leven? Ik denk dat het gerechtvaardigd is. De wereld is tenslotte prachtig, en als we om het even welk ander levend wezen waren dan een mens, zouden we er misschien voortdurend gelukkig kunnen zijn.

*

De belangrijkste kamer in ons kleine huis, die toch al krap bemeten was, deelden we nog eens met twee grote voorwerpen, in de eerste plaats de voornoemde motorfiets die uit de regen moest worden gehouden. Hij leidde in onze woonkamer om zo te zeggen een rustig leven, zodat mijn vader desgewenst vanuit zijn luie stoel een zeem over het chroom kon halen. Het andere voorwerp dat ik wil noemen is de kleine piano, die hem was nagelaten door een dankbare weduwnaar toen mijn vader kosteloos een gat had gegraven voor de vrouw van die man, omdat de getroffen familie in behoeftige omstandigheden was terechtgekomen. Op een zomeravond niet lang na de begrafenis werd de piano aangevoerd met ezel-en-wagen, en glimlachend en met verlegen blijdschap door de weduwnaar en zijn twee zoons naar binnen gebracht en in ons kleine kamertje gezet. De piano was misschien nooit veel waard geweest, maar had desondanks een prachtige toon en was nooit bespeeld voordat hij bij ons kwam, voor zover je die geschiedenis kon afleiden uit de staat van de toetsen, die ongerept waren. Op de zijpanelen waren taferelen geschilderd van plekken die niet in Sligo zelf waren, hoogstwaarschijnlijk waren het taferelen van een gefantaseerd Italië of iets in die trant, maar ze zouden net zo goed in Sligo geweest kunnen zijn, met hun bergen en rivieren, en herders en herderinnen met hun geduldige schapen. Mijn vader, opgegroeid als hij was onder het predikantschap van zijn eigen vader, kon dit fraaie instrument bespelen, en zoals ik al zei lag zijn hart bij de oude operettes van de vorige eeuw. Hij beschouwde Balfe als een genie. Omdat er naast hem op de kruk plaats voor me was, kreeg ik dankzij mijn liefde voor hem en het grote plezier dat ik zelf had in zijn vaardigheid algauw de eerste beginselen van het pianospel onder de knie en vorderde ik langzaam tot ik echt iets kon, zonder op wat voor manier dan ook het gevoel te hebben dat het moeite kostte of een beproeving was.

Toen kon ik voor hem spelen terwijl hij midden op de vloer stond, voor zover je daar in dit geval van kon spreken, met zijn hand wellicht losjes op de zitting van zijn motorfiets, de andere hand in zijn jas als een Ierse Napoleon en hij op allervoortreffelijkste wijze, zo leek het me althans, 'Marble Halls' zong of de andere parels van zijn repertoire en trouwens ook de liedjes die Napolitaans worden genoemd en natuurlijk niet zoals ik dacht ter nagedachtenis van Napoleon waren, maar in de straten van Napels waren ontstaan – liedjes die nu in ballingschap leefden in Sligo! Zijn stem kwam mijn hoofd in als een soort honing die daar krachtig en zoemend bleef hangen en al mijn kinderangsten verdreef. Als zijn stem omhoogging, ging alles aan hem omhoog, armen, bakkebaarden, één voet zwaaiend boven het oude tapijt met een hondenpatroon, zijn ogen vol vreemde vrolijkheid. Zelfs Napoleon zou hem als man met verheven eigenschappen misschien niet hebben geminacht. Op zulke momenten had zijn stem in de zachtere passages van liedjes een wondermooi timbre dat ik tot op de dag van vandaag niet heb horen overtreffen. Toen ik een jonge vrouw was kwamen er heel wat goede zangers naar Sligo om in de zaaltjes onder de regen te zingen, en een paar van de meer populaire soort heb ik zelfs begeleid op de piano, waarbij ik de noten en akkoorden er voor hen uit hakte, hun misschien meer tot last dan tot steun. Maar niemand leek me de vreemde intimiteit van mijn vaders stem te evenaren.

*

En een man die in staat is vrolijk te blijven ondanks de rampen die hem treffen, zoals velen zonder genade of voorkeur door rampen worden getroffen, is een ware held.

HOOFDSTUK TWEE

Het aantekenboek van dokter Grene
(*Hoofdpsychiater, Regionale psychiatrische inrichting van Roscommon*)

Dit gebouw verkeert in een vreselijk slechte staat, we wisten pas goed hoe slecht na het rapport van de opzichter. De drie dappere mannen die op het oude dak zijn geklommen maken melding van een groot aantal balken die op het punt staan het te begeven, alsof uitgerekend de kroon op de inrichting een afspiegeling is van de gesteldheid van veel van de arme geïnterneerden eronder. Voor 'geïnterneerden' zou ik 'patiënten' moeten schrijven. Maar omdat het gebouw aan het eind van de achttiende eeuw werd gebouwd als een liefdadige instelling voor het 'heilzame asiel en de voortreffelijke opvoeding van gewonde zetels van het denken' komt altijd het woord 'geïnterneerde' in me op. Hoe heilzaam en hoe voortreffelijk kun je nu alleen maar vermoeden. Overigens was er halverwege de negentiende eeuw dankzij de revolutionaire ideeën van diverse dokters een periode van grote verlichting in de gestichten en werd er slechts spaarzaam gebruikgemaakt van dwangbuizen, werd een goed dieet verstandig geacht en was er veel aandacht voor lichamelijke oefening en stimulering van het denken. Dit was een grote vooruitgang ten opzichte van de praktijk van het gesticht Bedlam met zijn brullende beesten aan kettingen op de vloeren. Om de een of andere reden werd het daarna allemaal weer slechter, en geen zinnig mens zou de geschiedschrijver willen zijn van de Ierse gestichten in het eerste deel van de vorige eeuw, met zijn clitoridectomieën, onderdompelingen en injecties. De vorige eeuw is 'mijn' eeuw, aangezien ik vijfenvijftig was bij de eeuwwisseling, en op die leeftijd is het moeilijk om je hart en aandacht helemaal aan een nieuw tijdperk te

geven. Dat vond ik althans. En vind ik nog steeds. Bijna vijfenzestig jaar inmiddels, helaas.

Nu het gebouw zijn leeftijd zo krachtig voor het voetlicht
brengt, zullen we het moeten verlaten. Het ministerie zegt dat
er bijna onmiddellijk zal worden begonnen met de bouw van
het nieuwe onderkomen, wat misschien waar is, maar ook een
soort schijnheilige praat kan zijn. Hoe kunnen we hier weggaan voordat we zeker zijn van een nieuw gebouw en, wat fi-
losofischer gezegd, hoe kunnen we de patiënten hier wegha-
len als het DNA van velen van hen waarschijnlijk is versmolten
met het cement van het gebouw? In het centrale gebouw zitten
die vijftig stokoude vrouwen, zo oud dat leeftijd iets eeuwigs,
iets onophoudelijks is geworden, zo bedlegerig en bedekt met
doorligplekken dat het een soort schending zou zijn om hen te
verplaatsen.

Ik denk dat ik me verzet tegen de gedachte dat we weg moeten, zoals elk verstandig mens doet als er een verhuizing aan de
orde komt. Ongetwijfeld zullen we ons door alle gebruikelijke
trammelant en trauma's heen slaan.

Op dezelfde manier zijn de bewakers en verplegers evenzeer
onderdeel van het gebouw als de vleermuizen in het dak en
de ratten in de kelders. Beide diersoorten zijn in groten getale
vertegenwoordigd, heb ik begrepen, al kan ik gelukkig zeggen
dat ik maar één keer ratten heb gezien, toen de oostvleugel in
brand vloog en ik hun donkere, zwarte gedaanten uit de onder-
deuren naar buiten heb zien rennen, de maïsvelden van de boer
in, achter de heggen. Het licht van de brand wierp tijdens hun
vlucht een gloed met een vreemde marmeladekleur op hun
rug. Ik ben ervan overtuigd dat ze, toen ze de brandweerlieden
het signaal hoorden geven dat alles veilig was, weer naar binnen zijn geglipt, het nieuwe duister in.

We moeten dus te eniger tijd vertrekken. Volgens de nieuwe
wetten ben ik daarom verplicht te beoordelen wie van de patienten teruggeplaatst kunnen worden in de gemeenschap (wat
dat in hemelsnaam ook moge zijn), en tot welke specifieke categorie ieder van de andere patiënten hoort. Velen van hen zullen al geschokt zijn door een nieuwe inrichting van de kamers,

moderne muren van gipsplaat, goede isolatie en verwarming. Het gekreun van de wind in de gangen, zelfs op windstille dagen – hoe kan dat? misschien een vacuüm ontstaan door warmte en kou in verschillende delen van het gebouw – zal worden gemist als het achtergrondmuziekje van hun dromen en 'gekten'. Dat weet ik zeker. Die arme oudjes in zwarte pakken, hun lang geleden aangemeten door de gestichtskleermaker, die niet zozeer gek zijn als wel dakloos en stokoud en die in de kamers wonen van de oudste westvleugel als soldaten van een vergeten napoleontische of Indische oorlog, zullen niet weten hoe ze het hebben buiten deze verloren grond van Roscommom.

Deze verplichting zal me er ook toe brengen een klus te klaren die ik lang heb vermeden, namelijk vast te stellen door welke omstandigheden sommige patiënten hier zijn terechtgekomen, en of ze inderdaad, zoals in enkele gevallen de tragische waarheid was, eerder om sociale dan om medische redenen werden opgenomen. Want ik ben niet zo dwaas om te denken dat alle 'krankzinnigen' hier gek zijn, of ooit waren, of waren voordat ze hier kwamen en zich een soort virale gekte eigen maakten. Het gros van het alwetende publiek, of laten we zeggen de publieke opinie zoals die wordt weerspiegeld in de kranten, ziet deze mensen als slachtoffers die 'vrijheid' en 'vrijlating' verdienen. Dat kan heel goed zo zijn, maar de schepsels die zo lang in hokken opgesloten hebben gezeten, vinden vrijheid en vrijlating zeer problematische verworvenheden, net als die Oost-Europese landen na het communisme. En op dezelfde manier is er bij mij een eigenaardige onwil om wie dan ook te laten gaan. Hoe komt dat? De bezorgdheid van de dierenverzorger? Zullen mijn ijsberen het leven op de pool wel aankunnen? Ik denk dat dit een simplificatie is. Nou ja, we zullen zien.

In het bijzonder zal ik mijn oude vriendin mevrouw McNulty moeten benaderen, die niet alleen de oudste persoon is van deze inrichting, maar van Roscommon zelf, misschien zelfs van heel Ierland. Ze was al oud toen ik hier dertig jaar geleden kwam, hoewel ze destijds de energie had van, wat zal ik zeggen, een natuurkracht. Het is een formidabel mens, en hoewel er flinke perioden zijn verstreken waarin ik haar niet heb gezien, of alleen oppervlakkig, is ze altijd in mijn gedachten en probeer ik naar haar te vragen. Ik ben bang dat ze voor mij een soort toetssteen is. Ze valt hier niet weg te denken, en ze vertegenwoordigt niet alleen deze inrichting, maar op een eigenaardige manier ook mijn eigen geschiedenis, mijn eigen leven. 'De Poolster voor elk dwalend schip,' in de woorden van Shakespeare. Mijn huwelijksproblemen met de arme Bet, het feit dat ik gedeprimeerd raak en soms diep in de put zit, mijn gevoel dat ik niet verder kom, mijn dit en mijn dat – mijn sociale stompzinnigheid, denk ik. Terwijl alles onvermijdelijk is veranderd, is zij dezelfde gebleven, al is ze met de jaren natuurlijk zwakker en brozer geworden. Zou ze nu honderd zijn? Ze speelde altijd op de piano in de recreatieruimte, liedjes van een behoorlijk niveau, jazzmelodieën uit de jaren twintig en dertig. Ik weet niet hoe ze die geleerd had. Daar zat ze dan met haar lange zilverkleurige haar loshangend op haar rug, in zo'n afschuwelijk ziekenhuishemd, maar ze zag eruit als een koningin en hoewel ze toen zeventig was, had ze een bijzonder gezicht. Het was nog heel mooi, en God mag weten hoe ze eruit moet hebben gezien toen ze jong was. Uitzonderlijk, een soort manifestatie van iets ongewoons en misschien vreemds in deze provinciale wereld. Toen ze in latere jaren last kreeg van een lichte reumatiek – ze wilde dat woord niet horen, ze noemde het 'een onwil' in haar vingers – stopte ze met pianospelen. Ze zou misschien bijna net zo goed hebben gespeeld, maar bijna net zo goed bevredigde haar niet. Zo verloren we het geluid van mevrouw McNulty die jazz speelde.

Het zij hier geboekstaafd dat die piano, aangetast door houtworm, later met een oorverdovend onmuzikaal geklingel in een afvalcontainer werd gegooid.

Nu zal ik dus naar binnen moeten gaan en haar over het een en ander aan de tand moeten voelen. Ik ben daar onverklaarbaar zenuwachtig over. Waarom zou ik zenuwachtig moeten zijn? Ik denk dat het komt omdat ze zoveel ouder is dan ik en, ondanks haar neiging om grote stiltes te laten vallen, een zeer aangename aanwezigheid, zoals het gezelschap van een oudere collega tegen wie je opziet. Ik denk dat dat het is. Misschien komt het omdat ik vermoed dat ze mij evenzeer mag als ik haar. Maar waarom dat zo zou zijn weet ik niet. Ik ben altijd nieuwsgierig naar haar geweest, maar ik heb nooit in haar leven gespit, hoewel je dat een beroepspsychiater misschien als een minpunt zou moeten aanrekenen. Hoe het ook zij, ze mag me. Maar ik zou haar genegenheid voor mij, de voorwaarde ervoor, bedoel ik, voor geen geld willen verstoren. Ik moet dus voorzichtig te werk gaan.

*

Roseannes getuigenis van zichzelf

Wat zou ik graag willen zeggen dat ik zoveel van mijn vader hield dat ik niet zonder hem had kunnen leven, maar zo'n bekentenis zou na verloop van tijd onwaar blijken. Degenen die we liefhebben, die onmisbare wezens, worden ons ontnomen als de Almachtige het wil, of de duivels die bezit van Hem nemen. Het is bij zulke sterfgevallen alsof er een enorme brok lood op de ziel wordt gelegd, en waar die ziel daarvoor gewichtloos was is er nu in ons diepste wezen een geheime en verwoestende last.

*

Toen ik een jaar of tien was nam mijn vader me in een bui van opvoedkundig enthousiasme mee naar de top van een lange, dunne toren op het kerkhof. Het was een van die fraaie, hoge, ranke bouwwerken die door monniken werd gemaakt in een tijd van gevaar en vernietiging. Hij stond in een met brandnetels begroeide hoek van het kerkhof en er werd weinig aandacht aan geschonken. Als je in Sligo was opgegroeid, was het gewoon iets wat daar stond. Maar het was zonder twijfel een weergaloze schat, opgebouwd met slechts een zuchtje specie tussen de stenen, elke steen de ronding van de toren indachtig, elke steen precies goed aangebracht door de metselaars van

27

weleer. Het was natuurlijk een katholiek kerkhof. Mijn vader had die baan niet gekregen vanwege zijn godsdienst, maar omdat hij bij iedereen in de stad zeer geliefd was, en de katholieken vonden het niet erg dat hun graven werden gedolven door een presbyteriaan, zolang het een aardige presbyteriaan was. Want in die tijd ging het er dikwijls veel meer ontspannen aan toe tussen de kerken dan we denken en er wordt vaak vergeten dat onder het oude strafrecht in lang vervlogen tijden de van de staatskerk afwijkende kerken het net zo moeilijk hadden, zoals hij graag naar voren bracht. Er zijn in elk geval zelden problemen met godsdienst waar vriendschap is. Het was pas later dat dit afwijkende aan hem gewicht in de schaal legde. Ik weet in elk geval dat hij op handen werd gedragen door de parochiepriester, een kleine, levendige, kwikzilverige man, eerwaarde Gaunt, die later in mijn eigen verhaal boven alles zou uittorenen, als je dat van een kleine man kunt zeggen.

Het was in de tijd vlak na de Eerste Wereldoorlog, en misschien zijn sommige geesten in die – om zo te zeggen – greppels van de geschiedenis geneigd tot vreemde dingen, zoals de opvoedkundige gril waar hij die dag met mij op uit was. Anders kan ik niet verklaren waarom een volwassen man zijn kind naar de top van een oude toren zou meenemen met een zak vol hamers en veren.

Heel Sligo, rivier, kerken, huizen, ontsprong straalsgewijs vanaf de voet van de toren, zo leek het althans uit het kleine raampje in de top. Een voorbijvliegende vogel had twee opgewonden gezichten kunnen zien die tegelijkertijd naar buiten probeerden te turen; ik ging op mijn tenen staan en stootte tegen de onderkant van zijn kin.

'Roseanne, liefje, ik heb me vanochtend al geschoren, je kunt me toch niet scheren met de bovenkant van je gouden hoofd.'

Want het was waar dat ik zacht haar had als goud – als het goud van genoemde monniken. Geel als de glinsteringen in oude boeken.

'Papa,' zei ik, 'laat die hamers en veren in hemelsnaam vallen, dan weten we het antwoord.'

'O,' zei hij, 'ik ben moe van het klimmen, laten we eerst onze ogen weiden over Sligo voordat we aan ons experiment beginnen.'

Hij had op een windstille dag gewacht voor zijn werk. Hij wilde mij de oeroude premisse bewijzen dat alle dingen met dezelfde snelheid vallen, in het domein van de theorie.

'Alle dingen vallen met dezelfde snelheid,' had hij gezegd, 'in het domein van de theorie. En ik zal het je bewijzen. Ik zal het mezelf bewijzen.'

We zaten toen bij het knetterende antraciet van onze haard.

'Alles mag dan wel met dezelfde snelheid vallen, zoals jij zegt,' kweelde mijn moeder vanuit haar hoekje. 'Maar er zijn maar weinig dingen die verrijzen.'

Ik geloof niet dat dit een uitval naar hem was, maar alleen een opmerking. Hij keek in elk geval naar haar met de volmaakte neutraliteit waar ze zelf meesteres in was en die ze hem had bijgebracht.

Het is vreemd om dit hier te schrijven in deze verduisterde kamer, het allemaal neer te krabbelen met blauwe balpeninkt, hen op een of andere manier voor mijn geestesoog te zien, of ergens achter mijn ogen, in de verduisterde kom van mijn hoofd, nog steeds aanwezig, levend en pratend, werkelijk, alsof hun tijd de echte tijd is en die van mij een illusie. En het ontroert me opnieuw hoe mooi ze is, hoe netjes, aangenaam en glanzend, met haar Southamptons accent als de kiezels op het strand daar die door de golven worden beroerd, kolkend, sussend, een zacht geluid dat in mijn dromen klinkt. Het is ook waar dat wanneer ik brutaal was, wanneer ze zich zorgen maakte dat ik van het pad afdwaalde dat zij voor me had uitgestippeld, zelfs in kleine kwesties, ze me placht te slaan. Maar in die tijd was het de gewoonste zaak van de wereld dat kinderen werden geslagen.

Onze gezichten verdrongen elkaar nu dus om een goed uitzicht te krijgen, omlijst door het oeroude kozijn van het kleine uitkijkkraampje van de monniken. Welke verdwenen gezichten hadden hier zwetend in hun pijen naar buiten gespied op zoek naar de Vikingen die zouden komen om hen te doden en hun boeken, vaten en geldstukken mee te nemen? Geen metselaar wil graag een groot raam achterlaten voor Vikingen, en dat raampje getuigde nog steeds van oude nervositeit en gevaar.

Uiteindelijk werd duidelijk dat dit experiment onmogelijk was als we daar allebei stonden. Een van beiden zou dan de uitkomst missen. Daarom stuurde hij me naar beneden en ik liep in mijn eentje de vochtige stenen trap af, ik kan nog steeds die klamme muur onder mijn hand voelen en de vreemde angst die me beving om van hem gescheiden te zijn. Mijn kleine borst bonkte alsof er een onfortuinlijke duif opgesloten zat.

Ik kwam uit de toren en ging op een afstand van de voet staan zoals hij me op het hart had gedrukt, uit angst dat de naar beneden vallende hamers me zouden doden. De toren zag er vandaar reusachtig uit, hij leek zich uit te strekken naar de vuilgrijze wolken van die dag. Naar de hemel. Er was geen zuchtje wind. De verwaarloosde graven van dat deel van het kerkhof, de graven van mannen en vrouwen uit een eeuw waarin de mensen zich alleen ruwe stenen konden veroorloven waar zelfs geen naam op geschreven stond, leken anders nu ik alleen was, alsof hun arme skeletten misschien zouden verrijzen om me te verslinden in hun eeuwige honger. Terwijl ik daar stond was ik een kind aan de rand van een afgrond, dat gevoel had ik, zoals bij het tafereel in het oude stuk *King Lear* waar de vriend van de koning zich voorstelt dat hij van een vooruitspringende klif valt, hoewel er helemaal geen klif is, zodat je, wanneer je dat leest, ook denkt dat er een klif is en samen met de vriend van de koning naar beneden valt. Maar ik keek vol vertrouwen omhoog, vol vertrouwen, vol liefde, vol liefde. Het is geen schande om van je vader te houden, het is geen schande om geen kritiek op hem te hebben, vooral niet in de periode dat ik een jonge vrouw werd, of bijna, wanneer een kind de neiging heeft teleurgesteld te raken in haar ouders. Het is geen schande om je sneller kloppende hart naar hem te voelen uitgaan, althans naar het gedeelte dat ik van hem kon zien. Hij had zijn arm nu uit het raampje gestoken en liet de zak bungelen in de Ierse lucht. Hij riep me en ik kon nauwelijks verstaan wat hij zei. Maar nadat hij het een paar keer herhaald had, meende ik hem te horen zeggen:

'Heb je afstand genomen, liefje?'

'Ik heb afstand genomen, papa,' riep ik, schreeuwde ik bijna, zo hoog moesten de woorden opstijgen en zo'n klein raampje moesten ze door om zijn oren te bereiken.

'Dan laat ik nu de zak los. Kijken, kijken!' riep hij.

'Ja, papa, ik kijk!'

Zo goed en zo kwaad als dat ging met de vingers van één hand deed hij de zak aan de bovenkant open en schudde hij de inhoud eruit. Ik had hem die erin zien stoppen. Het was een handvol veren uit het kussen op hun bed, eruit geplukt ondanks het gekrijs van zijn vrouw, en twee metselhamers die hij had voor het repareren van kleine muurtjes en grafstenen.

Ik keek gespannen omhoog. Misschien hoorde ik een eigenaardige muziek. Het gekwetter van de kauwen en het oude krassende gepraat van de roeken in de grote beuken daar vermengden zich in mijn hoofd tot muziek. Mijn hals was gestrekt en ik stond te popelen om de uitkomst te zien van dat elegante experiment, een uitkomst waarvan mijn vader had gezegd dat die me misschien mijn hele leven tot steun kon zijn als de basis van een echte filosofie.

Hoewel er geen zuchtje wind stond, dwarrelden de veren meteen weg en stoven ze uiteen als een kleine ontploffing, stegen zelfs grijs op tegen de achtergrond van de grijze wolken, bijna niet te zien. De veren dreven, dreven weg.

Mijn vader riep en riep in een geweldige opwinding vanuit de toren: 'Wat zie je, wat zie je?'

Wat zag ik, wat wist ik? Soms is het denk ik het zweempje belachelijkheid in een persoon, een belachelijkheid die misschien voortkomt uit wanhoop, zoals ook Eneas McNulty – je weet nog niet wie dat is – zoveel jaren later tentoonspreidde, dat je doorboort met liefde voor die persoon. Het is allemaal liefde, dat niet weten en dat niet zien. Daar sta ik, voorgoed, me inspannend om te zien, met een stijve nek, turend en me inspannend, al was het om geen andere reden dan liefde voor hem. De veren drijven weg, drijven, dwarrelen weg. Mijn vader roept en roept. Mijn hart antwoordt door sneller te kloppen. De hamers vallen nog steeds.

HOOFDSTUK DRIE

Beste lezer! Beste lezer, als je zachtaardig en vriendelijk bent, zou ik willen dat ik je hand kon beetpakken. Ik zou willen — ik zou allerlei onmogelijks willen. Hoewel ik jou niet heb, heb ik andere dingen. Er zijn ogenblikken dat ik een steek van onverklaarbare vreugde voel, alsof ik door niets te hebben, de hele wereld bezit. Alsof ik door deze kamer te bereiken de wachtkamer van het paradijs heb gevonden en het niet lang zal duren eer dat opengaat en ik naar voren loop als een vrouw die beloond wordt voor haar lijden, de groene velden in, met boerderijen tussen de heuvels. Zo groen dat het gras brandt!

*

Vanochtend kwam dokter Grene binnen en ik moest deze pagina's bij elkaar graaien en ze als de wiedeweerga verbergen. Want ik wilde niet dat hij het zou zien of me erover zou vragen, want er staan al geheimen in en mijn geheimen zijn mijn geluk en mijn geestelijke gezondheid. Gelukkig kon ik hem van ver horen aankomen in de gang, want hij heeft metaal op de hakken van zijn schoenen. Gelukkig ook dat ik helemaal geen last heb van reumatiek of een andere kwaal die met mijn leeftijd wordt geassocieerd, tenminste niet in mijn benen. Mijn handen, mijn handen zijn helaas niet meer wat ze geweest zijn, maar de benen houden zich goed. De muizen die langs de plinten lopen zijn sneller, maar die zijn ook altijd sneller geweest. Een muis is een fantastische atleet als het nodig is, vergis je niet. Maar ik was snel genoeg om dokter Grene voor te zijn.

Hij klopte op de deur, wat al een vooruitgang is ten opzichte van die arme drommel die mijn kamer schoonmaakt, John Kane, als je zijn naam zo spelt — het is voor het eerst dat ik hem opschrijf – en tegen de tijd dat hij de deur had geopend zat ik hier aan een lege tafel.

Aangezien ik dokter Grene niet als een slecht mens beschouw, glimlachte ik.

Het was die ochtend behoorlijk koud en alles in de kamer was door de vorst bedekt met een vochtig laagje. Alles glansde. Ik zelf had alle vier mijn jurken aan, dus ik had het behaaglijk genoeg.

'Hmm, hmm,' zei hij. 'Roseanne. Hmm. Hoe gaat het met u, mevrouw McNulty?'

'Het gaat heel goed, dokter Grene,' zei ik. 'Het is heel aardig van u om me op te zoeken.'

'Het is mijn vak om u op te zoeken,' zei hij. 'Is deze kamer vandaag schoongemaakt?'

'Nee,' zei ik. 'Maar John zal hier zo wel komen.'

'Dat denk ik ook,' zei dokter Grene.

Toen liep hij voor me langs naar het raam en keek naar buiten.

'Dit is tot nu toe de koudste dag van het jaar,' zei hij.

'Tot nu toe,' zei ik.

'En heeft u alles wat u nodig heeft?'

'Ja, grotendeels wel,' zei ik.

Toen ging hij op mijn bed zitten alsof dat het schoonste bed ter wereld was, wat het echt niet is, strekte zijn benen en keek naar zijn schoenen. Zijn lange, wit wordende baard was zo scherp als een ijzeren bijl. Het was een heel hegachtige, heiligenachtige baard. Naast hem op het bed stond een bord met de vlekkerige resten van de bonen van de vorige avond er nog op.

'Pythagoras,' zei hij, 'geloofde in de verhuizing van de ziel, en waarschuwde ons om voorzichtig te zijn als we bonen aten, voor het geval we de ziel van onze grootmoeder opaten.'

'O,' zei ik.

'Dit lezen we in Horatius,' zei hij.

'Witte bonen in tomatensaus?'

'Dat denk ik niet.'

Dokter Grene beantwoordde mijn vraag met zijn gebruikelijke ernstige gezicht. Het mooie aan dokter Grene is dat hij

33

volstrekt humorloos is, waardoor hij juist erg humoristisch wordt. Neem maar van mij aan dat dit een eigenschap is die je hier moet koesteren.

'Dus,' zei hij, 'het gaat heel goed met u?'

'Ja.'

'Hoe oud bent u nu, Roseanne?'

'Ik denk dat ik honderd ben.'

'Vind u het niet heel bijzonder dat u zich zo goed voelt op honderdjarige leeftijd?' zei hij, alsof hij op een bepaalde manier had bijgedragen aan dit feit, wat misschien ook zo was. Tenslotte stond ik ruim dertig jaar onder zijn behandeling, misschien wel langer. Hij werd zelf al een jaartje ouder, hoewel nog niet zo oud als ik.

'Ik vind het heel bijzonder. Maar, dokter, ik vind zo veel bijzonder. Ik vind muizen bijzonder, ik vind het eigenaardige groene zonlicht dat in dat raam klimt bijzonder. Ik vind het feit dat u me vandaag opzoekt bijzonder.'

'Het spijt me te horen dat u nog steeds muizen heeft.'

'Er zullen hier altijd muizen zijn.'

'Maar zet John dan geen vallen?'

'Jawel, maar hij stelt ze niet scherp genoeg af, en de muizen eten de kaas er moeiteloos van af en ontsnappen dan, net als Jesse James en zijn broer Frank.'

Dokter Grene nam nu zijn wenkbrauwen tussen zijn vingers van zijn rechterhand en masseerde ze even. Hij wreef vervolgens over zijn neus en kreunde. In die kreun zaten alle jaren die hij in deze inrichting had doorgebracht, alle ochtenden van zijn leven hier, al het zinloze gepraat over muizen, medicijnen en leeftijd.

'Weet je wat het is, Roseanne,' zei hij, 'omdat ik onlangs moest kijken naar de wettelijke positie van al onze verpleegden, omdat dit de laatste tijd zo vaak aan de orde is geweest in het publieke debat, heb ik uw toelatingspapieren nog eens doorgekeken, en ik moet bekennen...'

Hij zei dit alles zo onbekommerd als je je maar kunt voorstellen.

'Bekennen?' zei ik om hem bij de les te houden. Ik wist dat

zijn geest de gewoonte had stilletjes af te dwalen naar een privégedachte.

'O, ja – neem me niet kwalijk. Hmm, ja ik wilde u vragen, Roseanne, of u zich toevallig de bijzonderheden van uw toelating hier nog herinnert, het zou heel nuttig zijn als dat zo was. Ik zal u zo dadelijk vertellen waarom – als dat moet.'

Dokter Grene glimlachte en ik vermoedde dat hij deze laatste opmerking als een grapje bedoelde, maar de humor ontging me, vooral omdat hij, zoals ik al zei, doorgaans geen poging tot humor deed. Dus ik veronderstelde dat hier iets ongewoons aan de hand was.

Toen was ik al net zo verstrooid als hij en vergat ik hem antwoord te geven.

'Herinnert u zich er iets van?'

'Van dat ik hier kwam, bedoelt u, dokter Grene?'

'Ja, ik denk dat ik dat bedoel.'

'Nee,' zei ik, omdat een smerige en aperte leugen het beste antwoord was.

'Het is namelijk zo,' zei hij, 'dat een groot deel van ons archief in de kelder helaas door generaties van muizen is gebruikt om zich in te nestelen, wat niet zo verbazingwekkend is, en het is allemaal behoorlijk aangetast en onleesbaar. Uw eigen dossier, als je het zo nog kunt noemen, is op een zeer interessante manier aangevreten. Het zou niet misstaan in een Egyptische tombe. Het lijkt al uit elkaar te vallen als je het met je hand aanraakt.'

Toen viel er een lange stilte. Ik glimlachte aan één stuk door. Ik probeerde te bedenken hoe ik er voor hem uitzag. Een gezicht zo verkreukeld en oud, zo verloren in leeftijd.

'Ik ken u natuurlijk heel goed. We hebben door de jaren heen zo vaak gepraat. Ik zou nu willen dat ik meer aantekeningen had gemaakt. Al met al heb ik niet veel bladzijden bij elkaar geschreven, zoals u niet zal verbazen. Ik ben geen man van aantekeningen, misschien niet zo'n goede eigenschap in mijn vak. Er wordt wel gezegd dat we geen goed doen, dat we voor niemand iets doen. Maar ik hoop dat we voor u het beste hebben gedaan, ondanks mijn laakbare gebrek aan aantekeningen. Ik hoop het echt. Ik ben blij dat u zegt dat het goed met u gaat. Ik zou graag willen denken dat u hier gelukkig bent.'

Ik glimlachte mijn oudste oudevrouwenglimlach naar hem, alsof ik het niet helemaal begreep.

'Ach,' zei hij toen met een zekere elegantie van geest, 'misschien zou niemand hier gelukkig kunnen zijn, God mag het weten.'

'Ik ben gelukkig,' zei ik.

'Weet u,' zei hij, 'dat ik u geloof. Ik denk dat u de gelukkigste mens bent die ik ken. Maar ik denk dat ik u toch opnieuw zal moeten beoordelen, Roseanne, want er is in de pers hevig geprotesteerd tegen het feit dat mensen werden opgesloten om sociale in plaats van medische redenen, dat ze werden, werden...'

'Vastgehouden?'

'Ja, ja. Vastgehouden. En tot op de dag van vandaag worden vastgehouden. U bent hier natuurlijk vele, vele jaren geweest, ik denk misschien wel vijftig jaar?'

'Dat herinner ik me niet, dokter Grene. Het zou heel goed kunnen.'

'U zou deze plek als uw thuis kunnen beschouwen.'

'Nee.'

'Tja. U heeft net als ieder ander het recht om vrij te zijn als u geschikt bent voor, voor vrijheid. Ik denk dat u zelfs op honderdjarige leeftijd misschien zou willen... zou willen rondlopen en 's zomers pootjebaden in zee en de rozen ruiken —'

'Nee!'

Het was niet mijn bedoeling om het uit te schreeuwen, maar zoals je zult zien zijn deze kleine handelingen, die door veel mensen worden geassocieerd met de genoegens en het geluk van het leven, voor mij nog steeds messen in mijn hart als ik eraan denk.

'Pardon?'

'Nee, nee, gaat u alstublieft verder.'

'Hoe dan ook, als ik erachter zou komen dat u hier bent zonder echte reden, om zo te zeggen zonder medische basis, zou ik verplicht zijn om te proberen iets anders te regelen. Ik wil u niet van streek maken. En ik ben niet van plan, mijn beste Roseanne, u op straat te zetten. Nee, nee, dit zou een zorgvuldig georganiseerde stap zijn, en zoals ik al zei, het zou door mij worden beoordeeld. Vragen, ik zou verplicht zijn u te ondervragen – tot op zekere hoogte.'

Ik wist niet helemaal zeker waar het vandaan kwam, maar er verspreidde zich een gevoel van overweldigende angst in mij, zoals ik me voorstel dat het gif van kapotte en aangetaste atomen zich verspreidde in mensen aan de uiterste grens van Hiroshima, en hen net zo gegarandeerd doodde als de explosie. Angst als een ziekte, een herinnering aan ziekte, het was voor het eerst in vele jaren dat ik die voelde.

'Gaat het wel, Roseanne? Wind u alstublieft niet op.'

'Natuurlijk wil ik vrijheid, dokter Grene. Maar het beangstigt me.'

'Het verkrijgen van vrijheid,' zei dokter Grene vriendelijk, 'gaat altijd gepaard met een sfeer van onzekerheid. In dit land tenminste wel. Misschien in alle landen.'

'Moord,' zei ik.

'Ja, soms,' zei hij zacht.

We zwegen toen en ik staarde naar de massieve rechthoek zonlicht in de kamer. Oud stof zwoegde daar.

'Vrijheid, vrijheid,' zei hij.

In zijn stoffige stem klonk een ver geklingel van het klokje van verlangen. Ik weet niets van zijn leven hierbuiten, van zijn familie. Heeft hij vrouw en kinderen? Is er ergens een mevrouw Grene? Ik weet het niet. Of weet ik het wel? Hij is een briljante man. Hij ziet eruit als een fret, maar dat maakt niet uit. Iedere man die over oude Grieken en Romeinen kan praten is een man naar mijn vaders hart. Ik mag dokter Grene graag, ondanks zijn stoffige wanhoop, omdat hij me altijd doet denken aan de spreektrant van mijn vader, de zinnen die hij uit sir Thomas Browne en John Donne had gefileerd.

'Maar we beginnen er vandaag niet mee. Nee, nee,' zei hij terwijl hij opstond. 'Beslist niet. Maar het is mijn plicht om de feiten voor u uiteen te zetten.'

En weer liep hij met een soort oneindig medisch geduld naar de deur.

'Dat verdient u, mevrouw McNulty.'

Ik knikte.

Mevrouw McNulty.

Ik moet altijd denken aan de moeder van Tom als ik die naam hoor. Ik was ook een mevrouw McNulty, maar nooit zo op-en-top als zij. Nooit. Zoals ze me talloze malen heeft ingepeperd. Waarom heb ik trouwens sindsdien McNulty als mijn naam opgegeven, terwijl iedereen alles in het werk stelde om me die naam af te pakken? Ik weet het niet.

'Ik was vorige week in de dierentuin,' zei hij plotseling, 'met een vriend en zijn zoon. Ik was in Dublin om een paar boeken voor mijn vrouw op te halen. Over rozen. De zoon van mijn vriend heet William, net als ik, zoals u weet.'

Dat wist ik niet!

'We kwamen bij het giraffenverblijf. William vond ze heel leuk, het waren twee grote lange wijfjesgiraffen met zachte, lange poten, heel, heel mooie dieren. Ik denk dat ik nog nooit zo'n mooi dier heb gezien.'

Toen meende ik in de glanzende kamer iets vreemds te zien, een traan die opwelde uit zijn ooghoek, naar zijn wang gleed en snel naar beneden viel, een soort duister, heimelijk huilen.

'Zo mooi, zo mooi,' zei hij.

Zijn woorden hadden mij in stilte opgesloten, ik weet niet waarom. Het was uiteindelijk geen openende, gemakkelijke, montere manier van praten zoals die van mijn vader. Ik wilde naar hem luisteren, maar ik wilde hem nu geen antwoord geven. Die vreemde verantwoordelijkheid die we tegenover anderen voelen als ze spreken, om hun het soelaas van een antwoord te geven. Arme mensen! Hij had trouwens geen vraag gesteld. Hij zweefde daar alleen maar in de kamer, als een geest, een levende man in het midden van het leven, onmerkbaar stervend op zijn voeten, zoals wij allemaal.

HOOFDSTUK VIER

Later sjokte John Kane mompelend en zijn veger voortduwend de kamer in, iemand die ik heb leren accepteren in de gang van zaken hier, welke, als je die niet kunt veranderen, geduld moeten worden.

Ik zag met een tikkeltje angst dat zijn gulp openstond. Zijn broek is versierd met een stel onhandig uitziende knopen. Hij is een kleine man, maar tegelijkertijd is hij één bonk spieren. Er is iets mis met zijn tong, omdat hij om de paar seconden bevreemdend moeizaam moet slikken. Zijn gezicht heeft een sluier van donkerblauwe aderen, zoals het gezicht van een soldaat dat te dicht bij de mond van een kanon was toen die ontplofte. In de roddels hier heeft hij een heel slechte reputatie.

'Ik begrijp niet waarom u al die boeken wilt hebben, mevrouw, want u hebt geen bril om ze te lezen.'

En hij slikte weer, slikte.

Ik kan uitstekend zien zonder bril, maar dat zei ik niet. Hij verwees naar de drie bandjes in mijn bezit: mijn vaders exemplaar van *Religio Medici*; *The Hounds of Hell*; en *Leaves of Grass* van de heer Whitman.

Alle drie bruin en geel van het beduimelen.

Maar een gesprek met John Kane kan alle kanten opgaan, zoals die gesprekken met jongens toen ik een jong meisje van een jaar of twaalf was, een stel snaterende jongens op de hoek van onze straat dat onverschillig in de regen stond en zachtjes dingen tegen me zei – aanvankelijk zachtjes. Hier tussen de schaduwen en de verre kreten is stilte de grootste deugd.

Zij die hen voeden houden niet van hen, zij die hen kleden zijn niet bezorgd om hen.

Dat is een citaat uit iets, ik weet niet wat het is of waar het vandaan komt.

Zelfs gebrabbel is gevaarlijk, stilte is beter.

Ik ben hier lange tijd geweest, lang genoeg om de deugd van stilte te hebben geleerd.

Oude Tom heeft me hierin gestopt. Ik denk dat hij het was. Hem werd daarmee een gunst bewezen, want hij werkte zelf als kleermaker in het gekkenhuis van Sligo. Ik denk dat hij behalve mij er ook geld in heeft gestopt, vanwege deze kamer. Of betaalt mijn man Tom voor me? Maar het kan niet dat hij nog leeft. Het is niet het eerste gesticht waarin ik werd gestopt, het eerste was –

Maar het gaat me niet om tegenbeschuldiging. Dit is een fatsoenlijk onderkomen, zij het geen thuis. Als dit thuis was zou ik gek worden!

O, ik moet mezelf eraan herinneren helder te zijn en er zeker van te zijn dat ik weet wat ik tegen je zeg. Het gaat er nu om precies en correct te zijn.

Dit is een goed onderkomen. Dit is een goed onderkomen.

Niet ver hiervandaan is een stad, heb ik gehoord. Roscommon zelf. Ik weet niet hoe ver hiervandaan, behalve dat een brandweerauto er een halfuur over doet.

Dit weet ik omdat ik vele jaren geleden op een nacht werd gewekt door John Kane. Hij leidde me de gang op en voerde me ijlings twee of drie trappen af. Er was brand in een van de vleugels en hij bracht me in veiligheid.

In plaats van me naar de begane grond te brengen, moest hij door een lange donkere ziekenzaal, waar de doktoren en ander personeel zich ook hadden verzameld. Er kwam rook van beneden, maar deze plek werd veilig geacht. Het duister klaarde langzamerhand op, of mijn ogen raakten eraan gewend.

Er stonden daar zo'n vijftig bedden, een lange, smalle zaal met overal gesloten gordijnen. Dunne, rafelige gordijnen. Oude, oude gezichten, net zo oud als mijn eigen gezicht nu. Ik was stomverbaasd. Ze hadden niet zo ver van mij vandaan gelegen zonder dat ik het wist. Oude gezichten die niets zeiden, die daar in een toestand van verdoving lagen als vijftig Russische iconen. Wie waren zij? Ja, wat dacht je, je landgenoten. Stilletjes, stilletjes sliepen ze zich naar de dood, kropen ze op bloedende knieën naar onze Heer.

Een zootje voormalige meisjes. Ik fluisterde een schietge-
bedje om hun zielen naar de hemel te jagen. Want volgens mij
kropen ze er heel traag naartoe.

Ze zullen nu wel allemaal dood zijn, of de meesten van hen.
Ik heb hen nooit meer opgezocht. De brandweerauto kwam na
een halfuur aan. Ik herinner me dat omdat de doktoren er een
opmerking over maakten.

Deze wereldvreemde plekken, met niets van de dingen waar
we de wereld om prijzen. Waar zusters, moeders, grootmoeders
en oude vrijsters vergeten liggen te verkommeren.

De niet zo verre menselijke stad gaat slapen en wordt wakker, gaat slapen en wordt wakker en vergeet zijn verloren vrouwen daar, in lange rijen.

Een halfuur. De brand bracht me bij hen, liet me hen zien.
Nooit meer.

Zij die hen voeden houden niet van hen.

'Wilt u dit houden?' zegt John Kane in mijn oor.

'Wat is dat?'

Hij hield het op zijn handpalm. De halve schaal van een vo-
gelei, blauw als de aderen in zijn gezicht.

'O, ja, dank je,' zei ik. Het was iets wat ik vele jaren daarvoor had opgeraapt in de tuinen. Het had op de vensterbank
gelegen en hij had het er nooit eerder over gehad. Maar het
had daar gelegen, blauw en volmaakt en nooit verouderend.
En toch iets ouds. Vele, vele generaties vogels geleden.

'Dat is misschien het ei van een roodborstje,' zei hij.

'Misschien,' zei ik.

'Of van een leeuwerik.'

'Ja.'

'Ik zal het hoe dan ook maar weer terugleggen,' zei hij, en hij
slikte opnieuw, alsof zijn tong stijf was geworden bij de wortel,
zijn keel bolde even op.

'Ik weet niet waar al dat stof vandaan komt,' zei hij. 'Ik veeg
het elke dag weg en altijd is er weer stof, ik zweer het, oud stof.
Geen nieuw stof, nooit nieuw stof.'

'Nee,' zei ik, 'nee. Vergeef me.'

Hij rechtte zijn rug even en keek me aan.

'Hoe heet u?' vroeg hij.

'Ik weet het niet,' zei ik in een plotselinge paniek. Ik ken hem nu al tientallen jaren. Waarom stelde hij me deze vraag?

'U weet uw eigen naam niet?'

'Ik weet het wel. Ik ben het vergeten.'

'Waarom klinkt u zo verschrikt?'

'Weet ik niet.'

'Dat is nergens voor nodig,' zei hij, en nadat hij het stof netjes in het blik had geveegd, maakte hij aanstalten om te vertrekken. 'Trouwens, ik weet hoe u heet.'

Ik begon te huilen, niet als een kind, maar als de stokoude vrouw die ik ben, langzame, iele tranen die niemand ziet, niemand droogt.

*

Voordat mijn vader goed wist wat er gebeurde, was de burgeroorlog uitgebroken.

Ik schrijf dit om mijn tranen tegen te houden. Ik stoot de woorden met mijn balpen in de bladzij, alsof ik mezelf daar vastpin.

Vóór de burgeroorlog was er een andere oorlog tegen de heerschappij van Engeland over ons land, maar die oorlog werd in Sligo nauwelijks gevoerd.

Ik citeer Jack, de broer van mijn man, als ik dit schrijf, ik hoor tenminste Jacks stem in de zinnen. Jacks verdwenen stem. Neutraal. Jack was, net als mijn moeder, een meester in de neutrale toon, zij het niet in neutraliteit. Want Jack trok uiteindelijk een Engels uniform aan en vocht in die latere oorlog tegen Hitler – ik zei bijna die echte oorlog. Hij was ook een broer van Eneas McNulty.

De drie broers, Jack, Tom en Eneas. O, ja.

In het westen van Ierland bestaat de naam Eneas overigens uit drie lettergrepen, En-ee-as. Ik ben bang dat de naam in Cork uit twee lettergrepen bestaat en ongeveer klinkt als 'anus'.

Maar de burgeroorlog werd in Sligo en langs de hele westelijke kust wel degelijk gevoerd, met felle toewijding.

De Vrijstaters* hadden het verdrag met Engeland geaccepteerd. De zogenaamde Irregulars, de irreguliere troepen, hadden het geweigerd, zoals paarden een kapotte brug in de duisternis. Want het noorden van het land was buiten de hele kwestie gehouden, en in hun ogen was wat er was geaccepteerd een Ierland zonder hoofd, een lichaam dat bij de schouders was afgehakt. Dat kwam door Carson met zijn aanhangers in het noorden die hen met Engeland verbonden hield.

Het heeft me altijd verbaasd dat Jack op bijna niets zo trots was als op het feit dat hij een neef van Carson was. Maar dit terzijde.

Er was in die tijd veel haat in Ierland. Ik was veertien, een meisje dat probeerde op te bloeien in de wereld. Overal om me heen dampen van haat.

Beste eerwaarde Gaunt. Dat mag ik toch wel zeggen. Nooit heeft een zo ernstige en eerlijke man een maagd zoveel leed berokkend. Want ik ga er geen moment van uit dat hij uit kwaadwilligheid handelde. Toch heeft hij me gemangeld, zoals de mensen op het platteland vroeger zeiden. En in een tijd daarvoor heeft hij mijn vader gemangeld.

Ik heb gezegd dat hij een kleine man was, en daar bedoel ik mee dat zijn kruin zich op dezelfde hoogte bevond als die van mij. Druk, mager en netjes, met zijn zwarte kleren en zijn haar net zo kortgeknipt als dat van een veroordeelde.

De vraag onderbreekt mijn gedachten: wat bedoelt dokter Grene ermee dat hij me moet beoordelen? Opdat ik de wereld inga? Waar is die wereld?

Hij moet me ondervragen, zei hij. Heeft hij dat niet gezegd?

---

* Na ondertekening van het verdrag met Engeland op 6 december 1922 nam het zuiden van Ierland de naam Ierse Vrijstaat (Irish Free State) aan. De voorstanders van deze Vrijstaat werden Vrijstaters (Free-Staters) genoemd. De tegenstanders van het verdrag streefden volledige onafhankelijkheid van Engeland na en legden zich niet neer bij de deling van Ierland in een Vrijstaat en een Brits Ulster (Noord-Ierland). (vert.)

Ik weet zeker dat hij dat heeft gezegd, en toch hoor ik hem nu pas goed, lang nadat hij de kamer heeft verlaten.

Paniek bevangt me nu, zwarter dan oude thee.

Ik ben nu net mijn vader op zijn oude motor, ik dender weliswaar op volle snelheid voort, maar grijp me zo stevig vast aan de handvaten dat daar een soort veiligheid in schuilt.

Wrik mijn vingers niet van de handvaten, dokter Grene, ik smeek het u.

Verdwijn uit mijn gedachten, goede dokter.

Eerwaarde Gaunt, storm binnen, storm binnen vanuit de holen van de dood en neem zijn plaats in.

Wees aanwezig, aanwezig voor mijn ogen terwijl ik kras en krabbel.

Het volgende verslag zal misschien klinken als een van de verhalen van mijn vader, een deel van zijn kleine evangelie, maar hij heeft het nooit echt voorgedragen en het ook niet een beetje verbeterd door het te vertellen, totdat het afgerond was als een lied. Ik geef je de kale botten, want meer heb ik er niet van.

In die oorlogstijd vielen er ongetwijfeld veel doden, waarvan er veel gewoonweg gevallen van moord waren. Het was natuurlijk de taak van mijn vader om een aantal van die doden op zijn nette kerkhof te begraven.

Ik was veertien en stond nog met één voet in de kindertijd en met de andere voet in het volwassen vrouwzijn. Op de kleine nonnenschool waar ik naartoe ging, stond ik niet onverschillig tegenover de jongens die na schooltijd langs de schoolhekken slingerden, sterker nog, ik herinner me dat ik dacht dat er een soort muziek van hen opsteeg, een soort menselijk geluid dat ik niet begreep. Op deze afstand is het me een raadsel hoe ik muziek heb kunnen horen opstijgen vanaf die rouwdouwen. Maar dat is de toverkracht van meisjes, dat ze loutere klei kunnen omvormen tot grote, klassieke ideeën.

Ik was dus met mijn aandacht maar half bij mijn vader en zijn wereld. Ik was meer bezig met mijn eigen mysteries, zoals hoe ik krullen in mijn rothaar moest krijgen. Ik heb urenlang zitten ploeteren met een strijkijzer van mijn moeder, waarmee ze het zondagse overhemd van mijn vader streek. Het was een slank, klein voorwerp dat snel warm werd op de haardrand, en als ik mijn steile gele lokken op tafel legde hoopte ik er door een soort alchemie krullen in te wrochten. Zo werd ik in beslag genomen door de angsten en ambities van mijn leeftijd.

Toch was ik vaak in de tempel van mijn vader om mijn huiswerk te maken en te genieten van de kleine kolenhaard die hij daar liet branden dankzij zijn brandstoftoelage. Ik deed mijn huiswerk en luisterde naar hem als hij 'Marble Halls' en dat soort liedjes zong. En maakte me zorgen over mijn haar.

Wat zou ik er niet voor geven om nu nog een paar van die gele slierten steil haar te hebben.

Mijn vader begroef iedereen die hij te begraven kreeg. In vredestijd begroef hij vooral de ouden en zieken, maar in oorlogstijd kreeg hij geregeld het lijk van een jongen of jongeman.

Dit deed hem verdriet op een manier die hij nooit toonde bij bejaarden of zwakken. Hij vond laatstgenoemde sterfgevallen vanzelfsprekend en terecht, en of de families en rouwenden nu huilden of stil waren bij het graf, hij wist dat er sprake was van een redelijke tijd van leven en rechtvaardigheid. Dikwijls kende hij het oudje dat begraven moest worden en wisselde hij herinneringen en anekdotes uit als hij de indruk had dat dat prettig en genereus werd gevonden. Hij was in die gevallen een soort diplomaat van verdriet.

Maar de lichamen van degenen die gesneuveld waren in de oorlog deden hem veel verdriet, op een andere manier. Men zou kunnen denken dat hij als presbyteriaan geen deel uitmaakte van het Ierse verhaal. Maar hij had begrip voor rebellie. In een la in zijn slaapkamer bewaarde hij een herdenkingsboekje van de Paasopstand van 1916, met foto's van de hoofdpersonen die daarbij betrokken waren en een kalender met de slagen en tragische gebeurtenissen. Het enige verderfelijke dat die opstand volgens hem in zich borg was het typisch katholieke karakter ervan, waarvan hij zich natuurlijk uitgesloten voelde.

Het was de dood van de jongeren die hem verdriet deed. Tenslotte was het nog maar een paar jaar na de slachting van de

Eerste Wereldoorlog. In de jaren rond de Paasopstand waren uit Sligo immers honderden mannen vertrokken om in Vlaanderen te vechten, en aangezien de gesneuvelden van die oorlog niet thuis begraven konden worden, zou je kunnen zeggen dat die tientallen mannen begraven lagen in mijn vader, op het geheime kerkhof van zijn gedachten. In de burgeroorlog vielen er weer doden, en het waren altijd de jongeren. Er was in Sligo in elk geval geen enkele man van vijftig die in de burgeroorlog vocht.

Hij fulmineerde niet tegen deze zaken, hij wist dat er in elke generatie oorlogen zouden zijn, maar hij wijdde zich op een eigenaardig professionele manier aan die dingen, omdat hij tenslotte in naam de beheerder van de doden was, alsof hij de koning was van een afwezig volk.

Eerwaarde Gaunt was zelf jong en je zou van hem mogen verwachten dat hij een speciale verwantschap voelde met de gesneuvelden. Maar eerwaarde Gaunt was zo goed gekapt en verzorgd dat hij totaal geen antenne had voor verdriet. Hij was als een zanger die de woorden kent en kan zingen, maar het lied niet kan zingen zoals het in het hart van de componist is gevormd. Meestal was hij gortdroog. Hij sprak over jong en oud met dezelfde droge muziek.

Maar laat ik hem niet zwartmaken. Hij ging bij iedereen langs in zijn gemeente in Sligo, hij ging naargeestige kamers binnen in de stad, waar aan lagerwal geraakte vrijgezellen zich te goed deden aan bonen in blik, en armoedige hutten bij de rivier die er zelf uitzagen als stokoude verhongerende mannen, met rottende strodaken als haar en starende, dofzwarte raampjes als ogen. Ook daar ging hij naar binnen, daar stond hij om bekend, zonder ooit vlooien of luizen mee naar buiten te nemen. Want hij was schoner dan de maan bij daglicht.

En wanneer zo'n kleine, schone man werd dwarsgezeten was hij als een zeis; het gras, de bramen en de stengels van de menselijke natuur gingen voor hem neer, zoals mijn vader ontdekte.

Het gebeurde als volgt.

Toen mijn vader en ik ons op een avond vermaakten in de

tempel voordat we naar huis teruggingen voor de avondmaaltijd, hoorden we een geschuifel en gemompel voor de oude ijzeren deur. Mijn vader keek me aan, waakzaam als een hond voordat hij blaft.

'Hé, wat is dat?' zei hij, meer tegen zichzelf dan tegen mij. Er kwamen drie mannen binnen die een vierde man droegen, en als gedreven door een onzichtbare kracht leken ze mij weg te rukken van de tafel, en voordat ik wist wat er gebeurde schuurde de achterkant van mijn schooljurk tegen de vochtige witkalk van de muur. Ze waren als een kleine orkaan van bedrijvigheid. Het waren allemaal jonge mannen, en de man die ze droegen was naar mijn schatting niet ouder dan zeventien. Hij was zo op het oog een knappe, lange jongen, ruig gekleed, besmeurd met modder, grasvlekken van het moeras en bloed. Veel dun ogend bloed op zijn overhemd. En hij was duidelijk morsdood.

De andere drie jongens stonden te janken en te jammeren, misschien hysterisch, wat in mij ook hysterie opwekte. Mijn vader evenwel stond duister bij zijn haard, als een man die zijn best doet om geheimzinnig te zijn, zijn gezicht zo uitdrukkingsloos als wat, maar ook, dacht ik, klaar om een gedachte te hebben en er zo nodig naar te handelen. Want de drie jongens waren beladen met oude geweren en uit hun zakken puilden andere wapens die, zoals dat gaat na een schermutseling, allemaal lukraak waren opgeraapt. Ik wist dat wapens de zeer schaarse valuta van de oorlog waren.

'Wat zijn jullie van plan, jongens?' vroeg mijn vader. 'Bij al dit soort zaken, lichamen die hier gebracht worden, gelden namelijk regels, je kunt niet zomaar met een jongen komen aanzetten. Goeie genade.'

'Meneer Clear, meneer Clear,' zei een van de mannen, een jongen met een ernstig gezicht en haar dat zo te zien kort was geknipt tegen de luizen, 'we zouden niet weten waar we anders met hem naartoe moesten.'

'Kennen jullie mij?' vroeg mijn vader.

'Ik ken u goed genoeg. Ik weet in elk geval wat voor vlees ik in de kuip heb, ik heb gehoord van de mensen die het kunnen weten dat u niet tegen ons bent, in tegenstelling tot veel dwazen hier in de stad Sligo.'

'Dat mag wel zo zijn,' zei mijn vader, 'maar wie zijn jullie? Zijn jullie Vrijstaters of horen jullie bij de andere groep?'

'Zien we eruit als Vrijstaters met het halve bergmoeras in ons haar?'

'Nee, inderdaad. Dus jongens, wat wil je dat ik doe? Wie is deze jongen hier?'

'Deze arme kerel,' zei dezelfde spreker, 'is Willie Lavelle, hij was zeventien jaar, en hij is op de berg gedood door een bende gemene, hersenloze, verachtelijke klootzakken die zichzelf soldaten noemen, wat ze niet zijn, en die erger zijn dan welke Black and Tan dan ook in de oorlog die net achter de rug is.* In elk geval net zo in- en inslecht. Want we zaten zo hoog op de berg dat we het flink koud hadden gekregen en rammelden van de honger, en deze jongen gaf zich aan hen over, en wij zaten veilig en wel verscholen in de hei, maar zij moesten hem zo nodig slaan en schoppen en uithoren. Ze lachten, en een van hen stak zijn geweer in het gezicht van de jongen, die de dapperste jongen onder ons was, maar met alle respect, meisje,' zei hij tegen mij, 'hij was zo bang dat hij in zijn broek piste, want hij wist het, ze zeggen dat je het altijd weet, meneer, wanneer een man je zal schieten, en omdat ze dachten dat er niemand was, dat niemand keek en niemand hun monsterlijkheid kon zien, schoten ze drie kogels in zijn buik. En ze gingen zo vrolijk als wat de berg weer af. Jezus christus, als we Willie hebben begraven gaan we hen achterna, hè, jongens? – om ze hun vet te geven, als we ze kunnen vinden.'

Toen deed dezelfde man iets onverwachts, hij barstte in hevige tranen uit en wierp zich over het lichaam van zijn gevallen kameraad, en liet een schrille brul van verdriet ontsnappen die nog nooit was gehoord en later ook niet meer gehoord zou worden, hoewel het een kleine tempel van verdriet was.

---

* De Black and Tans zijn de Britse troepen die naar Ierland werden gestuurd om de opstand in de jaren 1919-1921 de kop in te drukken. (vert.)

'Rustig aan, John,' zei een van de anderen. 'We zijn in de stad, hoewel het hier op het knekelveld donker en stil is.'

Maar de eerste man ging door met jammeren en lag over de borst van de dode man als – ik zou bijna zeggen als een meisje, maar zo was het eigenlijk niet.

Ik was in elk geval tot aan de kraag van mijn schoolblouse met afgrijzen vervuld, natuurlijk was ik dat. Mijn vader was zijn kalmte verloren en liep snel op en neer tussen de haard en zijn stoel met de paar geplette oude kussens van stof die ooit rood was geweest.

'Meneer, meneer,' zei de derde man, een lange, dunne jongen die ik nog nooit had gezien en die regelrecht afkomstig leek van een boerenbedrijf in de bergen, met een broek die bij lange na niet tot op zijn enkels kwam. 'U moet hem nu begraven.'

'Ik kan niemand begraven zonder een priester, om nog maar te zwijgen van het feit dat jullie hier volgens mij geen perceel hebben gekocht.'

'Hoe zouden we percelen kunnen kopen als we voor de Ierse Republiek aan het vechten zijn?' zei de eerste man, zich aan zijn tranen ontworstelend. 'Heel Ierland is ons perceel. Je kunt ons overal neerleggen. Want we zijn Ieren. Misschien weet u daar niets van?'

'Ik hoop dat ik ook een Ier ben,' zei mijn vader, en ik wist dat hij beledigd was door die opmerking. Het was namelijk zo dat presbyterianen niet erg geliefd waren in Sligo, ik weet eigenlijk niet waaraan dat lag. Of het moest zijn dat er vroeger veel aan bekering werd gedaan, met een presbyteriaanse missie naar het westen en dergelijke, die weliswaar geen doorslaand succes was geworden, maar toch een aantal katholieken bij hun gemeente had gebracht in een tijd van vreselijke honger en nooddruft, en daardoor de angst en het wantrouwen onder de mensen had vergroot.

'U zult hem moeten begraven,' zei de derde man. 'Is dat niet Johns kleine broertje daar op de tafel?'

'Is dit je broer?' vroeg mijn vader.

Plotseling was de man volkomen stil, roerloos.

'Ja,' zei hij.

'Dat is heel droevig,' zei mijn vader. 'Dat is heel droevig.'

'En hij heeft geen priester om hem absolutie te verlenen. Zou er misschien een priester voor hem gehaald kunnen worden?'

'Eerwaarde Gaunt is hier de priester,' zei mijn vader. 'Hij is een prima man, en ik kan Roseanne sturen om hem te halen, als je dat zou willen.'

'Maar ze mag niets tegen hem zeggen, alleen dat hij hier moet komen, en ze mag onderweg ook met niemand praten, en al helemaal niet met een Vrijstaatsoldaat, want als ze dat doet, zullen we hier worden gedood. Ze zullen ons net zo makkelijk doden als ze Willie hebben gedood op de berg, dat staat vast. Ik zou tegen u moeten zeggen dat we u zullen doden als ze het verklapt, maar ik weet niet zeker of we dat wel zouden doen.'

Mijn vader keek hem verbaasd aan. Het leek me een zo eerlijk en beleefd verzoek, dat ik besloot eraan te voldoen en met niemand te praten.

'We hebben trouwens geen kogels, wat de reden is dat we als hazen in de hei zijn gebleven, zonder ons te verroeren. Ik wou dat we ons wel hadden verroerd, jongens,' zei de broer van de dode man, 'en ons hadden opgericht en ons op hen hadden gestort, want zo kunnen we niet in de wereld staan, nu Willie dood is en wij nog leven.'

En de jongeman stortte weer in en huilde deerniswekkend.

'Luister, besteed daar maar geen aandacht aan,' zei mijn vader. 'Ik zal Roseanne eerwaarde Gaunt laten halen. Ga maar, Roseanne, zoals ik zei, en ren naar de pastorie en haal eerwaarde Gaunt, beste meid.'

Ik rende dus naar buiten het winderige winterkerkhof op, door de lanen van de doden, het kerkhof uit, de top van de heuvelige weg op die golvend naar Sligo glijdt, en ik rende die af en kwam uiteindelijk aan bij het huis van de priester, ging zijn ijzeren hek in, het grindpad op en wierp mezelf tegen zijn robuuste deur, die zo groen als het blad van een aspidistra was geschilderd. Nu ik was losgemaakt van mijn vader dacht ik niet aan krulijzers en haar, maar aan zijn leven zelf, omdat ik wist dat die drie levende mannen verschrikkingen hadden meegemaakt, en wie verschrikkingen meemaakt kan even erge verschrikkingen aanrichten, dat is een wet van het leven en van de oorlog.

Goddank liet eerwaarde Gaunt algauw zijn magere gezicht zien bij de deur, en ik kakelde tegen hem en smeekte hem om naar mijn vader te komen, dat hij daar heel erg nodig was, en of hij wilde komen, of hij wilde komen.

'Ik kom,' zei eerwaarde Gaunt, want hij was niet iemand die niet thuis gaf als je hem nodig had, zoals zoveel van zijn collega's, die te trots zijn om de regen in hun mond te proeven. En inderdaad sloeg de regen ons in het gezicht toen we de heuvel weer op gingen, en algauw was de hele voorkant van zijn lange, zwarte jas bedekt met een natte glinstering, en ik ook, en ik zelf had geen jas aangetrokken, maar liet de wereld nu alleen maar natte benen zien.

'Wie heeft me nodig?' vroeg de priester sceptisch, toen ik hem door de hekken van het kerkhof leidde.

'Degene die u nodig heeft, is dood,' zei ik.

'Als hij dood is, waar is al die haast dan voor nodig, Roseanne?'

'De andere persoon die u nodig heeft, leeft nog. Dat is zijn broer, eerwaarde.'

'Ik begrijp het.'

Op het kerkhof glinsterden de stenen ook in de natheid, en de wind danste rond in de lanen, zodat je niet wist waar de regen je te pakken zou krijgen.

Toen we bij het tempeltje kwamen en naar binnen liepen, was het tafereel nauwelijks veranderd, alsof de vier levende personen en zeker de dode ter plekke waren verstijfd toen ik naar buiten was gegaan, en zich niet meer hadden bewogen. De Irregulars draaiden hun jonge gezicht naar eerwaarde Gaunt toen hij binnenstapte.

'Eerwaarde Gaunt,' zei mijn vader. 'Het spijt me dat ik uw hulp heb ingeroepen. Deze jongemannen vroegen me u te laten halen.'

'Houden ze u gevangen?' vroeg de priester, gekrenkt door de aanblik van geweren.

'Nee, nee, ze houden me niet gevangen.'

'Ik hoop dat jullie me niet zullen schieten?' vroeg eerwaarde Gaunt.

'Er is nog nooit een priester neergeschoten in deze oorlog,' zei de man die ik de derde man heb genoemd. 'Hoe akelig die ook is. Er is alleen deze arme man doodgeschoten, Johns broer, Willie. Hij is morsdood.'

'Is hij al lang dood?' vroeg eerwaarde Gaunt. 'Heeft iemand zijn laatste adem genomen?'

'Dat heb ik gedaan,' zei de broer.

'Geef die dan terug in zijn mond,' zei eerwaarde Gaunt, 'dan zal ik hem zegenen. En zijn arme ziel laten opstijgen naar de hemel.'

De broer kuste dus de dode mond van zijn broer en gaf zo denk ik de laatste adem terug die hij genomen had op het moment dat zijn broer stierf. En eerwaarde Gaunt zegende hem en boog zich over hem heen en sloeg een kruis over hem.

'Kunt u hem absolutie verlenen, eerwaarde, zodat hij met een rein geweten naar de hemel kan gaan?'

'Heeft hij een moord gepleegd, heeft hij een andere man gedood in deze oorlog?'

'Het is geen moord als je een man doodt in een oorlog. Het is gewoon oorlog.'

'Vriend, je weet heel goed dat de bisschoppen verboden hebben jullie absolutie te verlenen, want ze hebben besloten dat jullie oorlog verkeerd is. Maar ik zal hem absolutie verlenen als jullie me zeggen dat hij bij jullie weten geen moord heeft gepleegd. Dat zal ik doen.'

De drie mannen keken elkaar aan. Er was een vreemde, duistere angst in die gezichten. Het waren jonge, katholieke jongens, ze waren bang voor de priester, en ze waren bang dat ze tekort zouden schieten in hun verantwoordelijkheid om hun kameraad naar de hemel te helpen, en ik weet zeker dat ieder van hen zijn hersens afpijnigde op zoek naar een antwoord dat naar waarheid zou zijn, want alleen de waarheid zou de dode man in het paradijs brengen.

'Alleen de waarheid zal jullie dienen,' zei de priester, en ik schrok ervan dat hij mijn eigen gedachten herhaalde. Het waren de eenvoudige gedachten van een eenvoudig meisje, maar misschien is de katholieke godsdienst altijd tamelijk eenvoudig in zijn bedoelingen.

'Geen van ons heeft hem iets zien doen in die oorlog,' zei de broer ten slotte. 'Als dat wel zo was, zouden we het zeggen.'

'Dan is het goed,' zei de priester. 'Ik voel heel erg mee met je verdriet. Het spijt me dat ik het moest vragen. Het spijt me heel erg.'

Hij liep tot vlak bij de dode man en raakte hem met de grootste tederheid aan.

'Ik absolveer je van je zonden in de naam van de Vader, de Zoon en de Heilige Geest.'

En allen die daar waren, inclusief mijn vader en ikzelf, zeiden daar *Amen* op.

HOOFDSTUK VIJF

Het aantekenboek van dokter Grene

Het zou geweldig zijn als ik af en toe het idee zou hebben dat ik wist wat ik deed.

Ik heb het ministerie van Volksgezondheid volkomen onderschat, wat ik eerlijk gezegd niet voor mogelijk had gehouden. Mij is als feit te kennen gegeven dat het werk op het bouwterrein binnenkort zal beginnen, aan de andere kant van de stad Roscommon, een heel mooi bouwterrein is me verzekerd. Om niet alles rozengeur en maneschijn te laten worden, zullen er maar heel weinig bedden zijn, terwijl wij er zoveel hebben. Er zijn hier zelfs kamers met alleen maar bedden, niet omdat we ze niet konden vullen, maar omdat de vervallen staat van de kamers elke beschrijving tart, met hun plafonds die een gevaar zijn geworden en vreselijke vochtplekken op de muren. Alles wat van ijzer is, zoals ledikanten, roest weg. Alle nieuwe bedden in het nieuwe onderkomen zullen het nieuwste van het nieuwste zijn, zonder roest, smetteloos en fraai, maar het zullen er minder zijn, veel minder. We zullen dus als gekken moeten schiften.

Ik heb het gevoel niet van me af kunnen zetten dat ik mensen probeer weg te sturen die het zonder mij niet zullen redden. Misschien is het begrijpelijk, maar tegelijkertijd vertrouw ik mezelf niet. Ik heb de oerstomme gewoonte om vaderlijke gevoelens te koesteren jegens mijn patiënten, zelfs moederlijke. Na al die jaren die, dat weet ik zeker, voor andere mensen die in deze sector werken geestdodend zijn, ben ik jaloers op de veiligheid, het geluk van mijn patiënten, zij het ook enigszins pessimistisch over hun vooruitgang. Maar ik vertrouw het niet. Ik vraag me af of ik, nu ik tekortgeschoten ben tegenover mijn eigen vrouw, geneigd ben deze hele plek te beschouwen als een soort huwelijksterrein, waar ik zonder zonden kan zijn, niet beschuldigd word, en zelfs dagelijks (vervloekte behoefte) redding vind.

Tweedehands stoffen werden vroeger al dan niet ingedeeld in de categorie 'niet meer te redden'. In tijden van weleer werden alle pakken voor de mannen en de jurken voor de dames in een inrichting als deze genaaid van liefdadigheidsstof, de pakken door een kleermaker, de jurken door een naaister. Ik ben er zelfs van overtuigd dat formeel 'niet meer te redden' goed genoeg werd geacht voor de arme stakkers die hier verbleven. Maar naarmate de tijd verstrijkt en ik net als ieder ander langzamerhand verslijt, de stof waaruit ik besta begint te rafelen en te scheuren, heb ik deze plek meer en meer nodig. Het vertrouwen van degenen die noodlijdend zijn is vergevingsgezind. Misschien zou ik meer gefrustreerd moeten zijn door het onmiskenbaar doodlopende karakter van de psychiatrie, de vreselijke ontluistering in de toestand van degenen die hier wegkwijnen, de onmogelijkheid van alles. Maar God sta me bij, dat ben ik niet. Over een paar jaar zal ik mijn pensioengerechtigde leeftijd bereiken, en wat dan? Ik zal een mus zonder tuin zijn.

Hoe dan ook, ik weet dat deze gedachten voortkomen uit de huidige prangende situatie. Voor het eerst is me de onbeschaamdheid, ik geloof dat dat het woord is, de onbeschaamdheid van mijn beroep opgevallen. Het achterbakse ervan, jazeker, de slinksheid. En in een nieuwe vlaag van stompzinnigheid ben ik vastbesloten om niet slinks te zijn. Ik heb de hele week met specifieke patiënten hier gesproken, enkelen van hen zeer bijzondere personen. Ik heb het gevoel dat ik hen om een bepaalde reden ondervraag, hun verdrijving, hun ondergang. Dat als ze blijk geven van geestelijke gezondheid, dat ze dan verbannen moeten worden naar die vervloekte 'gemeenschap'. Ik ben me er terdege van bewust dat deze manier van denken helemaal verkeerd is, wat de reden is dat ik er hier lucht aan probeer te geven. Ik moet integendeel onbaatzuchtig zijn, zoals het oude woord luidt, onbevooroordeeld, en telkens weer het medelijden weerstaan, want medelijden is mijn zwakte. Er was gisteren een man, een boer uit Leitrim, die vroeger 160 hectare land had. Hij is gek, op een onbetwistbare, loepzuivere manier. Hij vertelde me dat zijn familie zo oud was dat ze teruggevoerd kon worden tot tweeduizend jaar geleden. Hij zei dat hijzelf de laatste was met zijn naam. Hij had geen kinderen, zeker geen zoons, en de naam zou met hem uitsterven. De naam was trouwens Meel, inderdaad een zeer vreemde naam die misschien afgeleid is van het Ierse woord voor honing, dat zei hij althans. Hij is rond de zeventig, heel waardig, ziek, en gek. Ja, hij is gek. Dat wil zeggen: psychotisch, en ik zie in zijn dossier dat hij jaren geleden ongelukkig genoeg aangetroffen werd op een schoolplein waar hij zich schuilhield onder een bank met drie dode honden vastgebonden aan zijn been, dat hij achter zich aan sleepte. Maar toen ik met hem sprak, kon ik alleen maar liefde voelen. Dat was bespottelijk. En ik sta er zeer, zeer wantrouwig tegenover.

*

Vaak komen mijn patiënten me voor als een kudde ooien die van een heuvel stroomt naar de rand van een klif. Ik moet een herder zijn die alle manieren van fluiten kent. Ik ken ze geen van alle. Maar we zullen zien.

'We zullen zien, zei de rat, en hij schudde zijn houten poot.'

Een gezegde van Bet. Wat betekent het? Geen idee. Misschien is het een zinnetje uit een beroemd kinderverhaal, weer zo'n beroemd Iers iets uit de kindertijd waar ik geen weet van heb omdat ik mijn kindertijd in Engeland heb doorgebracht. Het is om gek van te worden dat je Iers bent en dat je geen van de bijbehorende trekken of herinneringen hebt, of godbetert zelfs maar een herkenbaar accent. Niemand ter wereld heeft me ooit aangezien voor een Ier, en toch ben ik dat, voor zover ik weet.

Bet heeft de hele week stilletjes in haar kamer boven me gezeten, ze had zelfs de BBC World Service niet aanstaan, wat ze doorgaans heeft. Mijn vrouw. Het joeg me de stuipen op het lijf.

Ik heb gisteravond geprobeerd een entente met haar te bereiken – als ik het zo goed spel. Het lijdt geen twijfel dat ik van haar houd. Waarom doet mijn zogenaamde liefde haar dan geen goed, waarom brengt die haar zelfs in gevaar? O, toen ik mijn vorige notitie hier las, waar ik mezelf op subtiele of niet zo subtiele wijze op de borst leek te kloppen inzake medelijden en liefde – mijn maag draaide zich bijna om toen ik het las – ergerde ik me zo aan mezelf dat ik naar de keuken ging toen ik haar dat afschuwelijke spul hoorde maken dat ze 's avonds voor het slapengaan drinkt. Complan. Een nachtmerriedrankje bij uitstek, dat naar de dood smaakt. Ik bedoel Leven-in-Dood en Dood-in-Leven, Coleridge, als ik me goed herinner. 'Het lied van de oude zeeman'. Wie moet ik nu bij de mouw grijpen om mijn verhaal kwijt te kunnen? Het was altijd Bet. Nu ben ik mouwloos. Ik weet zeker dat ik haar te vaak bij de mouw heb gegrepen. In mijn eigen jargon: 'geparasiteerd' op haar energie en niets teruggegeven. Tja, misschien. We hebben een geweldige tijd gehad. We waren de koning en koningin van de ochtendkoffie, in de duisternis van de winter, in de vroege ochtendzon van de zomer die regelrecht ons raam binnenviel, regelrecht, om ons te wekken. Ach ja, kleine dingen. Kleine dingen, die we geestelijke gezondheid noemen, of de stof waarvan geestelijke gezondheid wordt gemaakt. Wanneer ik in die tijd met haar praatte – nee, God verhoede dat ik sentimenteel word. Die tijd is voorbij. Nu zijn we twee vreemde landen en we hebben alleen onze ambassades in hetzelfde huis. De betrekkingen zijn vriendelijk, maar strikt diplomatiek. Er is een onderhuids besef van geruchten, veroordeling, herinnering, als twee volken die ooit ernstige misdaden tegen elkaar hebben begaan, maar in een andere generatie. We zijn Baltische staatjes. Alleen heeft zij mij verdorie nog aan toe nooit iets aangedaan. Het is wreedheid die geheel van één kant komt.

Ik was niet van plan hierover te schrijven op deze plaats. Ik had dit bedoeld als een professioneel – min of meer in elk geval – verslag van de gang van zaken, de laatste dagen misschien van deze onbelangrijke, verloren, wezenlijke plek. De plek waar ik mijn beroepsmatige leven heb gesleten. De vreemde tempel van mijn ambities. Ik weet dat ik net zo bang ben dat ik niets heb gedaan voor de verpleegden hier, dat ik hen sentimenteel heb bejegend en daardoor tekort ben geschoten, ik ben daar net zo bang voor als dat ik ervan overtuigd ben dat ik Bets leven heb verwoest. Dat 'leven', dat ongeschreven verhaal over haarzelf, dat – ik weet het niet. Ik ben er nooit op uit geweest het te doen. Ik ging er in alle eerlijkheid prat op dat ik haar trouw was, haar hoogachtte, haar welhaast vereerde. Misschien bejegende ik haar ook wel sentimenteel. Funeste, chronische sentimentaliteit. Mijn trots op haar was mijn trots op mezelf, verdomd als het niet waar is, en daar was niets mis mee. Zolang zij een hoge dunk van mij had, had ik de hoogste dunk van mezelf. Ik leefde ervan, elke dag ging ik erdoor gesterkt de deur uit. Hoe prachtig, hoe opwindend, hoe bespottelijk. Maar ik zou er alles voor over hebben om weer in die toestand te komen. Ik weet dat het onmogelijk is, maar toch. Als deze wereld ten onder gaat, zullen er zoveel kleine geschiedenissen meegaan. Het is gewoon beangstigend, misschien zelfs terroriserend.

Ik ging dus naar de keuken. Hoe welkom ik was kan ik niet zeggen. Waarschijnlijk niet heel erg, mijn plotselinge aanwezigheid werd geduld.

Ze maakte echter geen Complan, ze loste een paar tabletten op in een glas, Disprin of zoiets.

'Gaat het wel?' vroeg ik. 'Hoofdpijn?'

'Het gaat prima,' zei ze.

Ik weet dat ze verleden jaar in januari een beetje is geschrokken, ze viel flauw op straat terwijl ze aan het winkelen was en werd naar het ziekenhuis van Roscommon gebracht. Ze heeft daar de hele dag allerlei testen ondergaan en 's avonds belde een van de doktoren me nietsvermoedend op en vroeg me haar op te komen halen. Hij dacht waarschijnlijk dat ik wist dat ze daar was. Ik schrok me rot. Ik reed bijna de auto te pletter toen ik onze poort uit reed, hing hem bijna aan de pilaar, reed als een man die zijn zwangere vrouw 's nachts naar het ziekenhuis brengt wanneer de beroemde weeën beginnen, al heeft ze die nooit gehad, en daarin ligt misschien de kern van het probleem.

Ze staarde nu naar het glas.

'Hoe is het met je benen?' vroeg ik.

'Gezwollen,' zei ze. 'Het is alleen maar water. Dat zeiden ze. Ik wou dat het wegging.'

'Ja, natuurlijk,' zei ik, waarbij ik enige moed putte uit het woord 'weggaan', in de zin van vakantie. 'Moet je horen, ik dacht dat het misschien leuk zou zijn om er een paar dagen tussenuit te gaan, als alles op het werk in kannen en kruiken is. Op vakantie.'

Ze keek me aan terwijl ze de bruisende tabletten in het glas naar binnen gulpte en zich vermande tegen de bittere smaak. Tot mijn spijt moet ik vermelden dat ze lachte, een klein lachje maar, waarvan ik vermoed dat ze het liever niet had laten ontsnappen, maar daar was het, een lachje, tussen ons in.

'Ik dacht van niet,' zei ze.

'Waarom niet?' zei ik. 'Net als vroeger. Zou ons beiden goeddoen.'

'Is dat zo, dokter?'

'Ja, zou ons goeddoen. Echt.'

Het kostte me ineens moeite om te praten, alsof elk woord een klompje modder was in mijn mond.

'Het spijt me, William,' zei ze, en dat was een slecht teken, mijn voornaam voluit, niet langer Will, gewoon William, verder niets, 'ik heb daar niet echt zin in. Ik vind het vreselijk om al die kinderen te zien.'

'Die wat?'

'De mensen, met hun kinderen.'

'Waarom?'

O ja, oppervlakkige, domme vraag. Kinderen. Die we niet hebben. Oneindig veel moeite hebben we ons getroost. Oneindig veel. Zonder resultaat.

'William, je bent niet dom.'

'We gaan wel ergens naartoe waar geen kinderen zijn.'

'Waar? Mars?' zei ze.

'Ergens waar geen kinderen zijn,' zei ik, terwijl ik mijn gezicht ophief naar het plafond, alsof die plek in aanmerking kwam. 'Ik weet niet waar dat is.'

Roseannes getuigenis van zichzelf

Toen gebeurde het allerverschrikkelijkste.

Ik zweer bij God dat ik tot op de dag van vandaag niet weet hoe het gebeurde. Iemand anders of anderen weten het vast wel, of wisten het toen ze nog leefden. En misschien is het precieze hoe niet belangrijk, is het dat nooit geweest, maar alleen wat bepaalde mensen dachten dat er gebeurd was.

Het doet er misschien ook niet meer toe, want al die mensen zijn door de tijd weggemaaid. Maar misschien is er een andere plek waar alles er eeuwig toe doet, zoals het gerechtshof van de hemel. Het zou een bruikbaar gerechtshof voor de levenden zijn, maar de levenden zullen het nooit zien.

Er werd op de deur gebonkt door onbekenden die met harde militaire stemmen schreeuwden. We leken daarbinnen toen wel een stelletje verscholen pissebedden, we vluchtten in verschillende richtingen, ikzelf deinsde terug als een tragédienne in een stuk van een reizend toneelgezelschap, zoals je dat zou kunnen zien in een vochtige zaal in de stad, de drie Irregulars doken neer achter de tafel en mijn vader trok eerwaarde Gaunt naar me toe, alsof hij me zou kunnen verstoppen achter de priester en zijn eigen liefde. Want het was iedereen duidelijk dat er nu schoten zouden vallen, en op het moment dat ik dat dacht ging de ijzeren deur open op zijn grote, knarsende scharnieren.

Ja, het waren jongens van het nieuwe leger in hun lompe uniformen. Het had er alle schijn van dat ze kogels in overvloed hadden toen ze binnenkwamen, ze richtten tenminste uiterst geconcentreerd hun geweren op ons, en voor mijn jonge ogen, die door de benen van mijn vader heen keken, zagen de zes of zeven gezichten die de tempel binnenkwamen er in het licht van de haard alleen maar doodsbang uit.

De lange, magere jongen van de berg, wiens broek niet helemaal tot zijn enkels kwam, sprong op vanachter de tafel en stormde om persoonlijke, krankzinnige redenen op de nieuwkomers af alsof hij zich buiten op een echt slagveld bevond. De broer van de dode man stond vlak achter hem, misschien omdat hij dit in zijn verdriet van zichzelf eiste. Het is moeilijk om het lawaai te beschrijven dat geweren maken in een kleine, afgesloten ruimte, maar het zou de botten uit je vlees doen vallen. Mijn vader, eerwaarde Gaunt en ik verhieven ons als één persoon en drukten ons tegen de muur, en de kogels die de twee jongens binnengingen moeten vreemde banen hebben beschreven door hen heen, want ik zag bliksemsnel ontploffende putten in het pleisterwerk van de oude muur naast me. Eerst de kogels, en dan een dunne stortvloed van het lichtste bloed, over mijn uniform, mijn handen, mijn vader, mijn leven.

De twee Irregulars waren niet gedood, maar kronkelden nu in elkaar verstrengeld op de grond.

'In godsnaam,' riep eerwaarde Gaunt, 'hou op – er is hier een meisje, en gewone mensen.' Wat hij met dat laatste ook bedoelde.

'Leg je geweren neer, leg je geweren neer,' riep een van de nieuwe soldaten, het was bijna een schreeuw. De laatste man aan onze kant van de tafel gooide inderdaad zijn geweer neer, en zijn pistool uit zijn gordel, en hij stond ogenblikkelijk op en stak zijn handen omhoog. Hij keek heel even naar me achterom en ik dacht dat zijn ogen huilden, dat zijn ogen het een of ander deden, in elk geval boorden ze zich in mij, fel, fel, alsof die ogen gebruikt konden worden om te doden, beter konden zijn dan de kogels die ze niet hadden.

'Luister,' zei eerwaarde Gaunt. 'Volgens mij – volgens mij hebben deze mannen geen kogels. Laten we nu allemaal even niets doen!'

'Geen kogels?' zei de leider van de mannen. 'Omdat ze die allemaal in onze mannen hebben gestopt op de berg. Zijn jullie die klootzakken die op de berg waren?'

Lieve hemel, lieve hemel, we wisten dat zij dat waren, en toch zei om de een of andere reden niemand van ons iets.

'Jullie hebben mijn broer gedood,' zei de man genaamd John op de grond. Hij hield de bovenkant van zijn dij vast en er lag een grote, vreemde, donkere plas bloed vlak onder hem, bloed zo zwart als merels. 'Jullie hebben hem in koelen bloede gedood. Jullie hadden hem als gevangene, hij vormde geen gevaar, en toch schoten jullie hem verdomme drie keer in zijn buik!'

'Zodat jullie ons niet overal zouden besluipen en vermoorden!' zei de leider. 'Hou deze mannen op de grond, en jij,' riep hij tegen degene die zich had overgegeven, 'kunt jezelf als gearresteerd beschouwen. Breng ze allemaal naar de truck, jongens, dan gaan we dit even uitzoeken. We betrappen jullie in het duister van de avond, op deze smerige plek, bij elkaar gekropen als ratten. Jij, man, hoe heet je?'

'Joe Clear,' zei mijn vader. 'Ik ben de bewaker hier op het kerkhof. Dit is eerwaarde Gaunt, een van de kapelaans van de parochie. Ik heb hem laten komen om voor de dode jongen daar te zorgen.'

'Dus jullie begraven zulke jongens in Sligo,' zei de leider buitengewoon fel. En hij stormde om de tafel heen en hield het geweer bij de slaap van eerwaarde Gaunt. 'Wat bent u voor priester dat u uw eigen bisschoppen niet gehoorzaamt? Bent u een van die vuile afvalligen?'

'U gaat toch geen priester doodschieten?' zei mijn vader stomverbaasd.

Eerwaarde Gaunt kneep zijn ogen stijf dicht en knielde nu zoals hij ook in de kerk zou kunnen knielen. Hij knielde, en ik weet niet of hij geluidloos bad, maar hij zei niets.

'Jem,' zei een van de andere Vrijstaatsoldaten, 'er is door ons nog nooit een priester in Ierland doodgeschoten. Niet schieten.'

De leider deed een stap achteruit en hief zijn geweer van eerwaarde Gaunt vandaan.

'Kom op, jongens, pak hen op, dan gaan we hier weg.'

En de soldaten tilden de twee gewonden behoorlijk voorzichtig op en leidden hen door de deur naar buiten. Op het moment dat de derde man werd gearresteerd keek hij me strak aan.

'Moge God jou vergeven voor wat je hebt gedaan, maar ik zal het je nooit vergeven.'

'Maar ik heb niets gedaan!' zei ik.

'Jij hebt hun verteld dat we hier zaten.'

'Dat heb ik niet gedaan, ik zweer het bij God.'

'God is hier niet,' zei hij. 'Moet je jou nou zien, zo schuldig als wat.'

'Nee!' zei ik.

De man lachte toen afschuwelijk, een lach als een striem regen in je gezicht, en de andere soldaten brachten hem weg. We hoorden hen de gevangenen met overredende woorden over de paden voeren. Ik trilde over mijn hele lichaam. Toen de kamer ontruimd was stak de leider een grote hand uit naar eerwaarde Gaunt en hielp hem overeind.

'Het spijt me, eerwaarde,' zei hij. 'Het is een afschuwelijke avond geweest. Moord en ellende. Neem me niet kwalijk.'

Hij sprak zo oprecht dat mijn vader ongetwijfeld net zo getroffen was door die woorden als ik.

'Het was een schurkachtige streek,' zei eerwaarde Gaunt met een zacht stemmetje waar niettemin een vreemde zweem geweld in zat. 'Schurkachtig. Ik sta volledig achter het nieuwe land. Wij allemaal, behalve die dwaze, misleide jongens.'

'Dan moet u acht slaan op uw bisschoppen. En de vervloekten niet te hulp komen.'

'Dat maak ik zelf wel uit,' zei eerwaarde Gaunt met een soort schoolmeesterachtige arrogantie. 'Wat gaan jullie met het lichaam doen? Wil je het niet meenemen?'

'Wat wilt u ermee doen?' vroeg de soldaat met een plotselinge vermoeidheid, de inzinking die optreedt na een grote inspanning. Ze waren een onbekende plek binnengestormd met God weet wat voor gevaar, en nu leek de gedachte Johns broer Willie mee te moeten slepen hem net even te veel van het goede. Hij moest een veer laten. Of een hamer.

'Ik zal de dokter laten halen en hem dood laten verklaren en uitzoeken wie zijn ouders zijn, en dan kunnen we hem misschien ergens op het kerkhof begraven, als je daar geen bezwaar tegen hebt.'

'U zult een duivel begraven als u dat doet. U kunt hem beter in een gat buiten de muren gooien, als een misdadiger, of een bastaard.'

Eerwaarde Gaunt zei daar niets op. De soldaat ging naar buiten. Hij keurde mij geen blik waardig. Toen zijn laarzen niet meer weerklonken op het grindpad buiten, sijpelde er een zeer vreemde, koude stilte de tempel in. Mijn vader stond daar zonder iets te zeggen, en de priester en ik zaten zwijgend op de koude, vochtige vloer, en Johns broer Willie was de stilste van ons allemaal.

'Ik ben heel erg boos,' zei eerwaarde Gaunt toen met zijn beste zondagsmisstem, 'dat ik hierin betrokken ben. Heel erg boos, meneer Clear.'

Mijn vader keek perplex. Wat kon hij anders doen? Mijn vaders onthutste gezicht beangstigde me evenzeer als Willies verstijvende lichaam.

'Het spijt me,' zei mijn vader. 'Het spijt me als ik er verkeerd aan gedaan heb u te laten halen door Roseanne.'

'Daar hebt u inderdaad verkeerd aan gedaan, dat was inderdaad verkeerd. Ik ben diep gekrenkt. U zult zich wel herinneren dat ik degene was die u deze betrekking heeft bezorgd. Ik heb dat gedaan, en ik kan u vertellen dat er heel veel overredingskracht voor nodig was. En nu krijg ik stank voor dank.'

Met die woorden ging de priester naar buiten, de duisternis en regen in, en liet hij mijn vader en mij achter met de dode jongen, totdat de dokter zou komen.

'Ik denk dat ik zijn leven in gevaar heb gebracht. Ik denk dat hij bang was. Maar dat was niet mijn bedoeling. Mijn hemel, ik dacht dat priesters het leuk vonden om overal in betrokken te worden. Dat dacht ik echt.'

Mijn arme vader klonk ook bang, maar nu om een nieuwe en andere reden.

*

Heel slinks en langzaam werd hij door het lot te gronde gericht, denk ik.

Er zijn dingen die met menselijke snelheid voor onze ogen bewegen, maar andere dingen bewegen in zulke grote bogen dat ze nagenoeg onzichtbaar zijn. De baby ziet een ster twinkelen in het donkere raam van de avond en steekt zijn hand uit om hem vast te pakken. Zo worstelde mijn vader om dingen te grijpen die in werkelijkheid ver buiten zijn bereik lagen en op het moment dat ze hun lichten toonden zelfs al oud en vergaan waren.

Ik geloof dat mijn vader de geschiedenis in verlegenheid bracht.

Hij was niet bereid maar ook niet ongenegen om die jongen Willie te begraven, en riep een priester om hem te helpen bij zijn besluit. Het was alsof hij zich als presbyteriaan in religieuze moorden had gemengd, of moorden die zo ver van nobelheid en liefde afstonden dat het rampzalig, ja moorddadig was om alleen al in de nabijheid ervan te zijn.

Misschien heb ik in latere jaren versies van die avond gehoord die niet strookten met mijn eigen herinnering eraan, maar toch was er altijd één grote constante: dat ik onderweg naar eerwaarde Gaunt was blijven staan om mijn verhaal te doen aan de Vrijstaatsoldaten, hetzij op verzoek van mijn vader, hetzij gedreven door mijn eigen instinct. Het feit dat ik de soldaten nooit heb gezien, nooit met hen heb gesproken, er zelfs geen moment aan heb gedacht dat te doen – want zou dat mijn vader niet in nog grotere problemen hebben gebracht? – raakt in de informele geschiedenis van Sligo kant nog wal. Want geschiedenis is voor zover ik kan zien niet de ordening van wat er gebeurt, in volgorde en naar waarheid, maar een verzonnen ordening van vermoedens en gissingen die als een banier wordt opgehouden tegen de aanval van verwelkende waarheid.

De geschiedenis moet ontzaglijk inventief zijn wat betreft het menselijk leven, omdat het kale leven een beschuldiging is tegen de heerschappij van de mens over de aarde.

Mijn eigen verhaal – ieders eigen verhaal – valt altijd uit in het nadeel van de hoofdpersoon, zelfs wat ik hier zelf schrijf, omdat ik geen heroïsche geschiedenis heb te bieden. Er is geen moeilijkheid waar ik niet zelf de hand in heb gehad. Hart en ziel, zo geliefd bij God, raken beide vervuild door het verblijf hier, hoe kunnen we dat vermijden? Het lijkt wel of dit mijn gedachten helemaal niet zijn, misschien zijn ze ontleend aan mijn vroegere lectuur van sir Thomas Browne. Toch voelt het alsof het mijn gedachten zijn. Ze klinken in mijn hoofd als mijn eigen galmende gedachten. Vreemd. Ik denk dus dat God de kenner is van vervuilde harten en zielen, en dat Hij het oude, oorspronkelijke patroon erin kan zien en ze als zodanig kan koesteren.

Dat is in mijn geval maar goed ook, want anders verblijf ik binnenkort misschien bij de duivel.

*

Ons huis was schoon, maar zag er niet zo schoon uit op de dag dat eerwaarde Gaunt bij ons op bezoek kwam. Het was zondagochtend rond tien uur, dus ik neem aan dat eerwaarde Gaunt tussen twee missen door vanaf zijn kerk langs de rivier was gesneld om bij ons aan te kloppen. Daar mijn moeder een oude spiegel op een gele baksteen in het raam van de woonkamer had staan, konden we altijd zien wie er aan de deur was, zonder zelf gezien te worden, en de aanblik van de priester deed ons door de kamer schieten. Een meisje van veertien is zich altijd sterk bewust van haar uiterlijk, of ze denkt dat ze dat moet zijn, of wat dan ook, maar over spiegels gesproken, ik was destijds verslaafd aan de spiegel in de slaapkamer van mijn moeder, niet omdat ik dacht dat ik er mooi uitzag, maar omdat ik niet wist hoe ik eruitzag en er veel tijd en moeite aan besteedde om mezelf in overeenstemming te brengen met een beeld dat ik kon vertrouwen, of waar ik tevreden mee was, en daar nooit in slaagde. Het goud van mijn haar was in mijn ogen een soort verwilderd nat gras, en al sloeg je me dood, ik zou niet weten wie de ziel of persoon was die naar me terugstaarde in de kleine, mossige spiegel van mijn moeder. Omdat de randen van de spiegel op een vreemde manier waren vergaan, had ze namelijk bij de drogist een ongebruikelijk soort emailverf gekocht en de randen van de spiegel versierd met kleine zwarte stengels en bladeren, zodat alles er in die niet bepaald poëtische spiegel begrafenisachtig uitzag, wat misschien bij het beroep van mijn vader paste, tot dan toe in elk geval. Het eerste wat ik deed was

66

dus ons kleine trapje op stormen naar de spiegel en een aanval ondernemen op mijn veertienjarige gevoel voor verschrikking.

Toen ik weer beneden kwam stond mijn vader midden in de woonkamer en keek hij om zich heen als een weigerende pony, waarbij zijn ogen eerst stuitten op de motor, vervolgens op de piano en daarna op de plaatsen ertussenin en zijn hand ten slotte naar een kussen op de 'beste' stoel schoot. Toen ik een blik wierp in het gangetje, stond mijn moeder daar maar te staan, stokstijf, zonder een spier te bewegen, als een actrice die staat te wachten tot ze op mag komen, haar moed verzamelend. Toen lichtte ze de grendel.

Het eerste wat me opviel toen eerwaarde Gaunt onze kamer binnenkwam, was hoe glanzend hij leek, zijn gezicht zo glad geschoren dat je er met een pen op kon schrijven. Hij zag er zo veilig uit, het veiligste in Ierland in een onveilige tijd. Elke maand van dat jaar was de ergste maand, had mijn vader gezegd, aangezien elke gedode persoon in hem nagalmde. Maar de priester zag er sacrosanct uit, zuiver, onafhankelijk, alsof hij losstond van de geschiedenis van Ierland zelf. Niet dat ik dit destijds dacht, God weet wat ik dacht, ik weet het niet, alleen dat deze properheid me bang maakte.

Ik had mijn vader nog nooit zo zenuwachtig gezien. Hij kon alleen maar met horten en stoten praten.

'Ah, ja, maar gaat u zitten, eerwaarde, gaat u toch zitten,' zei hij, terwijl hij bijna oprukte naar de streng kijkende priester, alsof hij hem achterover in de stoel wilde slaan. Maar eerwaarde Gaunt ging evenwichtig als een danser zitten.

Ik wist dat mijn moeder op de gang was, in die kleine ruimte van afzondering en stilte. Ik stond als een bewaker ter rechterzijde van mijn vader, als een schildwacht op de uitkijk voor een aanvalsstorm. Mijn hoofd was gevuld met een onbekende duisternis, ik kon niet denken, ik kon niet doorgaan met dat lange gesprek dat we in ons hoofd voeren, alsof een engel daar buiten ons medeweten schrijft.

'Hmm,' zei mijn vader. 'We zetten thee, wat denkt u daarvan?' zei hij. 'Ja, dat doen we. Cissy, Cissy, kun jij water opzetten, liefje?'

'Ik drink zoveel thee,' zei de priester, 'dat het een wonder is dat mijn huid niet bruin wordt.'

Mijn vader lachte.

'Dat zal best ja, dat doet u uit plichtsbesef. Maar in mijn huis is dat niet nodig. Niet nodig. Ik, die alles ter wereld aan u te danken heb, alles ter wereld. Niet dat, niet dat —'

En hier stokte mijn vader, en hij bloosde, en ik bloosde ook moet ik zeggen, om redenen die ik niet kon begrijpen.

De priester schraapte zijn keel en glimlachte.

'Ik wil wel een kop thee, natuurlijk wel.'

'Ah, mooi, dat is goed, dat is goed,' en we konden mijn moeder al in het keukentje horen rondscharrelen.

'Het is vandaag zo koud,' zei de priester, plotseling zijn handen wrijvend, 'dat ik blij ben dat ik nu bij een haard kan zitten, echt. Het is ijskoud langs de rivier. Vindt u het goed,' vroeg hij, terwijl hij een zilveren doosje tevoorschijn haalde, 'als ik rook?'

'O, ga gerust uw gang,' zei mijn vader.

De priester haalde nu zijn doosje Swan-lucifers uit zijn soutane en een eigenaardige rechthoekige sigaret uit het doosje, streek de lucifer af met prachtige precisie en netheid en zoog de vlam door het brosse pijpje naar binnen. Toen blies hij uit en kuchte even.

'De... de,' zei de priester, 'de betrekking op het kerkhof is, zoals u zich wel kunt indenken, niet — houdbaar. Ehm?'

Hij nam nog een elegant trekje van de sigaret en voegde eraan toe: 'Ik ben bang dat ik dit moet meedelen, Joe. Ik verafschuw dit feit net zoals u het ongetwijfeld zult verafschuwen. Maar u zult vast wel begrip hebben voor de — de grote stofwolk die op mijn hoofd is neergedaald, tussen de bisschop, die van mening is dat alle afvalligen geëxcommuniceerd moeten worden, zoals werd besloten op de laatste synode, en de burgemeester, die, zoals u misschien weet, zeer gekant is tegen het verdrag in de huidige vorm, en als de invloedrijkste man van Sligo veel... invloed heeft. Zoals u zich kunt indenken, Joe.'

'O,' zei mijn vader.

'Ja.'

De priester nam nu voor de derde keer een trek van zijn sigaret, merkte dat er al een flinke askegel was ontstaan en keek met het stille gebarenspel van rokers om zich heen, op zoek naar een asbak, een voorwerp dat in ons huis niet voorhanden was, zelfs niet voor bezoekers. Mijn vader deed me versteld staan door zijn hand uit te steken naar de priester, al was het een harde hand, ruw geworden van het graven, en eerwaarde Gaunt deed me versteld staan door de as onverwijld in de aangeboden hand te tikken, die misschien heel even van pijn vertrok toen de hitte hem trof. Mijn vader keek met de as in zijn hand bijna dwaas om zich heen, alsof er in de kamer misschien toch ergens een asbak was neergezet, zonder dat hij het wist, en stopte de as toen met een gruwelijke plechtstatigheid in zijn zak.

'Hmm,' zei mijn vader. 'Ja, ik kan me voorstellen dat het moeilijk is die twee polen met elkaar te verzoenen.'

Hij sprak die woorden zo beminnelijk.

'Ik heb natuurlijk om me heen gekeken, vooral in het stadhuis, naar een alternatieve bezigheid, en al leek dat aanvankelijk een onmogelijke... eh... mogelijkheid, toen ik op het punt stond het op te geven zei de gemeentesecretaris, de heer Dolan, tegen me dat er een baan in de aanbieding was, dat ze enige tijd geleden eigenlijk al geprobeerd hadden er iemand voor te vinden, met de nodige spoed vanwege de ware rattenplaag die de pakhuizen aan de rivieroever teistert. Finisglen is, zoals u weet, een heel gezonde wijk, de dokter zelf woont er, en helaas grenzen de kaden eraan, zoals u natuurlijk weet, zoals iedereen weet.'

Nu zou ik een klein boek kunnen schrijven over de aard van menselijke stiltes, hoe ze worden gebruikt en bij welke gelegenheden, maar de stilte waarmee mijn vader op deze toespraak reageerde was ronduit afschuwelijk. Het was een stilte als een gat met een zuigende wind erin. Hij bloosde nog meer, wat zijn gezicht donkerrood maakte, als het slachtoffer van een aanval.

Op dat moment kwam mijn moeder binnen met de thee, ze zag eruit als een bediende tussen koningen, zou je denken, ze was misschien bang om naar mijn vader te kijken, dus hield ze haar ogen gericht op het kleine dienblad met het geschilderde tafereel van een Frans papaverveld. Ik had vaak naar dat dienblad gestaard op zijn vaste plek boven op de keukenkast en me verbeeld dat ik een wind zag waaien tussen de bloemen en me afgevraagd hoe het zou zijn in die wereld van hitte en duistere taal.

'Dus,' zei de priester, 'het is me een genoegen u namens burgemeester Salmon, ehm, de eh... betrekking aan te bieden. De baan.'

'Als wat?' vroeg mijn vader.

'Als,' zei de priester.

'Wat?' zei mijn moeder, waarschijnlijk tegen beter weten in, het woord knalde gewoon de kamer in.

'Rattenvanger,' zei de priester.

*

Mij viel de eer te beurt, ik weet niet waarom, om de priester uit te laten. Op de smalle stoep, terwijl de kilte hem belaagde en ongetwijfeld onder zijn soutane langs zijn blote benen omhoogkroop, zei de kleine priester:

'Zeg alsjeblieft tegen je vader, Roseanne, dat alle benodigdheden voor het vak in het stadhuis liggen. Vallen et cetera, neem ik aan. Daar zal hij ze vinden.'

'Dank u,' zei ik.

Toen liep hij weg de straat in, maar bleef even staan. Ik weet niet waarom ik hem daar bleef nakijken. Hij trok een van zijn zwarte schoenen uit, met zijn hand steunend tegen de bakstenen muur van het huis van onze buren, balanceerde op één voet en tastte aan de onderkant van zijn sok naar wat hem hinderde bij het lopen, een steentje of wat grit. Toen maakte hij de sok los van zijn ophouder, verwijderde hem met een soepele haal en ontblootte een lange, witte voet met nogal gele teennagels als oude gele tanden die naar zijn tenen omkrulden, alsof ze nooit geknipt waren. Toen kreeg hij in de gaten dat ik mijn ogen nog steeds op hem hield gericht en hij lachte, en nadat hij de hinderlijke steen had opgespoord, trok hij zijn sok en zijn schoen weer aan en stond hij daar stevig op de stoep.

'Dat lucht op,' zei hij vriendelijk. 'Fijne dag. En,' zei hij, 'het schiet me nu te binnen dat er ook een hond is. Een hond die bij de baan hoort. Voor het vangen van de ratten.'

Toen ik terugkwam in de woonkamer had mijn vader zich niet verroerd. De motor had zich niet verroerd. De piano had zich niet verroerd. Mijn vader zag eruit alsof hij zich nooit meer zou verroeren. Mijn moeder hoorde ik in de keuken rondscharrelen, net een rat. Of een hondje dat naar een rat speurt.

'Weet je iets van die baan, papa?' vroeg ik.

'Of ik – o, ik denk het wel.'

'Het zal vast niet zo moeilijk zijn.'

'Nee, nee, want ik heb op het kerkhof vaak te maken gehad met dat soort dingen. De ratten zijn dol op de zachte aarde op de graven, en de grafstenen vormen prima daken voor ze. Ja, ik heb met ze te maken gehad. Ik zal me in de materie moeten verdiepen. Misschien is er een handboek in de bibliotheek.'

'Een rattenvangershandboek?' vroeg ik.

'Ja, denk je ook niet, Roseanne?'

'Vast en zeker, papa.'

'O, ja.'

Ja, ik herinner me het nog heel goed, die dag dat mijn vader uit het kerkhof werd ontslagen, een levende man verbannen van de doden.

Dat was ook een kleine moord.

Mijn vader hield van de wereld en zijn medemensen op die wereld, zonder veel reserve van zijn kant, ervan overtuigd, zoals het een goede presbyteriaan betaamt, dat alle zielen het even zwaar te verduren hebben. Hij hoorde in het ruwe gelach van de straatslijper een soort wezenlijke verklaring van het leven, en daardoor een soort verlossing ervan, hij geloofde dat, aangezien God alles had geschapen, alles dus Zijn goedkeuring moest hebben, en ook dat het de tragedie van de duivel is dat híj schepper is van niets en architect van lege ruimten. Om al deze redenen baseerde mijn vader zijn gevoel van eigenwaarde op zijn werk, op het feit dat hem, als iemand met een ongebruikelijke godsdienst, toch de betrekking was gegeven om de katholieke mensen van Sligo te begraven naarmate de tijd hen een voor een opeiste.

'Wat een trots, wat een trots!' zei hij altijd wanneer we 's avonds samen de ijzeren hekken sloten voordat we naar huis gingen en zijn blik door de ijzeren spijlen terugdwaalde naar de donker wordende rijen, de verdwijnende grafstenen die hij onder zijn hoede had. Ik neem aan dat hij tegen zichzelf praatte of tegen de graven, en waarschijnlijk niet tegen mij, en misschien had hij er geen moment aan gedacht dat ik hem zou hebben begrepen. Misschien begreep ik hem ook niet, maar ik denk dat ik hem nu wel begrijp.

Het was namelijk zo dat mijn vader van zijn land hield, hij hield van wat hij in zijn hoofd had als zijnde Ierland. Als hij als Jamaicaan was geboren, had hij misschien evenveel van Jamaica gehouden. Maar dat was niet zo. Zijn voorvaderen hadden de kleine baantjes gehad die in Ierse steden beschikbaar waren voor hun soort, gebouwenopzichters en dergelijke, en zijn vader had het zelfs tot het verheven ambt van predikant geschopt. Hij werd geboren in een kleine pastorie in Collooney, als klein kind hield hij zielsveel van Collooney, en naarmate hij ouder werd breidde zijn liefde zich uit over het hele eiland. Omdat zijn vader een van die radicale denkers was, die pamfletten had geschreven of in elk geval preken had gehouden – want er zijn geen pamfletten bewaard gebleven, maar ik meen me te herinneren dat mijn vader er een paar heeft genoemd – over de geschiedenis van het protestantisme in Ierland, had mijn vader opvattingen die niet altijd in zijn voordeel waren. Dat wil zeggen: hij beschouwde de protestantse godsdienst als een instrument zo zacht als een veertje, dat door het oude bestel was omgevormd tot een hamer waarmee op de hoofden werd geslagen van degenen die werkten om te leven in Ierland, van wie de meesten nu eenmaal katholiek waren. Zijn eigen vader hield van het presbyterianisme, en hij zelf ook, maar hij was diepbedroefd, nee, hij was razend over de manier waarop het, samen met de andere godsdiensten van de anglicanen, de baptisten et cetera, in Ierland was gebruikt.

Hoe ik dat weet? Doordat hij in mijn kindertijd elke avond, elke avond voor het slapengaan in mijn smalle bed kwam en mij met zijn brede heupen opzijschoof – zodat ik half op hem kwam te liggen, mijn hoofd op zijn baardige gezicht – en aan één stuk door praatte, terwijl mijn moeder in de andere kamer ging slapen. Zodra hij haar lichte gesnurk hoorde, verliet hij me en ging hij naar haar toe, maar in dat halfuur in het donker, waarin hij haar de gelegenheid gaf om ongestoord in slaap te vallen en de maan eerst op de achtermuur scheen en daarna duister en helder, zoals de maan eigen is, de hemel vol onbereikbare sterren in dreef (zoals ik heel goed wist), ontboezemde hij voor mij alle onzekerheden, vermoedens en geschiedenissen die hem bezighielden, zonder zich misschien af te vragen of ik het wel zou begrijpen, alsof hij me muziek liet horen die voor hem en dus ook voor mij even bekoorlijk was als de werken van Balfe en Sullivan, naar zijn mening twee van de grootste Ieren die ooit hadden geleefd.

Zijn werk op het kerkhof, als het ware onder de hoede van eerwaarde Gaunt, was voor hem in zekere zin de bekroning van zijn leven, het maakte zijn leven goed. Het maakte van zijn leven om zo te zeggen een gebed tot zijn eigen vader. Op die manier had hij geleerd in Ierland te leven, de toevallige plek waarvan hij hield.

Door die baan te verliezen verloor hij op een buitengewone manier ook zichzelf.

*

Ik kon nu niet meer zo vaak bij hem zijn. Hij nam me liever niet mee naar zijn werk als rattenvanger, omdat het zo'n smerige, lastige en gevaarlijke bezigheid was.

Hij was een grondige man, dus vond hij algauw het boekje dat hem van pas zou komen, getiteld *Een voortreffelijk verslag over het werk van een rattenvanger*, door een auteur met het pseudoniem Rattus Rattus. Dit boekje verhaalde de avonturen van een rattenvanger in Manchester, een stad vol fabrieken met ontelbare plekken waar ratten konden leven en schuilen. Mijn vader leerde eruit hoe hij te werk moest gaan, tot in de kleinste details, zelfs de aandacht die moest worden besteed aan de poten van fretten, die in vochtige kooien naar het scheen zeer gevoelig waren voor rot. Maar mijn vader heeft het nooit tot de waardigheid van frettenbezitter geschopt. Het bedrijf van Sligo was minder ambitieus. Hij kreeg een hond, een jack russell die luisterde naar de naam Bob.

Zo begon de vreemdste periode van mijn jeugd. Ik denk dat ik langzamerhand ook meer meisje dan kind, meer vrouw dan meisje was geworden. Tijdens de jaren dat mijn vader rattenvanger was, daalde er een sombere stemming op me neer. Dingen die ik als kind heerlijk en plezierig had gevonden, vond ik niet langer heerlijk en plezierig. Het was alsof er iets was weggenomen van de beelden en geluiden van de wereld, of alsof het grootste bezit van een kind simpele vreugde is. Zodat ik het gevoel had dat ik in een toestand van wachten verkeerde, wachten op iets onbekends dat de genade van het jong-zijn zou vervangen. Natuurlijk was ik jong, heel jong, maar zoals ik het mij herinner is niemand ooit zo oud als een vijftienjarig meisje.

*

Mensen gaan door met wat we het gewone leven noemen omdat er geen ander soort leven is. Mijn vader bleef 's ochtends tijdens het scheren 'Roses of Picardy' zingen, de woorden en zinnen opgebroken, hier en daar overgeslagen, terwijl hij met het scheermes over zijn verweerde gezicht ging, dus als ik mijn ogen dichtdeed en beneden luisterde, kon ik hem zien in een soort geheimzinnige bioscoop achter in mijn hoofd. Hij hield dit heldhaftig vol en ging eropuit met zijn hond en zijn vallen, en leerde daarvan zijn 'dagelijkse taak' te maken, en kwam thuis van zijn werk, zij het niet altijd op de vaste tijden van vroeger, maar hij probeerde nog steeds de *Sligo Champion* onder zijn arm mee te nemen en zijn nieuwe leven in het gareel van normaliteit te dwingen.

Maar in die tijd kwam het voor dat hij een stukje in de krant las dat op een merkwaardige manier met hemzelf was verbonden, in elk geval één keer, omdat ik zijn lichte zucht hoorde en naar hem opkeek terwijl hij in de krant was verdiept. Meneer Roddy was de eigenaar van de *Champion* en een overtuigd aanhanger van de nieuwe regering, zoals dat heette. De gebeurtenissen van de burgeroorlog werden dan ook verslagen in kale, duidelijke taal, een taal die er bovendien naar streefde normaalheid en stabiliteit te suggereren.

'Lieve hemel,' zei mijn vader, 'ze hebben die jongens doodgeschoten die destijds op het kerkhof waren.'

'Welke jongens?' vroeg ik.

'Die wilde jonge jongens die met hun vermoorde vriend aan kwamen zetten.'

'Dat was een broer van een van die jongens,' zei ik.

'Ja, Roseanne, een broer van een van hen. Ze hebben hier de namen. Lavelle heette hij, is dat geen vreemde naam? Wil-

75

liam. En de broer heette John. Maar hij is de dans ontsprongen. Ontsnapt.'

'Ja,' zei ik, een beetje ongemakkelijk, maar ook onverwacht blij. Het was alsof ik iets hoorde over Jesse James of dat soort figuren. Je zou niet graag zo'n bandiet tegenkomen, maar je vind het toch leuk dat ze de dans ontspringen. John Lavelle waren we natuurlijk wel tegengekomen.

'Hij komt uit Inishkea. Een van de eilanden. The Mullet. Een heel afgelegen deel van de wereld. In de verste uithoek van Mayo. Hij zou daar veilig kunnen zijn bij zijn eigen familie.'

'Ik hoop het.'

'Het is vast heel moeilijk voor hen geweest om zulke mannen dood te schieten.'

Mijn vader zei dit zonder ironie. Hij meende het. Het moest inderdaad heel moeilijk zijn geweest. Om die jongens naast elkaar te zetten misschien, of een voor een op te stellen, wie wist hoe die dingen gingen, en ze neer te schieten – dood te schieten. Wie weet wat er op die berg is gebeurd? In het duister. En nu waren ze zelf dood, net als Willie Lavelle, van de Inishkeas.

Mijn vader zei verder niets meer. We keken elkaar ook niet aan, maar richtten onze blik op hetzelfde plekje in de haard, waar een hoopje kolen zwoegde.

*

Maar een diepere stilte dan die waarin mijn moeder gehuld was, bestond niet. Het leek wel of ze een wezen was dat onder water leefde, of liever, als ik met haar samen was, leek dat voor ons allebei te gelden, omdat ze nooit iets zei, maar zich langzaam en log bewoog als een zwemmend wezen.

Mijn vader deed dappere pogingen om haar op te peppen en was een en al aandacht voor haar. Het loon van zijn nieuwe werk was laag, maar hoe laag het ook was, hij hoopte ervan rond te kunnen komen, vooral in die harde, donkere jaren toen de burgeroorlog voorbij was en het land overeind probeerde te krabbelen. Maar ik denk dat in die tijd de hele wereld door rampen werd geteisterd, er draaiden grote wielen van de geschiedenis die niet door mensenhand in beweging werden gebracht, maar door een onverklaarbare oorzaak. Mijn vader gaf haar wat hij had verdiend, in de hoop dat ze met die paar pond de eindjes aan elkaar kon knopen om ons erdoorheen te helpen. Maar het leek wel alsof iets even onverklaarbaars als de geweldige krachten van de geschiedenis, zij het iets heel kleins omdat alleen wij erdoor getroffen werden, de scepter zwaaide en ervoor zorgde dat er vaak bijna niets te eten was in huis. Zo kwam het voor dat mijn moeder in de keuken met potten en pannen aan het rammelen was alsof ze bezig was een maaltijd te bereiden, en vervolgens de kleine woonkamer in kwam en ging zitten, terwijl mijn vader, schoongeboend en wel na zijn werk en met nog een hele avond voor de boeg – want ratten kun je het best in het donker bestrijden – en ik naar haar keken en het langzamerhand tot ons doordrong dat er niets op tafel zou komen. Dan schudde mijn vader langzaam zijn hoofd en haalde hij misschien geestelijk zijn buikriem aan, maar hij durfde haar nauwelijks te vragen wat er aan de hand was. Ten overstaan van haar problemen begonnen wij te verhongeren!

Maar haar stilte was ondoordringbaar. De kerst naderde en mijn vader en ik maakten een plannetje om iets op te scharrelen waarmee we haar een plezier konden doen. Hij had een sjaal in de aanbieding gezien in de buurt van theesalon Cairo, in een kleine bazaar, en elke week legde hij een halve penny opzij, zodat hij het benodigde bedrag kon verzamelen zoals een muis graan hamstert. Vergeet alsjeblieft niet dat mijn moeder heel mooi was, hoewel inmiddels misschien niet zo mooi meer, omdat haar stilte weerspiegeld werd in een soort naargeestige dunne stof die over de huid van haar gezicht leek te zijn getrokken. Ze was als een schilderij waarvan het vernis verdonkerde, zodat de schoonheid van het werk werd versluierd. Omdat haar prachtige groene ogen hun glans verloren, verdween er ook iets van haar diepste wezen. Maar nog steeds zou de algemene indruk die ze maakte elke kunstenaar tevreden hebben gestemd, denk ik, als er in Sligo kunstenaars waren geweest, wat ik betwijfel, of het moesten de kerels zijn die de gezichten schilderden van de Jacksons, de Middletons en de Pollexfens, de beter gesitueerden in de stad.

Mijn vader hoefde op kerstavond niet te werken en we vonden het een genot om naar de kerkdienst te gaan, die werd geleid door dominee Ellis in zijn fraaie, oude kerk. Mijn moeder ging stilletjes met ons mee, klein als een monnik in haar sjofele overjas. Het tafereel staat me nog helder voor de geest, het kerkje verlicht met kaarsen, de protestantse mensen van de gemeente, arm, niet arm en behoorlijk rijk, die daar bijeen waren, de mannen in hun donkere gabardines, de vrouwen als ze zich dat konden permitteren met een stukje bont om de hals, maar voornamelijk de sombere groene tinten van die tijd. Het licht van de kaarsen doordrong alles, de rimpels van mijn vaders gezicht terwijl hij naast me zat, de stenen van de kerk, de stem van de dominee terwijl hij zijn woorden sprak in dat geheimzinnige en opzwepende Engels van de Bijbel, en het drong ook mijn eigen borstbeen binnen, regelrecht mijn jonge hart in, en stak me daar hevig, zodat ik het uit wilde schreeuwen, maar wat ik wilde uitschreeuwen wist ik niet. Ik wilde het uitschreeuwen tegen mijn vaders lot, mijn moeders stilte, maar ik wilde het ook uitschreeuwen om iets te prijzen, de schoonheid van mijn moeder die taande maar er nog steeds was. Ik had het gevoel alsof mijn moeder en vader onder mijn hoede waren en dat ik hen zou kunnen redden door iets te doen. Om de een of andere reden vervulde me dit met een plotselinge vreugde, een gevoel dat in die tijd heel zeldzaam was, zodat ik, toen de plaatselijke stemmen een vergeten gezang aanhieven, begon te blozen van vreemd geluk en vervolgens in het twinkelende duister begon te huilen, lange, dikke, hete tranen van verraderlijke opluchting.

Ik huilde daar, en ik denk dat niemand er veel mee opschoot. De geur van de natte kleren overal om me heen, het gehoest van de kerkgangers. Wat zou ik er niet voor over hebben om hen terug te brengen in die kerk, terug in die kersttijd, om alles terug te brengen wat de tijd weldra zou wegnemen, zoals de tijd wel moet, de shillings terug in de zakken van de mensen, de lichamen terug in de lange onderbroeken en wanten, alles, alles terug, zodat we daar knielend en zittend op de mahoniehouten planken in evenwicht zouden zijn, zo niet eeuwig, dan toch voor de duur van die ogenblikken, dat minieme stukje van het materiaal van de tijd, de rimpels van mijn vader die het flakkerende licht opnemen, zijn gezicht dat zich heel langzaam naar mijn moeder en mij draait en glimlacht, glimlacht met een ongedwongen, gewone vriendelijkheid.

De volgende ochtend verraste mijn vader me met een prachtig sieraad van het soort dat namaakbijouterie werd genoemd, zoals ik later leerde. Alle meisjes die in Sligo uitgingen vonden het leuk om met wat 'ekster'-glitter te pronken. Ik droomde net als andere meisjes van het befaamde eksternest, waar je broches, armbanden en oorbellen kon vinden, een nest vol fraaie buit. Ik pakte mijn vaders geschenk, opende de zilverkleurige speld ervan, speldde het op mijn gebreide vest en liet het trots zien aan de piano en de motor.

Daarna gaf mijn vader aan mijn moeder de grote verrassing, die was ingepakt in mooi cadeaupapier van het soort dat ze in vroeger tijden zou hebben bewaard en in een la gestopt. Ze maakte het pakje zwijgend open, staarde naar de erin opgevouwen gespikkelde sjaal, hief haar gezicht op en vroeg:

'Waarom, Joe?'

Mijn vader had geen flauw idee wat ze bedoelde. Mankeerde er iets aan het patroon? Was hij op een manier die hem ontging tekortgeschoten in de taak om een sjaal te kopen, want wie zou hem, de rattenvanger, inlichten over vrouwenmode?

'Waarom? Ik weet het niet, Cissy. Ik weet het niet,' zei hij dapper. Toen voegde hij eraan toe, alsof het hem plotseling inviel: 'Het is een sjaal.'

'Wat zei je, Joe?' zei ze, alsof ze bevangen was door een mysterieuze doofheid.

'Voor je hoofd, voor je hals, wat je maar wilt,' zei hij. Ik kon duidelijk merken dat hij misselijk werd van dat wanhopige gevoel dat je in je buik krijgt als je de gever bent van het verkeerde cadeau. Hij moest uitleggen wat vanzelf sprak, altijd een onaangename taak.

'O,' zei ze, er nu naar starend op haar schoot. 'O.'

'Ik hoop dat je hem mooi vindt,' zei hij, waarmee hij in mijn ogen zijn eigen hals aanbood voor de bijl.

'O,' zei ze, 'o.' Maar wat voor soort 'o' het was, of wat dat 'o' betekende, wisten we geen van beiden.

HOOFDSTUK ZEVEN

Het aantekenboek van dokter Grene

Tot mijn grote ontsteltenis heb ik bij toeval ontdekt dat Bet heeft besloten niet naar de specialist te gaan naar wie ze vorig jaar was verwezen (is het inderdaad al een jaar geleden, of droom ik? Was het dit jaar?). Gisteravond trof ik bij het blik Complan haar dagboek aan, dat even aan haar aandacht was ontsnapt. Het was natuurlijk fout, onethisch, fout, fout, maar ik sloeg het open, alleen maar vanwege de kleine hartstocht van de gehate echtgenoot. Om te zien wat ze erin had geschreven. Nee, nee, alleen om haar handschrift te zien, iets zo intiems en persoonlijks. Misschien niet eens om de woorden te lezen. Alleen maar om even te kijken naar de zwarte inkt van haar balpen. En daar zag ik het, een paar weken geleden maar, een hondsbrutale aantekening die natuurlijk alleen voor haarzelf was bedoeld: 'Kliniek gebeld, afspraken afgezegd.'

Waarom?

Ik was me er vaag van bewust dat dit de nabehandeling betrof van haar flauwte, het was eigenlijk zo'n opluchting toen ze me vertelde dat ze de verwijzing had gekregen dat ik de hele kwestie uit mijn hoofd had gezet. Ik had nu een dubbel gevoel. In de eerste plaats was ik ervan geschrokken dat ze het had gedaan, en in de tweede plaats was ik me er heel goed van bewust dat ik het alleen maar wist dankzij een inbreuk op haar privacy, die ze ongetwijfeld zou ervaren als een nieuwe schoffering. En daar zou ze gelijk in hebben.

Wat kon ik doen?

Daarom was ik de hele avond afgeleid. Dat is doorgaans mijn oplossing voor het probleem, afleiding. Misschien. Maar volgens mij met reden.

In de kleine uurtjes werd ik op mysterieuze wijze woedend, echt heel kwaad, op haar, en ik wilde de trap op stormen en het met haar uitpraten. Waar was ze mee bezig? Het was te gek voor woorden!

Godzijdank heb ik het niet gedaan. Dat zou niets hebben opgelost. Maar ik maak me ernstig zorgen. De zwelling in haar benen zou heel goed het gevolg kunnen zijn van trombose, en als de bloedprop naar de longen of naar het hart zou gaan, zou ze dood neervallen. Wil ze dat soms? Voor de zoveelste keer merk ik dat ik niet beschik over de taal, het idioom, om hier met haar over te praten, of over wat dan ook. We hebben de kleine zinnen van het leven verwaarloosd en nu liggen de grote zinnen buiten ons bereik.

Ik was van plan om vanavond een niet-slinkse methode te bedenken om Roseanne McNulty te ondervragen op een manier die resultaat oplevert. Het komt me voor dat als ik er al niet in slaag op een zinvolle manier met mijn vrouw over haar gezondheid te praten, ik bij Roseanne helemaal weinig kans maak. Maar misschien is het gemakkelijker met een vreemde, je kunt de 'deskundige' zijn, en niet de grote menselijke dwaas die een leven probeert te leiden. Aan de creditzijde kan ik bijschrijven dat ik vrij zeker ben van mezelf in mijn beoordeling van de meeste andere patiënten. Het zijn voor het merendeel open boeken en hun leed spreekt voor zichzelf, al kan ik het gevoel niet van me afschudden dat ik een eeuwige indringer ben. Maar Roseanne brengt me in verwarring.

Ik had mijn uitgave van *Pathologie van geheimhouding* van Barthus willen raadplegen, wat natuurlijk een geweldig boek is, als ik maar tijd vond om het te herlezen. Ik had naar mijn studeerkamer kunnen gaan om het in te kijken, maar ik trilde. Ik was bijna apoplectisch, als die toestand nog bestaat in de moderne wereld. Dus uiteindelijk las ik mijn Barthus niet en loste ik evenmin Bets roekeloosheid op. Ik ben uitgeput.

*

Roseannes getuigenis van zichzelf

Het zal een paar weken later geweest zijn dat ik met mijn vader bij een bepaalde klus was.

In het begin van de lente planten ratten zich als gekken voort, dus is het einde van de winter een goede tijd om ze te vangen, als ze een tijdje niet in aantal zijn toegenomen en het weer voor een rattenvanger niet al te bar is. Achteraf denk ik dat het eigenaardig was om een jong meisje mee te nemen op jacht naar knaagdieren, maar het interesseerde me heel erg, vooral nadat mijn vader me het handboek had voorgelezen, dat het werk beschreef als hooggekwalificeerd, bijna als iets waarvoor je een roeping moest hebben, iets magisch.

Hij had al een paar avonden in het oude protestantse weeshuis gewerkt, op zichzelf al een vreemd oud gebouw, ratten of geen ratten. Het was al zo'n tweehonderd jaar oud en mijn vader kende verhalen die met dat gebouw waren verbonden, en daarnaar te oordelen kon je maar beter geen wees zijn in de voorbije eeuwen. Misschien was het destijds een heel behoorlijk tehuis. Hij was van plan om vanaf het dak naar beneden te werken, wat de juiste methode was, en zo het gebouw verdieping voor verdieping van ratten te ontdoen. De vlieringen en de bovenste verdieping waren al gereinigd, en er waren nog drie verdiepingen te gaan waar de weesmeisjes daadwerkelijk woonden, zo'n tweehonderd meisjes in hun canvasachtige schorten, die ze in hun bed droegen.

'Ze hebben tegenwoordig ieder een eigen bed, Roseanne,' zei mijn vader. 'Maar in de tijd van je opa, of misschien was het zijn opa, nou ja, in die tijd was het heel anders. Je opa, of misschien je opa's opa, vertelde vroeger een vreselijk verhaal over dit tehuis. Hij kwam hier als gebouwenopzichter in opdracht van de toenmalige overheid in Dublin, omdat er protest was geweest tegen de praktijken in deze tehuizen, protest. Hij kwam hier,' en we stonden op dat moment buiten op de zeer oude binnenplaats in een nogal somber licht, met twee kooien tjokvol ratten en Bob de hond die er heel erg zelfvoldaan uitzag nadat hij de ratten dwars door de muren heen achterna had

gezeten, muren die op sommige plekken wel twee of tweeën-
halve meter dik waren, met holtes in overvloed, 'zeg maar in
een van die twee grote kamers daarboven,' en hij wees langs
de naargeestige stenen van het gebouw omhoog naar de tweede verdieping, 'en daar trof hij massa's bedden aan, en op elk
bed lagen baby's, misschien wel twintig, pasgeboren of bijna,
naast elkaar, en hij kwam daar binnen met de oude verpleegster, zo slonzig als wat, zoals je je kunt voorstellen, en hij neemt
de zee van baby's in ogenschouw, en hij ziet dat er in enkele ramen geen glas zat, niet zoals nu, en maar een klein vuurtje in
de kolossale haard, niet genoeg om wat dan ook te verwarmen,
en bovendien zelfs gaten in het plafond, waar de koude, akelige winterwind doorheen gierde, en hij roept uit: "Mijn god,
vrouw,' of hoe ze in die tijd ook praatten, "mijn god, vrouw,
maar die kinderen worden niet verzorgd, bij God," zegt hij, "ze
worden niet eens gekleed," en inderdaad, Roseanne, ze hadden
amper een vod aan hun lijf. En de oude vrouw zegt, alsof het de
redelijkste en gewoonste zaak ter wereld was: "Maar meneer,
ze liggen hier immers om te sterven." En het drong tot hem
door dat ze het met opzet zo hadden ingericht, het was een manier om van de ziekelijke of overtollige baby's af te komen. Het
zal toen vast een tijdje een groot schandaal zijn geweest.'
   Hij ging weer even met de vallen aan de slag en ik stond vlak
bij hem terwijl de avondwind zachtjes kreunde langs de gebouwen. Er was een koude, ordinaire, kankerachtig uitziende
maan opgekomen, precies op het dak van het weeshuis. Mijn
vader gooide paraffine over de ratten voordat hij ze een voor
een op het vuur gooide, een vuur dat hij midden op de binnenplaats had weten aan te steken met behulp van stinkende
oude planken en dergelijke uit een van de voorraadkasten. Dit
was zijn eigen methode om zich van de ratten te ontdoen, een
methode die hij voortbordurend op de informatie in het handboek had bedacht, en hij was er apetrots op. Nu ik eraan te-
rugdenk was het misschien een beetje zielig dat de ratten nog
leefden toen ze het vuur in gingen, maar ik geloof niet dat het
mijn vader ooit wreed voorkwam, en misschien hoopte hij dat
het een waarschuwing zou kunnen zijn voor andere ratten, als

ze toekeken vanuit het duister. Dat was zo'n beetje de manier waarop mijn vader dacht.

Hoe het ook zij, hij opende de vallen en greep de ratten een voor een, zoals ik al zei, en nu ik erover nadenk, gaf hij elke rat voordat hij hem in het vuur wierp een tik op de kop, dat kwam daarnet als een beeld in mijn hoofd op, godzijdank, en hij kletste maar door tegen mij, en misschien kwam het doordat hij er niet helemaal met zijn aandacht bij kon zijn, omdat ik bij hem was, maar een van de ratten ontsnapte tussen de val en de klap op zijn kop, wrong zich plotseling los uit zijn vingers, schoot langs de stomverbaasde Bob, die amper een kans had om te reageren, en verdween terug naar het weeshuis in een donkere gloed van zwartheid, maar met die typische spurt... Mijn vader vloekte mild en dacht er misschien niet meer aan, dacht dat hij die rat de volgende dag wel weer te pakken zou krijgen.

Hij ging dus weer aan het werk met de rest en ongetwijfeld drong de piepende gil tot hem door die elke rat slaakte op het moment dat hij hem de genadeslag gaf, hem met paraffine doordrenkte en op het vuur wierp, een geluid dat hij, stel ik me zo voor, in zijn dromen nog hoorde. Na ongeveer een uur pakte hij zijn boeltje, slingerde hij de vallen om zijn lichaam, deed hij Bob aan de lijn en gingen we via het donkere weeshuis terug naar de straatkant, waar het huis de stad een nogal rijk gebeeldhouwde voorkant bood, vast en zeker het gevolg van veel filantropische giften in de lang vervlogen eeuw waarin het werd gebouwd. Op het moment dat we de straat overstaken hoorden we een gebrul; we draaiden ons om en keken omhoog.

Er kwam een vreemd, sonoor, mysterieus geluid uit het gebouw, hoog op de verdieping waar de meisjes sliepen. Hoewel ze nu niet allemaal sliepen, want er drong een dikke, zwarte rook door de dakleien, en een grijze rook, en een witte rook, alles griezelig verlicht door niets anders dan de maan en de schaarse verlichting van Sligo. Toen hoorden we het glas van de ramen ergens breken en plotseling flitste er een dunne arm van felgeel vuur naar buiten, hij leek daar massief in de avondlucht te hangen en belichtte mijn vaders opgeheven gezicht, en dat van mij vast ook, en trok zich toen al even vreemd weer terug, met een afschuwelijk brullend gekreun, erger dan welke wind dan ook. In mijn onbeschrijfelijke angst kwam het me voor dat het vuur een woord had gezegd: 'Dood, dood,' had het vuur volgens mij gezegd.

'Jezus-maria-jozef!' zei mijn vader, als een man die verlamd is door een afschuwelijke verandering in zijn bloed en hersenen, en toen hij dat zei gingen de deuren van het weeshuis open, zodat er ongetwijfeld een woeste, felle windvlaag door het huis ging, en strompelden er een paar verbijsterde meisjes naar buiten, hun schort onder de as en het vuil, hun gezicht verwilderd als kleine demonen. Ik had nog nooit zo'n doodsangst gezien. Er kwamen ook een paar bewakers van het tehuis naar buiten gestrompeld, een vrouw en twee mannen in hun zwarte kleren, en ze haastten zich de kinderkopjes op om te kijken wat er te zien viel.

Wat er te zien viel – en nu kon je de brandweerwagens in de verte hun bellen horen luiden – was de verdieping van de meisjes, helder als in daglicht, met een zee van vlammen achter de grote ramen, en – hoewel onze gezichtshoek beperkt was – de gezichten en armen van meisjes die tegen de ramen sloegen, zoals motten dat overdag doen of slapende vlinders in de winter wanneer een kamer plotseling wordt verwarmd en de gedachte dat de lente is aangebroken hun fataal wordt. Daarna leken enkele ramen eruit te knallen en er vlogen dodelijke glasscherven en -splinters naar ons toe, zodat iedereen naar de overkant van de straat rende. Mensen kwamen uit hun huizen, vrouwen met de handen voor hun gezicht, vreemd jammerend, en mannen in hun lange onderbroeken uit hun bed, schreeuwend en roepend, en al hadden ze nooit medelijden gehad met die ouderloze meisjes, ze voelden dat nu wel en riepen naar hen als vaders en moeders.

We zagen het vuur nog feller achter hen branden, het vormde een enorme bloem van geel en rood, met een hels lawaai zoals nog geen sterveling in dit ondermaanse ooit had gehoord, een lawaai dat in nachtmerries inderdaad de hel kan zijn. De meisjes, van wie de meesten in die specifieke kamer van mijn eigen leeftijd waren, klommen door de ramen naar buiten de brede richel op, ieder met een al brandend schort, en ze schreeuwden en schreeuwden. En toen ze geen andere mogelijkheid meer zagen en geen hoop meer hadden op redding, sprongen ze in kleine groepjes of in hun eentje van de richel. Hun kleren stonden in lichterlaaie en de vlammen werden omhooggeblazen vanaf de schorten tot ze boven hun hoofd achter hen aan sleepten als ware vleugels, en deze brandende meisjes vielen van de hoogste verdieping van dat hoge oude herenhuis naar beneden en sloegen op de keien. Het was een aanhoudende golf, een golf van louter meisjes die overvloedig uit de ramen stroomde, brandend en schreeuwend en stervend voor onze ogen.

*

Bij het gerechtelijk onderzoek dat mijn vader bijwoonde, gaf een meisje dat het had overleefd een bijzondere verklaring voor het vuur. Ze zei dat ze in bed had gelegen en geprobeerd had te slapen, met haar gezicht naar de oude haard waar een klein hoopje kolen nog lag na te smeulen, toen ze geschuifel en gekrijs hoorde en iets heel kleins gewaarwerd dat deze herrie veroorzaakte. Ze richtte zich op op haar ellebogen om het beter te kunnen zien, en het was een dier, zei ze, iets duns dat wegspurtte als een rat, het stond in brand, zijn vacht brandde ongewoon hevig, en het rende de kamer door en zette in het voorbijgaan de armetierige vliesdunne lakens in de fik die de bedden van de meisjes sierden en als draperieën tot op de kale vloer vielen. En voordat iemand wist wat er gebeurde, brandden er op talloze plekken kleine vuurtjes, en het meisje sprong overeind en riep haar zusterweesmeisjes en ontvluchtte dit groeiende inferno.

Toen mijn vader thuiskwam vertelde hij me dit verhaal. Hij lag niet naast me in bed, zoals hij doorgaans deed, maar zat voorovergebogen op de oude kruk bij mijn bed. Bij het gerechtelijk onderzoek kon niemand een verklaring geven voor de brandende rat, en mijn vader had niets gezegd. Zijn lot was

al zo treurig dat hij niets had durven zeggen. Honderddrieën-
twintig meisjes waren omgekomen door de verbranding en
de val. Hij wist uit ervaring, zoals ik dat wist door zijn handboek te lezen, dat ratten graag de handige verticale snelwe-
gen van oude schoorsteenpijpen gebruikten. Een pover vuurtje
zou geen belemmering vormen. Maar als zo'n rat dicht genoeg
langs zo'n vuur kwam en hij doordrenkt was met paraffine, dan
wist mijn vader heel goed wat het gevolg was.

HOOFDSTUK ACHT

Misschien had hij het moeten zeggen. Ik had het zelf misschien kunnen zeggen en hem kunnen verraden, zoals die kinderen van Duitsers toen Hitler hun vroeg na te speuren in hoe-
verre hun ouders loyaal waren. Maar ik zou het nooit hebben
gezegd.

*

Nou ja, het is altijd moeilijk om iets te zeggen, of er nu gevaar aan verbonden is of niet. Soms gevaar voor het lichaam,
soms een intiemer, minuscuul, onzichtbaar gevaar voor de ziel.
Spreken op zichzelf is dan al een verraad van iets, misschien
iets wat niet eens benoemd kan worden en wat zich in de kamers van het lichaam verschuilt als een bange vluchteling op
oorlogsterrein.

Waarmee ik wil zeggen dat dokter Grene vandaag terugkwam, met zijn vragen in de aanslag.

Mijn man Tom heeft als jongen tien jaar in Lough Gill op
zalm gevist. Het grootste deel van die tijd stond hij bij het meer
naar het donkere water te kijken. Als hij een zalm zag springen,
ging hij naar huis. Als je een zalm ziet, zul je er die dag geen
vangen. Maar de kunst om geen zalm te zien is ook heel duister, je moet eindeloos staren naar de bekende gedeelten waar
zalm soms wordt gevangen en ze je daarbeneden voorstellen, ze
daar voelen, ze gewaarworden met een zevende zintuig. Mijn
man Tom heeft tien jaar op die manier op zalm gevist. Het zij
hier geboekstaafd dat hij nooit een zalm heeft gevangen. Dus
als je een zalm hebt gezien schijn je er geen te vangen, en als
je geen zalm hebt gezien vang je er ook geen. Hoe vang je dan
een zalm? Door een derde mysterie van geluk en instinct, dat
Tom niet had.

Maar zo kwam dokter Grene me vandaag voor, toen hij stil in mijn kamertje zat, zijn elegante verschijning uitgestrekt op de stoel, zonder iets te zeggen, en hij me niet echt gadesloeg met zijn ogen, maar met zijn geluk en instinct, zoals een visser bij donker water.

O ja, ik voelde me inderdaad als een zalm, en hield mezelf roerloos in het diepe water, me heel erg bewust van hem, en zijn hengel, en zijn kunstvlieg, en zijn haak.

'Zo, Roseanne,' zei hij ten slotte, 'hmm, ik geloof dat u hier – hoeveel jaar geleden bent u hier gekomen?'

'Dat is heel lang geleden.'

'Ja. En u kwam hier geloof ik uit de psychiatrische inrichting van Sligo.'

'Het gekkenhuis.'

'Ja, ja. Het *Lunatic Asylum*. Een interessante oude benaming. Het tweede woord is eigenlijk heel... geruststellend. Het eerste is een heel oud woord, afgeleid van "luna", het Latijnse woord voor "maan", maar de betekenis is een beetje twijfelachtig en het is geen prettig woord meer. Hoewel ik mezelf bij volle maan vaak afvraag: voel ik me niet een beetje... vreemd?'

Ik keek dokter Grene aan en probeerde me voor te stellen dat hij veranderd was door de maan, hariger op zijn gezicht, een weerwolf misschien.

'Zulke gigantische krachten,' zei hij. 'De getijden die van kust naar kust worden getrokken. Ja, de maan. Een niet te onderschatten voorwerp.'

Hij stond nu op en ging naar mijn raam. Het was zo vroeg op deze winterdag dat de maan de heerser was over alles buiten. Zijn licht lag met een ernstige glinstering op de vensterruiten. Dokter Grene knikte net zo ernstig bij zichzelf, terwijl hij naar buiten keek naar de tuin beneden, waar John Kane en anderen bijtijds de vuilnisbakken tegen elkaar lieten kletteren en alle andere handelingen verrichtten waar je de klok op gelijk kon zetten in de inrichting – het *asylum*. Het Lunatic Asylum. Het oord dat onderhevig was aan de krachten van de maan.

Dokter Grene is een van die mannen die zo nu en dan over fantoomhalsdoekjes lijken te strijken, of over een kledingstuk uit een andere tijd. Hij had natuurlijk over zijn baard kunnen strijken, maar dat deed hij niet. Droeg hij jaren geleden in zijn jeugd een of andere fraaie sjaal om zijn hals? Ik denk dat dat best eens zou kunnen. Hoe dan ook, hij streek nu over dit fantoomvoorwerp, veegde met de vingers van zijn rechterhand een centimeter of vijf boven zijn effen paarse stropdas, de strop dik als een jonge roos.

'O,' zei hij, als een vreemde uitroep. Het was een geluid waaruit grote vermoeidheid sprak, maar ik geloof niet dat hij vermoeid was. Het was een geluid van de vroege ochtend, in mijn kamer gemaakt alsof hij alleen was. Misschien was hij in het gewone leven ook werkelijk alleen.

'Wilt u erover nadenken of u hier weg wilt? Wilt u dat ik dat in overweging neem?'

Maar ik kon daar geen antwoord op geven. Wil ik dat soort vrijheid? Weet ik nog wat dat is? Is deze rare kamer mijn huis? Hoe het ook zat, ik voelde die kruipende angst weer, zoals de vorst op de zomerplanten, die de bladeren op zo'n deprimerende manier zwart maakt.

'Ik vraag me af hoe lang u in Sligo hebt gezeten? Herinnert u zich het jaar dat u daar kwam?'

'Nee. Ergens in de oorlog,' zei ik. Dat wist ik nog.

'De Tweede Wereldoorlog, bedoelt u?'

'Ja.'

'Ik was toen nog maar een baby,' zei hij.

Toen viel er een tintelende, koude stilte.

'We gingen vroeger altijd naar een van de kleine baaien bij Cornish, mijn vader, moeder en ik – dit is mijn vroegste herinnering, verder is het niet van belang. Ik herinner me dat het water ijskoud was en, begrijpt u wel, mijn luier zwaar van dat water, een heel levendige herinnering. Benzine was op de bon, dus mijn vader maakte zo'n tandem door twee verschillende fietsen aan elkaar te lassen. Hij ging op het achterste zadel zitten omdat daar de kracht nodig was voor die heuvels in Cornish. Kleine heuveltjes, maar dodelijk voor de benen. Mooie dagen, in de zomer. Mijn vader op zijn gemak. Thee kookten we op het strand in een kampeerpot, net als de vissers.' Dokter

Grene lachte en deelde zijn lach met het nieuwe licht dat zich buiten verzamelde om de morgen te maken. 'Misschien was dat vlak na de oorlog.'

Ik wilde hem vragen wat zijn vader van beroep was, ik weet niet waarom, maar het leek me een te kale vraag. Misschien was het zijn bedoeling dat ik dat zou vragen, nu ik erover nadenk. Om zo te spreken te komen over vaders? Misschien wierp hij zijn lokaas uit over het donkere water.

'Ik heb geen goede berichten gehoord over de oude inrichting in Sligo in die tijd. Ik weet zeker dat het een afschuwelijk oord was. Ik weet het heel zeker.'

Maar daar ging ik ook niet op in.

'Het is een van de mysteries van de psychiatrie dat onze inrichtingen in de eerste helft van de vorige eeuw zo slecht waren, zo moeilijk te verdedigen, terwijl er in de eerste helft van de negentiende eeuw vaak een verlichte houding was tegenover, nou ja, tegenover krankzinnigheid, zoals zij het noemden. Men zag plotseling in dat de opsluiting, het vastketenen van mensen et cetera, niet goed waren, en dus werd er een enorme inspanning geleverd om... de dingen te verzachten. Maar ik ben bang dat er uiteindelijk een terugval was – dat er iets misging. Herinnert u zich waarom u werd overgeplaatst van Sligo naar hier?'

Hij had die vraag nogal plotseling gesteld, dus voor ik het wist had ik mijn mond opengedaan.

'Mijn schoonvader had daarvoor gezorgd,' zei ik.

'Uw schoonvader? Wie was dat?'

'Oude Tom, de man van de band. Hij was de kleermaker in Sligo.'

'In de stad, bedoelt u?'

'Nee, in het gesticht zelf.'

'U zat dus in het gesticht waar uw schoonvader werkte?'

'Ja.'

'Ja ja.'

'Ik geloof dat mijn moeder daar ook zat, maar dat kan ik me niet herinneren.'

'Werkte ze daar?'

'Nee.'

'Was ze patiënt?

'Ik kan het me niet herinneren. Echt niet.'

O, ik wist dat hij me dolgraag meer wilde vragen, maar ik moet hem nageven dat hij dat niet deed. Misschien een te goede visser. Als je de zalm ziet springen, zul je er geen vangen. Kun je net zo goed naar huis gaan.

'Ik wil beslist niet dat u bang bent,' zei hij, een beetje plompverloren. 'Nee, nee. Dat is niet mijn bedoeling. Ik moet zeggen, Roseanne, dat we hier respect voor u hebben, echt waar.'

'Ik geloof niet dat ik dat heb verdiend,' zei ik blozend en ik schaamde me plotseling. Ik schaamde me rot. Het was alsof er takken en bladeren uit een bron waren verwijderd en de waterspiegel opbloeide. Pijnlijke, pijnlijke schaamte.

'O, jawel,' zei hij, zich denkelijk niet bewust van mijn ongemak. Hij was me misschien aan het inpalmen, aan het inpakken, zoals mijn vader zou hebben gezegd. Om me een onderwerp binnen te krijgen waarover hij van wal kon steken. Een deur naar iets wat hij wilde begrijpen. Een deel van me hunkerde ernaar om hem te helpen. Hem te verwelkomen. Maar. De ratten van schaamte barstten door de muur die ik in de loop der jaren met grote zorg heb gebouwd en krioelden op mijn schoot, zo voelde het. Het was dus mijn taak om het te verbergen, die vervloekte ratten te verbergen.

Waarom voelde ik die duistere schaamte na al die jaren? Waarom zit die nog steeds in me, die duistere, duistere schaamte?

*

Ach ja.

Nu zaten we met een paar mysteries in onze maag. Maar het nijpendste daarvan werd algauw weer onze armoede, die mijn vader niet kon bevatten.

Toen ik op een winteravond terugkwam uit school, liep ik mijn vader tegen het lijf op de weg langs de rivier. Het was anders dan die blije ontmoetingen in mijn kindertijd, maar zelfs nu nog vervult het me van trots dat er iets opklaarde in mijn vader toen hij me zag. Het fleurde hem op, hoe donker en somber die avond in Sligo ook was. Ik hoop dat het niet opschepperig klinkt.

'Zo, liefje,' zei hij. 'We lopen hand in hand naar huis, tenzij je bang bent om met je vader gezien te worden.'

'Nee,' zei ik verbaasd. 'Daar ben ik niet bang voor.'

'Ach,' zei hij. 'Ik weet hoe het is om vijftien te zijn. Als een man op een landtong in een stormwind.'

Maar ik begreep niet goed wat hij bedoelde. Het was zo koud dat ik me voorstelde dat er vorst zat op het spul dat hij in zijn haar deed om het glad te maken.

Toen liepen we op ons dooie akkertje onze straat in. In de rij huizen voor ons ging een van de deuren open, en een man kwam het trottoir op en lichtte zijn bruine slappe vilthoed naar het silhouet van een gezicht dat je nog net in de deuropening kon zien. Het was mijn moeders gezicht en onze eigen deur.

'Jezus, kijk nou toch,' zei mijn vader, 'dat is meneer Fine zelf die uit ons huis komt. Ik vraag me af waar hij voor kwam. Zou hij soms ratten hebben?'

Meneer Fine kwam naar ons toe. Hij was een lange, sierlijk lopende man, een vooraanstaande heer in de stad, met een vriendelijk, zacht gezicht als een man die buiten was geweest in een zonnige wind – misschien als die man op de landtong.

'Goedendag, meneer Fine,' zei mijn vader. 'Hoe gaat het?'

'Uitstekend, ja, uitstekend,' zei meneer Fine. 'Hoe gaat het met jullie? We waren heel erg geschokt en bezorgd toen we over die arme verbrande meisjes hoorden. Dat was een verschrikkelijke gebeurtenis, meneer Clear.'

'Jezus, ja, zeg dat wel,' zei mijn vader, en meneer Fine liep ons snel voorbij.

'Ik had misschien geen "jezus" tegen hem moeten zeggen,' zei mijn vader.

'Hoezo niet?' zei ik.

'Nou ja, omdat hij Joods is en zo,' zei hij.

'Hebben zij dan geen Jezus?' vroeg ik in mijn grote onwetendheid.

'Ik weet het niet,' zei hij. 'Eerwaarde Gaunt zal ongetwijfeld zeggen dat de Joden Jezus hebben vermoord. Maar weet je, Roseanne, het waren toen roerige tijden.'

We kwamen zwijgend bij onze deur, en mijn vader haalde zijn oude sleutel tevoorschijn en draaide hem om in het slot en we gingen het kleine gangetje in. Ik wist dat hem iets dwarszat na wat hij over Jezus had gezegd. Ik was oud genoeg om te weten dat mensen soms iets zeggen wat ze niet in gedachten hadden, maar wat toch een soort bericht is van die gedachten.

Pas laat in de avond, vlak voor bedtijd, begon mijn vader over meneer Fine.

'Zo,' zei hij, toen mijn moeder as schepte over de laatste stukjes turf, zodat ze tijdens de nacht langzaam zouden branden en 's ochtends mooie eieren van rode vonken zouden zijn als ze de as weer van de turf scheidde. 'We kwamen meneer Fine vanavond tegen toen we thuiskwamen. We dachten even dat hij hier misschien langs was geweest?'

Mijn moeder kwam overeind en stond daar met de asschep. Zo roerloos en zwijgend bleef ze daar staan, dat het leek alsof ze voor een kunstenaar poseerde.

'Hij is hier niet langs geweest,' zei ze.

'We dachten alleen dat we jouw gezicht in de deuropening zagen, en hij lichtte zijn hoed... zeg maar naar jouw gezicht.'

Mijn moeder sloeg haar ogen neer naar het vuur. Ze was nog niet klaar met de as, maar zo te zien was ze niet van plan de klus af te maken. Ze barstte uit in vreemde, schrijnende tranen, tranen die klonken alsof ze ergens uit haar lichaam omhoog waren gekomen, door haar heen waren gesijpeld als een afschuwelijk vocht. Ik was zo geschokt dat mijn lichaam op een vreemde, onbehaaglijke manier begon te tintelen.

'Ik weet het niet,' zei hij mistroostig. 'Misschien keken we naar de verkeerde deur.'

'Je weet best dat dat niet zo is,' zei ze, deze keer op een heel andere toon. 'Dat weet je best. O, o,' zei ze, 'had ik je maar nooit toegestaan me uit mijn huis mee te nemen, naar dit koude, wrede land, naar deze smerige regen, deze smerige mensen.'

Mijn vader verbleekte als een kokende aardappel. Mijn

moeder had in een jaar niet zoveel gezegd. Dit was een brief, dit was een krant met haar gedachten. Voor mijn vader was het denk ik alsof hij over de zoveelste wreedheid las. Erger dan rebellen die nog jongens waren, erger dan brandende meisjes.

'Cissy,' zei hij, zo zacht dat je het bijna niet hoorde. Maar ik hoorde het. 'Cissy.'

'Een goedkope sjaal die een Indiër nog niet zou durven verkopen,' zei ze.

'Wat?'

'Je kunt het me niet verwijten,' zei ze, bijna schreeuwend. 'Je kunt het me niet verwijten! Ik heb niets!'

Mijn vader sprong op, want mijn moeder had zichzelf per ongeluk met de schop op haar been geslagen.

'Cissy!' riep hij.

Ze had een klein stukje van zichzelf geopend en daar glinsterden een paar juwelen van donker bloed.

'O god, o god,' zei ze.

*

De volgende avond ging mijn vader naar meneer Fine in zijn groentewinkel. Toen hij terugkwam was zijn gezicht asgrauw, hij zag er uitgeput uit. Ik was al van streek omdat mijn moeder, die misschien iets vermoedde, zelf naar buiten was gegaan, het donker in, ik wist niet waar naartoe. Het ene moment was ze in de keuken aan het rommelen en het volgende moment was ze verdwenen.

'Naar buiten gegaan?' zei mijn vader. 'Lieve hemel, lieve hemel. Heeft ze haar jas aangetrokken in deze vreselijke kou?'

'Ja,' zei ik. 'Zullen we haar gaan zoeken?'

'Ja, dat moeten we doen, dat moeten we doen,' zei mijn vader, maar hij bleef zitten waar hij zat. Het zadel van zijn motor was vlak naast hem, maar hij legde er geen hand op. Hij liet het maar zo.

'Wat zei meneer Fine?' vroeg ik. 'Waarom ben je naar hem toe gegaan?'

'Nou, meneer Fine is een heel fijne man, zeker. Hij was zeer bezorgd en verontschuldigend. Ze had hem gezegd dat ze open kaart had gespeeld. Dat het allemaal was afgesproken. Ik vraag me af hoe ze dat kon zeggen. Hoe ze de woorden over haar lippen kon krijgen?'

'Ik begrijp het niet, papa.'

'Dat is de reden waarom we zo weinig te eten hadden,' zei hij. 'Ze heeft een aankoop gedaan met een lening van meneer Fine, en hij komt natuurlijk elke week voor zijn geld, en elke week geeft ze hem denk ik het grootste deel van wat ik haar geef. Al die ratten, donkere hoeken, al die uren dat arme Bob zich door tegenslag heen heeft gekrabbeld, en de dagen van vreemde honger die we hebben doorstaan, allemaal voor... voor een klok.'

'Een klok?'

'Een klok.'

'Maar er is geen nieuwe klok in huis,' zei ik. 'Nee toch, papa?'

'Ik weet het niet. Meneer Fine zegt van wel. Hij heeft haar de klok overigens niet verkocht. Hij verkoopt alleen wortels en kool. Maar ze heeft hem de klok een keer laten zien toen jij en ik weg waren. Een heel fraaie klok, zei hij. Gemaakt in New York. Met een klokkenspel uit Toronto.'

'Wat is dat?' vroeg ik.

Toen ik dat vroeg verscheen mijn moeder in de deuropening achter mijn vader. Ze had in haar handen een vierkant porseleinen voorwerp met een elegante wijzerplaat, en daaromheen had iemand, ongetwijfeld in New York, bloemetjes geschilderd.

'Ik heb hem nog niet laten tikken,' zei ze met een klein stemmetje, als een onbevreesd kind, 'uit angst.'

Mijn vader stond op.

'Waar heb je hem gekocht, Cissy? Waar heb je zoiets gekocht?'

'In Grace's of the Weir.'

'Grace's of the Weir?' zei hij ongelovig. 'Ik ben nog nooit in die winkel geweest. Ik zou er niet naar binnen durven gaan, uit angst dat ze entreegeld zouden heffen.'

Daar stond ze, ineenkrimpend van ellende.

'Hij is gemaakt door Ansonia,' zei ze, 'in New York.'

'Kunnen we hem terugbrengen, Cissy?' vroeg hij. 'Laten we hem terugbrengen naar Grace's en kijken hoe we er dan voorstaan. We kunnen niet doorgaan met die betalingen aan Fine. Ze zullen je nooit geven wat jij hun ervoor hebt gegeven, maar ze zouden er iets voor kunnen geven, en misschien kunnen we dan de schuld bij meneer Fine aflossen. Ik weet zeker dat hij me waar mogelijk een dienst zal bewijzen.'

'Ik heb hem nog niet eens horen tikken of luiden,' zei ze.

'Nou, draai de sleutel dan om en laat hem tikken. En als hij het hele uur slaat, zal hij luiden.'

'Dat kan ik niet doen,' zei ze, 'want dan zullen ze hem vinden. Ze zullen op het geluid afgaan en hem vinden.'

'Wie, Cissy? Wij? Ik denk dat wij hem nu wel hebben gevonden.'

'Nee, nee,' zei mijn moeder, 'de ratten. De ratten zullen hem vinden.'

Mijn moeder keek naar hem op met een griezelige gloed in haar gezicht, als een samenzweerster.

'We kunnen hem beter kapotgooien,' zei ze.

'Nee,' zei mijn vader volkomen verbijsterd.

'Nee, dat zou beter zijn. Hem kapotgooien. Southampton en alles kapotgooien. En Sligo. En jou. Ik til hem nu op, Joe, en laat hem dan zo op de grond vallen,' en inderdaad tilde ze hem op en inderdaad gooide ze hem neer op het dunne, vochtige blok beton op de vloer, 'daar, alle beloften hersteld, alle pijn genezen, alle verliezen vergoed!'

De klok lag daar in zijn porseleinen scherven, een klein rateltje was losgeraakt, en voor de eerste en de laatste keer luidde de Ansonia-klok met zijn klokkenspel uit Toronto in ons huis.

*

Kort daarna, zo kort dat ik het moet vermelden, werd mijn vader dood aangetroffen.

Tot op de dag van vandaag weet ik niet precies wat de doodsoorzaak was, maar in deze ruim tachtig jaar heb ik me het hoofd erover gebroken. Ik heb je het verloop van de gebeurtenissen geschetst, en wat ben ik ermee opgeschoten? Ik heb alle feiten voor je neergelegd.

De kwestie van de klok was toch zeker te klein om een man te doden?

Die dode jongens waren een duistere zaak, maar duister genoeg om mijn vader voorgoed in de duisternis te storten?

De meisjes, ja, dat was ook een duistere kwestie, hoe fel verlicht ze ook waren toen ze vielen.

Het was het lot van mijn vader dat die dingen hem overkwamen.

Hij was net als ieder ander mens, en andere dingen, klok of hart: hij had een breekpunt.

In een vervallen huisje in een straat verderop, waar hij op aandringen van de buren aan weerszijden van het lege huis bezig was het van ratten te ontdoen, verhing hij zichzelf.

O, o, o, o, o, o, o, o, o.

Ken je het verdriet daarvan? Ik hoop het niet. Het verdriet dat niet veroudert, dat niet met de jaren slijt, zoals de meeste soorten verdriet en menselijke aangelegenheden. Dat is het verdriet dat er altijd is, een beetje heen en weer schommelend in een vervallen huis, mijn vader, mijn vader.

Ik huil om hem.

HOOFDSTUK NEGEN

Ik denk dat ik hier de paar onaangename dingen moet toevoegen die mijn vader na zijn dood overkwamen, toen hij niet meer was dan een grote pudding van bloed en gebeurtenissen uit het verleden. Het is mogelijk om iemand meer lief te hebben dan jezelf, en toch, om als kind of bijna-vrouw zo'n gedachte te hebben, wanneer je vader het huis in wordt gedragen voor de onvermijdelijke wake... Niet dat we de hoop hadden dat er veel mensen zouden komen om bij hem te waken.

Zijn motor was in de kleine tuin gezet door meneer Pine, onze buurman, een timmerman met kille ogen, die toch onmiddellijk aanbood ons te helpen. Onnodig te zeggen dat de motor nooit meer binnen werd gebracht, maar buiten aan zijn lot werd overgelaten.

Op de plek van de motor werd de lange goedkope kist neergezet, waaruit mijn vaders grote neus naar buiten stak. Omdat hij zichzelf had verhangen, was zijn gezicht bedekt met een laag witte verf zo dik als een wijzerplaat, een klus die was gedaan door Silvester's begrafenisondernemers. De straat stroomde vervolgens vol mensen, en al hadden we weinig pijpen en potten thee en geen druppel whisky aan te bieden, toch was ik stomverbaasd door de losheid en vrolijkheid van de mensen en de onmiskenbare spijt die ze toonden over het overlijden van mijn vader. De presbyteriaanse dominee meneer Ellis kwam binnen en ook eerwaarde Gaunt, en zoals veronderstelde vijanden of rivalen in Ierland dat doen, wisselden ze in een hoek even een grapje uit. In de vroege ochtend werden we alleen gelaten, en mijn moeder en ik sliepen — althans ik sliep. Ik huilde en huilde en viel uiteindelijk in slaap. Maar dat soort verdriet is goed verdriet.

Toen ik 's ochtends vanaf de vliering waar mijn smalle bed stond naar beneden kwam, was er een ander soort verdriet. Ik liep naar mijn vader en kon even niet doorgronden wat ik zag. Er was in elk geval iets mis met zijn ogen. Toen ik van dichtbij keek, zag ik wat het was. Iemand had in elke oogbal een klein zwart pijltje gestoken. De pijltjes waren met de punt naar boven gericht. Ik wist meteen wat het waren. Het waren de zwarte metalen wijzers van mijn moeders Ansonia-klok.

Ik trok ze er weer uit als doorns, als bijensteken. *Een doorn om een heks te vinden, een steek om een liefje te vinden* is een oud plattelandsgezegde. Dit waren geen tekens van liefde. Ik weet niet waar het wel tekens van waren. Dit was het laatste verdriet van mijn vader. Hij werd begraven op het kleine presbyteriaanse kerkhof in aanwezigheid van een flink aantal 'vrienden' – vrienden van wie ik eigenlijk niet wist dat hij ze had. Mensen die hij van ratten had bevrijd, of voor wie hij in de goede oude tijd mensen had begraven. Of mensen die hem koesterden vanwege de menselijke ziel die hij de wereld had laten zien. Die hem graag mochten. Er waren veel mensen bij wie ik geen namen kon bedenken. Eerwaarde Gaunt stond bijna als een vriend naast me, terwijl de presbyteriaanse dominee natuurlijk de plechtigheid leidde, en zei een paar namen, alsof ik dat wilde. Naam zus en naam zo, die ik vergat zodra hij ze had gezegd. Maar er was daar ook een man die Joe Brady heette, die mijn vaders baan op het kerkhof had overgenomen op uitnodiging van eerwaarde Gaunt, een merkwaardige, dikkige man met vurige ogen. Ik weet niet waarom hij daar was, en wist in mijn verdriet niet eens of ik hem daar wel wilde hebben, maar je kunt iemand niet van een begrafenis weren. Rouwenden zijn net als de zee van Knoet de Grote.* Ik stelde me tevreden met de gedachte dat hij zijn laatste eer bewees.

Mijn hoofd brandde van de diepe, donkere hartslag van verdriet, die klopt als lichamelijke pijn, als een rat die je hersens is binnengedrongen, een brandende rat.

---

*Knoet de Grote, 995-1035, was koning van Engeland, Denemarken en Noorwegen. Volgens een legende beval hij de golven zich terug te trekken, om te bewijzen dat zelfs de macht van een koning grenzen heeft. (vert.)

Het aantekenboek van dokter Grene

Heb het ontzettend druk met al het geregel in de inrichting en heb niet veel tijd om hier te schrijven. Ik heb de eigenaardige intimiteit ervan gemist. Omdat het waarschijnlijk in mijn aard ligt een lage dunk van mezelf te hebben, dat wil zeggen, een nogal triest besef dat ik als persoon, als ziel weinig voorstel, heeft het bijhouden van dit boek me op de een of andere manier geholpen, al weet ik niet hoe. Het is niet echt een therapie. Maar het is in elk geval een teken dat ik nog een innerlijk leven leid. Dat hoop en bid ik althans.

Misschien met enig recht. Gisteravond kwam ik doodmoe thuis, zo moe was ik nog nooit geweest, ik vervloekte alles, de vreselijke gaten in de wegen van Roscommon, de beroerde vering in mijn auto, het kapotte licht in de veranda waardoor ik mijn arm tegen de betonnen pilaar stootte, en ik liep met een rothumeur de gang in, ertoe bereid om ook daar alles te vervloeken als ik maar even de kans kreeg.

Maar Bet stond boven op de overloop. Ik weet niet of ze daar al had gestaan voordat ik binnenkwam, misschien wel, want ze stond bij het kleine raampje en keek uit over de wirwar van stadstuinen en de lukraak verspreide industrieterreinen. Ze werd door de maan beschenen en ze glimlachte. Ik dacht dat ze glimlachte. Er kwam een geweldige lichtheid over me. Het was als de eerste keer dat ik dacht dat ik van haar hield, toen ze jong was en frêle als een aquarel, niet meer dan een gebaar van botten en gelaatstrekken, mooi en volmaakt in mijn ogen, toen ik haar trouw beloofde, me voornam haar gelukkig te maken, haar te aanbidden, haar in mijn armen te houden – het vreemde, misschien domme verbond van alle minnaars. Ze draaide zich weg uit het maanlicht en keek naar me, en tot mijn stomme verbazing kwam ze de trap af. Ze droeg een doodgewone katoenen jurk, een zomerjurk, en terwijl ze de trap af kwam, nam ze het maanlicht mee, het maanlicht en andere lichten. Toen ze bij de gangdeur kwam, boog ze zich op haar tenen naar me toe en kuste me, ja, ja, dwaas die ik ben, ik huilde, maar zo stil en zo waardig als ik kon, omdat ik niet wilde onderdoen voor haar charme, ook al was dat te hoog gegrepen. Daarna nam ze me mee naar de voorkamer tussen al het bric-à-brac van ons leven en ze omhelsde me en kuste me weer, en met een hartstocht die me uiteindelijk van mijn sokken blies, trok ze me tegen zich aan op een heel tedere, hevige en geconcentreerde manier, en kuste me, kuste me, en toen volgde ons kleine liefdesspel dat we in vroeger jaren duizenden keren hadden opgevoerd, en na afloop lagen we daar op het Axminster-tapijt als geslachte dieren.

*

Roseannes getuigenis van zichzelf

Mijn hoofd is helemaal gevuld met mijn vader en er schiet bijna geen woord meer over voor de nonnen op school.

En nu moet ik melden dat ik hen moet overlaten aan de duisternis van de geschiedenis, zonder over hen in detail te treden, hoewel het interessante vrouwen waren. Tegen ons armere meisjes waren ze wreed, maar wij stonden dat toe. We schreeuwden en huilden als we geslagen werden en keken met ongerepte jaloezie naar de aandachtige vriendelijkheid waarmee ze de rijkere meisjes van de stad bejegenden. In de geschiedenis van elk geslagen kind is er een moment dat zijn geest afstand doet van elke hoop op waardigheid, dat hij de hoop wegduwt als een boot zonder roeier en hem met de stroom laat afdrijven en zich neerlegt bij de kerfstok van pijn.

Dit is een meedogenloze waarheid, want een kind weet niet beter.

Een kind is nooit de vormgever van zijn eigen geschiedenis. Ik neem aan dat dat bekend is.

Maar hoe wreed ze ook waren, hoe ze ook met elk greintje energie dat ze in hun lichaam hadden de stokken op ons neer lieten komen om de duivels van lust en de scholen van onwetendheid die in ons krioelden uit te drijven, het waren toch heel interessante vrouwen. Maar ik moet hen laten gaan. Mijn verhaal jaagt me op.

*

Ik denk dat menselijke eerlijkheid het enige is wat we hebben te bieden. Bij de poorten van Petrus, bedoel ik. Hopelijk zal die eerlijkheid als zout kunnen zijn voor koninkrijken zonder zout, als kruiden voor donkere, noordelijke landen. Een paar gram in de tas van de ziel, aangeboden als we naar binnen willen. Wat hemelse eerlijkheid is, kan ik niet zeggen. Maar ik zeg dit om mezelf een hart onder de riem te steken bij mijn taak.

Ik heb ooit gedacht dat schoonheid mijn beste bezit was. Misschien zou dat in de hemel zo zijn geweest. Maar in dit ondermaanse was dat niet het geval.

Het is werkelijk een groot bezit om alleen te zijn en toch zo nu en dan een intense vreugde door je heen te voelen gaan, zoals mij dat geloof ik overkomt. Terwijl ik hier aan deze tafel zit die is bevlekt en bekrast door een tiental generaties van verpleegden, patiënten, engelen, wat we ook waren, moet ik je deelgenoot maken van het gevoel dat er een soort gouden essentie in me binnendringt, tot in mijn bloed. Geen tevredenheid, maar een gebed zo wild en gevaarlijk als leeuwengebrul.

Ik vertel jóú dit, jou.

Lieve lezer. God behoede je, God behoede je.

*

Moet ik die nonnen wel links laten liggen? Misschien kan ik nog even verwijlen bij zo'n mengeling van wreedheid en bescheidenheid. Nee, nee, ik laat hen links liggen. Hoewel ik in later jaren dikwijls heb gedroomd dat ze me kwamen redden, dat ze met hun witte kapjes als een kudde lotusbloesems door Sligo Main Street stroomden, is natuurlijk niets van dien aard ooit gebeurd. Ik weet niet waarom ik meende dat er een basis was voor zo'n droom, aangezien ik me niet kan herinneren dat ze me ooit gunstig gezind zijn geweest toen ik bij hen was. En natuurlijk had ik op mijn zestiende al niets meer met hen te maken, zoals mijn geschiedenis het wilde.

Mijn herinneringen aan eerwaarde Gaunt zijn altijd eigenaardig precies en volledig, fel verlicht, zijn gezicht helder en indringend. Terwijl ik hier zit te schrijven kan ik hem achter mijn ogen zien, ik zie hem nu op de dag dat hij naar mij toe kwam met zijn eigen versie van redding.

Ik wist dat ik meteen na de dood van mijn vader van school zou moeten, omdat mijn moeders verstand zich nu op een vliering van haar hoofd bevond die deur noch trap had, ik kon die tenminste niet vinden. Als ik wilde eten, moest ik werk zien te vinden.

Eerwaarde Gaunt kwam op een dag langs in zijn gebruikelijke chique soutane – dit bedoel ik niet kritisch – en omdat het regende met die speciale Sligo-regen die duizenden oeroude boerderijen tot moeras heeft gemaakt, was hij ook gehuld in een chique donkergrijze jas van dezelfde glanzende stof. Misschien was de huid van zijn gezicht ook van die stof gemaakt, in vroeger dagen in de schoot van zijn moeder. Hij had een zeer kerkelijke paraplu bij zich, als iets levends en strengs dat 's nachts zijn gebeden zei in de paraplubak.

Ik liet hem binnen en bood hem een stoel aan in de woonkamer. De piano van mijn vader stond daar nog steeds tegen de muur, al net zo bezield als de paraplu, alsof hij ergens in de hersenkronkels van zijn snaren en toetsen bezig was zich mijn vader te herinneren.

'Dank je, Roseanne,' zei eerwaarde Gaunt toen ik hem een kop thee gaf die ik heldhaftig had gemaakt van een plukje thee dat triest genoeg al drie keer was gebruikt. Maar ik hoopte dat er nog een laatste vleugje essence in zat, hij was tenslotte helemaal uit China gekomen, in Jacksons theeschip. We haalden onze thee op de hoek, niet bij het grote warenhuis van Blackwood's, waar de rijkelui winkelden, dus misschien was het al niet de beste thee. Maar eerwaarde Gaunt nipte er beleefd van.

'Heb je een druppel melk?' zei hij, vriendelijk, vriendelijk.

'Nee, eerwaarde.'

'Geeft niks, geeft niks,' zei hij, met enige spijt. 'Zo, Roseanne, jij en ik hebben een paar dingen te bespreken, een paar
dingen te bespreken.'

'O, eerwaarde?'

'Wat ga je nu doen, Roseanne, nu je arme vader is overleden?'

'Ik ga van school, eerwaarde, en ik ga een baan zoeken in de
stad.'

'Kun je mijn advies gebruiken?'

'O?' zei ik.

Hij dronk even van zijn thee en glimlachte zijn priesterlij-
ke glimlachjes, een heus repertoire. Zelfs op deze afstand weet
ik dat hij probeerde zijn plicht te doen, aardig te zijn, behulpzaam te zijn. Dat weet ik.

'Jij hebt, Roseanne, verschillende facetten, bepaalde duidelijke gaven als ik dat zo mag zeggen op het vlak van...'

Een ogenblik lang zei hij niet van wat. Ik voelde dat dit 'wat'
iets niet helemaal kies was. Hij zocht in zijn arsenaal zinnen
naar de juiste zinnen. Hij was beslist niet onaangenaam, en
wilde dat ook niet zijn. Ik denk zelfs dat hij liever was doodgegaan dan dat hij iets onaangenaams te berde bracht.

'Schoonheid,' zei hij.

Ik keek hem aan.

'De gave van schoonheid. Roseanne, ik denk dat ik zonder
veel moeite – natuurlijk rekening houdend met de mening van
je moeder, en zelfs met jouw mening, alhoewel ik je nog steeds
als bijna een kind moet beschouwen, als ik dat zo mag zeggen, dat dringend, zeer dringend advies nodig heeft, als ik dat
zo mag zeggen – maar wat wilde ik zeggen? O ja, dat ik denk
dat ik hier in de stad heel snel, heel handig, gemakkelijk en op
een zo net mogelijke manier, een man voor je zou kunnen vinden. Natuurlijk moeten daar eerst bepaalde dingen voor gedaan worden.'

Eerwaarde Gaunt kreeg, zoals ze zeggen, de smaak te pakken. Hoe meer hij praatte, des te vlotter de woorden kwamen,
stuk voor stuk fraai, wollig en in honing gedrenkt. Zoals veel
mannen die gezag bekleden, was hij helemaal in zijn element

zolang hij zijn ideeën ontvouwde en zolang zijn ideeën met instemming werden begroet.

'Ik denk niet...' zei ik, in een poging deze grote zwerfkei van gezond verstand die hij op mijn hoofd duwde terug te rollen – zo voelde het.

'Voordat je hierover iets zegt, ik weet dat je nog maar zestien bent, en het is misschien niet zo gebruikelijk om zo jong te trouwen, maar aan de andere kant heb ik een zeer geschikte man in gedachten, die volgens mij veel respect voor je zou hebben, dat misschien al heeft, en die een vaste baan heeft en dus in de positie zou verkeren om in jouw onderhoud te voorzien – en dat van je moeder natuurlijk.'

'Ik kan in ons onderhoud voorzien,' zei ik, 'ik weet zeker dat ik dat kan,' zei ik, maar ik was in mijn leven nog nooit zo onzeker over iets geweest.

'Misschien ken je deze man al, hij is Joe Brady die nu de vroegere baan van je vader heeft op het kerkhof, een heel betrouwbare, plezierige, vriendelijke man, die twee jaar geleden zijn vrouw heeft verloren en graag opnieuw zal willen trouwen. In het leven moeten we zoeken naar een zekere symmetrie, en omdat je vader ooit die baan – Hmm. En hij heeft geen kinderen en ik weet zeker...'

En óf ik Joe Brady kende, de man die mijn vaders baan had ingepikt en op zijn begrafenis was geweest. Joe Brady was voor zover ik wist of kon zien een jaar of vijftig.

'U wilt me met een oude man laten trouwen?' vroeg ik in mijn onschuld. Want bij een aanbod van zulke edelmoedige liefdadigheid kon ik waarschijnlijk moeilijk een man van onder de dertig verwachten. Als ik al een man wilde.

'Roseanne, je bent een heel lieftallig meisje, en ik ben bang dat je als zodanig, wanneer je in de stad rondloopt, een trieste verleiding vormt, niet alleen voor de jongens, maar ook voor de mannen van Sligo, en als zodanig en zoals zich in alle opzichten laat denken, zou trouwen een zegen zijn en een juistheid die zeer volkomen en aantrekkelijk is in zijn – juistheid.'

Zijn welsprekendheid liet hem even in de steek, misschien omdat hij een blik op mijn gezicht had geworpen. Ik weet niet wat er op mijn gezicht stond te lezen, maar het was in elk geval geen instemming.

'En natuurlijk zou het me veel voldoening geven, zou het een grote opluchting zijn en zou ik het heerlijk vinden om de veroorzaker te zijn, de schepper zou je kunnen zeggen, van het feit dat je opgenomen zult worden in de schoot der kerk. Ik hoop dat je zult inzien dat dat een politiek, ja een prachtig en wonderbaarlijk vooruitzicht is.'

'Schoot der kerk?' zei ik.

'De recente opstanden in Ierland zullen je niet ontgaan zijn, Roseanne, en geen van deze opstanden zijn de protestantse sekten gunstig gezind. Natuurlijk zal ik van mening zijn dat je ernstig dwaalt en dat je sterfelijke ziel verloren is als je zo doorgaat. Niettemin kan ik zeggen dat ik medelijden met je heb en dat ik je wil helpen. Ik kan een goede katholieke man voor je vinden, zoals ik al zei, en hij zal uiteindelijk geen aanstoot nemen aan je afkomst, omdat, zoals ik ook al heb gezegd, jij gezegend bent, als ik dat weer mag zeggen, met zo veel schoonheid. Roseanne, je bent echt het mooiste meisje dat we ooit in Sligo hebben gezien.'

Dit zei hij zo eenvoudig en met argeloze — ik zei bijna onschuld, maar zoiets als onschuld — hij sprak zo mooi dat ik ondanks mezelf glimlachte. Het was alsof ik een compliment kreeg van een oude eerbiedwaardige dame in Sligo Street, een Pollexfen of een Middleton of iets dergelijks, met haar hermelijn en haar fraaie tweed kleding.

'Het is dom van me je te vleien,' zei hij. 'Het enige wat ik wil zeggen is dat als je je door mij onder mijn hoede laat nemen, ik je kan helpen en ik wil je helpen. Ik moet er ook aan toevoegen dat ik heel veel respect had voor je vader, ondanks het feit dat hij me in verlegenheid bracht, sterker nog, ik hield echt van hem, omdat hij een eerlijke ziel was.'

'Maar een presbyteriaanse ziel,' zei ik.

'Ja,' zei hij.

'Mijn moeder is Plymouth Brethren.'

'Nou ja,' zei hij, voor het eerst een beetje geprikkeld, 'dat doet er niet toe.'

'Maar ik moet op mijn moeder passen. En dat zal ik ook doen. Het is mijn plicht als haar dochter.'

'Je moeder, Roseanna, is een heel zieke vrouw.'

Goed, ik had dit nog niemand horen zeggen, en het schokte me om het te horen. Maar ik wist dat het waar was.

'Het zit er dik in,' zei hij, 'dat je haar in het gesticht zult moeten laten opnemen, ik hoop niet dat ik je hiermee schok?'

O, maar hij schokte me wel degelijk. Toen hij die angstaanjagende woorden uitsprak, draaide mijn maag zich om, deden mijn spieren pijn in hun kapsels. Zonder te weten dat ik dat zou gaan doen, braakte ik plotseling en onverklaarbaar op het tapijt voor me. Eerwaarde Gaunt trok zijn benen buitengewoon snel en behendig terug. Daar op de vloer lagen de resten van de lekkere toast die ik als ontbijt had klaargemaakt voor mijn moeder en mij.

Eerwaarde Gaunt stond op.

'O. Dat zul je zeker moeten schoonmaken?'

'Ja, dat ga ik doen,' zei ik, en ik beet liever mijn tong af dan me te verontschuldigen. Ik wist op de een of andere manier dat ik me nooit moest verontschuldigen tegenover eerwaarde Gaunt, en dat hij voortaan een onbekende kracht zou zijn, zoals noodweer zonder dat we het weten en zonder dat het voorspeld is op de loer ligt om een landschap te teisteren.

'Eerwaarde, ik kan niet doen wat u zegt. Ik kan het niet.'

'Zul je erover nadenken? In je verdriet neem je misschien slechte beslissingen. Dat begrijp ik. Mijn eigen vader is vijf jaar geleden aan kanker overleden, het was een vreselijke dood, en ik rouw nog steeds om hem. Je moet voor ogen houden, Roseanne, dat verdriet twee jaar duurt. Je zult geruime tijd niet goed kunnen nadenken. Neem mijn raad ter harte, Roseanne, laat mij je adviseren *in loco parentis*, begrijp je, laat mij in dezen je vader zijn in plaats van je vader, zoals het een priester betaamt. We hebben zoveel met elkaar te stellen gehad, hij en ik, en jij, dat je bijna al in de schoot der kerk bent opgenomen. Het zal de redding zijn voor je onsterfelijke ziel, en het zal je bewaren in dit tranendal. Het zal je beschermen tegen alle verraderlijke stromingen en ongelukken van deze wereld.'

Ik schudde mijn hoofd. Achter mijn ogen zie ik mezelf mijn hoofd schudden.

Eerwaarde Gaunt schudde ook zijn hoofd, maar op een andere manier. 'Denk je erover na? Denk erover na, Roseanne, dan praten we later wel weer. Dit is een moment in je leven dat je in groot gevaar verkeert. Goedendag, Roseanne. Bedankt voor de thee. Hij was heerlijk. En bedank je moeder.'

Hij ging het kleine halletje in en de straat op. Toen hij helemaal weg was, ver buiten gehoorsafstand, en vreemd genoeg alleen de geur van zijn kleren nog in de kamer hing, zei ik:

'Tot ziens, eerwaarde.'

HOOFDSTUK TIEN

Dokter Grene was er vandaag. Hij heeft zijn baard afgeschoren!

Ik herinner me niet of ik het al over zijn baard heb gehad. Een baard is voor een man alleen maar een manier om iets te verbergen, zijn gezicht natuurlijk, maar ook de innerlijke dingen, net als een heg om een geheime tuin, of een kleed over een vogelkooi.

Ik zou graag zeggen dat ik hem niet herkende toen hij binnenkwam, want dat zou je verwachten, maar ik herkende hem wel.

Ik zat hier te schrijven toen ik zijn voetstappen in de gang hoorde, en slaagde er nog net in alles onder de vloer weg te stoppen voordat hij aanklopte en binnenkwam, zoals altijd geen eenvoudige opgave voor een stokoude *cailleach* als ik. Een cailleach is het oude besje uit de verhalen, de wijze vrouw en soms een soort heks. Mijn man Tom McNulty was een meester in zulke verhalen, die hij met veel overtuiging vertelde, vooral omdat hij elk woord geloofde. Ik zal je later nog wel eens vertellen over de tweekoppige hond die hij zag op de weg naar Enniscrone, als je dat wilt. Hoe zou ik moeten weten wat je wilt? Ik raak eraan gewend om aan jou daarginds, ergens, te denken. Deze cailleach is in de war! De oude vroedvrouw. Ik ben alleen maar de vroedvrouw van mijn eigen oude verhaal. Het is trouwens nog een flinke verlosklus.

Dokter Grene was heel ingetogen, heel rustig, en zijn gezicht glom. Het leek wel of hij een zalfje op zijn gezicht had gesmeerd nadat hij zich had geschoren, om het de schok van de lucht enigszins te besparen. Hij liep naar de tafel – ik zat nu op bed, tussen de landschapjes op de sprei, ik denk dat het Franse taferelen zijn, er is een man met een ezel op zijn rug en nog zo wat – en pakte mijn vaders oude exemplaar van *Re-*

ligio Medici van de tafel en keek er op zijn gemak naar. Toen mijn vader was overleden, zag ik tot mijn verbazing dat het boekje in 1869 was gedrukt, hoewel ik wist dat hij het vele jaren in zijn bezit had. Zijn naam, de plaats Southampton en het jaar 1888 stonden natuurlijk met potlood op het schutblad geschreven, maar toch hoopte ik dat het boek hem misschien in zijn jeugdige handen was gestopt door de handen van zijn vader, mijn grootvader, iemand die ik natuurlijk nooit heb gezien. Zo zou het gegaan kunnen zijn. Dus wanneer ik het in mijn handen had, was er als het ware een geschiedenis van handen die het boekje omringde, de handen van mijn eigen familie. Want in de slapeloze uren 's nachts put een eenzaam mens veel troost uit zijn familie, zelfs uit de herinnering aan hen.

Omdat ik het boekje zo goed kende, kon ik raden waar dokter Grene naar keek. Het was een plaatje van sir Thomas Browne, met een baard. Terwijl hij naar die baard keek, een zeer vinnig vooruitstekend geval in een ronde gravure, had hij misschien ineens spijt van het verlies van zijn eigen baard. Sampson Low, Son, and Marston waren de drukkers. Dat *Son* was prachtig. De zoon van Sampson Law. Wie was hij, wie was hij? Zwoegde hij onder de zweep van zijn vader, of werd hij vriendelijk en respectvol behandeld? J. W. Willis Bund voorzag het boekje van noten. Namen, namen, allemaal gestorven, vergeten, slechts vogelzang in het struikgewas der dingen. Als J. W. Willis Bund vergeten kan sterven, is het voor mij dan niet nog veel vanzelfsprekender? Dat hebben we in elk geval gemeen.

Zoon. Ik weet al even weinig over mijn eigen zoon. De zoon van Roseanne Clear.

'Een oud boek,' zei hij.

'Ja.'

'Wiens naam is dat, mevrouw McNulty, Joe Clear?'

Dokter Grene had nu een perplexe uitdrukking op zijn gezicht, een heel diep nadenkende uitdrukking, als een jochie dat een rekensom uitrekent. Als hij een potlood had, had hij misschien aan de punt gelikt.

Hij had zijn baard afgeschoren en verborg zijn gezicht niet

langer, dus ik kreeg ineens het gevoel dat ik hem iets verschuldigd was.

'Mijn vader,' zei ik.

'Was hij dan een ontwikkeld man?'

'Jazeker. Hij was de zoon van een dominee. Uit Collooney.'

'Collooney,' zei hij. 'Collooney heeft heel erg geleden onder de onlusten in de jaren twintig,' zei hij. 'Ik ben ergens blij dat daar ooit een man was die *Religio Medici* las.'

Uit de manier waarop hij de titel langzaam uitsprak maakte ik op dat hij het boek nooit eerder onder ogen had gehad.

Dokter Grene sloeg het boek verder open, bladerde door de inleiding en ging kalm op zoek naar het begin van het boek, zoals mensen dat doen.

' "Aan de lezer. Hij die zou willen leven wanneer de hele wereld ten onder gaat, kun je voorwaar levenslustig noemen..." '

Dokter Grene liet een vreemd lachje ontsnappen, eigenlijk geen echte lach, maar meer een soort kreetje. Toen legde hij het boek terug op de plek waar hij het had gevonden.

'Ik begrijp het,' zei hij, hoewel ik niets had gezegd. Misschien praatte hij tegen het oude, bebaarde gezicht in het boek, of tegen het boek zelf. Zesenzeventig was Thomas Browne toen hij stierf, een jonkie vergeleken bij mij. Hij stierf op zijn verjaardag, zoals soms, zij het zelden, gebeurt. Ik denk dat dokter Grene een jaar of zestig is. Ik had hem nog nooit zo ernstig gezien als vandaag. Hij is niet echt een man voor grappen en grollen, maar hij heeft soms een eigenaardige lichtheid over zich. Vergeleken bij de arme John Kane, met al zijn zonden, zijn veronderstelde verkrachtingen en euveldaden in het gesticht, is dokter Grene een engel. Misschien wel vergeleken bij velen, dat zou ik niet meer durven zeggen. Als dokter Grene het gevoel heeft dat hij is aangespoeld op deze vreselijke kust van het gesticht, als hij op welke manier dan ook het gevoel heeft dat hij een 'man van gisteren' is, zoals het gezegde luidt, dan is hij voor mij morgen en overmorgen. Die gedachten gingen door me heen toen ik naar hem keek en probeerde de knoop van zijn nieuwe stemming te ontwarren.

Dokter Grene liep naar de kleine stoel bij het raam waar ik

graag zit als het iets warmer is. Anders is er een kilte die door het vensterglas heen lijkt te dringen. Onder het raam heb je de tuin, de hoge muur, en de eindeloze velden. De stad Roscommon ligt achter de horizon, heb ik me laten vertellen, en dat zou best eens kunnen. Er stroomt een rivier tussen de velden die in de zomer het licht vangt en mijn raam als een seinapparaat gebruikt, al weet ik niet naar wat of wie of waarheen hij seint. Het rivierlicht speelt in het glas. Daarom zit ik daar graag. Hoe het ook zij, dokter Grene ging er met zijn volle gewicht op zitten, altijd reden tot lichte paniek, want het is maar een kledingstoel, zo'n fraai stoeltje dat plattelandsvrouwen graag in hun slaapkamer hadden staan voor hun kleding, al was het ook het enige fraaie voorwerp in huis. Hoe het in deze kamer terechtgekomen is, God mag het weten, en zelfs Hij misschien niet.

'Kunt u zich herinneren, mevrouw McNulty, hoe het in zijn werk ging – ik bedoel, de gebeurtenissen die ertoe leidden dat u in het gesticht van Sligo werd opgenomen? Herinnert u zich dat ik zei dat ik geen fatsoenlijk document heb kunnen vinden over die kwestie? Ik heb sindsdien weer gezocht en ik heb verder helemaal niets gevonden. Ik ben bang dat de geschiedenis van uw aanwezigheid hier en in Sligo er niet meer is. Maar ik ga door met zoeken en ik heb Sligo aangeschreven voor het geval zij iets hebben, je weet maar nooit. Kunt u zich iets over de kwestie herinneren?'

'Ik geloof niet dat ik het me herinner. Ze noemden het het Leitrim Hotel. Dat herinner ik me nog wel.'

'Wat?'

'Ze noemden het gesticht in Sligo het Leitrim Hotel.'

'O ja? Nooit geweten. Hoezo? O,' zei hij, bijna lachend, bijna, 'omdat – ja.'

'Naar men zei zat half Leitrim in dat gesticht.'

'Arm Leitrim.'

'Ja.'

'Raar woord is dat, Leitrim. Ik vraag me af wat het betekent. Het zal wel Iers zijn. Natuurlijk is het Iers.'

Ik glimlachte naar hem. Hij was als een jongen die zijn knie had gestoten en bij wie de pijn nu wegtrok. De vrolijkheid van een jongen na pijn en tranen.

Daarna zakte hij om de een of andere reden weer weg in het duister diep in zichzelf, als een mol in de aarde. Ik antwoordde hem voornamelijk om hem weer op te beuren.

'Ik herinner me vreselijke, duistere dingen, en verlies, en lawaai, maar het is als zo'n vreselijk donker schilderij dat in kerken hangt, God weet waarom, want je kunt er niets op zien.'

'Mevrouw McNulty, dat is een prachtige beschrijving van een traumatische herinnering.'

'O ja?'

'Ja.'

Toen zat hij daar geruime tijd in zijn eigen versie van stilte. Hij zat daar zo lang dat hij bijna een bewoner was van de kamer! Alsof hij daar zelf woonde, alsof hij nergens heen kon, niets te doen had, niemand had om voor te zorgen.

Hij zat daar in het kille licht. De rivier, verdronken in zijn eigen water en een tweede keer verdronken in de regens van februari, was niet bij machte zijn licht te werpen. Het vensterglas was streng zichzelf. Alleen het roerloze wintergras ver beneden gaf het een ijl groen waas. Zijn ogen, zonder de baard op de een of andere manier veel helderder en duidelijker zichtbaar, keken naar voren, als naar een voorwerp op ongeveer een meter afstand, met de starende blik die gezichten op portretten hebben. Ik zat op het bed en keek hem zonder ook maar de geringste schaamte aan, want hij keek helemaal niet naar mij. Hij keek naar die vreemde plek, de middenafstand, de geheimzinnigste, menselijkste en rijkste van alle afstanden. En uit zijn ogen stroomden langzaam tranen, menselijke tranen, ongerept, voordat de wereld ze aanraakt. Rivier, raam en ogen.

'Wat is er, dokter Grene?' vroeg ik.

'O,' zei hij.

Ik stond op en liep naar hem toe. Jij zou hetzelfde hebben gedaan. Dat is iets oerouds. Iets drijft je in de richting van plots verdriet, of misschien stoot het je soms ook af. Dan deins je terug. Ik ging ernaartoe, ik kon er niets aan doen.

'Neemt u me alstublieft niet kwalijk dat ik vlak bij u sta,' zei ik. 'Ik ben gisteren in bad geweest. Ik stink niet.'

'Wat?' zei hij, volkomen verrast, maar met een klein stemmetje. 'Wat?'

Ik stond bij hem en stak mijn rechterhand uit en legde hem op zijn schouder, om precies te zijn een eindje achter de schouder op zijn rug. Er kwam een herinnering in me boven aan mijn vader die met zijn armen om mijn moeder geslagen op zijn bed zat en haar bijna kinderlijk over de rug streelde. Ik durfde dokter Grene niet te strelen, maar liet mijn oude hand daar alleen maar liggen.

'Wat is er?' vroeg ik.

'O,' zei hij. 'O. Mijn vrouw is gestorven.'

'Uw vrouw?'

'Ja,' zei hij, 'ja. Ze kon niet meer ademen. Ze kreeg het benauwd, benauwd – ze is gestikt.'

'O, arme man,' zei ik.

'Ja,' zei hij. 'Ja.'

Toen wist ik iets over dokter Grene. Ik had mijn mond opengedaan om hem iets over mezelf te vertellen, dankzij zijn verdwenen baard, en uit zijn eigen mond was toen dit nieuws gekomen, deze kolossale informatie.

Met oneindige droefheid en heel rustig voegde hij eraan toe: 'Ik ben ook jarig.'

*

Hier is een verhaal over algehele domheid in mij. Wellicht vind je de mate van domheid niet geloofwaardig.

Ik had een grote behoefte om met mijn vader te praten en mijn vader was dood. Ik was een paar keer naar zijn graf gegaan op het presbyteriaanse kerkhof, maar ik meende hem daar niet te kunnen vinden. Misschien bevatten zijn botten hem niet, misschien waren zijn signaal en zijn zelf elders.

Het was in het gewone donker van een middag in december, toen de duisternis om vier uur inviel. Ik wist dat de oude hekken van het andere kerkhof open waren, en in het duister zou het heel eenvoudig zijn om ongezien door die hekken naar binnen te glippen en daar tussen de graven te zijn. Ik wist zeker, ik hoopte dat als mijn vader nog ergens was, dat iets van hem misschien daar zou zijn gebleven, dat een oude wirwar van struiken, paden en begraven dingen misschien een soort primitieve radio zouden vormen die een signaal van hem overbrachten.

Dus kroop ik daar naar binnen in mijn oude blauwe jurk en mijn jas, destijds zo dun en tenger als een reiger, en in die kleding leek ik vast heel erg op een reiger, met mijn onnozele gezicht en lange hals die eruit staken, een uitgelezen kans voor de kou.

Wat werd ik rustig van de zich vertakkende paden, de stille stenen, de vertrouwde nummers op hun ijzeren plaatjes die bij elk graf in de grond waren gestoken, nummers die naar ik wist overeenkwamen met het gravenboek dat voor de zekerheid in de betonnen tempel werd bijgehouden. Een geel licht was vast blijven zitten in het schrale bos van kleine bomen dat de meeste paden bedekte, een bos dat was uitgedund en gehavend door de windvlagen van de dood zelf. Nu trok ik mijn jas om me heen tot aan mijn kraag, en zonder erbij na te denken wat ik eigenlijk deed, zonder helemaal in het heden te zijn, drong ik door tot aan de cirkelvormige rij graven voor de tempel.

Daar had je de pilaren, de oude spitse boog met zijn verbleekte figuren, Griekse helden en dergelijke, van onbekende oorlogen en tijden, en de ijzeren deur die op een kier stond met zijn zware scharnieren, en dat licht daarbinnen waar ik naar had gehunkerd, het licht van de kachel en de lamp dat boekdelen sprak over mijn vader. Zonder te denken aan het heden, met andere woorden ontstellend dom, kroop ik in gedachten verzonken voorwaarts naar dat licht, smeekte mijn hart me verder te gaan om weer die gekoesterde kap van licht, warmte en gebabbel op te eisen. De deur stond zo ver open dat ik zo naar binnen kon lopen.

En er was niets veranderd. Ook binnen getuigde alles van mijn vader. Zijn ketel stond op de gammele kookplaat, nog steeds naast de haard met smeulende kolen, zijn emaillen kop, zelfs die van mij, op de tafel, waar de paar boeken en grootboeken op een nette stapel lagen, en dezelfde voetafdrukken op de verbleekte leien vloer. Mijn ogen gingen helemaal open, en mijn gezicht ook, en ik wist volkomen zeker dat ik weldra in zijn aanwezigheid zou zijn, getroost zou worden, geadviseerd, genezen.

Toen voelde ik een plotse en schokkende duw van achteren. Zoiets verwachtte ik niet in het toevluchtsoord van mijn eigen vader. Ik wankelde een paar stappen naar voren, helemaal uit mijn evenwicht, met een akelig, slingerend gevoel in de buik doordat ik mezelf zo abrupt moest oprichten. Ik draaide me om en daar stond een vreemde man in de deuropening. Onder een trui die hem te klein was had hij een buikje met de vorm en de kleur van een fabrieksbrood. Het gezicht was streng met eigenaardige holle wangen en de borstelige wenkbrauwen van oude mensen, hoewel hij waarschijnlijk niet ver boven de vijftig was. Nee, nee, maar ik herkende deze man, natuurlijk herkende ik hem. Het was Joe Brady, die mijn vader had vervangen.

Had eerwaarde Gaunt me dat niet verteld? Waarom was het dan uit mijn hoofd verdwenen? Wat deed ik daar in godsnaam? Je zult zeggen dat het een gekte was, een verstandsverbijstering. Hij had in elk geval niet het voorkomen van een vrijer, of iets in die geest. Hij zag er boos en verwrongen uit, zijn ogen met die ongelukkige, vurige blik die ik op het kerkhof had gezien. In mijn verlangen naar mijn vader had ik gewoonweg niet meer aan hem gedacht sinds eerwaarde Gaunt me zijn verzoek deed.

Ze zeggen dat er geen grotere woede bestaat dan die van een afgewezen vrouw, maar in mijn ervaring zijn mannen geen haar beter. Doodsangst steeg in me op vanaf de tegels van de vloer, zo'n hevige doodsangst dat ik moet bekennen — en vergeef me deze vrijmoedigheid in een oude vrouw die zich verschrikkingen herinnert — dat ik hulpeloos in mijn broek plaste. Zelfs in het zwakke licht van de tempel zag hij dat ongetwijfeld en, of dat nu de reden was of iets anders, hij schoot in de lach. Het was een lach als het gegrom van een hond wanneer hij bang is dat er op hem gestapt zal worden, een waarschuwende lach als er zoiets bestaat. En wordt er in de boeken niet gezegd dat de lach van een mens zijn oorsprong heeft in een oeroud grommend grimassen? Zo zag het er die dag in mijn ogen uit, geen twijfel mogelijk.

'Je wilde me niet,' zei hij, de eerste keer in zijn leven dat hij iets tegen me zei, wat me verbaasde, 'en je wilt liever het goddeloze meisje blijven dat je bent.'

Hij liep naar me toe en ik weet niet wat hij van plan was. Maar terwijl hij naar me toe kwam, dacht ik dat er inderdaad iets oerouds en onweerstaanbaars in hem de kop opstak. De stille tempel op het stille kerkhof, de duisternis van december, en wat het ook was in mij dat hij wilde. Het leek alsof zijn bedoeling veranderde, de menselijkheid verdween van zijn gezicht en iets verborgens en donkerders dan menselijkheid, iets van voor we onze problematische ziel kregen, roerde zich in zijn ogen. Op deze onmogelijke afstand denk ik dat hij me wilde doden, maar waarom hij dat in 's hemelsnaam wilde, zou ik niet weten. Deze Joe Brady had een verhaal waarin ik net mijn intrede had gedaan, en ik weet niet welk ontzaglijk plot hij samen met eerwaarde Gaunt had gesmeed. Door op zoek te gaan naar mijn vader leek ik mijn moordenaar te hebben gevonden. Ik schreeuwde het uit met plotseling hervonden stemkracht. Ik brulde!

Toen kwam er achter hem een andere man binnen. Wat een geluk had ik dat er op die stille plek nog een man was. Joe Brady had intussen de laatste stap gezet naar mijn gestalte, en alsof er voor hem op de wereld niets begerenswaardigers was, sloot hij zijn handen om mijn schriele hals en trok me naar zich toe. Vervolgens wist ik op de een of ander manier zonder het te weten dat hij aan zijn gulp frummelde om er iets achter vandaan te halen, wat dat ook mocht zijn, God sta me bij, ik was pas zestien en hoewel ik wist over de bijtjes en de bloempjes, wist ik amper iets anders, behalve dat bepaalde jongens je soms ophitsten als je langs hen liep, zonder dat je wist waarom. In dat stadium van mijn leven was ik misschien het onschuldigste meisje in Sligo, en ik herinner me op het moment dat ik me dit alles al schrijvend voor de geest haal dat mijn eerste gedachte was dat hij een pistool of een mes uit zijn broek tevoorschijn haalde, want dit was natuurlijk precies de plek waar ik vuurwapens getrokken had zien worden en ze had horen ontploffen.

Als in volmaakte samenklank met die gedachte had de nieuwe man achter Joe Brady inderdaad een geweer getrokken, een groot zwaar ogend geval dat hij tegen Joe Brady's achterhoofd sloeg met de beweging van een man die een hoge doornstruik snoeit met een sikkel. Ik was me van dit alles bewust, ook al was ik op dat moment doordrenkt met doodsangst. Joe Brady raakte na de eerste klap nog niet buiten westen, maar hij zakte op zijn knieën, en tot mijn grote afschuw en ontsteltenis zag ik zijn gezwollen penis tussen zijn benen en ik sloeg mijn handen voor mijn ogen. De nieuwe man gaf hem nog een mep met zijn geweer. Ik dacht: heeft iedereen hier een geweer, is het mijn lot dat ik hier altijd geweren zie?

Joe Brady lag nu stil op de grond. Ik haalde mijn handen van mijn gezicht en keek naar hem, en keek toen naar de man achter hem. Hij was een magere jonge kerel met zwart haar.

'Gaat het?' zei hij. 'Is dat je vader?'

'Nee, dat is niet mijn vader,' zei ik, bijkans hysterisch. 'Mijn vader is dood.'

'Ik begrijp het,' zei de man, 'en herinner je je mij nog? Ik herinner me jou nog wel.'

'Nee,' zei ik. 'Ik herinner me je niet.'

'Nou,' zei hij, 'je hebt me ooit gekend. Ik ga naar Amerika en wilde nog even afscheid nemen van mijn broer Willie.'

'Wie is dat?' zei ik onnozel. 'Waarom zou hij hier zijn?'

'Omdat hij hier is begraven. Weet je dat niet meer? Ben jij niet het meisje dat die priester voor hem heeft gehaald en dat waarschijnlijk ook de soldaten heeft gehaald, de soldaten die ons hebben meegenomen en een paar van ons hebben gedood, terwijl ik als door een wonder ben ontsnapt en toch nog thuis ben gekomen?'

'Ik weet het weer,' zei ik. 'Ik ken je inderdaad.' En zijn naam schoot me ineens te binnen, misschien alleen omdat mijn vader hem had uitgesproken terwijl hij in het kleine kamertje de krant zat te lezen, of zat hij hier in de tempel? 'Je bent John Lavelle. Van de eilanden.'

'John Lavelle van de Inishkeas. En ik ga naar die andere plek, ver weg van dit stinkende, walgelijke land met zijn eed van trouw terwijl godbetert de doden worden verraden.'

Ik staarde hem aan. Hier stond waarlijk iemand die uit de dood was teruggekeerd.

'Aangezien ik jou de gunst heb bewezen je te sparen,' zei hij met vijandelijke branie, 'een gunst die je mij nooit hebt bewezen, zou je me misschien kunnen vertellen waar het graf van mijn broer is, want ik heb een hele tijd over die lanen gezworven zonder hem te kunnen vinden.'

'Ik weet het niet, ik weet het niet,' zei ik. 'Maar het zal wel in het boek staan, daar op tafel. Is deze man hier dood?'

'Ik weet niet of hij dood is. Het is eigenaardig dat hij niet je vader is, maar dat ik hem toch neergeslagen heb. Je zult wel weten dat je vader gevonnist was voor wat hij had gedaan. Of niet voor wat hij had gedaan, maar voor wat jij had gedaan door de soldaten mee te nemen. Maar we konden geen meisjes doodschieten.'

'Ik denk dat je er best toe in staat zou zijn meisjes dood te schieten, als je het probeerde. Hoe bedoel je dat mijn vader was gevonnist?'

'Tijdens de oorlog waren we verplicht hem een brief te sturen met zijn doodvonnis, en hij had geluk dat we het erbij hebben laten zitten toen de oorlog voorbij was.'

'Hij had geluk?' zei ik. De woorden gutsten in woede uit mijn keel. 'De ongelukkigste man die ooit in Ierland werd geboren. De arme man ligt dood op het andere kerkhof! Jij hebt hem een brief gestuurd? Weet je niet hoe moeilijk zijn leven erdoor was geworden? Zijn donkere lot? O, ik wist dat er nog iets was waarvan ik niet wist. Jij, jij, jij hebt hem gedood. Jij hebt hem gedood, John Lavelle!'

Nu zweeg deze John Lavelle. De enigszins vlekkerige, opgewonden uitdrukking verdween van zijn gezicht. Hij praatte ineens heel normaal, aardig zelfs. Om de een of andere reden die ik nog steeds niet kan doorgronden, wist ik dat mijn woorden onwaar waren. Ik ben trots dat ik dat in elk geval kon begrijpen. Wat deze jongeman ook had gedaan in zijn leven, hij had mijn vader niet gedood.

'Tja,' zei hij. 'Het spijt me dat je vader dood is. Natuurlijk. Weet je niet dat ze mijn kameraden doodgeschoten hebben? Ze hebben hen zonder genade mee naar buiten genomen en neergeschoten, Ieren die hun eigen volk doden.'

Het was alsof zijn plotse verandering een soort kouvatten was, en ik vatte kou.

'Dat spijt me,' zei ik. Waarom voelde ik me ineens dwaas en knullig? 'Alles spijt me. Ik heb de soldaten niet meegenomen. Dat heb ik nooit gedaan. Maar het kan me niet eens schelen als jij denkt dat ik dat wel heb gedaan. Het kan me niet eens schelen als je me doodschiet. Ik hield van mijn vader. En nu zijn je kameraden dood en is mijn vader dood. Ik heb tegen niemand iets gezegd, behalve tegen de priester, en hij had onderweg geen gelegenheid om iemand te spreken. Begrijp je dan niet dat de soldaten je achternazaten? Denk je dat niemand anders jullie had gezien? Deze stad heeft ogen. Deze stad kan moeiteloos geheimen doorzien.'

Hij staarde me aan met zijn ogen die de gevlekte, vreemde kleur hadden van zeewier. Het zeewier van zijn eiland zat in zijn ogen. Misschien wiegde er zeewier heen en weer in de baarmoeders van de vrouwen daar, mensen die half teruggekeerd waren naar de zee, zoals de eerste gonzende wezentjes in de schepping, als ik moet geloven wat ik heb gelezen. O, hij maakte zijn ogen toen helemaal leeg en staarde me aan, en voor het eerst zag ik wat er óók in John Lavelle schuilging, een soort vriendelijkheid. Hoeveel van dat soort vriendelijkheid door de oorlog was bedekt met lijken en vloeken, zou ik niet weten.

'Laat je me het graf van mijn broer zien?' vroeg hij op dezelfde toon waarmee een ander misschien 'Ik hou van je' had gezegd.

'Dat zal ik doen, als ik het kan vinden.'

Ik ging dus naar het betreffende boek en las de namen door. Daar had je mijn vaders mooie, blauwe, lopende handschrift, het schrift van een echte klerk, hoewel hij dat niet was. En bij de L vond ik hem, Willie, Willie Lavelle. Toen noteerde ik de verwijzingsnummers, en alsof ik mijn vader zelf was, en niet een meisje van zestien dat bijna was neergeslagen en verkracht, liep ik langs de nog steeds onbeweeglijke bult van Joe Brady, en langs John Lavelle, en naar buiten de lanen op, en bracht ik John Lavelle naar zijn broer, zodat hij afscheid kon nemen.

*

Toen ging John Lavelle misschien naar Amerika, want er ging lange tijd overheen voordat iemand iets over hem hoorde.

John Lavelle ging naar Amerika en ik ging naar een plek die theesalon Cairo heette – wat lang niet zo ver weg was.

HOOFDSTUK ELF

John Kane kwam vandaag op de proppen met een bijzondere opmerking. Hij zei dat de sneeuwklokjes dit jaar vroeg waren. Je zou niet verwachten dat zo'n man oog heeft voor sneeuwklokjes. Hij zei dat hij in de noordelijkste tuin, waar alleen de medewerkers van het gesticht mogen komen, een bloeiende krokus had gezien. Hij zei dit allemaal op een heel aardige manier, terwijl hij met de zwabber midden in de kamer stond. Hij kwam eigenlijk om de vloer te dweilen, vertelde me over deze wonderen en ging daarna weer weg. Hij vergat gewoon te dweilen. Ik vermoed dat hij afgeleid was door zijn eigen plotse aanval van poëzie. Hiermee is weer eens bewezen dat weinig mensen zich aan de bepalingen van hun karakter houden, en er telkens aan zullen ontsnappen. Tegelijkertijd bleek hij de wasbak nog steeds te schuwen en stond zijn gulp open, zoals meestal het geval is. Op een dag zal een klein diertje zijn open gulp ontdekken en erin kruipen om er te wonen, zoals een egel in de uitnodigende vochtige holte van een es.

Ik schrijf dit kalm op, hoewel ik op dit moment allesbehalve kalm ben.

Dokter Grene is hier vanmiddag een uurtje geweest. Ik was diep geschokt door zijn grauwe gezicht, en mijn ontsteltenis werd nog groter toen ik zag dat hij het donkere pak van een rouwdrager aanhad, omdat hij zijn vrouw had begraven. Hij noemde haar Bet, wat wel een verkorte vorm van Betty zal zijn, wat weer een verkorte vorm is van welke naam? Ik kan het me niet herinneren. Misschien Elisabeth. Hij zei dat er vierenveertig mensen op de begrafenis waren, hij had ze geteld. Ik dacht toen dat er voor mij minder zouden zijn, minder, weinig, of geen, tenzij dokter Grene zelf mijn teraardebestelling zou bijwonen. Maar wat maakt het uit? Ik kon het verdriet zien in de groeven van zijn gezicht, en waar hij zijn baard had afgeschoren zat een rode uitslag die er gemeen uitzag en die hij telkens voorzichtig betastte. Ik zei tegen hem dat hij zich op zo'n dag maar beter niet kon inlaten met mensen als ik, maar daar reageerde hij niet op.

'Ik heb onverwacht wat extra materiaal gevonden,' zei hij. 'Ik weet niet of we daar verder mee zullen komen, aangezien het betrekking heeft op kwesties in het grijze verleden. Zoals ze zeggen.'

Zoals wie zeggen? De mensen die hij doorgaans spreekt? De oude mensen uit zijn jeugd? Wanneer was dokter Grene jong? Ik neem aan in de jaren vijftig en zestig van de vorige eeuw. Toen koningin Elisabeth jong was en Engeland oud.

'Het was een kleine verklaring die iemand vele jaren geleden had afgelegd, ik weet niet of hij thuishoort in deze inrichting of dat hij teruggaat tot uw tijd in de psychiatrische inrichting van Sligo en hier samen met u naar is overgebracht. In elk geval heeft het document bij mij de hoop gewekt dat het origineel zich daar bevindt. Deze kopie was in een zeer slechte staat, getypt, maar heel vaag, zoals je kunt verwachten. En een groot deel ontbreekt. Het lijkt inderdaad wel iets uit een Egyptisch graf. Er werd in vermeld dat uw vader bij de politie was, de Royal Irish Constabulary, een term die ik al heel lang niet meer had gezien, en verder werd er gewag gemaakt van de omstandigheden van zijn dood – van zijn moord, zou je kunnen zeggen. Het was heel schokkend om daarover te lezen. Ik weet het niet, maar ik had het gevoel dat ik u vandaag moest opzoeken, ondanks de... problemen waar ik op dit moment zelf mee te kampen heb. Het leek zo levendig, zo recent, misschien omdat ik op dit moment gevoelig ben voor... voor verdriet en zorgen. Dat zou de reden kunnen zijn. Ik was er heel erg door ontdaan, Roseanne. Hoofdzakelijk omdat ik het niet wist.'

Zijn woorden hingen in de kamer zoals zulke woorden dat gewoonlijk doen.

'Dat moet een document van iemand anders zijn,' zei ik.

'O ja?'

'Ja,' zei ik. 'U bent misschien onnodig van streek geraakt. Volgens mij tenminste wel.'

'Dit was niet het lot van uw vader?'

'Nee.'

'Hij was niet bij de politie?'

'Nee.'

'O, nou, ik ben opgelucht dat te horen. Maar uw naam stond erbij, Roseanne McNulty.'

'U noemt me mevrouw McNulty, maar daar zit een ander verhaal aan vast, ik zou eigenlijk bij mijn meisjesnaam genoemd moeten worden.'

'Maar u bent toch getrouwd geweest?'

'Ja, ik was getrouwd met Tom McNulty.'

'Is hij overleden?'

'Nee, nee.'

Maar op dat moment was ik niet in staat er iets aan toe te voegen.

'In het document staat dat uw vader op het hoogtepunt van de onlusten in de jaren twintig politieman was in Sligo en op tragische wijze werd gedood door de IRA. Ik moet bekennen dat die hele periode nog steeds een beetje wazig voor me is. Op school was het in onze ogen een aaneenschakeling van ijzingwekkende vergissingen en... het is zo'n oorlogszuchtige periode. Zelfs de Tweede Wereldoorlog was in onze ogen, hoe zal ik het zeggen, oude geschiedenis? En toch ben ik in de oorlog geboren. Heette uw vader niet Joseph, Joseph Clear?'

Maar ik werd bevangen door een onaangenaam gevoel, ik weet niet of jij dat ooit hebt gehad, alsof iemand je lichaam heeft volgestopt met stopverf. Toen ik bij dat gevoel mijn kaken op elkaar deed, zou ik hebben gezworen dat ik inderdaad op stopverf beet. Ik staarde dokter Grene in paniek aan.

'Wat is er, Roseanne? Heb ik u van uw stuk gebracht? Het spijt me vreselijk.'

'Misschien,' zei ik, eindelijk in staat om woorden door de stopverf heen te krijgen, 'is dat uw werk, dokter Grene?'

'Om u van uw stuk te brengen? Nee, nee. Het is mijn werk om u te helpen. In dit geval om u te beoordelen. Het is me eigenlijk opgelegd als een verplichting. Er is tegenwoordig allerlei wetgeving. Ik zou u maar wat graag alleen willen laten – ik bedoel, niet alleen, maar met rust, u met rust willen laten, en over andere dingen praten, of over niets praten, wat misschien nog wel het heilzaamste van alle onderwerpen is.'

'Mijn meisjesnaam was Clear,' zei ik plotseling.

'Dat dacht ik al. Ik zag die naam immers in dat boekje?' zei hij. 'Het is natuurlijk een heel weinig voorkomende naam. Joe Clear. Er zullen vast niet veel mensen zijn geweest met die naam. Er zijn vast niet veel Clears in Ierland. Ik vraag me af of die naam een vorm is van Clare, of zou hij eerder te maken hebben met Cape Clear?'

Hij praatte op een eigenaardig gekwelde toon, weer met die perplexe uitdrukking op zijn gezicht als van een jochie dat op school overrompeld wordt.

'Ik geloof dat het een protestantse naam is en dat hij misschien lang geleden uit Engeland is gekomen.'

'Denkt u dat? McNulty is natuurlijk een heel gewone naam. McNulty's kun je overal aantreffen.'

'Het is een oude Sligose naam. Mijn man vertelde me dat zij officieel de laatste kannibalenstam in Ierland vormden. Er staat ergens geschreven dat ze hun vijanden opaten.'

'Nee maar.'

'Ja. Ikzelf at destijds geen vlees. De geur van vlees gaf me een wee gevoel, maar ik kookte het wel elke dag voor hem. Dus mijn man vertelde de mensen graag dat ik officieel de laatste vegetarische kannibaal was in Ierland.'

'Grappige man, uw echtgenoot.'

O, o, o, weer ondiepe rotsen. Ik deed zo snel mogelijk mijn kaken op elkaar. Ik wilde dit nu niet allemaal oprakelen.

'Nou,' zei hij, terwijl hij eindelijk aanstalten maakte om te vertrekken, 'misschien breng ik dat document waar ik het over had morgen of overmorgen mee, misschien vindt u het interessant om door te lezen.'

'Ik kan niet meer zo goed lezen als vroeger. Ik heb Thomas Browne gelezen, maar ik ken dat geschrift nu wel zo'n beetje uit mijn hoofd.'

'We zouden u aan een leesbril moeten helpen, mevrouw McNulty – of moet ik mevrouw Clear zeggen?'

'Ik heb net zo lief geen leesbril.'

'Prima.'

Toen lachte hij om de een of andere reden, het was zo'n klein tinkelend lachje dat mensen per ongeluk laten ontsnappen wanneer ze een binnenpretje hebben.

'O, nee,' zei hij, hoewel ik niets had gezegd, 'neemt u me niet kwalijk – niets, niets.'

En daar ging hij, al knikkend. Bij de deur hief hij zijn rechterhand en zwaaide ook echt, alsof ik een passagier was op een schip.

Was het daarvoor of daarna dat John Kane binnenkwam om over sneeuwklokjes te praten? Ik kan het me niet herinneren.

Nee, ik herinner het me. John Kane kwam inderdaad weer binnen, maar nu om de vloer te dweilen. Op de een of andere manier was het blijkbaar tot hem doorgedrongen dat hij de vloer nog niet had gedweild. Hij wordt tenslotte ook al een dagje ouder, een bejaarde die voor een bejaarde slooft. Niet dat hij slooft. Toen hij onder mijn bed veegde bracht hij toevallig een lepel tevoorschijn in de haren van zijn veger. De lepel was niet schoon, maar met soep besmeurd, ik moet hem van het dienblad hebben gestoten. Hij wierp me een korte, donkere blik toe, gaf me een tikje op mijn gezicht en liep de kamer uit.

*

Hoe verandert goede geschiedenis na verloop van tijd in slechte geschiedenis?

*

Het aantekenboek van dokter Grene

'Hij die zou willen leven wanneer de hele wereld ten onder gaat, kun je voorwaar levenslustig noemen...'

Ze is pas twee weken begraven. Bet. Het is zo moeilijk om alleen al de naam op te schrijven. Nu ik 's nachts alleen thuis ben hoor ik hier in huis ergens een zacht gebonk, waarschijnlijk een geluid dat ik onbewust al duizenden malen heb gehoord, een deur in huis die in de tocht tegen zijn kozijn slaat, en ik weet niet wat het is, maar ik kijk bang de donkere gang in en vraag me af of het Bet is. Het is iets vreselijks en vreemds om door je vrouw achtervolgd te worden.

Natuurlijk word ik niet achtervolgd. Het is een van de vele vreemde vruchten in de hoorn des overvloeds van verdriet.

Wat is het toch moeilijk om te leven. Ik zou bijna zeggen dat mijn hele wereld inderdaad ten onder gaat. Wat moet ik vaak zorgeloos en met professionele afstandelijkheid geluisterd hebben naar een arme ziel die door een depressie gekweld werd, een ziekte die misschien zijn oorsprong had in precies zo'n ramp als mij heeft getroffen.

Ik ben zo bedroefd dat ik bijna geneigd ben elk voorbeeld van eenvoudige geesteskracht te bewonderen. Ik heb de beelden van Saddam Hoessein gezien, 'president van Irak' zoals hij zichzelf nog steeds noemde, toen hij werd opgehangen, en ik heb zijn gezicht afgespeurd op tekenen van lijden en pijn. Hij zag er verward maar sterk uit, bijna sereen. Hij had zo'n grote minachting voor zijn overweldigers, zelfs op het moment dat ze hem beschimpten. Hij geloofde misschien niet dat ze de kracht hadden om een eind aan zijn leven te maken. Om zijn geschiedenis te voltooien. Of hij dacht dat hij, als hij kracht in zichzelf kon vinden, zijn eigen verhaal zou voltooien met een bewonderenswaardige apotheose. Maanden tevoren, toen ze hem uit zijn schuilplaats haalden, zag hij er zo verkommerd en verdoold uit. In de rechtszaal waren zijn jasje en overhemd altijd piekfijn verzorgd. Wie waste ze, borstelde ze af, streek ze? Welke dienstmaagd? Hoe ziet zijn verhaal eruit door de ogen van een vriend, een bewonderaar, een stadsgenoot? Ik benijdde zijn zichtbare innerlijke rust toen hij zijn dood tegemoet ging. Ze kenden geen genade voor Saddam, die zelf voor zijn vijanden geen genade had gekend. Hij zag er sereen uit.

Het is waar dat Bet zich de afgelopen tien jaar, een heel decennium, terugtrok in de oude dienstbodekamer boven in het huis. Ik zit hier in onze oude slaapkamer — oud in diverse betekenissen, zoals: we hebben die kamer twintig jaar gedeeld, de kamer is vele jaren lang niet geschilderd, het is de kamer waar we 'vroeger' sliepen, etc. etc. – zoals ik er al duizend keer heb gezeten – hoeveel nachten in tien jaar, 3650 nachten – en ze is nu niet langer pal boven mijn hoofd, waar ze over de vloerplanken liep, haar smalle bed liet kraken als ze erop ging liggen. Alles is muisstil en roerloos, afgezien van dat zachte gebonk ergens, alsof ze helemaal niet dood is, maar zichzelf heeft opgesloten in een kast en eruit wil. In het kamertje boven is haar bed nog steeds keurig opgemaakt, precies zoals ze het de laatste ochtend heeft achtergelaten, het stuit me tegen de borst het aan te raken. Haar verzameling boeken over rozen staat als altijd op de vensterbank (toen we een bed deelden, stonden de rozenboeken aan haar kant en de boeken over Ierse geschiedenis aan die van mij), gesteund door twee Hawaïaanse boekensteunen van extravagant houtsnijwerk in de vorm van twee schaamteloze jongedames. Naast het bed staat haar telefoon op een tafeltje in Chinese stijl dat haar oudtante haar had nagelaten. Haar oudtante was aan Alzheimer overleden, maar ze had het tafeltje jaren geleden, in de kracht van haar leven, gewonnen bij een kaartspel, en Bet was dolblij en ontroerd toen ze het kreeg. In de commode liggen haar kleren, in de kast hangen haar jurken, zomer- en winterjurken, en staan haar schoenen, waaronder de pumps die ze droeg als we uit eten gingen, jaren geleden toen we dat soort dingen nog deden, pumps waarvan ik dacht dat ze niet bij haar pasten, wat ik nooit heb gezegd, zo beleefd was ik tenminste wel, dat behoort niet tot mijn zonden. Maar het is niet zozeer de vrouw die ik in de gang vond, waar ze naar adem lag te happen toen haar long het begaf – een laatste schreeuw in haar had me het trapje op doen kletteren – die me overweldigt, als wel die andere, jongere persoon die ze was toen ik verliefd op haar werd, dat is de persoon die me obsedeert. Ze was een uiterst begerenswaardige en sierlijke schoonheid, die tegen de wil van haar vader in ging en zo nodig met een berooide student moest trouwen die de onbekende en weinig belovende wetenschap psychiatrie studeerde in een ziekenhuis in Engeland, een student die ze had leren kennen tijdens een vakantie in Scarborough. Hoe alles op puur toeval berust.

Haar vader moest niets van me hebben, hij was een van de onderaannemers geweest bij het grote project van de waterkrachtcentrale in de Shannon, en als zodanig een historische en heroïsche man, die grind aanvoerde uit de steengroeven van Connaght. Maar zij won en we hadden onze bruiloft, God sta haar bij, haar talrijke familie stond aan de ene kant van de kerk opgesteld, en aan de andere kant alleen mijn stiefvader, die zich de strijdlustige blikken van de andere kant moest laten welgevallen. Mijn ouders waren katholiek, wat in hun voordeel had kunnen spreken, ware het niet dat ze Engelse katholieken waren, een volk dat in de ogen van mijn schoonfamilie nog protestantser was dan de protestanten zelf, en in elk geval zeer, zeer mysterieus, als wezens uit een andere tijd, toen Henry viii wilde trouwen. Ze moeten hebben gedacht dat Bet met een fantoom trouwde.

Het was waarschijnlijk haar grootste wens dat ik precies zo zou blijven als ik was, en wat heb ik er spijt van dat dat niet het geval zou zijn. Alleen voor haar rozen verlangde ze naar verandering, het vreemde moment van bloemenbetovering als de tak van een roos een verandering ondergaat en een 'mutatie' laat zien, iets nieuws dat uit de bekende roos voortkomt. Een sprong in schoonheid.

'Ik ga even naar de tuin om te kijken of er nieuws is,' zei ze dan, op bijna om het even welk tijdstip, want ze had rozen die het hele jaar bloeiden.

Ze wachtte tot een of andere god, een of andere geheime magiër, ervoor zorgde dat de rozen deden wat hij wilde. Ik ben bang dat ik weinig belangstelling heb getoond voor al die dingen. *Mea culpa.* Ik heb het geprobeerd, maar ik kon die hartstocht niet in mij aanboren. Ik had samen met haar buiten moeten zijn, met de handschoenen en de snoeischaar, als iemand die is uitgerust voor een miniatuurveldslag.

Kleine zonden van nalatigheid die nu heel zwaar lijken te wegen. Om gek van te worden.

Ik schrijf hier sowieso voor mijn geestelijke gezondheid. Ik ben vijfenzestig. Die song van de Beatles voorbij. Volgens sommigen is dat jong. Maar wanneer een man wakker wordt op zijn veertigste verjaardag, kan hij gerust zeggen dat hij geen jeugd meer voor de boeg heeft. Dit zal wel heel erg kleingeestig en belachelijk zijn. Een gezond iemand kan tevreden zijn met het leven als een kwaliteit op zichzelf en het verstrijken van de jaren en het ouder worden en het echt oud worden met belangstelling gadeslaan. Maar ik ben niet tegen die taak opgewassen. Toen Bet stierf heb ik voor het eerst in vele jaren in de spiegel gekeken. Ik bedoel, ik had elke ochtend een blik in de spiegel geworpen, mijn baard getrimd en zo, maar ik had niet naar mezelf gekéken. Het verbaasde me wat ik zag. Ik herkende mezelf niet. Mijn haar werd dunner rondom de kruin en was zo grijs als een duif, terwijl ik in de veronderstelling had verkeerd dat het zijn oude kleur had behouden. De rimpels in mijn gezicht waren als de vouwen in een stuk leer dat lange tijd in de regen heeft gelegen. Ik was ontsteld, geschokt. Ik had het me niet gerealiseerd toen Bet nog leefde, dit simpele feit. Ik was oud. Ik wist niet wat ik moest doen. Daarom haalde ik mijn oude scheermes maar tevoorschijn en schoor mijn baard af.

Vijfenzestig. Over een paar jaar ga ik met pensioen. Het is niet alleen dit gebouw dat zijn punt van ultieme devaluatie bereikt. Pensioen. Om wat te doen? In de stad Roscommon rondhangen? Maar dan is er Roseanne McNulty, die honderd is. Als ze een Engelse was, zou de koningin haar een brief hebben gestuurd. Stuurt Mary McAleese kaarten naar Ierse honderdjarigen? Maar ik weet zeker dat Mary McAleese net als de rest van de wereld niet van Roseannes bestaan af weet.

Eigenlijk was ik niet van plan hier over mezelf te schrijven. Ik was van plan over Roseanne te schrijven.

Want er is daar een mysterie. Ik vermoed dat ze ergens in het verre verleden, in precies zo'n instelling als deze, in zekere zin onder de handen van haar 'verpleegsters' heeft geleden. Dat zou niet ongewoon zijn in die oude geschiedenissen. Haar lijden in het rijk van het echte leven, in de zogenaamde buitenwereld, was ongetwijfeld nog groter. Ik heb geprobeerd haar een aantal voorzichtige vragen te stellen, van het soort waar ze niet van zou schrikken of dichtklappen. Ze is heel goed in staat, en is dat altijd geweest, tot speelse en zelfs fantasievolle conversatie. Bet en ik waren jaren geleden ook zo. Op ons gemak – maar nee, laat ik het daar niet over hebben. Maar ik vraag me af of Bet eenzaam is op de plek waar ze nu ligt? Wat was het eigenaardig om uiteindelijk de begrafenisondernemers te bellen wier ongewenste zaak ik zo dikwijls voorbijgereden was, met de chique entree, het terrein met de lijkwagens aan de achterkant, de rustige, efficiënte zinnen, de nummers, de thee, de broodjes, de ernstige documenten, de dienst, het vervoer van de kist, en wat er verder maar bij de dood komt kijken. Daarna, precies op deze ochtend, de discrete rekening, de dingen gespecificeerd, de kist die ik in een plotselinge bui van gierigheid heb gekozen, en waar ik op de begrafenis veel spijt van had. Wat ik heb gekocht om mijn vrouw te begraven.

Elke nuance van haar, elk beweging van haar hoofd, elk moment van tederheid tussen ons, elk geschenk, elke verrassing, elk grapje, elk uitstapje, vakanties in Bundoran en later Benidorm, elk vriendelijk woord, elke behulpzame zin, alles kwam bijeen als een zee, de zee van Bet, en steeg in een grote golf op uit de diepten van onze geschiedenis, de zeebedding van alles wat we waren, en sloeg te pletter op de grijzende kust van mijzelf, verzwolg me, en ik zou willen dat hij me voorgoed had weggespoeld.

Lieve hemel. Ik ben alweer afgedwaald. Maar zo is het de afgelopen weken steeds gegaan.

Roseanne. Oude dame. De cailleach van de verhalen. Zo oud, en toch, een gezicht dat zo dun is dat je haar jeugd, wat ze was, er nog in terug kunt zien. O, ze is natuurlijk verschrompeld, als de vrouw haar wast is ze ongetwijfeld vel over been, alles dat ooit mooi en vruchtbaar aan haar was, leeg en dor. Kan ik zeggen dat Bet dat bespaard is gebleven? Het is onzinnig om te praten over wat de dood ons heeft bespaard. Ik weet zeker dat de dood daarom grijnst. Beter dan de hele schepping kent de dood de waarde van het leven.

Uit louter nieuwsgierigheid zou ik een oude foto van Roseanne van toen ze jong was willen zien. Ze moet in haar tijd een schoonheid zijn geweest. Maar er zijn geen foto's.

Aanvankelijk kon ik niets over haar vinden. Je kunt eigenlijk gerust zeggen dat ik verwachtte dat er weinig sporen van haar zouden zijn in de documenten, gezien haar hoge leeftijd. Wat wist ik over haar? Ik had tenslotte toch twintig jaar lang zo nu en dan met haar gesproken! Zo weinig feiten. Dat ze ooit iemand was die mevrouw McNulty heette, dat ze voor zover bekend geen verwanten had die nog contact met haar hadden of andere kennissen, niemand had haar ooit in de inrichting opgezocht, en misschien was ik me er in de verte van bewust dat ze naar hier was overgeplaatst vanuit Sligo, maar dat kan veertig jaar of langer geleden zijn. Hoe ik dat wist, weet ik niet, of ik moet ooit, toen ik jong was en hier voor het eerst kwam vanuit Engeland, een document hebben gezien waarin dat stond. Bet wilde natuurlijk dicht bij haar familie zijn en ik wist van mijn vader dat ik Ierse verwanten had, dus ik vond het prima om hier naartoe te komen.

Alles was toeval, puur toeval. Wat was ik verbaasd, blij en gevleid toen ik schijnbaar volkomen onverwacht een brief kreeg van de toenmalige directeur hier, meneer Amurdat Singh, die me een betrekking aanbood. Hoe hij aan mijn naam was gekomen, weet ik niet, ik was pas een paar maanden van de universiteit, werkeloos en wilde dolgraag met Bet trouwen. En dan een baan in Ierland, precies wat ze had gewild. Het was een wonder. De Arabieren zeggen dat alles al geschreven staat in het boek des levens en dat onze taak ertoe beperkt is die onzichtbare en onbekende vertelling in vervulling te doen gaan. Ik dacht dat meneer Singh misschien aan dezelfde universiteit had gestudeerd als ik, maar dat was niet zo, hij was opgeleid in Ierland, onder een van de oude netwerken van het Britse Rijk die nog lang na de Ierse en de Indische onafhankelijkheid bleven bestaan, zoals dat met die dingen gaat. Ik weet niet of iemand hem mijn naam had gegeven, en waarom zouden ze, als ik moet bekennen dat ik met weliswaar voldoende, maar niet de meest briljante resultaten was afgestudeerd. Niettemin kwam die wonderbaarlijke brief, en ik ging er verheugd op in, jeugdig en verheugd. Je zou kunnen zeggen dat ik Roscommon niet had gezien. Maar al was het een gat, het was een door Bet geliefd gat. We hadden alle kans om hier gelukkig te worden.

Amudat Singh, God hebbe zijn ziel, was een soort heilige. Misschien kwam het door zijn ras dat het hem in Ierland niet zo voor de wind ging als had gekund. Hij verdiende het om tot hoofdpsychiater van Ierland te worden benoemd. Zijn inrichting was tijdens zijn leven een waar toevluchtsoord en hij had radicale en opwindende opvattingen. Jung en R. D. Laing waren zijn goden, en zij vormden een krachtig mengsel. Jammer genoeg stierf hij op relatief jonge leeftijd, mogelijk heeft hij zich van het leven beroofd. Al met al ben ik nog steeds blij dat hij me heeft gevraagd, hoe geheimzinnig het ook was.

Toen ik hier kwam was Roseanne Clear er natuurlijk al bijna twintig jaar, of in elk geval was ze onder de hoede van de psychiatrische hulpverlening (laat ik niet 'zogenaamde' schrijven).

Wat bonkt die deur toch. Alsof ik weer vijf jaar ben en thuis in ons verdwenen huis in Padstown, ben ik bang om te gaan kijken wat dat geluid veroorzaakt. Ik weet zeker dat het alleen maar een deur is, misschien de deur in de logeerkamer die Bet versmaadde, omdat die zich op dezelfde verdieping bevond als ik.

Ik heb de psychiatrische inrichting van Sligo verzocht om te kijken of ze iets over haar hebben. Misschien hebben ze niets. Ondertussen heb ik hier het overblijfsel van een soort verklaring gevonden, grotendeels weggevreten door de muizen en krioelend van de zilvervisjes, als een oeroude boekrol uit de woestijn. Een klein apocrief evangelie. Ik weet niet wie het heeft geschreven, alleen dat het een beschaafd soort pennenvrucht is, hoewel het volgens mij niet door een dokter is geschreven. Het was een vage doorslag, waarschijnlijk gemaakt met ouderwets carbonpapier, dat gerimpelde blauwe papier dat je onder het origineel legde in een typemachine. Ik hoop dat Sligo het origineel nog heeft.

Intussen heb ik zo veel mogelijk met Roseanne gesproken, waarbij ik tijd stal van mijn diverse verplichtingen, en ik moet bekennen dat ik soms geneigd was onbehoorlijk lang te blijven. Als ik in haar kamer ben kun je gerust zeggen dat het gif van verdriet even wordt verminderd. Een paar dagen geleden kreeg ik het gewoon te kwaad in haar gezelschap en in een wanhopige poging tot professionele afstandelijkheid flapte ik eruit dat Bet was overleden, maar in plaats van afstandelijkheid te bewerkstelligen, had het tot gevolg dat mevrouw McNulty naar me toe kroop. Maar het was net alsof ik werd aangeraakt door een soort heilzame bliksem, iets primitiefs, vreemds en eigenaardig helders.

Misschien slaat iemand die nooit bezoek krijgt een soort warmte op, zoals een elektriciteitscentrale waarvan de elektriciteit nooit wordt gebruikt – zoals het project van de waterkrachtcentrale in de Shannon zelf in de eerste jaren, toen niemand elektriciteit in zijn huis had.

Ja, ik kreeg weinig antwoorden op mijn vragen. Aanvankelijk vroeg ik me af of ze eigenlijk wel antwoorden kende, of ze, wat betreft haar verleden, gewoon niet in staat was zich iets te herinneren, dat wil zeggen, of ze in zekere zin echt gek was. Was ze aan de 'zorg' van een gesticht toevertrouwd omdat ze een echte psychose had gehad of een instorting van haar geestesvermogens? Zoals sommige psychoten was ze heel zeker over, en consequent in, wat ze leek te weten. Anderzijds gaf ze bij veel dingen ook ruiterlijk toe dat ze er niets van wist, wat erop wees dat ze niet psychotisch was, maar dat haar geheugen misschien ook het slachtoffer was van de zilvervisjes van de ouderdom. Iemand die psychotisch is geeft vaak op alles antwoord, ook al is het niet altijd het juiste. Ze hebben een gruwelijke hekel aan niet-weten, omdat het de pijn en het tumult van verwarring tot gevolg heeft.

Mijn volgende gedachte was dat ze in haar schulp kroop omdat ze bang voor me was, of dat het haar misschien zelfs angst inboezemde om iets te zeggen, omdat het haar terug zou kunnen brengen naar dingen die ze liever zou vergeten. Natuurlijk weet ik dat ze hoe dan ook vreselijk heeft geleden. Dat zie je heel duidelijk in haar ogen. Dat geeft haar eigenlijk haar vreemde charme, als ik dat zo mag zeggen. Kijk, die gedachte heb ik niet gehad voordat ik hem opschreef. Dus misschien heeft het toch enig nut om in dit boek te schrijven.

Hoe het ook zij, ik zou op de een of andere manier de kern en draad van haar verhaal willen vinden, om het zo maar eens te zeggen. Haar ware geschiedenis of wat ervan kan worden gered. Het ziet er niet naar uit dat ze nog vele jaren te leven heeft. De officieel oudste Ier in de moderne tijd was 107, zodat ze nog zeven jaar voor de boeg zou hebben. Maar ik denk niet dat het waarschijnlijk is dat ze nog zo lang zal leven.

Ik hoop dat er nog nieuws uit Sligo komt.

Het feit dat Bet naar de dienstbodekamer is uitgeweken betreur ik nog het meest. Mijn avontuurtje – o, een raar eufemisme, gekozen door mijn domme innerlijke zelf om mijn zonde te verbloemen – met een andere vrouw, wier leven ik ook ten kwade heb veranderd, was de oorzaak. Ik denk dat het de oorzaak was. Maar eerder nog het plotselinge beeld dat ze in het licht daarvan van me kreeg. Een kleiner, akeliger persoon dan ze had gedacht.

Deel twee

HOOFDSTUK TWAALF

Roseannes getuigenis van zichzelf

'It don't do nothing but rain,' zong Gwen Farrar, terwijl Billy Mayerl zijn handen over de toetsen liet flitsen. Ze moet haast wel in Sligo zijn geboren, want ze zong zo klaaglijk: 'I guess we were born with our raincoats on...'

Altijd die zondvloed van regen op Sligo, op grote en kleine straten, waardoor de huizen huiverden en bijeenkropen als mensen bij een voetbalwedstrijd. De regen viel fantastisch neer, in enorme hoeveelheden, de inhoud van honderd rivieren. En de rivier zelf, de Garravoge, zwol op, de prachtige zwanen werden overrompeld en lieten zich meedrijven op de krachtige stroom, werden onder de brug gesleurd en kwamen aan de andere kant weer tevoorschijn als falende zelfmoordenaars, hun mysterieuze ogen geschokt en zwart, hun mysterieuze gratie onaangetast. Wat zijn zwanen toch woest, zelfs in hun beroemde schoonheid. En de regen viel ook op de trottoirs voor theesalon Cairo, terwijl ik zwoegde bij de kookketels en de apparaten, en met vurige ogen door de beslagen ramen keek.

Zo lijkt het nu althans. Wie was ik toen? Een vreemde, maar een vreemde die nog steeds in mij schuilgaat, in mijn botten en mijn bloed. Die schuilgaat in dit gerimpelde pak van huid. Het meisje dat ik was.

*

Toen ik gisteren over theesalon Cairo begon te schrijven, werd ik plotseling tegengehouden door een vreselijk gevoel. Het was alsof mijn botten in water, koud water veranderden. Het kwam door iets wat dokter Grene terloops had gezegd. De uitwerking van zijn woorden was als een daklei boven op een droge bloem.

Ik lag de hele dag in mijn bed te broeden en voelde me stokoud, ellendig en angstig. John Kane kwam binnen en zelfs hij was zo verrast door mijn gezicht dat hij niets zei, maar haastig zijn afschuwelijke veger over de vloer haalde. Ik zal er wel knettergek hebben uitgezien. Het is bekend dat mensen voortdurend een regen van dode huid afwerpen. Die veger van hem moet wel iets van alle huiden van alle patiënten bevatten. Aangezien hij er in elke kamer mee over de vloer schraapt. Ik weet niet wat dat betekent.

Ik voel me verbannen van mijn taak. Het is misschien wel eigenaardig dat ik hier mijn nutteloze leven probeer op te schrijven en niet inga op de meeste vragen van hem. Ik denk dat hij het dolgraag zou lezen, alleen al om zijn eigen taak te verlichten. Nou, als ik dood ben, en iemand komt op het idee om onder de losse plank te kijken, dan zal hij het vinden. Ik vind het niet erg dat hij het leest, zolang ik maar niet aan de tand gevoeld hoef te worden, zoals hij ongetwijfeld zou willen doen als hij het nu in handen kreeg. Misschien is het wel zo dat ik het voor hem schrijf, omdat hij eigenlijk de enige persoon is die ik ken, in de volle betekenis van het woord. En dan nog is het pas sinds kort dat hij geregeld bij me komt. Ik herinner me nog goed dat ik hem maar twee keer per jaar zag, met pasen en kerst, en hij hier heel kwiek binnenkwam, vroeg hoe het met me ging, niet echt naar het antwoord luisterde en weer wegging. Maar hij heeft dan ook wel honderd patiënten, ik weet het niet, misschien nog wel meer. Ik vraag me inderdaad af of er nu minder mensen zijn. Misschien zijn we net als die trieste ordes van nonnen en monniken, die in oude kloosters slinken tot een handjevol. Ik kan daar niet achter komen, tenzij ik zelf een rondgang maak door de inrichting, wat er nu niet meer in zit.

Op de binnenplaats, die ondanks John Kanes sneeuwklokjes vandaag opnieuw blootstaat aan strenge vorst, voelt de oude appelboom de vreselijke kou vast en zeker. Hij moet wel honderd jaar oud zijn, die boom. Vele, vele manen geleden ging ik ernaartoe als ik de kans kreeg. Er is een houten bank die de boom omringt als in een oud Engels dorpje, iets in een oud Engels verhaal. Het dorpsplein. Maar er is daar maar een klein zonnig hoekje als de zon schijnt, die in de lente de oude boom tot leven warmt. Daarna komen de geweldige bloesems. Maar nu vast nog niet, en als de boom het heeft gewaagd een paar knoppen te laten uitkomen, zal de vorst ze zwart maken en zal het opnieuw moeten beginnen.

Vroeger was er een keukenmeisje dat de kruimels van alle broden die in de keuken werden gesneden buiten op een provisorische voederplank gooide. Daar kwamen dan de pimpelmezen, de groene mezen, en alle vraatzuchtige vinken van Roscommon op af. Ik denk dat ze er allang niet meer is. De appelboom zal ons wel allemaal overleven.

Die oude appelboom zou zelfs van een merel een filosoof maken. Appelbloesem is bescheidener dan kersenbloesem, maar hij is toch overweldigend, opbeurend. Ik moest er vroeger in de lente altijd om huilen. De bloesem kwam uiteindelijk altijd, vorst of geen vorst. Ik vond het heerlijk hem weer te zien. De vorst kon de oude boom alleen ontregelen, nooit verslaan. Maar wie zou me ernaartoe kunnen brengen?

Als in de stal de melk verstijft
*En scheper Piet zijn handen wrijft**

Oude Tom, mijn schoonvader, had een schitterende tuin bij zijn bungalow in Sligo. Hij was een kei in het kweken van wintergroenten. Ik herinner me dat hij zei dat vorst de winterkolen en -slasoorten verbeterde. Hij was het hele jaar door als een bezetene bezig met het kweken van groenten, wat blijkbaar goed mogelijk is als je weet hoe je het moet aanpakken. Zoals de meeste dingen.

Oude Tom McNulty. Tot op de dag van vandaag weet ik niet of hij vijand was of vriend. Tot op de dag van vandaag heb ik

*Citaat uit het slot van het vijfde bedrijf van *Love's Labour's Lost* van William Shakespeare. In zinsverband: 'Wanneer er ijs hangt aan de muur / En scheper Piet zijn handen wrijft / En Tom met blokken sjouwt voor 't vuur / En in de stal de melk verstijft.' (vert.)

een dubbel gevoel over hen allemaal, Jack – nee, nee, misschien kan ik eerwaarde Gaunt met recht vervloeken, en die oude vrouw, de moeder van Tom en Jack, de echte mevrouw McNulty, zou je kunnen zeggen. Aan de andere kant, ik weet het niet goed. Mevrouw McNulty was tenminste altijd openlijk vijandig, terwijl Jack en eerwaarde Gaunt zichzelf altijd als vrienden voordeden. O, het is een kwellend mysterie.

Nu krijg ik een slechte gedachte, want doet dokter Grene zich niet ook voor als vriend? Bij wijze van spreken als een beroepsvriend. Vriend of vijand, niemand heeft de waarheid in pacht. Zelfs ik niet, en dat is ook een kwellende en verwarrende gedachte.

Het was heel moeilijk om hem zo terloops te horen zeggen dat mijn vader bij de politie was. Ik vind dat hij dat niet zou moeten zeggen. Ik heb dat eerder horen beweren, maar ik herinner me niet waar of door wie. Het is een leugen, en niet zo'n fraaie ook. Door zulke leugens kon je vroeger de kogel krijgen, en er was ooit een soort schietrage in Ierland, bijvoorbeeld de beroemde zevenenzeventig die door de nieuwe regering werden doodgeschoten. De geëxecuteerde mannen waren voornamelijk vroegere kameraden. John Lavelle had het grote geluk dat hij daaraan kon ontsnappen, zodat hij niet de achtenzeventigste werd. Anderzijds weet ik zeker dat er ook geheime moorden waren, geheime executies, die niemand ooit heeft geboekstaafd of onthouden. Droevige, koude, beklagenswaardige sterfgevallen van jongens op bergflanken en zo, van het soort dat ik zelf heb gezien, of in elk geval de gevolgen ervan, zoals Johns broer Willie overkwam.

Na dat alles was het een grote opluchting om mijn serveerstersuniform te dragen in theesalon Cairo. De salon bediende iedereen in Sligo zonder onderscheid. Hij was het eigendom van een quakerfamilie, en wij kregen de opdracht niemand op straat te zetten. Zo zag je daar soms een arme eenzame pensioentrekker theedrinken en stiekem van zijn schoot een paar stukjes kaas nemen die hij had meegebracht in zijn zak. Ik herinner me die man nog heel goed, en weet nog dat ik hem heel oud vond in zijn bruine pak. Hij was waarschijnlijk nog maar zeventig! Maar de aanwezigheid van deze meer ongewassen types weerhield de deftige dames van Sligo er niet van binnen te wippen voor een babbeltje. Het waren net kippen op een erf, zoals ze aan de tafeltjes zaten en het geklets en geroddel van hen opstegen als stof van een karavaan kamelen in de woestijn. Sommigen van hen waren prachtige, stralende vrouwen die wij, ik bedoel de groep serveersters, graag mochten en graag elke dag zagen komen en die we met plezier bedienden. Sommigen waren dragonders, zoals te verwachten viel. Maar ze kwamen daar in alle soorten en maten, het was echt mijn universiteit, ik leerde daar heel veel terwijl ik de thee bracht en beleefd deed, het zou het begin geweest kunnen zijn van een goed leven, ik weet het niet.

Ik had de baan misschien wel op de gebruikelijke manier kunnen krijgen, als ik een advertentie had gezien op het raam, naar binnen was gegaan en op de een of andere manier had laten weten dat ik, hoe weinig belovend ik er ook uitzag, een presbyteriaan was en dus geschikt voor de baan (openhartig als de quakereigenaars waren, werden daar geen katholieke meisjes aangenomen, of het moest Chrissie zijn, die katholiek was geweest, maar op de Charter School was grootgebracht als protestant). Maar het liep anders.

Nadat mijn vader was overleden, takelde mijn moeder, die toch al een zwijgzaam persoon was, nog verder af, waarmee ik waarschijnlijk de bewoording van deze inrichting gebruik. Toen ik op een ochtend thuis wakker werd, ging ik naar beneden om thee voor haar te zetten, en weer boven gekomen vond ik niemand in haar bed. Het was een vreselijke schok, en ik rende naar beneden terwijl ik haar riep, en ik zocht overal, buiten op straat, overal. Daarna keek ik toevallig uit het bijkeukenraam en zag ik haar, opgerold als een schaapshond onder de wegrottende motorfiets van mijn vader. O ja, ik bracht haar weer naar bed en stopte haar in; de lakens, moet ik tot mijn schande bekennen, waren grijs van het vuil van haar ongewassen lichaam. Ik was zo bedroefd en ontdaan, dat ik die dag Sligo uit en helemaal naar Rosses Point ben gelopen, waar het mooiste strand was, met het idee dat ik op de golfbaan daar zou kunnen ronddwalen, waar je kleine meertjes hebt met eenzame vogels, en mooie, plotselinge uitzichten op verre landhuizen bij het water, alsof ze naar de waterkant waren gegaan om te drinken (natuurlijk was het de zoute zee, maar toch). En ik ben daar inderdaad naartoe gelopen, eerst langs de vakantiehuisjes van de Rosses, met Coney Island aan de overkant van de stroom van de Garravoge, en de prachtige, kalmerende figuur van de Metal Man, met zijn oude blauwe ijzeren kleren en zijn zwarte hoed, die tot in eeuwigheid in het diepe water wijst om de naderende schepen te vertellen waar ze naartoe moeten. Hij was een beeld op een rots, maar zo'n mooie manier om diep water aan te geven was vast en zeker niet eerder en later ook niet meer bedacht. Mij werd ooit verteld dat zijn broer in een klein park in Dalkey staat, bij de zee in Dublin, maar wat hij daar voor taak verricht weet ik niet.

Voorbij Coney en de Metal Man ligt natuurlijk het land van Strandhill, het mindere strand, waar later mijn eigen lijden zou plaatshebben.

Toen ik aankwam op het strand bij Rosses Point, waaide er een fel windje, en hoewel er een aantal zwarte auto's geparkeerd stond achter de duinen, moeten de eigenaars erin gezeten hebben, want er was niemand op het brede strand zelf. Alleen die geselende cohorten van de wind. Maar in de verte was er één gestalte, een vrouw in een opbollende witte jurk zoals ik algauw zag, die lukraak een grote zwarte wandelwagen voortduwde. Toen ik dichterbij kwam, hoorde ik haar roepen, waarbij haar woorden wegstierven en aanzwollen zoals de wind het wilde. Ten slotte kwam ik bij haar, en ik zag dat ze zelfs in het kille weer van die Ierse junimaand zweette.

'O hemel, o hemel,' zei ze, en ze leek sprekend op het konijn in *Alice in Wonderland*, 'ik kan haar niet vinden, ik kan haar niet vinden.'

'Wie kunt u niet vinden, mevrouw?' vroeg ik. Afgaand op haar accent besloot ik dat ze een deftige dame moest zijn en allicht 'mevrouw' genoemd moest worden.

'Mijn dochter, mijn kleine dochter,' zei ze met een vreemde schreeuwtoon. 'Ik viel in slaap in de duinen, een zalig zonnig plekje, en mijn kleintje was vlak naast me aan het spelen, maar toen ik wakker werd, was ze weg. Ze is pas twee. O, mijn god, mijn god.'

'Zit ze niet in de kinderwagen?' vroeg ik als bij ingeving.

'Nee, ze loopt al. Haar broertje zit in de kinderwagen, hij ligt lekker te slapen! Mijn dochter Winnie loopt. Winnie, Winnie!'

En ze leek ineens bij me vandaan te rennen, alsof ze alle hoop had laten varen dat ik haar zou kunnen helpen, na mijn grote onwetendheid over het onderwerp kinderwagen.

'Ik zal u helpen zoeken,' zei ik, 'ik zal u helpen.' En ik greep haar zelfs even bij de arm. Hij was dun onder het witte linnen. Ze bleef staan en keek me aan. Tuurde naar me met huilgroene ogen.

Toen rende ik naar de duinen en nam ik daar het oude hoge pad, zoals ik dat al diverse keren met mijn vader had gedaan. Het pad golfde naar beneden en weer naar boven, en na een tijdje was ik terug bij de auto's. Het getij begon de lange laarzen van steen te raken waaruit de kust daar bestond. Geheel instinctmatig stormde ik naar het water, want ik herinnerde me een grot die ik kende, een vreemde, diepe grot van het soort waar elk kind verzot op is. Mijn vader had me verteld dat in die grot het oudste overblijfsel van menselijk leven in Ierland was gevonden, en dat enkele van de eerste mensen, ongetwijfeld heroïsch en dapper en tegelijkertijd doodsbang, alleen in een land vol grote bossen en moerassen, daar hadden geschuild.

Ik ging de duisternis van de grot in en werd rijkelijk beloond voor mijn instinct. Er zat daar een kleine gedaante op haar hurken in het droge zand te graven, haar achterste nat als een modderpoel, de rest van haar dolgelukkig. Ik nam haar in mijn armen, en zelfs dat maakte haar niet bang, misschien dacht ze dat ik een wezen was dat deel uitmaakte van haar eigen fantasie. Toen ik weer in de openlucht kwam, zag ik haar moeder in de verte zoeken tussen dezelfde soort rotsen aan het andere eind van het strand. Het was een toonbeeld van opperste vergeefsheid en ondoeltreffendheid, moederschap dat gedoemd was te falen. Wat wilde ik ineens graag dat mijn eigen moeder zo naarstig, zo zwetend naar me speurde, om me terug te vinden op het verloren strand van de wereld, om me te redden, anderen op te trommelen voor mijn redding, om me weer aan haar borst te leggen, zoals die verre moeder zo duidelijk dolgraag wilde met het gelukkige wezentje in mijn armen.

Maar ik begaf me niettemin op weg over het zand dat bezaaid was met die ontelbare scheermesschelpen, terwijl de wind het laagje water van een paar centimeter dat overal lag, verkreukelde. Toen ik halverwege was, voelde de moeder me denk ik komen en haar gezicht draaide zich vaag in mijn richting. Zelfs op die afstand kreeg ik de overweldigende indruk van een of ander mysterie, de enorme paniek van die gestalte, de vlam van opluchting die eruit omhoog leek te schieten toen ze dacht, hoopte, dat ze mij met haar dochter in mijn armen ontwaarde. Ik jakkerde verder, klets-klats over de tussenliggende zandvlakte. Nu vloog ze naar me toe, nog steeds achter die enorme kinderwagen, en uiteindelijk stonden we maar een paar meter van elkaar, de moeder dolblij loeiend, zo klonk het, de kinderwagen bijna tegen me op gebotst en het kind uit mijn armen gegrist, en nu alleen nog maar huilend, jankend, brullend. En het was alsof ik haar het kind vanuit het dodenrijk had teruggebracht, vooral toen ik de moeder vertelde over de grot en de oprukkende zee.

'Ik kan je niet beschrijven, echt niet,' zei ze, 'hoe verschrikkelijk ellendig ik me voelde toen ik haar nergens zag. Mijn hoofd krijste alsof er duizend van die meeuwen in zaten. Mijn borst deed vreselijk pijn, alsof er hete olie in me was gegooid. Het hele strand schreeuwde terug naar me in zijn leegte. Mijn lieve meisje, mijn lieve meisje, mijn lieve meisje.'

Dit laatste zei ze tegen mij, hoewel ze het andere 'lieve meisje' stevig vasthield, en ze pakte me bij mijn arm.

'Dank je, dank je, lief, lief meisje.'

Dat was dus mevrouw Prunty, de vrouw van de eigenaar van theesalon Cairo. Het kostte haar niet veel tijd om achter mijn verhaal te komen, dat ik op de terugweg naar Sligo in haar grote zwarte auto zorgvuldig vertelde in een inkleding die naar ik hoopte geschikt was. Het was haar een vreugde om mij voor te stellen in theesalon Cairo te komen werken, aangezien mijn schooltijd voorbij was, mijn vader was overleden, en mijn moeder 'ziek', zoals ik het uitdrukte, thuiszat.

*

Ik kan me niet meer het precieze moment herinneren dat Tom voor het eerst in de theesalon kwam, maar ik bewaar een levendige herinnering aan hem alsof hij in een soort foto zit met een gouden krans eromheen, als een van die filmfoto's bij de bioscoop in Sligo, aan zijn uitstraling en zijn gevoel van eindeloos welbehagen, een kleine, gedrongen, bijna dikke man in een degelijk en net pak, heel anders dan zijn broer Jack, wiens pakken kleermakerswerk van een hogere orde waren, en wiens jas zo fraai was dat hij een zachtleren kraag had als die van een filmster. Ze droegen allebei buitensporig dure hoeden, hoewel ze de zonen waren van de kleermaker van het gekkenhuis in Sligo, en misschien verklaarde dat de wat grovere snit van Toms pak – in elk geval niet de snit van het pak van zijn broer. Maar de vader was bovendien de leider van Sligo's belangrijkste dansband, Tom McNulty's Orkest, en dat betekende dat ze meer poen hadden dan de meesten in die overwegend poenloze tijd. Ook hij was een klein mannetje, dat je in die verzengende zomer kon zien rondlopen met een strohoed en een gestreept jasje van het soort dat je alleen 's woensdags bij de paardenraces zag achter de stad, en hij werd Oude Tom genoemd, en Tom zelf was Jonge Tom, wat vooral nuttig was omdat hij ook in die beroemde band speelde, zij het alleen beroemd rond de duinen van Strandhill en in de dromen van de burgers van Sligo.

Ik moet al ruim twee jaar in theesalon Cairo hebben gewerkt toen ik me voor het eerst bewust werd van die gebroeders McNulty. Die eerste jaren daar als eenvoudige serveerster waren gewone, gelukkige jaren, waarin ik en eenzame Chrissie onafscheidelijke vriendinnen waren en een bolwerk voor elkaar tegen de rest van de wereld. Ze was een tenger, sierlijk, aardig iemand, Chrissie, want zulke zielen bestaan wel degelijk. Het is niet alles messen en bijlen wat de klok slaat. Verder was mevrouw Prunty, hoewel ik haar zelden zag, voor mij altijd een voelbare, geheime aanwezigheid achter de dampende kookketels en de fraaie, uit meerdere etages bestaande taarthouders, en de rivier van zilveren messen en lepels, en die mooie vorken die alleen gebruikt worden voor exquise taartjes. Ik wist zeker dat ergens achter dat alles, en achter de rijk bewerkte deuren, en de vleugjes van een Egypte dat niemand ooit had gezien, mevrouw Prunty zich ophield, als een quakerengel, en gunstig over me sprak. Dat stelde ik me althans voor. Ik verdiende de paar shillings, gaf mijn moeder te eten en waste haar, ging vele, vele avonden naar de bioscoop, zag honderden films, bioscoopjournaals, noem maar op, wonderen die de wonderen van de mooiste, gekste dromen overtroffen. En op de een of andere manier was ik daar in die tijd tevreden mee, wees ik alle aanzoeken af om 'vaste' verkering met iemand te krijgen of meer dan een of twee keer met één specifiek iemand te dansen. Als een stortvloed van rozen over de naargeestige wegen stroomden wij, een groep jonge meisjes uit de stad, naar Tom McNulty's danszaal bij de zee, soms waaierden we in uitzinnige vreugde en eenvoud uit over het strand zelf, waar de weg uit het hoger gelegen dorp Strandhill naar beneden kwam en de meerpalen op het zand de een na de ander de weg bij eb naar Coney Island wezen. Misschien zou je ons eerder meeuwen willen noemen, elegante witte vogels die doken en riepen, we bevonden ons als het ware altijd landinwaarts – alsof er altijd storm op zee was. Ja, meisjes van zeventien en achttien weten hoe je moet leven en hoe je van het leven kunt genieten, als ze hun gang mogen gaan.

Niemand had Egypte gezien, zei ik, maar Jack was als jongen matroos bij de Britse Marine geweest, en had alle havens van de wereld al aangedaan – maar dat wist ik natuurlijk allemaal niet. Het heroïsche verhaal van Jack – een klein heldenverhaal, een plaatselijk heldenverhaal, maar niettemin een heldenverhaal – kende ik niet. Het enige wat ik zag, of begon te zien, waren twee piekfijn uitgedoste broers die een kopje thee kwamen drinken, Tom willekeurig welke Chinese thee en Jack bij voorkeur earl grey.

Het donkere verhaal van hun broer Eneas ben ik pas veel later te weten gekomen, als ik het al ooit echt heb gekend. Alleen een stukje ervan, een paar pagina's gescheurd uit zijn beduimelde boek. Kun je van een man houden die je maar één nacht hebt gekend – in de Bijbelse betekenis? Ik weet het niet. Maar er was toen liefde, innige, hevige, echte liefde. God vergeve het me.

*

Het aantekenboek van dokter Grene

Mirabile dictu (het verplichte lezen van Vergilius op school is niet helemaal voor niets geweest, in zoverre ik er deze uitdrukking aan heb overgehouden) is er enige documentatie uit de psychiatrische inrichting van Sligo gekomen. Het is het origineel van de oude verklaring, en hun bewaarmethode moet wel beter zijn dan de onze, want de vellen zijn nog helemaal intact. Haar verhaal zoals dat in het document uit de doeken wordt gedaan interesseerde me heel erg, moet ik zeggen, het bood namelijk een soort landschap dat ik achter de mij bekende bedlegerige persoon kon plaatsen. Een soort van menselijk vergezicht van moeilijkheden en gebeurtenissen, zoals in een schilderij van Da Vinci en dat soort schilders, de Mona Lisa zelf, met zijn kasteel en heuvels (zoals ik het me herinner – misschien is er geen kasteel). Daar ze zelf nog steeds niet het achterste van haar tong laat zien, had ik bij het lezen een opwindend gevoel van toegang, alsof ik de antwoorden kreeg die ik van haar wilde hebben, maar hier moet ik natuurlijk heel erg voor oppassen. Het geschreven woord veronderstelt gezag, maar heeft dat misschien niet. Ik moet haar stilte niet zomaar hiermee opvullen, hoewel de verleiding groot is, want het is een kortere weg, of een omweg. Het zijn in totaal zo'n zeventien dichtbetypte pagina's die naar het zich laat aanzien een verslag geven van de gebeurtenissen die leidden tot haar, ik zou bijna zeggen opsluiting, maar ik bedoel natuurlijk haar opname. Het verslag bestaat uit twee delen, het eerste beschrijft nauwkeurig de vroegere jaren van haar leven tot aan haar huwelijk, vervolgens de redenen voor de nietigverklaring van dat huwelijk, als dat de juiste hedendaagse term is. Daarna schijnt er een periode van ontzaglijke verwarring in haar leven te zijn aangebroken, ontzaglijk, om niet te zeggen verschrikkelijk en deerniswekkend. Dit is allemaal heel lang geleden, het speelde zich grotendeels af in het woeste sprookje van het leven in Ierland in de jaren twintig en dertig, hoewel ze naar het schijnt de moeilijkste periode van haar leven heeft doorgemaakt tijdens de jaren van de noodtoestand, zoals De Valera de Tweede Wereldoorlog noemde.

Ik weet eerlijk gezegd niet hoeveel van het verslag ik haar kan voorleggen. Gezien haar reactie een paar dagen geleden, twijfel ik er een beetje aan of ze wel open zal staan voor de onthullingen erin, die misschien, maar misschien ook niet, voor haar ook onthullingen zijn. Als het verslag de waarheid weergeeft, dan is het een vreselijke en belastende waarheid. Op een plaats als deze moeten we ons niet te veel bezighouden met morele veroordeling of zelfs juridische veroordeling. We zijn hier als gevangenisgeestelijken die met de overgebleven menselijke persoon te maken hebben nadat de burgerlijke autoriteiten hun zegje hebben gedaan. We proberen de persoon klaar te maken, stabiel te maken voor... voor wat? De bijl, de guillotine van geestelijke gezondheid? Voor de lange slapeloze uren van de veroordeling tot de levende dood, waar het verblijf hier op neerkomt?

Het document dat ik met interesse, zo niet met een beetje afschuw doornam, was getekend door eerwaarde Aloysius Mary Gaunt, welke naam een lampje deed branden. Ik brak me het hoofd erover tot me ineens te binnen schoot wie dat was: de man die in de jaren vijftig en zestig hulpbisschop werd van Dublin, en die aan het gestamel van de Ierse grondwet een heldere verklaring ontleende van zijn bevoegdheden op het gebied van morele heerschappij over de stad, zoals de meeste van zijn collega-geestelijken. Een man die in al zijn uitingen leek te verlangen naar de verbanning van vrouwen achter de voordeuren van hun huizen, en de verheffing van mannelijkheid tot een toestand van edele kuisheid en sportieve ridderlijkheid. Het heeft nu iets komisch, maar dat had het toen helemaal niet.

Deze eerwaarde Gaunt was als jonge kapelaan blijkbaar zeer vertrouwd met de omstandigheden van Roseanne Clear. Ze was naar het schijnt het kind van een politiebrigadier in de Royal Irish Constabulary (wat ik al wist uit het beschadigde gedeelte dat ik hier had gevonden). De Valera had als jonge leider tijdens de onafhankelijkheidsoorlog verklaard dat elk lid van de politie doodgeschoten kon worden als het op welke manier dan ook de doelen van de revolutionaire beweging dwarsboomde. Deze mensen en hun gezinnen leefden dus, hoewel ze Iers waren en voor het merendeel katholiek (Roseannes vader was presbyteriaan), onder voortdurende bedreiging en in echt gevaar. Het is allemaal heel begrijpelijk in een periode van revolutie, maar ik vraag me af of Roseanne dat op haar twaalfde of daaromtrent kon hebben gezien. Wat er gebeurde moet in haar ogen werkelijk tragisch geweest zijn, werkelijk verbijsterend en afschuwelijk.

Ik keek daarnet op mijn horloge en zag dat het tien voor acht was, als ik opschiet kan ik op het nippertje mijn ronde doen om tien over acht. Ik moet er als de wiedeweerga vandoor.

Een aantekening voor mezelf: de aannemers zeggen dat het nieuwe gebouw over zes weken klaar zal zijn. Dat heb ik uit de eerste hand, want ik ben onlangs zelf op het bouwterrein geweest en heb het hun gevraagd, als een ware spion. Maar genoeg —

HOOFDSTUK DERTIEN

Roseannes getuigenis van zichzelf

Vreemd genoeg was het niet in theesalon Cairo dat ik Tom 'leerde kennen', maar op een heel andere plek. Het was in de zee zelf.

Op de stranden van de wereld springt het voorrecht om kinderen te hebben het meest in het oog. Wat een kwelling voor de oude vrijster en de kinderloze man om die duiveltjes en engeltjes van verschillende grootte langs de vloedlijn te zien. Als een speciaal soort trekvogels. Het menselijke dier begon als niet meer dan een wriemelend ding in de oeroude zeeën, dat met veel spijtgevoelens het land op ploeterde.

Ik ben niet geheel en al een kinderloos iemand.

Dat verhaal behoort ook tot de zee, of in elk geval tot het strand.

Mijn kind. Mijn kind is naar Nazareth gegaan, dat hebben ze me gezegd. Althans, dat heb ik ze horen zeggen. Maar ik luisterde toentertijd niet zo goed, ik was er niet helemaal bij. Ze hadden net zo goed Wyoming kunnen zeggen.

Het strand van Strandhill is smal, opeengehoopt, gevaarlijk, en de zandheuvel zelf lijkt zijn enorme knieën te hebben opgetrokken om zich aan de gebeurtenissen daarbeneden te onttrekken. Er is een lange, ruige promenade waar vroeger sjezen, karren, tweewielige rijtuigjes, tilbury's en auto's werden geparkeerd en de inzittenden, dat weet ik zeker, altijd met dezelfde mate van menselijke verwachting naar buiten stroomden, de kinderen vooruit hollend, de vaders lachend, vloekend, de moeders waarschuwend, paniekerig – alle drukte en beroering van normaal geluk. Knielange badpakken die in de eeuwigheid concurreren met die fantastische bikini's die ik alleen sporadisch heb gezien in bladen. Wat zou ik graag met zo'n bikini hebben gepronkt.

Aanvankelijk waren er ongetwijfeld maar een paar dappere huizen gebouwd op het moeras en de vlakten van verwaaid zand en kweekgras. Het land rees op, steeds hoger tot het uiteindelijk raakte aan het rijk van Knocknarea, waar koningin Maeve in haar stenige graf slaapt. Vanaf het hoogste punt van Knocknarea kun je het strand bij Strandhill zien, maar de mensen zijn dan slechts spelden, en alles ter grootte van een kind is enkel een stofje in je oog.

Ik heb vanaf die plek wanhopig en huilend naar beneden gekeken.

Al dat land zou later 'mijn' land worden. Strandhill, Strandhill, de gekke vrouw van Strandhill.

Eerst werden er dus met risico een paar huizen op die onzekere grond gebouwd, daarna het oude hotel, vervolgens hutten en meer huizen, en ten slotte, ergens in de verdwenen jaren twintig, bouwde Tom McNulty de Plaza-danszaal. Een veredelde golfijzeren opslagplaats met een rond dak en een vierkante, betonnen façade voor de zaal met een eigenaardig bescheiden deur en een loket, de felle kleuren van beide verlokkend en veelbelovend, o, en een woelige wervelwind van dromen steeg elke vrijdagavond op van de toestromende menigte en reikte vast en zeker tot in de hemel om God te troosten bij Zijn twijfels over Zijn schepping.

Dat was het werk van Tom McNulty, vader en zoon, om die dromen van een toegangskaartje te voorzien. En ik voelde die droom in me met een hartstochtelijke volledigheid.

Dat ik dit hier zit te schrijven, mijn handen zo oud als Methusalem! Moet je die handen zien. Nee, nee, die kun je niet zien. Maar de huid is zo dun als – heb je wel eens de schelp van een scheermesvis gezien? Het Rosses-strand is bezaaid met die schelpen. Nou, er zit een doorzichtig vlies over die schelpen, als een opdrogend vernis. Het is vreemd spul. Zo ziet mijn huid er nu uit. Ik geloof dat ik mijn botten kan tellen. In werkelijkheid zien mijn handen eruit alsof ze een tijd lang begraven zijn geweest en daarna werden opgegraven. Ze zouden je schrik aanjagen. Ik heb in geen vijftien jaar in de spiegel gekeken.

*

De eerste meters in het water bij Strandhill waren behoorlijk veilig. In de zomer waren ze als een bad. De zee daar deed nauwelijks moeite om heen en weer te deinen, zo leek het me altijd. Misschien hadden de kinderen die in het water plasten er iets mee te maken, met de warmte bedoel ik. Maar het was heerlijk. Ik en Chrissie en de andere meisjes van theesalon Cairo... Mevrouw Prunty probeerde altijd goede meisjes in dienst te nemen voor de theesalon, maar dan wel goede meisjes die er goed uitzagen, wat iets anders is. Ik denk dat we eruitzagen als jonge godinnen. Mary Thompson had een foto kunnen zijn in een blad, Winnie Jackson wás ooit een foto, in de *Sligo Champion*. 'Juffrouw Winnie Jackson geniet van het mooie weer bij Strandhill'. Zij in haar mooie badpak dat haar in een doos van Arnott's in Dublin was toegestuurd, op de Dublin-Sligo-trein. Dat was pas stijl. Ze had een fraaie, volle boezem en ik denk dat de jongens alleen maar een wanhopig gevoel kregen als ze naar haar keken, dat zelfs een praatje met haar maken voor hen niet was weggelegd.

Onze huid werd helemaal Afrikaans in de dampende hitte van augustus. Onze gezichten waren 's avonds soms felrood als we over het strand naar huis gingen, verbrand, en in bed in de stad durfden we met onze schouders de lakens nauwelijks te raken. Gelukkig. En de volgende ochtend kalmeerde de huid en verlangde hij ernaar opnieuw naar het strand te gaan, en daarna weer en weer. Gelukkig. Ongecompliceerde, gewone meisjes waren we. We vonden het leuk de jongens zoveel mogelijk tot wanhoop te drijven.

Die jongens keken als haaien toe vanaf de zijlijn van ons geluk, en ze verslonden onze eigenschappen met hun ogen. Soms raakte ik op de dansavond in gesprek met een jongen, jongens zeiden niet veel, en als ze praatten zeiden ze niet veel dat het waard was om aan te horen. Maar dat maakte niet uit. Ze waren er op die dansavond in alle soorten en maten, rijke heertjes uit de stad, en jongens met broeken die hun te kort waren, zodat je hun sokken kon zien of blote benen die in afgetrapte schoenen waren gestoken. Er waren buiten altijd een paar ezels vastgebonden, en diverse soorten pony's, en karren erachter. De berg liet zijn zonen en dochters naar beneden stromen als een vreemde lawine. Mooi mensdom.

Eerwaarde Gaunt of een van de andere kapelaans was altijd van de partij, de reigers onder de witvissen. Mijn god, ik herinner me geloof ik een soort Danszaal-Akte. Of misschien verbeeld ik me dat maar. Ik geloof dat ze in de kerk tegen dansavonden fulmineerden, maar daar zal ik wel niet van op de hoogte zijn geweest. Je mocht elkaar eigenlijk nauwelijks aanraken. Het zou een merkwaardig kil soort dansen zijn zonder elkaar aan te raken. Het was heerlijk om in de zomer aan het eind van een dans tegen een jongen aan te kruipen, jij bezweet en hij ook helemaal bezweet, de geur van zeep en turf die van hem af kwam. En dat spul in hun haar destijds, brillantine heette het geloof ik. Er waren daar jongens wier vaders en moeders waarschijnlijk Iers spraken in de heuvels in het achterland van Sligo en die van de paar keer dat ze naar de bioscoop gingen het idee hadden gekregen dat ze eruit moesten zien als sterren van het witte doek, tenzij ze probeerden eruit te zien als Ierse patriotten, dat kan het ook geweest zijn. Michael Collins was een groot liefhebber van vet in zijn haar. Zelfs De Valera had zijn haar met olie mooi glad tegen zijn hoofd geplakt.

Tom McNulty's Band zweepte de boel op. Jonge Tom stond aan de rand van het podium met zijn trompet of klarinet geheven en knalde er de soort muziek uit die we toen hadden. Voor het dansen moest er jazz zijn, maar ook de foxtrot werd daar nog steeds gedanst, en zelfs de wals. Tom liet zelfs een plaat opnemen die Tom McNulty's Ragtime Band heette, jeetjemina daar kreeg hij de zaal mee plat. Er scheen toen een licht uit Tom. Natuurlijk was Tom destijds gewoon de grote man met wie ik nooit had gesproken, behalve dan in de theesalon wanneer ik 'Wat zal het zijn?' vroeg. Waarop hij meestal antwoordde: 'Chinese thee en sesambroodjes. Earl grey voor mijn broer.' Hij was verzot op die sesambroodjes. Ik vraag me af of die er nog steeds zijn. Het waren toentertijd een soort religieuze voorwerpen, zonder die broodjes kon je geen theesalon hebben, dat zou zinloos zijn. Het is wonderlijk hoe vast de gewoonten in die tijd waren. Sesambroodjes, slagroompunten, eclairs, kersenbroodjes met wit glaceersel erop, het was alsof die dingen net zo oeroud en ingeburgerd waren als walvissen, dolfijnen, makreel — als natuurlijke gebeurtenissen, de natuurlijke historie van de theesalon.

Het was een groot gemis dat mijn vader was overleden, maar op de een of andere manier kon ik dat wegstoppen onder het kussen van mijn haar, om er als het ware op te slapen. Ik kon er niets aan doen dat ik gelukkig was wanneer ik 's ochtends wakker werd. Ik zat weliswaar met mijn moeder opgescheept, maar ik was in staat om haar eten te geven en voor haar te zorgen, ze zei nooit iets en ging ook nooit weg, ze bleef gewoon thuis in haar gestreepte duster, en ik had zoveel energie, ik werd aangeslingerd als een auto, elke ochtend bij het ontwaken werd ik op mysterieuze wijze aangeslingerd, ik gloeide van de energie, ze sleurde me het huis uit, de straten van Sligo door en de glazen deuren in van theesalon Cairo, waar ik mijn vriendin Chrissie goedemorgen kuste en lachte, en als mevrouw Prunty in de buurt was, schonk ze me haar verlegen glimlach, en ik jubelde inwendig, ik jubelde.

Het is altijd de moeite waard om geluk te beschrijven, want er is zo veel van dat andere in het leven, dat je geluk maar beter kunt afbakenen waar het zich voordoet. Toen ik in die toestand was, was alles mooi in mijn ogen, de snijdende regen zag er in mijn ogen uit als zilver, ik vond alles interessant, iedereen leek zich bij mij op z'n gemak te voelen, zelfs die spleetogige straatslijpers van Sligo, met hun gele vingers van de kankerstokjes die ze rookten, de gele vlek boven hun lippen waar de peuk permanent tussen zat. Accenten als flessen die kapotgegooid werden in een achterafsteegje.

Kijk, dat komt allemaal ongevraagd terug. Ik was vandaag gaan zitten om over Tom en de zee te schrijven. Hoe hij me redde in de zee van geluk.

*

Ik dook erin. Ik denk dat ik wist waar ik heen ging. Het is merkwaardig dat ik me het gevoel van dat lichte wollen badpak op mijn huid zo goed herinner. Het had drie dikke, elkaar afwisselende strepen en ik had er de hele winter voor gespaard. Een mooier badpak kon je in Sligo niet vinden. Een warme Ierse dag is zo'n wonder dat we in een oogwenk dwaze buitenlanders worden. De regen jaagt iedereen naar binnen, samen met de geschiedenis. Op een warme dag is er een heerlijke leegte, en omdat onze wereld in diepste wezen zo nat is, lijkt het verbaasde groen van de velden en heuvels te branden van een soort verbijstering, een verwondering. Het land geniet van haar eigen pracht, en de meisjes en jongens op het strand zijn geschilderd in de bruingele, blauwe en groene tinten van de zee, ook brandend, brandend. Zo was het althans in mijn ogen. De hele stad leek daar te zijn, alles onderging dezelfde penseelstreken van de warmte, alles verenigde en vermengde zich. Ik weet niet of de Plaza op dat tijdstip al bestond, maar dat moet haast wel, want ik had Tom McNulty zien optreden, maar als dat zo was, dan moet het 1929 of later zijn geweest, dus dan was ik niet bepaald meer een meisje, maar ik verkeer hierover in verwarring. Het is moeilijk de leeftijd te schatten van iemand in badpak, in die overvloed van zonlicht, en ik kan niet zien hoe oud ik was, ik kijk terug met mijn geestesoog en ik zie alleen maar een fantastische schittering.

En de zee was onder water al even schitterend, gespikkeld, op de een of andere manier geketend in wonderen, die prachtige halfblindheid die de ogen onder water hebben, wazig omdat de zee zelf een gigantische lens is, alsof je de zee zelf op je neus hebt. Dus lijkt alles nog meer op een schilderij, een woedend, woest schilderij, er was een heel boek met die schilderijen in de bibliotheek van het stadhuis, die kerels die in Frankrijk schilderden en in het begin uitgelachen werden, alsof ze niet konden schilderen. Ik waag me er niet aan een van hun namen op te schrijven, maar ik herinner me die namen, harde, ruwe namen en bijbehorende gekwelde levens, ik kan ze in mijn hoofd zeggen terwijl ik dit schrijf. Maar ik zou me schamen als ik ze verkeerd spelde. En ikzelf onder water in zee, mijn hele lichaam ontspannen, maar ook op scherp, mijn longen eerst badend in een weelde van lucht en daarna geruïneerd, en het hoofd lichter, mooier, en het koelere water dieper, het waste mijn gezicht, vroeg mijn gezicht wie het was, welke vorm het had, tot in het kleinste detail. Plotseling wil ik dokter Grene hierover vertellen, ik weet niet waarom, ik stel me voor dat het hem zou interesseren, dat het hem zou bevallen, maar ik zou ook bang zijn dat hij er iets in zou lezen. Hij interpreteert dingen, wat gevaarlijk is, heel gevaarlijk. O ja, het strand bij Strandhill, vloed als het was, is eventjes goed maar stort dan naar beneden, je bent plotseling in het grote water van de baai daar, de grote spier, reusachtig, als de beroemde rivier de Hudson, nee, zo groot niet natuurlijk, maar ik had het gevoel dat ik niet zozeer iets binnen ging als wel aanraakte, iets uitgestrekts wat zich daar onder Gods oog samentrok. Voelde ik dat het me wegtrok, schielijk, dieper? Ik weet het niet. Ik weet wel dat ik me eraan overgaf, ik weet dat ik er door ontroerd werd, misschien huilde ik, kun je onder water huilen, dat moet toch mogelijk zijn? Hoe lang zwom ik zonder boven te komen? Een minuut, twee, drie, als een parelduiker in de zuidelijke zeeën, waar die ook zijn, wat ze ook zijn? Ik en mijn badpak en in het pak een zakje met twee shilling erin, het geld voor de rit terug naar Sligo in de oude groene bus, voor de veiligheid in dat zakje gestopt, zoiets waarin je een scapulier zou kunnen opbergen, als je katholiek was. En mijn jeugd, denk ik, mijn zachtheid, mijn hardheid, mijn blauwe ogen, mijn gele haar dat onder water slierde, en misschien driehonderd haaien daarginds, ik kwam in de buurt van de haaien, prachtig, prachtig, het kon me niet schelen. Ik werd een soort haai.

De grote trekkracht van de stroom begon me mee te nemen, als een woord dat verdwijnt in aanzwellende muziek.

Toen werd ik in al dat geluk plotseling omhuld, teruggestolen, opgenomen door menselijke armen die ik kende, bekwaam, bijna slinks. En deze persoon, blakend, rond en sterk, tilde me op door de wilde schittering, en we kwamen boven water en daar was de luidruchtige wereld weer en de deinende zee, en de hemel waarvan ik niet wist of die nu boven of onder was. De zwemmer trok me terug naar het strand, met de jongens en de meisjes, de emmers, het oude kanon dat naar de zee wees, de huizen, de Plaza, de stomverbaasde ezels, de paar auto's, Sligo, Strandhill, mijn lot, mijn lot even smartelijk als dat van mijn vader, mijn bespottelijke, harteloze, rare lot.

Er was maar één persoon op de wereld die me uit het water kon vissen, en dat was Tom McNulty. Hij zou voortaan altijd die ene zijn. Hij was in elk geval een befaamd zwemmer, hij had al een medaille gekregen van de burgemeester van Sligo zelf voor het redden van een leven, wat hem in de politiek had doen belanden, zei hij altijd. De andere persoon die hij redde was een oud besje dat door de vloed van de kustlijn werd geplukt, grapjas die hij is – een oud besje, maar niet zo oud als ik nu. Nee.

'Ik ken jou,' zei hij. Hij glinsterde op het zand, zijn aardige, vierkante, dikke gezicht glimlachte naar me en Jan en alleman verzamelden zich om ons heen, Jack was er nu ook bij in zijn sombere zwarte zwembroek en zijn lichaam dat er nooit helemaal als vlees uitzag maar als iets steenachtigers, de botten en spieren van een reiziger. 'Jij bent het meisje van theesalon Cairo.'

En ik lachte, of probeerde dat, want het zoute water sputterde in mijn keel.

'Lieve hemel,' zei hij. 'Je hebt de hele oceaan ingeslikt. Ja, echt. Jezus,' zei hij, 'waar is je vervloekte handdoek? Heb je een handdoek? Ja? En je kleren? Ja, kom maar. Kom maar met me mee.'

Mijn handdoek werd dus om mijn schouders geslagen en mijn kleren werden bijeengeraapt door Jack, die ze behoedzaam vasthield, en de twee troonden me mee over de brandend hete weg naar de Plaza, waarbij we zoveel mogelijk op de grassige berm liepen, en over de woestijn van de parkeerplaats en het loket in, en Tom lachte heel ontspannen, hij was vast opgelucht dat hij me gered had. Ik kan me niet herinneren of hij voor mij ook een medaille heeft gekregen, ik hoop het wel, want hij verdiende hem waarschijnlijk, alles in aanmerking genomen.

*

O, hemel, het is moeilijk om terug te kijken op de vreugde van die dagen, maar aan de andere kant weet ik dat het iets zeldzaams is in een leven om zulke vreugde te kennen en zulk geluk.

Ik wist dat ik gelukkig was, ik wist het net zo goed als een mus wanneer die een broodkruimel helemaal voor zichzelf vindt.

Het was ook trots, mijn trots op hem, met zijn roem en zijn zelfvertrouwen.

We gingen tussen de laurierheggen de betonnen trap op naar de bioscoop. We zouden een stel in Hollywood geweest kunnen zijn, ik zou Mary Pickford zelf geweest kunnen zijn, hoewel ik in alle eerlijkheid moet zeggen dat Tom te klein was om Douglas Fairbanks te zijn.

Het duister in onze kleine wereld werd gevormd door de drinkgewoonten in Sligo. Mannen als Tom en zijn broer waren altijd zo dronken in de kleine uurtjes dat er dingen gebeurden die ze zich niet alleen niet konden herinneren, maar die ze zich ook niet zouden willen herinneren, wat natuurlijk een grote zegen was.

Ik stond beneden op de dansvloer, vond het fijn om in mijn eentje naar het podium te kijken waar Toms band stond opgesteld, zijn kleine, zwierige vader een kei op de klarinet en op welk instrument je maar wilde. Laat op de avond speelde Tom altijd 'Remarkable Girl' terwijl hij met zijn haviksoog naar me tuurde. Toen we op een keer op het strand bij Rosses Strand liepen, plaagde hij me door 'When Lights are Low in Cairo' te zingen, omdat ik het meisje was dat in theesalon Cairo werkte. Er was een zanger, ene Cavan O'Connor, door wie hij zich liet inspireren, want hij vond Cavan de grootste zanger die ooit had geleefd. Maar Tom was min of meer grootgebracht met Jelly Roll Morton en hij was gek op Bubber Miley, zoals alle trompettisten, nog meer dan op Louis Armstrong zelf. Tom zei dat het vaststond dat Bubber Duke Ellington vleugels had gegeven. Deze zaken waren voor Tom bijna net zo belangrijk als de

politiek. Zodra hij over dat laatste begon dwaalden mijn gedachten af. Het leek me lang niet zo interessant als de muziek.
Hij liet me algauw pianospelen in de band wanneer de vaste
pianist ziek was. Dat was een grote kerel vanachter de Knocknarea die tuberculose had. 'Black Bottom Stomp' was zijn favoriete nummer. Jack was nooit op het podium, maar hij zong
graag als hij 'm nog niet om had en vrolijk, heel vrolijk was.
Dan was het 'Roses of Picardy', 'Long Way to Tipperary', want
hij was als jongen bij de Britse Marine geweest, maar dat heb
ik geloof ik al eerder vermeld. Hij heeft alle havens van Cove
tot Caïro aangedaan, maar dat zal ik al wel geschreven hebben.
Misschien is het het waard om het nog eens te zeggen.

Jack was altijd in de buurt en dan was hij weer een tijdje
weg. Hij ging vaak naar Afrika met een contract. O, Tom was
heel trots op Jack, Jack had twee studies tegelijk gedaan in Galway, geologie en techniek. Hij was gewoon briljant. Ik moet
toegeven dat hij er drie keer zo goed uitzag als zijn broer, maar
dat slaat nergens op. Toch was het zo, hij had het knappe uiterlijk van een kleinsteedse filmster, je zat in de bioscoop te kijken
naar *Broadway Melody* of iets in die trant, en als aan het eind
de lichten aangingen, ja, dan was je weer terug in het armetierige Sligo – op Jack na. Jack had nog steeds een soort halo van
Hollywood om zich heen.

Maar Jack hield zich altijd een beetje op een afstand, al weet
ik niet wat voor soort afstand. Hij was te ironisch om vriendelijk te zijn, maakte de hele tijd geintjes en soms betrapte ik
hem erop dat hij naar me keek met een verkeerd soort blik. Ik
bedoel niet een verlekkerde blik, maar misschien een afkeu-
rende. Hij keek langdurig naar me als hij dacht dat ik hem niet
kon zien. Taxeerde me.

Jack bezat evenwel een auto die paste bij de leren kraag op
zijn jas. We zaten altijd in die auto, we zagen honderden Ierse
landschappen door de voorruit, we veegden er duizenden ton-
nen regen af met de kleine ruitenwisser, heen en weer, heen .
en weer, en zij dronken er onderweg liters whisky in. Het leuk-
ste was om bij eb uit te stappen op het strand bij Coney Island
en door het ondiepe laagje water te deinen, brullend en volko-

men op ons gemak. Er waren altijd vrienden bij ons, de mooiste meisjes die dweepten met de band en andere veelbelovende jongens uit Sligo en Galway. Het eigenaardige was dat Jack een vriendin had met wie hij ging trouwen, Mai heette ze, maar we zagen haar nooit, ze woonde in Galway bij haar ouders, ze waren zeer welgesteld. Haar vader was een verzekeringsagent, wat veel indruk maakte op Jack, en ze woonden in een huis in Galway dat Something House heette, en dat legde veel gewicht in de schaal bij een man wiens vader de kleermaker was van het gekkenhuis van Sligo. Hij had haar op de universiteit leren kennen, ze was een van de eerste meisjes daar, o, en ik zou willen zeggen een van de eerste meisjes bij heel veel dingen, en een daarvan was op mij neerkijken. Nee, dat is niet eerlijk, ik heb haar geloof ik behalve die ene keer nooit gezien.

Maar eigenlijk bewijs ik Tom geen dienst door zo te praten. Want zijn eigen volle neef was de eigenaar van de *Sligo Champion* en was parlementslid in wat ze vroeger het echte eerste Dáil, het Ierse Lagerhuis, noemden, dat wil zeggen de Dáil na het Verdrag. En Jack zei altijd – ik hoorde het hem altijd tegen een nieuwe kennis zeggen – dat hij een neef was van die duistere man Edward Carson, die zich had teruggetrokken uit de Ierse Vrijstaat als een rat die een zinkend schip verlaat, of wat naar hij hoopte en bad een zinkend schip was. Tom vertelde me dat zijn eigen familie boterimporteurs in Sligo waren geweest, of waren het exporteurs, en dat ze schepen hadden bezeten, net als de Jacksons en de Pollexfens. En dat die Oliver in zijn naam, Thomas Oliver McNulty, daar was omdat ze hun landerijen waren verloren in de tijd van Cromwell toen ene Oliver McNulty geweigerd had protestant te worden. Hij zei dit met een behoedzame blik op me, om te zien hoe ik dat zou opvatten, waarschijnlijk omdat ik zelf protestant was. Ik was een protestant, maar misschien niet de goede soort protestant. Jack hield van de welgestelde protestanten en hij had het in zijn hoofd gezet dat hij tot een soort katholieke adel behoorde. Ik geloof niet dat hij een hoge dunk had van de grote presbyteriaanse traditie in Ierland. Arbeidersklasse. Dat was de gevreesde term.

'Die vent is door en door arbeidersklasse,' was een van Jacks schampere opmerkingen. Omdat hij in Afrika was geweest gebruikte hij ook vreemde uitdrukkingen als 'de blanke man spelen'. En 'hamma-hamma'. Omdat hij honderden dronken nachten had meegemaakt, was een andere uitdrukking 'hou het feest schoon'. Als hij meende dat iemand niet te vertrouwen was, was diegene 'een zootje schorem'.

Rood haar, eigenlijk kastanjebruin, achterovergekamd. Behoorlijk strenge gelaatstrekken, heel serieus rond de ogen. O ja, Clark Gable of, beter nog, Gary Cooper. Adembenemend.

*

Ik zoek naar mijn moeder in deze herinneringen en ik kan haar niet vinden. Ze is gewoon verdwenen.

HOOFDSTUK VEERTIEN

Het aantekenboek van dokter Grene

Toen ik vanochtend naar mijn werk reed, kwam ik langs een heuvelflank met windmolens die me nooit eerder waren opgevallen. Misschien waren ze me niet eerder opgevallen omdat ze er gewoon niet waren, maar als dat zo is, dan is me in elk geval ontgaan dat ze er neergezet werden, wat toch aardig wat tijd in beslag genomen moet hebben. Ze waren er gewoon ineens. Bet zei altijd dat ik met mijn aandacht totaal niet bij de wereld was. Op een dag kwam ik binnen uit de regen en ging ik op de bank zitten, en een paar minuten later, toen ik toevallig mijn haar aanraakte, vroeg ik: 'Waarom is mijn hoofd nat?' Bet had er een groot plezier in dat verhaal te vertellen, vroeger althans, toen er nog iemand was om het aan te vertellen.

Maar daar waren plotseling de windmolens. Het is een heuvel – misschien eerder een berg, als we die in Ierland hebben – die Labanacallach heet, en er is ook een bos, Nugent's Wood, dat zich uitstrekt tot aan de boomgrens. Wie Nugent was of waarom hij een bos heeft geplant, weet geen mens, of misschien zijn er alleen een paar oude zonderlingen die dat soort dingen weten. Ik reed in mijn Toyota en voelde me behoorlijk ellendig, met in mijn domme hoofd steeds diezelfde roffelende zelfbeschuldiging, toen ik de windmolens zilverig zag draaien, zou je kunnen zeggen, en mijn hart zich verhief als een kwartel uit het moeras. Het verhief zich. Ze waren zo mooi. Ik dacht aan windmolens in schilderijen, de vreemde emoties die zich zelfs aan de herinnering aan die molens hechten. Don Quichot misschien. Wat vond ik het lang geleden altijd erg wanneer ik een verwoeste molen zag. Magische gebouwen. Deze moderne versies zijn uiteraard iets heel anders. En natuurlijk wordt er fel tegen geprotesteerd. Maar ze zijn prachtig. Ze stemden me optimistisch, alsof ik nog steeds iets zou kunnen bereiken.

Ik was 's nachts wakker geworden met een ontstellend gevoel van schaamte en onrust. Als ik de kenmerken van mijn verdriet zou kunnen specificeren en ik zou ze in een tijdschrift afdrukken, dan zou ik de wereld misschien een algemene dienst bewijzen. Ik denk dat het moeilijk is om je verdriet te herinneren, en het is in elk geval onzichtbaar. Maar het is niettemin een huilen van de ziel en ik mag nooit meer de bijtende kracht ervan in anderen onderschatten. Ik zal deze nieuwe kennis sowieso bewaren in de hoop dat wanneer het verdriet voorbij is, ik nog beschik over de klinische anatomie ervan.

God zij gedankt voor die windmolens.

Maar in de kleine uurtjes van die nacht werd ik wakker. Ik denk dat het weer dat geheimzinnige bonzen was, waarvan ik de oorzaak nog steeds niet ken. Het is Bet die me smeekt om me haar te herinneren. Ze hoeft zich geen zorgen te maken. Ik heb nog eens overgekeken wat ik over Roseanne Clear had geschreven, maar het enige wat ik zag, het enige wat tot me doordrong, waren die stompzinnige woorden die ik had geschreven over Saddam Hoessein. Het is misschien maar goed dat ik geen man van aanzien ben, want zo blijven mijn opvattingen, vooral wanneer ze gênant zijn en nergens op slaan, tenminste privé.

Toen de paus onlangs stierf had ik ook eigenaardige emoties. Ik was diep ontroerd door de dood van een man die niets had betekend voor degenen van mijn patiënten die religieus zijn, maar bovendien homoseksueel of, God sta hun bij, vrouw. Tijdens zijn leven leek het wel alsof het hoogtepunt van het bestaan precies dat was wat hij zelf was. Maar in zijn dood was hij groots, moedig. In zijn dood werd hij misschien democratischer, omdat de dood alles behelst, van al het menselijke houdt – er geen genoeg van kan krijgen. Dood, wees niet trots. Maar ja, de dood ís machtig en geducht.* De paus

---

*Verwijzing naar de eerste regels van een beroemd sonnet van John Donne (1572-1631), nr. x uit de zgn. 'Holy Sonnets': 'Dood, wees niet trots, want ook al kun jij doorgaan voor machtig en geducht, je bent het niet.' (vert.)

heeft er korte metten mee gemaakt.

Te veel gepieker over de dood. Toch is het de muziek van onze tijd. Toen het millennium voorbijging dachten dwazen als ik dat we een eeuw van vrede zouden smaken. Clinton met zijn sigaar was een zoveel grotere man dan Bush met zijn geweer.

*

Hoe meer ik naar eerwaarde Gaunts verklaring kijk, des te meer ik die schijn te geloven. Dat komt omdat hij goed schrijft, op een soort klassieke manier, met een zinsbouw en schrijfvaardigheid die ongetwijfeld de vruchten zijn van zijn opleiding in Maynooth. Hij heeft een met latinismen doorspekte stijl, is mijn indruk, van de soort die ik me vaag herinner van mijn geploeter met Cicero op school in Cornwall. Zijn verlangen, zijn drang bijna, in psychiatrische termen, om het verhaal te vertellen, werpt daar licht op.

Hij ontlast zichzelf, zoals hij een zonde aan iemand zou kunnen toevertrouwen. Zijn tekst is in elk geval verre van heilig. Maar hij deinst niet terug. Hij is solide. Hij is onverschrokken. Eerwaarde Gaunt zet het allemaal nauwgezet uiteen.

Een politieman in Ierland werd doorgaans nooit bij zijn eigen geboorteplaats gestationeerd, naar je mag aannemen om te voorkomen dat er sprake zou zijn van bevoordeling van mensen tussen wie hij was opgegroeid. Roseannes vader was in feite een van de weinige uitzonderingen op deze regel, aangezien hij was geboren en getogen in Collooney, niet ver, en zeker niet ver genoeg, van de stad Sligo zelf. Hij kende het district dus op een manier die wellicht niet gezond was voor hemzelf. De mensen konden zijn aanwezigheid in de stad persoonlijker opvatten, vooral nadat de reserve-eenheid van politie was ingebracht, die bestond uit officieren die in de Eerste Wereldoorlog hadden gevochten, en de Black and Tans,* mannen en officieren van hetzelfde terrein van massamoord. Dit was als reactie op de diverse 'wandaden' van de onafhankelijkheidsoorlog,

*Zie de voetnoot op pagina 48. (vert.)

die erop neerkwamen dat soldaten en politie – de koninklijke strijdkrachten, zoals ze destijds zeiden – in een hinderlaag werden gelokt en werden doodgeschoten.

Haar vader bevond zich dus in de positie dat hij heel goed op de hoogte kon zijn van wat er zich in de stad afspeelde. Misschien was hij in staat om terloops informatie op te vangen op een manier die voor een vreemde niet was weggelegd. De mensen zouden misschien meer geneigd zijn hem 's avonds in de pub te betrekken bij roddel en geruchten. Haar vader kon in elk geval grote hoeveelheden drank verstouwen, hij was in staat om als een dokwerker op één avond vijftien vaasjes porter achterover te slaan en daarna op eigen kracht naar huis te lopen. Blijkbaar wachtte zijn dochter Roseanne altijd, vol spanning ongetwijfeld, op zijn stap wanneer hij de straat in kwam en leidde zij hem het huis in.

Roseannes speelterrein was het kerkhof van Sligo achter hun huis. Ze kende elk laantje en elke eigenaardigheid van dat kerkhof, en haar lievelingsplek was de oude, vervallen tempel in het midden, waar ze graag hinkelspelletjes en dergelijke speelde in de afbrokkelende portiek. Op een avond, schreef eerwaarde Gaunt, schijnt ze getuige geweest te zijn van een vreemde begrafenis. Het was een groepje mannen dat zonder priester of plechtigheid met een kist het kerkhof op kwam, hem daar in een open graf liet zakken en stiekem in het duister begroef, waarbij ze alleen opvielen door de vonkende peuken in hun mond en het gedempte gebabbel. Zoals je mag verwachten van een dochter rende Roseanne naar haar vader om te vertellen wat ze had gezien. Ze schijnt te hebben gedacht dat het grafrovers waren, hoewel de kist in werkelijkheid in de grond werd gestopt en niet eruit gehaald, en er in Ierland of waar dan ook in een halve eeuw niet zulke diefstallen waren geweest.

Hoe eerwaarde Gaunt al deze details wist is niet duidelijk, en als ik het nu overlees stelt zijn alwetendheid me voor een raadsel, maar anderzijds streefde een priester in zijn tijd ernaar om alles te weten.

Hoe het ook zij, haar vader liet de volgende ochtend de kist opgraven in het bijzijn van eerwaarde Gaunt zelf, en in de kist werd geen lichaam gevonden, maar een verzameling vuurwapens, dingen waar je in de onafhankelijkheidsoorlog heel moeilijk aan kon komen en die met gevaar voor eigen leven werden verzameld, vaak door ze van het lijk van een vermoorde politieman weg te nemen. Veel van de wapens in de kist bleken dan ook afkomstig van de politie en de buit van verrassingsaanvallen en razzia's. Dus vanuit het gezichtspunt van Roseannes vader stond hij te kijken naar de overblijfselen en tekenen van vermoorde kameraden.

De pas gebeitelde naam op de grafsteen luidde Joseph Brady, maar niemand met die naam was in de stad overleden.

Ongelooflijk genoeg hadden de mannen bij de vuurwapens ook aantekeningen van geheime vergaderingen begraven, waaronder, door een of ander krankzinnig wonder, diverse namen en adressen, inclusief bepaalde individuen die gezocht werden voor moord. Het was een betreurenswaardige meevaller voor de politie. Voordat iemand wist wat er gebeurde, werden enkele van de namen gearresteerd, en een van hen werd 'op de vlucht' gedood, een man die Willie Lavelle heette, wiens broer later, volgens de goede priester, een rol speelde in Roseannes leven in Sligo. Om de een of andere reden werd deze Willie Lavelle begraven in hetzelfde graf waar de vuurwapens zo vergeefs waren verborgen.

De herovering van de vuurwapens en documenten en de moord op de man veroorzaakten een ondergrondse razernij in de kringen die betrokken waren bij het verstoppen van die spullen. Ongetwijfeld werd het bevel uitgevaardigd om op wat voor manier dan ook represailles te nemen tegen de politie. Maar dit gebeurde niet meteen en Roseanne en haar ouders hadden tijd genoeg om van dag tot dag en van minuut tot minuut onder deze aanhoudende vloed van angst te leven. Ik ben ervan overtuigd dat ze hoopten en baden dat de opstandelingen verslagen zouden worden en de vreedzame gang van zaken in Ierland zou worden hersteld. Een vrome wens, zeiden ze misschien tegen elkaar.

Terwijl ik mijn hand op deze halfvergane vellen van eerwaarde Gaunt leg, vraag ik me in gemoede af hoe ik ze kan gebruiken. Kan ik van Roseanne wel vragen om dit allemaal opnieuw te doorstaan? Ik moet voor ogen houden dat ik niet in de eerste plaats op zoek ben naar de pijn van haar leven, maar naar de gevolgen van die pijn en de ware reden van haar opname. Ik ga nu terug naar de oorspronkelijke reden voor mijn zoektocht, die er domweg op neerkomt dat ik wil vaststellen of ze gek was, en of haar opname wel of niet gerechtvaardigd was, en of ik haar wel of niet kan aanbevelen voor terugplaatsing in de buitenwereld. Ik denk dat ik dit misschien wel kan beslissen zonder haar medewerking, of alleen met haar medewerking als ze dat wil. Ik moet me een oordeel vormen over de waarheden die voor me liggen, niet de waarheden waarop alleen maar wordt gezinspeeld, of die door mijn eigen instincten worden gesuggereerd.

De klokken van de St. Thomas-kerk in de stad slaan acht uur. Ik ben net zo laat als het konijn in Lewis Carroll.

*

Roseannes getuigenis van zichzelf

Samen met Tom ontmoette ik de halve wereld omdat hij een uitermate gezellige vent was, maar toch duurde het een paar jaar voordat ik aan de moeder werd voorgesteld. Ik hoorde natuurlijk wel over de moeder, twee broers die met elkaar praten staan vaak stil bij dat onderwerp. Ik vormde me een idee over haar, haar kleine postuur, haar voorliefde voor plakboeken waarin ze alles wat betrekking had op haar zoons vastlegde, Jacks reistickets, documenten, Toms dansberichten in de *Champion*, en nu, naarmate de tijd vorderde, de toespraken die hij in de stad hield op diverse tijdstippen, over diverse onderwerpen. Ik kreeg het idee dat zij en haar man vaak op gespannen voet met elkaar stonden, dat Oude Tom zich in haar ogen over het algemeen lamlendig gedroeg. Maar misschien was ze wel een kenner van lamlendigheid. Zelf had ze niets lamlendigs. Ik wist dat ze haar enige dochter op jonge leeftijd voor de nonnen had bestemd en dit meisje Teasy ging inderdaad als een non met bruidsschat naar de liefdezusters. Het was een bedelorde die gehuisvest was in een gebouw dat Nazareth House heette. Ze hadden huizen in heel Engeland en zelfs in Amerika. Ik heb nooit geweten of de moeder ambities had om haar zoons in het priesterambt te krijgen, maar ze moet hebben gedacht dat het een verzekering was voor haar onsterfelijke ziel als ze haar dochter aan dat leven kon schenken, ik weet het niet.

Er was natuurlijk nog een andere zoon, Eneas, maar over hem werd alleen zijdelings gesproken, hoewel hij af en toe onverwacht thuiskwam, teruggekeerd uit de wijde wereld waar hij blijkbaar rondzwierf, om overdag in zijn moeders huis te slapen en er alleen 's nachts tussenuit te gaan. Dit was een klein mysterie in een tijd van grote mysteries, en ik herinner me niet dat ik er speciale aandacht aan besteedde.

'Waarom is je broer Eneas het grootste deel van de tijd van huis?' vroeg ik Tom ooit.

'Alleen maar een kleine pekelzonde,' zei Tom, en dat is alles wat hij er aanvankelijk over zei.

Maar toen we een andere keer samen in de stad waren werd hij op straat op geheimzinnige wijze beschimpt door een van zijn rivalen, een van de veelbelovende republikeinse mannen. Die man heette Joseph Healy, en hij was beslist geen schurk.

'Ah Tom,' zei hij, 'de broer van de politieman.'

'De wat?' zei Tom, zonder zijn gebruikelijke ongedwongenheid en jovialiteit.

'Laat maar, laat maar. We hebben allemaal onze lijken in de kast, nietwaar?'

'Ga je hier een punt van maken, Healy, bij de komende gemeenteraadsverkiezingen?'

'Wat? Nee,' zei Joseph Healy, bijna berouwvol, want hoewel ze tegenstanders waren, was iedereen op Tom gesteld, en Healy was zoals ik al zei in wezen een fatsoenlijke vent. 'Ik plaagde je maar een beetje, Tom.'

Daarna schudden ze elkaar hartelijk de hand. Maar ik kon zien dat Toms stemming was omgeslagen, en terwijl we op straat liepen was hij de hele tijd stil en somber. In een land vol kasten, elke kast met een lijk erin, vooral na de burgeroorlog, was niemand vrijgesteld. Maar ik zag dat Tom dat verafschuwde, bitter verafschuwde. Tom had tenslotte een plan, een weg die hij wilde gaan, wat te bewonderen viel in een man als hij. Lijken kon hij duidelijk niet gebruiken.

De moeder dacht er net zo over. Ze hield van de glorie van Jack en ze hield van de glorie van Tom, ook al haalde Jack zijn kleding uit de geplunderde koffer van oud fatsoen, en was Tom een man die een moderne hoed droeg in het nieuwe Ierland. Dit maakte ik op uit hun gesprekken, en ik spitste altijd mijn oren wanneer ze over haar spraken, zoals een spion misschien zijn oren spitst bij gekeuvel in cafés, want ik had het gevoel dat ik op een dag elk brokje informatie dat ik kon krijgen nodig zou hebben, wilde ik een daadwerkelijke ontmoeting met haar overleven.

Als er ooit een slechte kaart was in dat spel, dan was het de blanco, duistere kaart van mijn eigen moeder.

*

In die vreemde tijd, toen onverwachte dingen gebeurden omdat ze konden gebeuren, werd meneer De Valera de baas van het land.

'Nu zijn de geweren terug in de Dáil,' zei Tom duister.

'Hoe bedoel je, Tom?' vroeg ik.

'Ze zijn zo bang om daar te zijn, dat ze hun geweren hebben meegenomen naar de kamer.'

Maar Tom sprak met begrijpelijke afkeer, aangezien zijn eigen groep ernaar had gestreefd om uitgerekend deze mannen te onderwerpen, op te sluiten en helaas te executeren. Dus hoe het kon gebeuren dat juist de mannen die tegen het Verdrag waren en die, als het aan jongens als Tom lag, uit het Ierse verhaal geschrapt werden, nu aan de macht waren... Je kon bijna een ruk voelen aan het leven in Sligo. Het waren kerels als Joseph Healy die het nu voor het zeggen hadden. Dit was al met al hard en bitter voor Tom. Ikzelf zou nauwelijks een gedachte wijden aan die zaken, ware het niet dat Tom me zelfs in zijn minnetaal kon verbijsteren met politiek.

We lagen achter de grote duin waar Strandhill zijn naam eigenlijk aan te danken heeft, toen hij uiting gaf aan de hierboven genoemde gevoelens. Het was een grotere belemmering voor zijn toekomst dan alles wat hij had meegemaakt. Hij was zelf nooit een gewapende strijder geweest, omdat hij pas na dat alles de volwassen leeftijd had bereikt. Ik moet hem nageven dat hij vond dat de tijd voor geweren voorbij was. Hij had min of meer het idee dat het noorden uiteindelijk bij het zuiden gevoegd kon worden, maar met de krankzinnige gedachte dat een man als Carson de eerste 'koning van Ierland' zou zijn, zoals hij het schertsend formuleerde. Dat was een oude gedachte bij mannen als Tom. Er zat een soort van swing in zijn gedachten, net als in zijn muziek. Joseph Healy zou een kogel door Carson hebben gejaagd als hij dat geruisloos had kunnen doen en daarna naar zijn gezin kon gaan.

Er waren nu zowel families als jongeren bij betrokken, het waren niet alleen maar ongetrouwde jongens die op pad gingen, misschien geholpen door meisjes.

Maar goed, ondanks dat alles draaide hij zich weldra naar me toe om me weer te zoenen, in de stille duinen, met woedende zeemeeuwen, maar alleen zij die ons zagen, en de zee met Toms heldhaftige record aan de andere kant van het zand. De bries die altijd op Strandhill waaide raasde van minuut tot minuut langs het helmgras. Het was steenkoud, maar daar wisten de zoenen wel raad mee.

Toen ik een paar weken later over de brug liep bij het Swan Hotel werd ik door niemand anders tegengehouden dan de kwijnende gestalte van John Lavelle.

Hij was nog steeds bijna een jongeman, maar hij was aangetast door de rand van iets anders. Hij zag eruit alsof zijn tijd in Amerika, of waar hij ook was geweest, hem flink had aangepakt, en ik sloeg mijn ogen neer en zag dat de zolen van zijn schoenen behoorlijk versleten waren. Ik stelde me voor dat hij als een landloper van de ene trein op de andere sprong en in het algemeen nutteloos rondzwierf. Maar hij was knap, met zijn smalle, grijze gezicht.

'Wie hebben we daar,' zei hij. 'Ik herkende je nauwelijks.'

'Insgelijks,' zei ik. Ik was alleen, maar op mijn hoede, want Sligo was verdorie net een familie, iedereen kende iedereen en als ze al niet alles wisten over iedereen, dan wilden ze alles weten. Ik denk dat John Lavelle mijn steelse blikken in de gaten had.

'Wat is er?' zei hij. 'Wil je niet met me praten?'

'O, jawel,' zei ik. 'Dat wil ik best. Hoe gaat het met je? Ben je in Amerika geweest?'

'Dat was de bedoeling,' zei hij. 'Het is alleen niet zo gelopen. Je hebt niet alles in de hand.'

'Ik begrijp het,' zei ik.

'Ik kan nu tenminste vrij rondlopen in Ierland,' zei hij.

'O ja?'

'Nu De Valera aan de macht is.'

'O, ja. Nou, dat is dan mooi.'

'Beter dan in die klotige Curragh-gevangenis.'

Ik schrok van het vloekwoord, maar ik vond dat hij het recht had het te gebruiken.

'Ben je daar dan geweest?'

'Ja.'

'Nou, John, ik zal je wel weer eens zien in de buurt.'

'Ik ga een tijdje naar huis, naar de eilanden, maar inderdaad, je zult me hier wel weer terugzien. Ik ga voor de gemeente werken.'

'Ben je gekozen als raadslid?'

'Nee, nee,' zei hij. 'Op de wegen. Gemeentewerk. Graven en zo.'

'Dat is mooi. Het is werk.'

'Het is werk. Werk is moeilijk te vinden. Zelfs in Amerika, heb ik gehoord. Werk jij zelf?'

'Theesalon Cairo,' zei ik. 'Serveerster.'

'Wat leuk voor je. Ik kom wel eens langs als ik terugkom in Sligo.'

'Eh, ja, doe dat,' zei ik, plotseling niet op mijn gemak en gegeneerd, ik wist nauwelijks waarom.

John Kane bracht me daarnet mijn soep.

'Deze rotbaan zal mijn dood zijn,' zei hij. 'Ik was liever mollenvanger in Connaght.'

De hele tijd met zijn ongelukkige geslik.

'Maar er zijn geen mollen in Connaght,' zei ik.

'In heel Ierland niet. Is dat niet de ideale baan voor een oude man? Die rottrap.'

En hij maakte zich uit de voeten.

*

De bungalow van de moeder mocht er zijn, maar het rook er naar gekookt lam – in mijn grote paniek had ik 'offerlam' kunnen zeggen. Je had het gevoel dat ergens achter in het huis pannen op het vuur stonden met boerenkool of sluitkool uit Toms tuin, en dat er een lam kookte, kookte en zijn onmiskenbare milde, vochtige geur de gangen in spuwde. Die indruk had ik. Ik ben maar twee keer in mijn hele leven in de buurt van die bungalow geweest en beide keren was het net alsof ik doodging, alleen al door er in de buurt te zijn. In die tijd werd ik misselijk van de geur van stoofvlees. Maar kookvlees spande de kroon. Waarom weet ik niet, aangezien mijn moeder dol was op alle soorten vlees, zelfs afval en ingewanden die een chirurg de stuipen op het lijf zouden hebben gejaagd. Ze had er geen moeite mee lamshart als maal te gebruiken.

Ik werd door Tom naar de voorkamer gebracht. Ik voelde me daar als een stuk vee, ik voelde me zoals de koe en het kalf en het varken zich in het verleden moeten hebben gevoeld, toen ze 's avonds een huisje in werden geleid. Mensen en dieren sliepen in Ierland ooit in hetzelfde huis. Daarom hebben veel keukens in plattelandswoningen nog steeds een afhellende vloer, afhellend vanaf de haard en de bedstee en de hoger gelegen slaapkamer, zodat kennelijk de stront en de pis van de dieren niet die kant op konden stromen. Richting mensen. Maar zo voelde ik me, lomp, ik stootte tegen meubels zoals ik normaal gesproken nooit zou hebben gedaan. De reden ervan was dat ik daar niet had mogen zijn. Het was niet voor mij weggelegd. Het overrompelde zelfs God dat ik daar was, zou ik haast zeggen.

De paar stoelen en de bank die ze had, waren overtrokken met een diep donkerrood fluweel, en ze waren zo oud en vol builen dat het leek alsof er onder het fluweel dingen waren gestorven en een soort kussens waren geworden. En overal die stank van het lam. Het is niet mijn bedoeling om stank te schrijven, het is niet mijn bedoeling om dit alles in een kwaad daglicht te stellen. Moge God het me vergeven.

Ze keek me heel vriendelijk aan. Dat verbaasde me. Maar haar stem was niet zo aardig als haar blik. Ik vermoed nu, op deze afstand, dat ze aardig probeerde te zijn, dat ze haar beste beentje voor probeerde te zetten. Ze was een klein vrouwtje met een zogenaamde 'weduwepiek', een V-vormige haarlok, in haar haar. Ze was geheel in het zwart gekleed, een piepklein jurkje van zwart spul, van die stof met de verdachte glans erop, zoals de ellebogen van een priestergewaad. Ze had dan ook een prachtig gouden kruis om haar hals. Ik wist dat ze de naaister was in het gesticht in de stad, zoals haar man Oude Tom de kleermaker was. Ja, ja, ze hadden elkaar daar leren kennen aan de naaitafel.

'In het licht dat door het raam viel zag ze eruit als een engel,' zei Oude Tom op een keer tegen me. Ik weet niet in welk verband of waar hij dat zei. Misschien in vroeger en vrolijker tijden. Ik geloof dat hij de neiging had af te dwalen met zijn gedachten. Hij was een ontzettend zelfvoldane man, en ik denk dat het zijn goed recht was om dat te zijn. Maar ze zag er nu niet uit als een engel.

'Je hebt geen schoot,' zei ze, terwijl ze streng naar mijn benen staarde.

'Wat heb ik niet?' vroeg ik.

'Geen schoot, geen schoot.'

'Om baby's op te zetten,' zei Tom behulpzaam, maar het hielp me helemaal niet.

'O,' zei ik.

Er zat een eigenaardige witte uitslag op haar gezicht, als een toefje halfhartige sneeuw op een wegberm. Misschien was het een poeder dat ze gebruikte. Het zonlicht dat door de dag buiten praktisch de kamer in werd gesmeten, had het verraden.

Ik moet ervoor zorgen dat ik rechtvaardig over haar schrijf.

Toen liet Oude Tom me plaatsnemen op een van de bobbelige stoelen. Elke leuning had een klein kleedje met een werkje van bloemen erin in enkelvoudige draden. Het was sober, net werk. Mevrouw McNulty ging op de bank zitten, waar naast haar een klein bergje boeken verrees, haar plakboeken, zoals ik ontdekte. Voorlopig negeerde ze die streng, als een chocolaverslaafde die zichzelf kwelt in de buurt van een reep chocola. Oude Tom trok tegenover me een houten stoel bij. Hij was zo jolig als je maar kon wensen. Hij had een kleine fluit of piccolo in zijn handen, en zonder verdere plichtplegingen begon hij er een Iers wijsje op te fluiten met zijn beroemde meesterschap. Toen hield hij op, lachte en speelde een ander wijsje.

'Hoe sta je tegenover de cello?' vroeg hij. 'Hou je daarvan?'

Piccolo's en cello's werden natuurlijk nooit door hem bespeeld in de band, en het was alsof hij, in plaats van een gesprek te voeren, met me praatte via deze meer exotische instrumenten. Maar wat hij probeerde te zeggen ontging me. We hadden elkaar vaak gesproken in de Plaza, maar die uitwisselingen leken hier waardeloos te zijn. Ik had hem net zo goed nooit eerder ontmoet kunnen hebben. Het was heel vreemd.

Mevrouw McNulty maakte een *huh*-geluid, stond op en drentelde de kamer uit. Het kan iets betekend hebben, dat geluid, maar ik hoopte dat het alleen maar een karakteristieke uitroep was, waarvan in de oude romans altijd sprake was. Oude Tom werkte nog een deel van zijn repertoire af en stond toen ook op en liep de kamer uit. Daarna ging Tom de kamer uit. Hij keek niet eens achterom naar me.

Daar zat ik dan in de kamer. Ik zat er helemaal alleen, met alleen de echo van de muziek van Oude Tom en die andere echo die mevrouw McNulty had achtergelaten, iets even raadselachtigs als een stukje O'Carolan.*

Tom kwam ten slotte terug, liep naar me toe en hielp me overeind. Hij zei niets, hij verbreedde alleen zijn gezicht even, alsof hij wilde zeggen: *Tja, zo gaat dat, wat kun je eraan doen.*

We liepen naar buiten, de Strandhill Road op, waar de bungalow slechts een van de vier of vijf dezelfde woningen was, elk op een halve hectare grond. Die straat had iets halfbakkens, onafs en de ontmoeting met mevrouw McNulty had al helemaal iets halfbakkens.

'Mocht ze me niet?' vroeg ik.

'Ach, ze maakt zich zorgen om je moeder. Tja, je zou kunnen zeggen dat ze er beroepsmatig in geïnteresseerd is. Maar dat is niet het voornaamste. Nee. Ik dacht dat dat misschien het voornaamste zou zijn. Maar nee. Moeder is heel religieus,' zei Tom. 'Dat is het echte probleem.'

'O,' zei ik, terwijl ik mijn arm in die van hem haakte. Hij glimlachte best lief naar me, en we kuierden heel aangenaam in de richting van de oudere, smallere straten aan de rand van de stad.

'Ach, ja,' zei hij. 'Ze zou willen dat je met eerwaarde Gaunt sprak, als dat zou kunnen.'

'Waarom?' vroeg ik. Ze was dus bevriend met eerwaarde Gaunt, dacht ik, o god.

'Je weet wel,' zei hij. 'Al dat gezeur en gedoe met deze dingen. Ja. Het decreet van dat vervloekte *Ne temere* en dat soort zaken. Geouwehoer natuurlijk, het zou me niets kunnen schelen als je een hindoe was, maar het gaat om het presbyteriaanse standpunt, begrijp je. O, jezus, volgens mij heeft ze nooit eerder een protestant over de vloer gehad, dat weet ik wel zeker. Jezus.'

'Maar wat vindt ze dan van mij?'

'Dat weet ik niet,' zei hij, 'daar heeft ze niets over gezegd. Het was net een commissievergadering, daar in de bijkeuken, formeel, weet je.'

---

*Turlough O'Carolan (1670-1738) was een Iers componist en harpist. (vert.)

Tom had me niet gevraagd met hem te trouwen of iets dergelijks en toch wist ik dat al dit gepraat iets te maken had met trouwen. Plotseling wilde ik zelf niet met hem trouwen, of met wie dan ook, en ook niet gevraagd worden. Ik was begin twintig en in die tijd was je een oude vrijster op je vijfentwintigste, je zou dan zelfs geen bultenaar meer kunnen krijgen. Er waren toen veel meer meisjes dan mannen in Ierland. Vrouwen waren zo slim om vliegensvlug naar Amerika of Engeland te gaan, voordat hun laarzen in de grond zakten en voorgoed vast bleven zitten in het moeras van Ierland. Amerika schreeuwde om vrouwen, we waren voor Amerika net zo'n goed exportproduct als goud. Elk jaar vertrokken er honderden en nog eens honderden. Mooie vrouwen, gezette vrouwen, kleine, lelijke, sterke, uitgeputte, jeugdige, stokoude, elke categorie die je maar kan bedenken. Ze waren denk ik uit op vrijheid en lieten zich leiden door hun instinct. Ze waren liever maagden in Amerika dan oude vrijsters in het vervloekte Ierland. Ik had ineens een sterk, een vurig, bijna woest verlangen om me bij hen te voegen. Het kwam door die stank van dat lam in mijn kleren; alleen een zeereis over de Atlantische Oceaan zou die eruit halen.

Maar weet je wat het is, ik hield van die Tom. God sta me bij.

HOOFDSTUK VIJFTIEN

Het aantekenboek van dokter Grene

Eigenaardig en schokkend nieuws vandaag over John Kane. Bij een stafvergadering probeerden we een rapport af te handelen van een van de afdelingen. Een familielid had een van de patiënten overstuur aangetroffen; het betrof een, vergeleken bij de verouderende bewoners hier, nog tamelijk jonge vrouw uit Leitrim, begin vijftig schat ik. Het is een vrouw die pas onlangs is opgenomen nadat ze een psychose had gehad waarbij ze dacht dat ze de nieuwe vrouwelijke Messias was die er niet in geslaagd was de wereld te verlossen en daarom zichzelf moest kastijden. Voor dat doel had ze prikkeldraad gebruikt. Dit alles in de doodnormale omgeving van een boerderij in Leitrim en een doodnormaal en ogenschijnlijk gelukkig huwelijk. Dus het was al een tragedie. Maar het familielid, haar zus geloof ik, had haar gisterochtend zeer ontdaan in haar kamer aangetroffen, met haar ziekenhuishemd opgetrokken en een beetje verontrustend bloed op haar benen. Niet heel veel, een paar druppels maar. Het ergste werd natuurlijk vermoed, zoals altijd, en vandaar de stafvergadering. Iedereen dacht aan John Kane omdat hij natuurlijk eerder bij dit soort zaken betrokken is geweest en vrijuit is gegaan. Aan de andere kant is hij zo oud, zou hij het nog wel kunnen? Ik denk dat een man het altijd kan. Maar er is geen bewijs, niets, en er zit niets anders op dan allemaal waakzaam te zijn.

Het viel me weer eens op hoe doodsbang iedereen bij deze stafvergaderingen altijd is wanneer er sprake is van gebeurtenissen in de inrichting waar op de een of andere manier ruchtbaarheid aan gegeven zal moeten worden. Hoe bang iedereen is voor alles wat gemeld zal moeten worden aan bezoekende deskundigen op welk gebied dan ook. Zelfs wanneer de keuken erin slaagt een milde vorm van voedselvergiftiging op een afdeling te veroorzaken, is er diezelfde mate van angst als er deze ochtend was. Het personeel lijkt samen te klitten en zich op te rollen tot een bal, met de stekels overeind. Ik moet bekennen dat ik het ook zo voel. Misschien zou het een buitenstaander schokken hoeveel dingen die misgaan we denken te kunnen tolereren, tot rampen aan toe. Nochtans is het een diepgeworteld instinct, ik denk vooral in een psychiatrische inrichting, waar het werk op zichzelf vaak zo zwaar en zelfs bizar is. Waar dagelijks ellende kan worden afgemeten op een schaal van orkanen en tsunami's. De dingen kunnen het best intern worden afgehandeld. Maar ik weet niet hoe het familielid daar tegenover zal staan.

Heel vreemd om jezelf voor ogen te houden dat dit alles, deze individuen, ja zelfs deze kamers en deze zaken, binnenkort, bij het ter ziele gaan van deze inrichting, over de vier windstreken zullen worden verspreid.

Vreemd genoeg gebeurt dit in dezelfde week dat er bij John Kane een terugkeer van zijn keelkanker is geconstateerd. Niet dat hem dat is verteld, nee. Hij heeft steeds meer moeite met slikken, dat is alles wat hij ervan weet. Dit zou heel verdrietig voor hem zijn, als die andere kwestie er niet was. Als die andere kwestie waar is, dan moeten we natuurlijk hopen dat hij brullend zal sterven, zoals de Ieren zeggen. Maar hij is zo oud dat zo'n vorm van kanker zich heel langzaam ontwikkelt. Hoe oud hij is, kon ik echter niet achterhalen. Hij zegt zelf dat hij geen geboortebewijs heeft, dat hij ergens door stiefouders is grootgebracht. Nou, dat hebben we dan gemeen, en hopelijk is dat ook het enige. De reden dat hij nog werkt schijnt te zijn dat niemand eraan heeft gedacht hem met pensioen te laten gaan, omdat zijn leeftijd nooit geregistreerd is. Bovendien is zijn baan zo onbeduidend dat zo'n vacature bijna niet vervuld zou kunnen worden, aangezien het valt te betwijfelen of zelfs een bereidwillig iemand uit China, Bosnië of Rusland zo'n baan zou aannemen. John Kane zelf lijkt er geen behoefte aan te hebben zijn zwabber uit eigen vrije wil neer te leggen. En hij staat erop de trap naar Roseannes kamer te beklimmen, ook al raakt hij er helemaal buiten adem van en is hem gezegd dat hij het aan iemand anders kan overlaten. O nee, daarvan wilde hij niets weten, bleek uit een woedend gemompel.

Ik moet toegeven dat ik me vanwege Bet maar oppervlakkig met deze kwesties heb ingelaten. Ik probeerde tenminste oppervlakkig te blijven. Mijn hoofd zit al vol verdriet, als een granaatappel met zijn rode zaden. Ik kan alleen maar verdriet bloeden, voor iets anders is er geen plaats. Terwijl de directeur en de verpleegsters over de arme aangerande patiënt spraken, als dat haar inderdaad is overkomen, was er in mijn eigen hoofd een hels gebrul. Ik zat daar in hun midden met een brullend hoofd.

Toen ging ik naar mevrouw McNulty's kamer en bleef een tijdje bij haar zitten. Het leek me logisch om dat te doen. Zelfs al is het de logica van de arme meneer Spock, die niets voelt. Maar ik voelde heel veel. Ik ben niet doorgegaan met mijn onderzoek naar haar aanwezigheid in de inrichting. Dat kon ik niet. Dit is een vreselijke bekentenis, maar zo is het.

Ik zat daar in het schemerlicht van haar kamer. Ik denk dat ze naar me keek. Maar ook zij zei niets. Ik dacht dingen die ik in haar bijzijn in geen geval, in geen enkele omstandigheid hardop had kunnen verwoorden. Gedachten die een woeste mengeling zijn van oud verlangen en telkens weer nieuwe spijt.

Ik probeerde met mezelf in het reine te komen. Want afgelopen nacht was weer een vreemde nacht. Ik weet niet wat ik tegen mezelf zou zeggen als ik bij mezelf in therapie zou gaan. Ik bedoel, ik weet het nu niet meer. Er zijn blijkbaar diepten van verdriet die alleen degenen die verdriet hebben kennen. Het is een reis naar het middelpunt van de aarde, een gigantische, zware machine die zich in de aardkorst boort. En een klein mannetje dat hysterisch wordt aan het bedieningspaneel. Doodsbang, doodsbang, en geen weg terug.

Dat gebonk heeft me de das om gedaan. Zoiets kleins. Maar het heeft mijn zenuwen in een toestand van hyperbewustzijn gebracht. Zenuwen! Ik klink nu als een victoriaanse dokter. Maar het is iets wat heel sterk lijkt op victoriaanse zenuwen, seances, tekens aan de levenden, die vervallen tombes op de begraafplaats Mount Jerome, waar niemand aan mag komen omdat ze voor altijd zijn gekocht, maar die tot stof vergaan, en geen levend wezen komt het koperwerk poetsen. Kijk naar mijn werk, gij machtigen, et cetera.*

Afgelopen nacht ging het allemaal een stap verder in het donker. Ik lag wakkerder dan een hond in mijn bed. Plotseling begon in het pikkedonker, in die mensloze kleine uurtjes, Bets telefoon te rinkelen, ik hoorde hem boven mijn hoofd gaan. Ik had een tweede lijn voor haar laten aanleggen toen ze klaagde dat ik altijd op het internet zat en zij nooit kon bellen. Ze zei dat haar vrienden alleen berichten konden achterlaten, en dat ik die berichten nooit aan haar doorgaf. Dus ik liet een lijn voor haar aanleggen, hoe duur dat ook was. De telefoon staat naast haar bed. Nu rinkelde hij plotseling en ik schoot van schrik overeind als in een tekenfilm. Chemisch gezien was het misschien zoiets als een adrenaline-injectie in het hoofd, ik weet het niet. Maar het was misselijkmakend, zo plotseling en zo vreemd. En hij bleef maar rinkelen, uiteraard, omdat er niemand was om op te nemen. Ik was in elk geval niet van plan midden in de nacht naar boven, naar die kamer te gaan. Maar toen kwam het me eigenaardig voor dat hij niet naar de voicemail overschakelde, zoals dat gewoonlijk het geval was als Bet er niet was. Ik neem aan dat het telefoonbedrijf hem had afgesloten. Toen kwam de ellendige gedachte bij me op dat ik het telefoonbedrijf toch een paar weken geleden had opgebeld en had gevraagd de lijn af te sluiten? Als dat zo was – ik kon het me niet goed herinneren – moest hij rinkelen als gevolg van een soort fout. O, ik lag daar maar en hoorde hem eindeloos overgaan.

Toen hield hij op. Ik probeerde mezelf tot bedaren te brengen, bij mezelf een gevoel van opluchting op te wekken. Toen gebeurde het verschrikkelijke. O, jezus, ja. Ik hoorde het zo duidelijk boven mijn hoofd, een beetje gedempt omdat het door

---

*Citaat uit 'Ozymandias' van Percy Bysshe Shelley (1792-1822): *Look on my works, ye mighty, and despair!* (Kijk naar mijn werk, gij machtigen, en wanhoop!). (vert.)

de vloerplanken en het oude gipsen plafond heen moest, maar ik hoorde het, het woord 'Hallo?' Het was Bets stem.

Ik schrok zo hevig dat ik bijna de controle over mijn blaas verloor. Ik kreeg een visioen van een monster dat zich om me heen wikkelde als een anaconda en me begon te wurgen. Een anaconda doodt door een zo grote druk op de inwendige organen uit te oefenen dat het hart barst. Dat ene woord deed mijn hart bijna barsten. Ik miste Bet zo vreselijk, maar om eerlijk te zijn wilde ik haar stem niet horen, niet op die manier. De levende, ademende vrouw wel, maar niet dat enkele woord dat naar me toe zweefde en door merg en been ging. Maar toen dacht ik: was er misschien een afschuwelijke vergissing in het spel, had ik me haar sterven verbeeld, of had ik haar levend begraven, en – maar ik had geen tijd voor meer van dat soort waanzin, want er volgde nog een woord, het was mijn naam die geroepen werd, glashelder: 'William!'

O, jezus, dacht ik, het is voor mij. Dat was op zichzelf al een krankzinnige gedachte. Ik bedoel, godallemachtig, er kon niet opgenomen zijn, dus hoe kon het telefoontje dan voor mij zijn?

Mijn naam was geroepen. De stem was precies zoals hij altijd was geweest, precies dezelfde toon met dezelfde trilling van ongeduld erin, ergernis dat ik iemand haar nummer had gegeven en dat ze haar lijn gebruikten.

Ik wist niet wat ik moest doen. 'Wat?' riep ik omhoog, zonder zelfs maar die bedoeling te hebben.

Ik kon het daar gewoon niet bij laten – dit was weer een nieuw staaltje krankzinnigheid – ik kon niet niet reageren. Ik kwam uit bed met het gevoel dat ik zelf een dode man was, alsof ik me nu in het rijk van de doden bevond, of in een verhaal van M. R. James zelf waar Bet zo van hield. Ik ging met de grootste tegenzin mijn deur uit en liep blootsvoets de gang op. Als ze mij zo zag, dacht ik, zou ze me een standje geven omdat ik zonder mijn slippers liep. Ik kwam bij de kleine ingang van de trap naar de zolder en ging tree voor tree naar boven.

Ik kwam op de overloop waar ik haar in haar doodstrijd had aangetroffen, en verwachtte bijna haar daar te zien. Ik drukte op de lichtknop, maar het peertje moest het hebben begeven zonder dat ik dat had gemerkt, want er gebeurde niets. Er was een maanverlichte duisternis op de overloop, niet meer dan een zompig licht. Ik had haar deur op een kier laten staan om de luchtstroom in haar kamer niet te belemmeren, als een voorzorgsmaatregel tegen schimmel. Ik liep dus naar de deur met langzame, loden stappen, en bleef daar even staan.

'Bet?' zei ik.

Ik was nu doodongelukkig. De chemische stof die met angst is verbonden, welke dat ook is – adrenaline en haar zusters – overspoelde mijn hersens. Mijn knieën waren letterlijk slap en ik voelde dat de inhoud van mijn ingewanden in water veranderde. Ik wilde overgeven. Jaren geleden had ik als jongen in het slachthuis in Padstow koeien in een rij naar het pistool zien gaan en had ik gadegeslagen hoe ze in doodsangst pisten en poepten. Nu was ik precies zo. Een deel van me verlangde ernaar dat ze in de kamer was, maar een veel groter deel was daar doodsbang voor, vreesde het zoals de levenden niet anders kunnen dan de doden vrezen. Dat is zo'n diepe wet van het leven. We begraven of verbranden de doden omdat we hun lichamelijkheid willen scheiden van onze liefde en herinnering. We willen niet dat ze na de dood nog in hun slaapkamers zijn, we willen een beeld van hen bewaren van toen ze nog leefden, in het volle leven in onze geest.

En toch wilde ik plotseling, als de eerste windvlaag van een geweldige storm, evenzeer dat ze daar was, ik wilde het. Ik duwde de deur open, stapte naar binnen en wilde dat Bet daar was, wilde haar teder in mijn armen nemen zoals ik dat zo vele, vele jaren niet had gedaan, en lachen en haar uitleggen, haar uitleggen hoe dwaas ik was geweest, hoe ik had gedacht dat ze dood was, en kon ze me alsjeblieft, alsjeblieft mijn stommiteit van Bundoran vergeven, en konden we opnieuw beginnen, we zouden op vakantie kunnen gaan, waarom niet naar Padstow zelf, om het oude huis te zien, en in de chique nieuwe restaurants te eten waarvan we hadden gehoord, en een heerlijke tijd te hebben –

Leegte. Natuurlijk leegte.

Ik denk dat het voor iemand die mij daar had gezien, zou zijn geweest alsof hij of zij een spook zag – alsof ik het spook was. Een dwaze vijfenzestigjarige man met verwilderde ogen in de slaapkamer van zijn dode vrouw, mesjogge geworden van verdriet, gewoontegetrouw op zoek naar vergeving en verlossing zoals normale mensen kijken hoe laat het is. Het standaardmechanisme van bijna elke gedachte aan haar. Bet – verlossing, verlos me, vergeef me. Terwijl de vuile waarheid is dat ze me het huis uit had moeten gooien.

Ik zat in Roseannes kamer over al deze dingen na te denken.

Niets daarvan kon ik tegen haar zeggen. Ik zat in de kamer van een patiënt, zogenaamd om te beoordelen of ze ontslagen kon worden, of ze 'terug in de gemeenschap' kon. Een van de ideeën van het regime van mevrouw Thatcher in Engeland, een thatcheriaanse mode zou je kunnen zeggen die niet is verdwenen. Roseanne zat overeind in haar bed, met dat witte mantelachtige geval dat ze draagt, dat er in het schemerlicht uitziet als verfrommelde vleugels, de nieuwe vleugels van een vlinder voordat het bloed erin wordt gepompt en de vlinder, ongetwijfeld tot zijn grote verbazing, plotseling de vleugels kan uitslaan en kan vliegen.

Haar beoordelen. Het kwam me ineens zo absurd voor dat ik hardop lachte. De enige persoon in die kamer aan wiens geestelijke gezondheid getwijfeld moest worden was ik zelf.

*

Roseannes getuigenis van zichzelf

We trouwden in Dublin, in de kerk in Sutton, dat was het gemakkelijkst. De priester daar was een vriend van Tom, ze hadden in dezelfde tijd in Dublin gestudeerd, zij het aan verschillende universiteiten. Tom had zijn studie rechten aan het Trinity College maar een paar maanden volgehouden, maar lang genoeg om vrienden te maken in de stad. Tom kon een boezemvriend overhouden aan een middagje bij de paardenraces.

Alles wat gedaan moest worden, vergunning, huwelijksaankondiging, alles wat je moest doen om met een presbyteriaanse vrouw te trouwen, was gedaan. Ik denk dat de brave mensen van Sutton niet zo onder de indruk waren van dat specifieke huwelijk, maar ook al ontbrak het aan feestgedruis en hoempapa, er waren een paar van zijn maatjes uit Dublin, en na afloop gingen we naar Barry's Hotel voor twee nachten, en op de tweede avond gingen we naar een dansfeest in het Metropole, waar Tom de bandleider kende, en we dansten bijna voor het eerst met elkaar. Om de een of andere vreemde reden hadden we in zijn eigen danszaal zelden met elkaar gedanst. Ik denk dat dat merkwaardig was, ik weet het niet. Tom leek in alle opzichten heel tevreden te zijn en hij repte er met geen woord over dat zijn familie er niet bij was. Jack zou er zijn geweest, als hij niet in Afrika zat, maar hij betaalde voor de bruiloftslunch als een cadeau voor zijn broer. Tom dronk zoveel whisky bij de lunch dat hij die nacht in het hotel tot niet veel in staat was, maar dat maakte hij goed in de nacht van het dansfeest. Hij was een geweldige minnaar. Dat is de waarheid.

We lagen in het donker van de hotelkamer. Tom had een pakje van die Russische ovale sigaretten gekocht bij College Green, vlak naast zijn oude universiteit, en hij rookte er een van. Ik denk dat ik vijfentwintig was, hij was iets ouder.

'Weet je,' zei hij, 'het is hier heel leuk. Zou ik geen carrière kunnen maken in Dublin?'

'Zou je het westen niet missen?'

'Ik denk het wel,' zei hij, terwijl hij een werveling van Russische rook in de duistere kamer produceerde.

'Tom?' zei ik.

'Ja?'

'Hou je van me?'

'Nou en of. Ik hou zeker van je.'

'Dat is mooi,' zei ik, 'want ik hou van jou.'

'O ja?' zei hij. 'Dan heb je een heel goede smaak. Dat is heel verstandig van je, moet ik zeggen. Ja.'

En toen lachte hij.

'Weet je,' zei hij, 'het is echt zo.'

'Wat?'

'Ik bedoel, het zijn niet alleen maar woorden. Maar ik hou echt van je.'

En ik denk dat hij inderdaad van me hield.

*

Hij was een door en door fatsoenlijke man, ik denk dat het belangrijk is dat te zeggen.

*

Vanuit een treinraampje kon je je een goed beeld vormen van de gevolgen van meneer De Valera's beroemde economische oorlog in die tijd. We waren in de lente getrouwd en omdat er nu geen markt voor lammeren was, moesten de boeren de lammeren in de velden doden. Dus toen de trein door het land reed zagen we zo nu en dan die rottende lijken. Tom was heel erg ontdaan over dat alles. De Valera's mannen waren aan de macht, wat er voor hem op neerkwam dat gangsters en moordenaars het land overnamen, hetzelfde land dat ze na het Verdrag geprobeerd hadden om zeep te brengen. Dit alles zette kwaad bloed bij jongens als Tom. Tom was jong en begon erkenning te krijgen en ik denk dat hij het land wilde erven, er iets van wilde maken. Hij had heel sterk het gevoel dat De Valera, nadat hij had geprobeerd het nieuwe land bij de geboorte te wurgen, een puinhoop zou maken van de kinderjaren, als het ware, en de plek van het land in de grotere wereld zou verwoesten. Hoe het ook zij, het ging de boeren heel erg aan het hart dat ze hun lammeren moesten doden en dat ze hun schapen zelf nergens heen konden brengen, het was allemaal een wurging van hun dromen.

'Het is verdomme net een gekkenhuis,' zei Tom naast me, terwijl hij naar buiten keek naar de troosteloosheid van de boerderijen. En hij kon het weten, want zijn vader en moeder werkten allebei in een gekkenhuis. 'Heel Ierland is nu gewoon een gekkenhuis.'

Dus werd Toms vader gevraagd om een blauw overhemd voor Tom te maken, en hij ging naar kleine bijeenkomsten en marsen in Sligo, om te kijken of ze het tij nog konden keren. Een zekere O'Duffy had ze georganiseerd, hij was hoofd van de politie geweest, maar was die baan op de een of andere manier kwijtgeraakt, en nu was hij zo'n man als Mussolini of Franco. Tom bewonderde hem, want tijdens zijn ministerschap had hij wetsontwerpen ingediend om kinderen in Ierland te beschermen. Het had tot niets geleid, maar toch. Hij was ook een hartstochtelijk man in zijn toespraken, en Tom dacht dat alle grote mannen gedood waren tijdens de burgeroorlog, Collins natuurlijk voorop. En O'Duffy was een groot bondgenoot van Collins geweest. Dus het klopte allemaal, in elk geval in Toms ogen. Ik heb nooit een man gekend die zo zweette als Tom, en na een mars was zijn blauwe overhemd doorweekt. Ik moest het een paar keer verven, omdat het bleek werd onder de oksels en dat zag er niet uit. Ik heb hem nooit in zo'n mars zien lopen, maar als rechtgeaarde echtgenote wilde ik dat hij er piekfijn uitzag.

Ondertussen namen we onze intrek in een klein golfijzeren huisje in Strandhill. Het was eigenlijk een hut, maar het was vlak bij de danszaal en het hield me buiten Sligo. Tegelijkertijd was het voor hem maar een klein eindje naar de stad. Onze slaapkamer keek uit op Knocknarea, we konden zelfs het puntje van Maeve's Cairn op de top zien, het was grappig om daar te liggen, een jong getrouwd stel in de jaren dertig, in moderne tijden, terwijl zij daarboven in haar eigen bed lag, haar eigen *leaba* zoals ze zeggen, minstens vierduizend jaar geleden ingestopt. We hadden een mooi uitzicht op Coney Island vanaf de gammele veranda aan de voorkant, en hoewel de bult van het eiland hem aan het oog onttrok, wist ik dat de Metal Man daar was, solide en eeuwig, ik kon hem voor me zien met mijn geestesoog, trouw en stoïcijns wijzend in het diepe water.

*

Flying Down to Rio. Top Hat. De man die heerste over het land
van het hart was niet De Valera met zijn magere, gekwelde gezicht, maar Fred Astaire met zíjn magere, gekwelde gezicht.

*

Zelfs mensen uit de hogere kringen kwamen naar de bioscoop.
Als het een kerk was geweest, zouden ze misschien hun eigen kerkbanken hebben gehad. Nu kon je de meeste bontjas-
sen aantreffen op het balkon. De rest van Sligo krioelde op de
stallesplaatsen beneden. Er zou trammelant zijn geweest, ware
het niet dat meneer Clancy en zijn broers allemaal in het leger
hadden gezeten en ze de bioscoopgangers behandelden als on-
gezeglijke rekruten. Bij de minste of geringste overlast werd
een jongen bij zijn oor gepakt en de bioscoop uit geknikkerd,
de regenachtige, donkere avond van Sligo in, wat geen pretje
was. O, zoenen vond hij niet erg, hij was geen parochiepriester,
en wat had hij er trouwens aan kunnen doen, wanneer de zaal
donker was. Het was de kerk niet, maar het leek wel op de kerk,
maar dan beter, veel beter. In de bioscoop kon je, als je om je
heen keek, die extatische blik in de ogen van de mensen zien
waarvan de priester of de dominee misschien droomde hem op
een dag in de ogen van de gemeenteleden te zien. Heel Sligo in
een klamme menigte, al die verschillende mensen en verschillende standen, paupers en prinsen, verenigd door hun betove-
ring. Je had kunnen zeggen dat Ierland verenigd en vrij was,
in de bioscoop althans. Hoewel Tom me in quarantaine hield
in Strandhill, totdat hij zijn moeder wat milder kon stemmen
in haar vijandige houding jegens mij, was hij niet zo wreed dat
hij mijn ballingschap uitbreidde tot de zaterdagavonden. We
raasden in zijn mooie autootje de stad in en namen zoals altijd
onze plaatsen in, alsof we vreesden voor onze ziel als we dat
niet deden.

Er werd altijd veel gestookt in de bioscoop, kerels riepen on-
gegeneerd beledigingen naar elkaar. Soms werd er gezinspeeld
op politieke voorkeur, soms werd het allemaal goed opgevat,
maar af en toe werden de dingen niet zo licht opgenomen en

in de jaren dertig werd dit langzamerhand erger. Je kon veel leren over de toestand van het land aan de hand van de beledigingen bij de zaterdagavondfilm. Meneer Clancy was natuurlijk niet voor een speciale partij, en misschien tegen politiek in het algemeen. Je kon eruit worden gezet wegens een nare opmerking, wat je volgens Tom niet kon zeggen van de Dáil zelf.

'Er zijn dingen die je ongestraft kunt zeggen in de Dáil Eireann, terwijl je er in de Gaiety om wordt uitgegooid,' zei Tom dan.

Er was altijd een journaal voor de hoofdfilm en als er bijvoorbeeld iets was over de Spaanse burgeroorlog, dan ging er gebrul op over blauwhemden en dergelijke. Meneer Clancy en zijn broers probeerden de satirici eruit te pikken en hadden er hun handen vol aan.

'Stelletje tyfushonden,' zei Tom.

'Zootje schorem,' zei Jack, als hij niet in Afrika was. Niet dat Jack een aanhanger was van de blauwhemden.

'Ik ben bang dat je vriend O'Duffy een zootje schorem is,' kon hij tegen Tom zeggen.

Maar Tom schaterde altijd, hij mocht zijn broer Jack, het kon hem niet schelen wat hij zei. Dat maakte deel uit van Toms grote charme als vriend en broer. Hij was door en door gemoedelijk. Hij vond Jack ook een genie, omdat hij twee studies had afgerond in Galway, techniek en geologie, terwijl hijzelf zijn rechtenstudie maar een paar maanden had volgehouden. Hij had de gewoonte zich te goed te doen aan Jacks woorden, een gewoonte die stamde uit de tijd dat ze jongens waren. Ik weet niet welke rol hun andere broer Eneas hierbij speelde. Ik heb natuurlijk nooit veel over arme Eneas horen zeggen.

Toen ik op een avond dat *Top Hat* draaide naar het damestoilet ging, werd mijn weg heel even versperd door een vertrouwde donkere gestalte. Het was niet gebruikelijk dat een ongetrouwde man een oppervlakkig praatje maakte met een getrouwde vrouw, maar John Lavelle had dan ook weinig oppervlakkigs. Nu zijn politieke vrienden stevig in het zadel zaten, leek hij op te bloeien, ook al hakte hij alleen maar in braamstruiken in de berm voor de gemeente. Dat was beter dan op de vlucht zijn of gevangenenkost eten in de Curragh. Hij moet wel een liefhebber zijn geweest van zwarte kleren, want hij droeg alleen zwart, wat hem iets heel cowboyachtigs gaf, met zijn bleke gezicht en zijn zwarte kuif erboven. Voor een straatveger had hij beslist verstand van vesten. Ikzelf was gekleed in mijn beste paarse zomerjurk, wat naar ik moet aannemen op zichzelf een soort onuitgesproken opmerking was. John Lavelle trok zich in elk geval niet veel aan van wat iemand wel of niet zou mogen doen.

'Hallo, Roseanne. Meisje toch, wat zie je er prachtig uit.'

Dit was een zeer beladen opmerking voor hem. Voor wie dan ook. Hij had tegen mij nooit ook maar de geringste vorm van hofmakerij geuit. We kenden elkaar tenslotte alleen door een afschuwelijke tragedie. Misschien geloofde hij nog steeds dat ik hem jaren daarvoor de Vrijstaatsoldaten op zijn dak had gestuurd. Misschien was het een soort subtiele wraak om zo met mij te praten. Hoe het ook zij, ik nam het niet serieus, liep hem straal voorbij. Mijn blaas stond trouwens op knappen.

'Ik ben op zondag meestal op Knocknarea,' zei hij. 'Op zondag kun je me rond drie uur meestal bij de *cairn* vinden.'

Ik bloosde van verlegenheid. Er was een troepje vrouwen en meisjes die hetzelfde van plan waren als ik, maar ze waren heel stil, omdat de film nog steeds draaide achter ons hoofd. Eigenlijk kon je niet goed horen wat John Lavelle zei, maar toch verstond ik het. Ik hoopte dat niemand anders het had verstaan. Misschien wilde hij alleen maar vriendelijk zijn. Misschien wilde hij alleen maar zeggen: ik weet dat je daarginds woont, en ik ben daar zelf ook vaak.

Ik had hem nooit gezien op een dansavond. Ik was overigens niet meer zo vaak in de Plaza als vroeger toen ik een ongetrouwd meisje was en de piano kon bespelen zonder commentaar te krijgen. Getrouwde vrouwen werkten nu eenmaal niet in die tijd. We waren destijds als de moslims, de mannen wilden ons verstoppen, behalve bij dat soort gelegenheden, wanneer er een goede film draaide.

John Lavelle was niet de eerste de beste man. Hij was niet een schoffie op straat dat een opmerking maakte achter mijn rug, hij was een belangrijk iemand omdat hij mijn vader had gekend en het een en ander over mijn vader wist. We werden verbonden door minstens twee sterfgevallen, zou je kunnen zeggen, de dood van zijn broer en de dood van mijn vader. We hadden vijanden moeten zijn, maar waren dat om de een of andere reden niet. Ik was niet tegen hem, ook al was ik evenmin voor hem. Tot op de dag van vandaag begrijp ik het niet helemaal. Ik zag hem zelden, en toch was hij in mijn dromen nadrukkelijk aanwezig. In mijn dromen werd hij altijd neergeschoten en stierf hij, zoals zijn broer in het echte, wakende leven was overkomen. Ik zag hem in mijn dromen dikwijls sterven. Ik hield zijn hand vast en zo. Zusterlijk.

Maar ik sprak daar nooit over met Tom. Daar had ik geen zin in. Hoe zou ik moeten beginnen? Tom hield van me, of hij hield van wat hij van me kende, wat hij van me zag. Ik wil niet iets onwelvoeglijks zeggen, maar hij complimenteerde me altijd met mijn achterste. Dat is de waarheid.

'Als ik me rot voel,' zei hij een keer, 'denk ik aan je achterwerk.'

Niet erg romantisch, maar op een andere manier juist heel romantisch. Mannen zijn eigenlijk helemaal geen mensen, nee, ik bedoel, ze hebben andere prioriteiten. Ik weet trouwens niet eens wat de prioriteiten van vrouwen zijn, althans ik weet het wel maar heb ze nooit gevoeld. Ik had zelf een schokkend verlangen naar Tom. Naar de hele Tom. Ik weet het niet. Hij bracht me in een toestand van permanente duizeligheid. Er zijn dingen waar je echt geen genoeg van kunt krijgen. Van chocola kun je genoeg krijgen. Maar van sommige dingen... Ik hield van zijn gezelschap, in alle vormen van gezelschap. Ik vond het leuk om koppen thee met hem te drinken. Ik vond het leuk zijn oren te zoenen. Misschien ben ik nooit een deugdelijke vrouw geweest. God vergeve het me. Misschien is de grootste vergissing die ik heb gemaakt dat ik me altijd zijn gelijke heb gevoeld. Ik had het gevoel dat hij en ik bij elkaar hoorden, als Bonnie en Clyde, die net in die tijd Amerika onveilig maakten door mensen te doden en wat niet al, en op merkwaardige manieren uiting gaven aan hun liefde.

Goed, maar waarom ging je dan uitgerekend de volgende zondag de berg op naar Maeve's Cairn? Ik weet het niet. Omdat John Lavelle me het had gevraagd? Nee. Ik weet dat het een betreurenswaardige daad was, een vergissing. Waarom keert de zalm terug naar de Garravoge, wanneer hij de hele zee heeft om in te zwerven?

*

Het aantekenboek van dokter Grene

In het begin gingen we elk jaar steevast op vakantie naar Bundoran. Mensen lachen nu om Bundoran, ze vinden het het voorbeeld bij uitstek van de oude Ierse vakantie, klamme pensions, vuile regen, slecht eten, noem maar op. Wij lachten er ook om, maar met vertedering, zoals je zou kunnen lachen om een gekke oudtante. We gingen er graag naartoe – we vluchtten erheen, zou je kunnen zeggen, om ons te verfrissen bij het altaar van Bundoran.

Het zonlicht is een groot duider van gezichten. Door elk jaar weer terug te gaan naar dezelfde plek werd Bets gezicht een soort klok. Elk jaar was er een nieuw verhaal, het volgende plaatje in de reeks. Ik had haar eigenlijk elk jaar moeten fotograferen op dezelfde plek en op hetzelfde tijdstip. Ze zat altijd te mopperen en zich zorgen te maken over het feit dat ze oud werd, ze zag elke nieuwe rimpel op haar gezicht op het moment dat die verscheen, zoals een slaperige hond plotseling klaarwakker is als hij in de verte hoort dat een vreemde een voet op het erf zet. De enige luxe die ze zich permitteerde waren die potten nachtcrème waar ze in investeerde, in haar oorlog tegen die rimpels. Ze was een zeer intelligent persoon, ze kende grote lappen Shakespeare van haar schooltijd, toen ze in de ban raakte van een van die miskende, geïnspireerde leraren, die van haar ook een leraar probeerde te maken. Maar ze keek niet met haar intelligentie naar rimpels, het was iets primitievers, ouders. Ik kan met de hand op het hart beweren dat ik er zelf niet mee zat. Het is een van de genades van het huwelijks-

195

leven dat je er om de een of andere magische reden in elkaars ogen altijd hetzelfde uitziet. Zelfs onze vrienden lijken nooit ouder te worden. Wat een zegen is dat, iets wat ik nooit had vermoed toen ik jong was. Maar wat zouden we anders moeten? Er heeft nog nooit iemand in een bejaardentehuis gezeten die niet met een bedenkelijk gezicht naar de andere bewoners heeft gekeken. Zíj zijn de oudjes, zij zijn de club waar niemand bij wil horen. Maar in onze eigen ogen zijn we nooit oud. Dat komt doordat als puntje bij paaltje komt het schip waarin we varen de ziel is, niet het lichaam.

O, en dat schrijf ik, de grootste agnost in Ierland. Zoals gewoonlijk heb ik geen woorden voor wat ik wil zeggen. Ik probeer te zeggen dat ik van Bet hield, ja, van ziel tot ziel, en dat de groeven en rimpels deel uitmaakten van een ander verhaal, haar eigen schokkende duiding van haar leven. Ik zou de pijn die het haar bezorgde ook niet willen onderschatten. In haar ogen was ze een onopvallende vrouw en ze wilde geen onopvallende oude vrouw worden. Maar ik zou haar onopvallendheid in twijfel willen trekken. Er waren momenten dat er in haar gezicht glinsteringen en flitsen waren van een eigen schoonheid. Zo was er het moment dat we naast elkaar in de kerk stonden en ik naar haar gezicht keek vlak voordat ze 'ja' zei, en ik het haar hoorde zeggen, en er uit haar gezicht een uitzonderlijk licht flitste, dat naar me toe stroomde. Het was liefde. Je verwacht liefde niet op die manier te zien. Ik in elk geval niet.

Dus waarom moest ik haar uitgerekend in Bundoran bedriegen?

Ik ging daar onschuldig genoeg naartoe, zonder haar, maar voor een conferentie in dat nieuwe hotel op het strand. Het was uiteraard een psychiatrische bijeenkomst. Het onderwerp was toevallig geriatrische psychose, dementie en al die dingen. Ik hield een lezing over varianten van herinnering, de absolute, fascistische zekerheid van de herinnering, de tirannieke onderdrukking van de herinnering. Het zal wel een soort onzin zijn die samenhangt met de middelbare leeftijd, maar destijds vond ik het behoorlijk radicaal en revolutionair. Op de conferentie werd de lezing ontvangen als een proeve van alle remmen losgooien. Als een proeve van geestelijke onbezonnenheid. Dus misschien was het niet opmerkelijk dat het gevolgd werd door lichamelijke onbezonnenheid.

Arme Martha. Vier mooie jongens had ze thuis, en een man die een van de meest begaafde jonge advocaten was van zijn generatie. Een in zichzelf gekeerde, gekwelde man, maar ongetwijfeld een waardige man. Het was zo simpel als wat. We dronken samen te veel wijn, we liepen door de gang langs de nietszeggende kamers, we hadden plotseling zin in elkaar, ik kuste haar, we friemelden in het donker, ze deed niet eens haar slipje uit, God sta ons bij, ze kwam klaar onder mijn hand, daarmee leek het afgelopen te zijn. Het was een terugval in en een overgave aan de adolescentie, toen zulk gefriemel heroïsch en poëtisch leek.

Martha ging naar huis en vertelde het haar brave echtgenoot. Ik denk niet dat ze dat van plan was, of het wilde. Ik denk dat ze eigenlijk wilde dat het niet gebeurd was. De wereld is niet vol bedriegers, maar vol mensen met edele motieven en de wens om degenen die hen kennen en van hen houden rechtvaardig te behandelen. Dit is een weinig bekende waarheid, maar ik denk nochtans dat het een waarheid is. Ik zou haar empirisch, door al die jaren van mijn werk, kunnen onderschrijven. Ik weet dat het een wonderbaarlijke conclusie is, maar hij is er nu eenmaal. We karakteriseren de mensheid graag als wild, wellustig en primitief, maar zo maak je iedereen tot vreemden. We zijn geen wolven, maar lammeren die aan de randen van de velden overrompeld worden door zonlicht en zomer. Ze raakte haar wereld kwijt, Martha. En ik die van mij. Zonder twijfel was dat verdiend. Maar wat haar echtgenoot heeft geleden was dat niet, en wat Bet heeft geleden ook niet, dat weet ik zeker.

Want trouw is geen menselijke kwestie, maar een goddelijke.

Daar gaan we weer.

*

Ik vraag me af hoe eerwaarde Gaunt hierover zou hebben gedacht.

Eerwaarde Gaunt, zo volhardend, zo toegewijd in zijn ontmaskering van Roseanne, haar aard, haar bezwarende verhaal.

De verklaring ligt in de andere kamer, en ik ben te moe om hem te gaan halen. Ik zal eens kijken hoeveel ervan ik uit mijn hoofd op kan schrijven. De gebeurtenissen op het kerkhof heb ik uiteengezet. Daarna kwam de onafhankelijkheid, de koninklijke politie werd ontbonden, waardoor de angsten van Roseannes vader waarschijnlijk toenamen, en daarna... ging er tijd overheen, neem ik aan. Het gevoel van kwetsbaarheid nam af, nam toe? En Roseannes vader kreeg een baan op datzelfde kerkhof. Aangezien de gemeenteraad deze baan te vergeven had, is het moeilijk te begrijpen waarom ze zo'n sinecure aan een dermate gecorrumpeerde man gaven, tenzij het zo'n minderwaardige baan was dat ze het een passende vernedering vonden. Het duurde dan ook niet lang voordat hij deze baan kwijtraakte en de baan kreeg van rattenvanger in Sligo, ongetwijfeld de ultieme belediging voor zo'n man. Eerwaarde Gaunt schrijft misschien niet zonder sarcasme: 'Aangezien hij zijn landgenoten had achtervolgd als ratten, zou je kunnen zeggen dat hij geknipt was voor die baan.' (Of woorden van gelijke strekking.) Maar in Ierland onthoudt men lang en is men tegelijkertijd kort van memorie, zoals overal waar zulke oorlogen woeden. De burgeroorlog die volgde stichtte nog meer verwarring in de vriendelijke inborst van jongemannen in Sligo. Uiteindelijk werd er tijd gevonden om de aandacht te richten op Roseannes vader, en zijn einde was eigenaardig en langdurig.

Toen hij op een avond thuiskwam werd hij ontvoerd op de hoek van de straat. Zoals gewoonlijk was hij dronken en wachtte zijn dochter op hem. Ik denk, en uit het relaas van eerwaarde Gaunt blijkt dat heel duidelijk, dat Roseanne dol was op haar eigenaardige vader. Hoe het ook zij, hij werd door een aantal mannen gegrepen en meegesleept naar het kerkhof. Zij ging erachteraan. Eerwaarde Gaunt denkt dat ze van plan waren hem mee te nemen naar de top van de ronde toren op het kerkhof en hem daar uit het raam te gooien, of dat ze een soortgelijke strategie in gedachten hadden.

Zijn mond werd volgepropt met witte veren, ongetwijfeld om zijn vroegere werk te karakteriseren, hoewel ik bij god niet begrijp waaruit zijn lafheid bestond, al was hij misschien in veel opzichten misleid. Toen werd hij helaas met hamers geslagen en werd er een poging gedaan hem uit het kleine raampje boven in de toren te duwen. Roseanne zelf stond beneden naar boven te kijken. Er kwamen natuurlijk afschuwelijke geluiden van ontzetting uit het raampje in de top. En ze kregen hem half uit het raam, maar zijn buik was te bol geworden van het jarenlange bier drinken en wilde hem niet de avondlucht in laten gaan. De hamers hadden hem ook niet helemaal gedood, en terwijl hij brulde vlogen de veren uit zijn mond. In een wanhopige razernij trokken ze hem weer naar binnen, en een van de mannen smeet de vervloekte hamers uit het raam. De veren vlogen omhoog en de hamers vielen naar beneden, gaven de omhoog starende Roseanne een klap op haar hoofd en sloegen haar bewusteloos.

Hun prozaïsche oplossing van het vraagstuk van zijn executie bestond eruit hem op te hangen in een vervallen huis in de buurt. Ik denk niet dat hij in de atmosfeer van die tijd erg gemist werd. Hij had immers tegen zijn eigen mensen opgetreden. Het waren jonge mannen die een groot onrecht wilden wreken, en jonge mannen zijn opgewonden en soms onhandig. Nee, niet erg gemist, zo'n man.

Behalve door Roseanne.

Hoe moet ik haar dit alles voorleggen? En dit is nog maar het einde van het eerste deel, er is nóg een deel dat haar eigen latere geschiedenis uiteenzet. Daarin een intrieste en schokkende beschuldiging tegen haar. De zonden van de vader zijn één ding, maar de zonden van de moeder... Nou ja. Ik moet mezelf voor ogen houden, zeg ik weer tegen mezelf, waarom ik bezig ben met deze beoordeling. Wees professioneel. Bewaar afstand. Doordat ik in Engeland grootgebracht ben, zij het min of meer als een Iers kind, is er tenslotte al een afstand tussen mij en de vreemde hoofdstukken van het verbijsterende verhaal van dit land.

En zijn niet al onze geschiedenissen een warboel en bijna vreemd in onze eigen ogen, ik bedoel in onze verbeelding? De dood van mijn eigen moeder, wat was die gruwelijk, in elk opzicht, en het enige goede dat eruit voortkwam is dat hij me 'inspireerde' om psychiatrie in Durham te gaan studeren, bijna als een daad van terugblikkende en hopeloze bescherming tegen wat er gebeurde.

Ze woonde in het paradijs bij Padstow aan de overkant van de rivier, in een huis dat de zomergasten met jaloezie en bewondering vervulde, zoals het tussen de bomen op het strand zelf stond.

Natuurlijk niet mijn 'echte' moeder, en ook niet mijn 'echte' vader.

Na hun pensioen gingen ze met z'n tweetjes elk jaar naar het Lake District. Mijn vader ging op een ochtend zonder haar een berg beklimmen. Toen hij op de top kwam, keek hij omlaag naar het dal beneden, er lag daar een meer, en hij zag een klein figuurtje het water in lopen. Hij was te ver weg om gehoord te kunnen worden. Hij wist onmiddellijk wie het was.

Ongeveer drie jaar nadat ze me geadopteerd hadden en ze de hoop opgegeven hadden dat ze zelf een kind zouden krijgen, kregen ze toch een kind, mijn broer John. Hij was aan mij verknocht. Toen we als kinderen in ons plaatselijke riviertje visten, stond hij urenlang met zijn korte broek in de rivier, voorovergebogen met een jampot om witvis te vangen voor aan mijn haakjes.

Toen ik veertien was, fietsten we 's ochtends om de riviermond heen om onze bussen te halen, ik naar het katholieke gymnasium, hij naar de voorbereidingsschool waar ik ooit op had gezeten. De bushaltes waren dicht bij elkaar, maar aan tegenoverliggende kanten van de straat, omdat zijn school de andere kant op was. Het was maar een landweggetje buiten het dorp, en de bussen waren die glanzende, gedrongen voertuigen van die tijd.

Op een ochtend – hoe alles een verhaaltje wordt – er was

eens, zou ik net zo goed kunnen zeggen – toen we onze fiet-sen achter de heg hadden gehesen, zoals we altijd deden, zag ik mijn bus aan komen rijden, en zijn bus bijna op dezelfde afstand van de andere kant. John, een jaar of tien, gaf me een zoen, omhelsde me en stak de weg over. Ik merkte dat ik zijn jas nog in mijn handen had, samen met die van mij, en ik riep naar hem: 'Hé, jongeman!' John bleef staan en draaide zich om. 'Je jas!' zei ik en ik stond op het punt hem te gooien, en ik zag John glimlachen, en hij kwam een paar stappen naar me terug. Op dat moment arriveerden de twee bussen, en wat voor berekening de chauffeurs ook gemaakt hadden voor de kleine jongen die de weg overstak, mijn schreeuw naar John had een groot kwaad aangericht, en mijn bus reed over John heen, ter-wijl ik zijn jas nog steeds naar hem uitgestoken hield.

Dat was de reden van mijn moeders verdriet.

Groot verdriet. Onvoorstelbaar. Haar diepste wezen vernie-tigd. En toch is daar iets waar ik niet bij kan. Ik kan het niet echt begrijpen.

Haar leven was in andere opzichten rijk. Ze woonde in het paradijs. Ze liet mijn arme vader achter in het paradijs. Was ik niet ook boos op haar? Dat ik niet op de een of andere manier genoeg was? Of mijn vader? Dat ze het niet volhield? Dat is erg onbillijk, ik weet het. Maar er bestaat zoiets als volharding, het is een kwaliteit. Wat ik probeer te schrijven, terwijl ik op geen enkele manier mijn moeder wil afvallen, is denk ik dat Rose-anne het heeft volgehouden, ook al is haar leven één groot fi-asco.

Ik walg een beetje van mezelf nu ik dit schrijf.

En waarom huil ik?

Ik ben stomverbaasd als ik teruglees wat ik daarnet heb ge-schreven. Ik heb een anekdote gemaakt uit de tragische dood van mijn broer, waarvan ik mij, zoals mij duidelijk blijkt uit de afgekoelde zinsbouw, kennelijk de schuld geef. Zelfs toen ik in Durham studeerde en wij studenten analyse op elkaar oefen-den, heb ik dit nooit ter sprake gebracht. Ik denk er nooit over na, ik heb er de afgelopen vijftig jaar helemaal geen waarde aan gehecht. Het is een diep in mezelf verborgen schandaal.

Dat zie ik heel duidelijk als ik naar de kale feiten staar. Maar hoe zou ik er in 's hemelsnaam nu naar moeten gaan kijken, hoe zou ik mezelf ooit kunnen genezen? Dat gaat mijn krachten te boven. De enige man met wie ik hierover had kunnen praten is Amurdat Singh, allang in zijn graf. Of mijn vader, idem dito. Wat moet hij hebben geleden in zijn heerlijke Engelse privacy.

Maar daar gaat het niet om. Ik heb er duidelijk vrede mee dat ik niet te helpen ben. Het is weerzinwekkend. Ik zit nu trouwens niet alleen te huilen, maar ook te trillen.

Natuurlijk omspant Roseannes leven alles, meer dan zij te bieden heeft kunnen we niet weten over onze wereld, de laatste honderd jaar ervan. Ze zou een pelgrimsoord en een nationaal icoon moeten zijn. Maar ze woont nergens en is niets. Ze heeft geen familie en bijna geen land. Een presbyteriaanse vrouw. Men vergeet vaak dat er in de jaren twintig pogingen in het werk zijn gesteld om alle politieke kleuren in de eerste Ierse senaat te krijgen, maar die pogingen werden algauw opgegeven. Onze eerste president was een protestant, wat een mooi en poëtisch gebaar was. Het staat vast dat er zoveel draden in ons verhaal ontbreken dat het tapijt van het Ierse leven wel uit elkaar moet vallen. Er is niets om het bijeen te houden. De eerste windvlaag, de eerste fikse oorlog waarin we verzeild raken, zal ons naar de Azoren blazen. Roseanne is niet meer dan een stukje papier dat aan de rand van een woestenij dwarrelt.

Ik besef dat ik me een beetje te veel met haar heb ingelaten. Misschien ben ik geobsedeerd. Niet alleen kan ik haar verhaal niet uit haarzelf krijgen, ik beschik bovendien over een versie van haar leven waarvan ik denk dat ze die zou verwerpen. Ik heb nog een tiental andere patiënten onder mijn hoede, naar wie ik moet luisteren om te beoordelen of ze teruggeplaatst kunnen worden in de 'gemeenschap'. Mijn god, deze inrichting zal binnenkort worden ontmanteld, versnipperd, ik heb veel te doen, veel te doen.

Maar elke dag voel ik me genoodzaakt naar haar kamer te gaan, vaak gehaast, alsof het iets spoedeisends betreft, zoals aan het eind van die oude film *Brief Encounter*. Alsof getreuzel van mijn kant tot gevolg heeft dat ze er niet zal zijn. Wat inderdaad het geval zou kunnen zijn.

Zonder Bet kan ik niet leven. Maar ik zal dat toch moeten leren.

Misschien gebruik ik Roseanne als een middel om dat te doen, zet ik me voor iemand in die ik bewonder en over wie ik tegelijkertijd macht heb? Ik moet mijn eigen beweegredenen nu in alles onderzoeken, want ik vrees dat Roseanne in het verleden wat rechtvaardigheid betreft schromelijk tekort is gedaan, om nog maar te zwijgen van de ernst van de beschuldiging, of misschien is gerucht een beter woord, tegen haar. Hoewel ze hier tot op zekere hoogte is begraven, is ze geen Saddam Hoessein in zijn vreselijke schuilplaats, ze mag er niet uit vandaan gesleept worden en haar tanden mogen niet onderzocht worden als die van een paard (hoewel – aantekening voor mezelf – haar tanden wel verzorgd zouden moeten worden, want ik heb veel zwart in haar mond gezien). Haar tanden niet onderzocht, haar lichaam niet ontluisd, vernederd, afgemaakt.

HOOFDSTUK ZESTIEN

Roseannes getuigenis van zichzelf

Dokter Grene was hier een tijdje geleden. Toen hij mijn kamer binnen kwam stapte hij toevallig op de losse vloerplank waaronder ik deze bladzijden verberg, wat vreselijk piepte, net als een muis wanneer de klem van de muizenval neerklapt, en ik schrok me rot. Maar nee, dokter Grene besteedde nergens aandacht aan, zelfs niet aan mij. Hij ging in mijn oude stoel zitten en zei niets. Het beetje licht van het raam verlichtte amper zijn gezicht. Vanaf mijn gezichtspunt op het bed was hij een en al profiel. Hij gedroeg zich werkelijk alsof hij alleen was en slaakte zo nu en dan diepe zuchten waarvan hij zich volgens mij niet bewust was. Het waren onwillekeurige zuchten. Ik liet hem maar. Het was prettig om hem in de kamer te hebben, zonder vragen. Ik had trouwens mijn eigen gedachten om me te 'vermaken'. Het is maar goed dat onze gedachten stil zijn, afgesloten en ongelezen.

Waarom schrijf ik dit dan?

Ten slotte, net toen ik dacht dat hij op zou stappen, draaide hij zich bij de deur om, als die detectives in de oude films, en keek hij me glimlachend aan.

'Herinnert u zich eerwaarde Garvey?' vroeg hij.

'Eerwaarde Garvey?'

'Ja, hij was hier vroeger de kapelaan. Ongeveer twintig jaar geleden.'

'Was hij dat kleine mannetje met die haren in zijn neus?'

'Tja, ik herinner me die haren niet. Toen ik daar zat schoot me gewoon te binnen dat u het niet op prijs stelde dat hij u kwam opzoeken. Ik weet niet waarom me dat plotseling te binnen schiet. Had u daar een reden voor?'

'O,' zei ik. 'Nee. Ik hou gewoon niet zo van religieuze mensen.'

'Religieuze mensen? U bedoelt mensen die geloven?'

'Nee, nee, priesters, nonnen en zo.'

'En is daar een reden voor?'

'Ze zijn zo zeker over alles, en ik ben dat niet. Het is niet omdat ik een presbyteriaan ben. Ik hou niet van geestelijken. Hij was heel aardig, die eerwaarde Garvey. Hij zei dat hij het volkomen begreep,' zei ik, wat inderdaad zo was.

Hij draalde in de deuropening. Wilde hij nog iets anders zeggen? Ik denk het wel. Maar hij deed het niet, hij knikte een paar keer.

'U hebt geen hekel aan dokters, hoop ik?' vroeg hij.

'Nee,' zei ik. 'Ik heb helemaal geen hekel aan dokters.'

En hij lachte, en ging de deur uit.

*

Fred Astaire. Geen knappe man. Hij zei zelf dat hij niet kon zingen. Hij was zijn leven lang kalend. Hij danste zoals een jachtluipaard rent, met de elegantie van de eerste schepping. Ik bedoel, de eerste week van de schepping. Op een van die dagen schiep God Fred Astaire. Op zaterdag misschien, want dat was de dag van de bioscoop. Als je Fred zag, kreeg je een beter gevoel over alles. Hij was een genezing. Hij was gebotteld in de films en overal op aarde, van Castlebar tot Caïro, genas hij de lammen en de blinden. Dat is de absolute waarheid. St. Fred. Fred de Verlosser.

*

Ik had destijds tot hem kunnen bidden.

*

Onder aan de berg raapte ik een mooie gladde steen op van het regenachtige pad. Het is een oud gebruik om een steen mee naar boven te nemen en op de cairn te leggen. O maar, ja, ik was in alle staten. Niet van de klim die me te wachten stond,

205

daar draaide ik destijds mijn hand niet voor om. Nee, omdat mijn hoofd 'tolde', zoals het in de keukenmeidenromans heette. En ik kan niet precies zeggen waarom, alleen dat er iets niet deugde aan wat ik op het punt stond te doen. Het was een volkomen vredige, kalme dag, de hemel opengescheurd door littekens van blauw in het wolkendek, maar mijn stemming hoorde bij een ander soort dag. Een dag waarop de stortregens over Knocknarea stroomden en als onzichtbare legers en bizarre draken Strandhill overspoelden en het daar uitvochten tussen de dorpshuizen en de zee. Ik stond daar met blote armen en bukte me voorover om een steen uit te zoeken, zelfs in mijn opgelatenheid kieskeurig, met blote armen en bloot hart.

Mijn vader mocht dan zijn noodlot hebben, ik had ook mijn noodlot, denk ik.

Lieve lezer, ik vraag je om bescherming, want ik ben nu bang. Mijn oude gestel trilt. Het is allemaal zo lang geleden en ik ben nog steeds bang. Het is allemaal zo lang geleden en toch sta ik nog steeds voorovergebukt en voel ik de steen in mijn vingers alsof het nog steeds toen is. Hoe kan dat? Ik wou dat ik nu dezelfde kracht voelde als toen ik die berg met zo'n onstuimige pas beklom. Ik klom en klom, onstuimig, onstuimig. Misschien voel ik daar zelfs nog een zweempje van. Mijn ledematen met zo'n grote warmte erin, mijn huid glad als metaal, veronachtzaamde en niet op waarde geschatte jeugd in mij. Waarom wist ik zo weinig? Waarom weet ik nu zo weinig? Roseanne, Roseanne, als ik je nu zou roepen, mijn eigen zelf die naar mijn eigen zelf roept, zou je me dan horen? En als je me kon horen, zou je dan naar me luisteren?

*

Toen ik halverwege de berg was, kwam er een groepje mensen naar beneden, ik kon ze horen lachen, en af en toe rolde er een kleine kei over het pad naar beneden. Toen passeerden ze me, een en al gabardines, slappe vilthoeden, sjaals en nog meer gelach. Het was een van de betere kliekjes in Sligo, en ik kende zelfs een van de vrouwen, omdat ze dikwijls in theesalon Cairo was geweest, ik herinnerde me zelfs wat ze doorgaans bestelde en kennelijk gold dat ook voor haar.

'Hallo, hallo!' zei ze. 'Chocolademelk en een kersenbroodje, graag!'

Ik lachte. Ze bedoelde er beslist niets laatdunkends mee. Haar metgezellen keken met welwillende belangstelling naar me, ertoe bereid om vriendelijk te zijn als de vrouw dat zo wilde. Ze stelde me niet echt voor. Maar zachtjes zei ze tegen me:

'Ik heb gehoord dat je bent getrouwd,' zei ze. 'Met onze prachtige man in de Plaza. Van harte gefeliciteerd.'

Dat was aardig van haar, want het huwelijk was nou niet bepaald het gesprek van de dag geweest, en als het dat al was geweest, niet een prettig gesprek van de dag. Laten we het zo formuleren. Eigenlijk ben ik ervan overtuigd dat het op betrekkelijk kleine schaal stof deed opwaaien, zoals de meeste buitenissige dingen dat deden in Sligo. Het is een heel klein stadje onder de regen.

'Nou, leuk je gezien te hebben. Prettige tocht. Cheerio!'

En met dat lichte anglicisme ging ze ervandoor, het scherp dalende pad trok haar weg, de hoeden en sjaals zonken snel bergafwaarts. En het gelach. Ik kon de vrouw horen praten met haar plezierige stem, misschien bracht ze hen op de hoogte, misschien maakte ze een opmerking over het feit dat Tom niet bij me was, ik weet het niet. Maar het sterkte me niet in mijn taak.

Wat was mijn taak dan? Ik wist het niet. Waarom beklom ik Knocknarea op verzoek van een man die in de laatste oorlog bij de ongeregelde troepen hoorde en in zijn leven misschien al even ongeregeld was? Een bajesklant die greppels groef in Sligo. Die voor zover ik wist ongetrouwd was en met niemand verkering had. Ik wist hoe het zat en welke indruk het wekte, maar ik wist niet wat me die berg op dreef. Misschien was het een soort eindeloze nieuwsgierigheid die oprees uit mijn liefde voor mijn vader. Misschien had ik er behoefte aan weer dicht bij zijn nagedachtenis te worden gebracht, of bij elke herinnering aan hem die hem meer aanwezig leek te maken, zelfs de gebeurtenissen op die ellendige avond op het kerkhof – beide ellendige avonden.

Op de top was er op het eerste gezicht niemand, behalve misschien de oude botten van koningin Maeve onder de last van duizenden kleine stenen. Van ver weg in de lager gelegen velden, bij de zee van Strandhill, zag haar cairn er karakteristiek maar klein uit. Pas toen ik ernaartoe liep op mijn vermoeide benen besefte ik hoe enorm groot hij was, het werk van zo'n honderd man, die lang geleden de vreemde oogst van vuistgrote stenen binnenhaalden van de berg. Ze begonnen misschien met de koningin onder een paar zorgvuldig neergelegde grafstenen en vormden stukje bij beetje, als losse turven toegevoegd aan een stapel turf, als losse gebeurtenissen toegevoegd aan een episch verhaal, een grote hoop waaronder ze kon slapen. Ik zeg slapen, maar ik bedoel vergaan, slinken, verdwijnen in de heuvel, waarbij ze in het vocht onder de grond kroop en de diamantjes en schitteringen van hei en mos voedde. Even meende ik muziek te kunnen horen, het aanzwellende geluid van oude Amerikaanse jazz, maar het was slechts de vermoeide wind die over de top strompelde. En in de muziek hoorde ik mijn naam.

'Roseanne!'

Ik keek om me heen maar zag niemand.

'Roseanne, Roseanne!'

Nu werd ik bevangen door een oude kinderangst, alsof ik misschien een stem hoorde van gene zijde, alsof de *banshee* zelf boven op de cairn zat met haar laatste strengen stoffig haar en haar holle wangen, en me bij de doden in het onderaardse rijk wilde voegen. Nee, het was geen vrouwenstem, maar een mannenstem, en toen ik opkeek rees er een gestalte op uit een kleine omheining van stenen, in zwarte kleren, met zwart haar en een verbleekt gezicht.

'Daar ben je,' zei John Lavelle.

Ik had de tijd gezien op de klok in het warenhuis in Strandhill-dorp, maar ik vond het desondanks een onwaarschijnlijk toeval dat ik hem hier aan de hand van uiterst summiere informatie aantrof. Zondag om drie uur. Als er veel op het spel had gestaan, als er troepencontingenten van een leger bijeen hadden moeten komen om de vijand in het geniep te overweldigen, zou het misschien niet zo goed hebben uitgepakt. Maar het heeft er alle schijn van dat het lot een meesterlijke strateeg is en wonderen van timing kan verrichten om bij te dragen aan onze ondergang.

Ik liep naar hem toe. Ik geloof dat ik veel sympathie voor hem voelde, ik denk dat dat het was, hij had zijn broer immers op zo'n vreselijke manier verloren. Hij was als een stuk geschiedenis van mijn jeugd waarvan ik mezelf niet kon losmaken. Hij had een belang waarvan ik de aard niet helemaal kon doorgronden. Het was een soort van ijzingwekkend respect, voor hem die misschien alleen maar een greppelgraver was, maar die voor mij niettemin een heroïsche kant had, de prins in bedelaarskleren.

Hij stond in iets wat eruitzag als een klein kaal bed van stenen. Ooit was het misschien overdekt geweest met een platte steen die er lang geleden was afgevallen of opzij was getrokken.

'Ik lag hierin,' zei hij. 'Het is een heerlijk plekje om te zonnen. Moet je mijn overhemd voelen.'

En hij hield het zwarte front van zijn overhemd voor me op. Toen ik er even mijn hand op legde voelde het behoorlijk warm aan.

'Dat vermag de zon in Ierland,' zei hij, 'als hij maar even de kans krijgt.'

Toen hadden we enkele ogenblikken niets te zeggen, leek het. Mijn hart bonkte onder mijn ribben, ik was bang dat hij het zou horen. O, het was geen liefde voor hem. Het was liefde voor mijn arme vader. Dicht bij een man te zijn die dicht bij mijn vader was geweest. Wat een afschuwelijke, gevaarlijke, onverklaarbare domheid!

Ik zag het plotseling in. Ik dacht plotseling: Tom is met een krankzinnige vrouw getrouwd. Het is een gedachte die me sindsdien vele, vele malen heeft achtervolgd. Maar ik ben bijna trots dat ik zelf de eerste was die dit dacht.

Ik kon de verlokking van de rivier niet weerstaan. De open

zee kon me niet vasthouden. De zalm zet haar eieren af op het grind van de laatste nauwe rakken van haar thuisrivier, waar het water voor het eerst uit de aarde sijpelt. Geheimzinnige werelden, mysteries op mysteries, koninginnen in stenen, rivieren die ondergronds samenstromen.

'Weet je wat het is, Roseanne?' zei hij na een tijdje. 'Je lijkt als twee druppels water op mijn vrouw.'

'Je vrouw, John Lavelle?' zei ik, ineens boos.

'Mijn vrouw, ja. Je lijkt op haar, of misschien heeft jouw gezicht de plaats van haar gezicht ingenomen in mijn herinnering.'

'En waar is je vrouw nu dan?'

'Ze is op het noordelijke eiland van de Inishkeas. In '21 hebben een stel jongens van het eiland de politiekazerne platgebrand. Ik weet niet waarom, want er zat geen politieagent in. Dus voeren de Black and Tans uit met een boot om te kijken hoe ze wraak konden nemen. Mij tweeling was toen pas geboren. Mijn vrouw Kitty stond bij de deur van ons huis met de twee jongens in haar armen, in elke arm een, om ze te 'luchten' zoals we in het Iers zeggen. De Tans die nog op grote afstand waren, besloten een paar schoten op goed geluk op haar te richten. Ze werd door het hoofd geschoten, en een andere kogel doodde Michael a'Bhilli, en Seanín viel van zijn moeders arm met zijn hoofd op de stenen drempel.'

Hij praatte nu heel zachtjes en alsof hij bang was. Ik greep hem bij zijn mouw.

'Wat erg,' zei ik.

'Nou ja, ik heb Seanín nog steeds, hij is nu vijftien. Hij heeft ze niet alle vijf op een rij, weet je, na zijn val. Er is een steekje aan hem los. Hij is iemand die zich graag afzijdig houdt om alles rustig te bekijken. De familie van zijn moeder brengt hem groot, dus hij heeft de naam van zijn moeder, je weet wel, die mooie oude eilandnaam Keane. Maar hij praat graag met mij. De laatste keer dat ik thuis was heb ik hem over jou verteld, en hij vroeg me het hemd van het lijf. En ik zei tegen hem dat als mij iets zou overkomen, hij jou moest zoeken, en hij zei dat hij dat zou doen, al denk ik dat hij nog niet de helft begreep van wat ik zei, en dat hij niet eens weet waar Sligo ligt.'

'Waarom zou je hem dat vragen, John Lavelle?' vroeg ik.

'Ik weet het niet. Alleen dat...'

'Alleen dat wat?'

'Dat ik niet weet wat me nu te wachten staat. Ik denk dat ik het geweer opnieuw moet oppakken. Dat graafwerk ligt me niet zo. Dat is één reden, en het jaagt me de stuipen op het lijf. De andere reden zou kunnen zijn dat ik behalve Kitty nog nooit zo'n mooie vrouw als jij heb gezien.'

'Je bent bijna een vreemde. Dit is niet normaal meer.'

'Daar heb je het,' zei hij. 'Een vreemde. Het is dus een land dat helemaal uit vreemden bestaat. Je hebt gelijk. Maar wat zeggen de mensen desondanks wanneer ze zich zo voelen als ik? "Ik hou van je", zeggen ze, geloof ik.'

We hadden daar al een tijdje gestaan en nu hoorde ik andere stemmen, nieuwe stemmen de berg op komen. Ik vermande me en spurtte bijna naar het pad. Je kon op geen andere manier van de berg af dan via dat pad, hoewel mijn eerste gedachte was om over de hei en het puin in oostelijke richting te snellen, maar tegelijkertijd wist ik dat er een grote klif was onder Knocknarea, en het zou me misschien vele uren kosten om die te vermijden en op de weg te komen. Zo veel uur dat Tom zich uiteindelijk misschien zou afvragen wat er met me aan de hand was, en zelfs het land zou mobiliseren om mij te zoeken. Dat waren mijn gedachten terwijl de wind, krachtiger geworden nu het tegen theetijd liep, mijn haar uit mijn gezicht blies, en het kleine groepje beneden in zicht kwam.

Het was een groepje mannen in zwarte jassen en soutanes. Een klein gezelschap priesters op een zondagwandeling. Had dat niet iets godslasterlijks? Hadden hun vroomheid, hun gebeden en hun regels hen maar strikt in de stad gehouden. Maar daar waren ze met hun andere gelach en hun fluisterstemmen. Ik draaide me woest om om te kijken waar John Lavelle uithing. O, hij stond vlak achter me, als een onderdeel van de wind zelf.

'Ga weg!' zei ik. 'Kun je je niet verstoppen? Ik mag hier niet met jou gezien worden!'

'Waarom niet?' zei hij.

'Waarom niet? Ben je gek? Ben je net zo gek als ik? Ga je tussen die rotsen verstoppen.'

Maar het was te laat. Natuurlijk. Het groepje geestelijken passeerde ons, een en al glimlachjes, begroetingen en hoeden die gelicht werden. Behalve één gezicht, rood gestriemd door de inspanning en de wind, dat me aankeek met een uitdrukkingsloze, hart-pijnigende blik. Het was eerwaarde Gaunt.

*

Toen ik terugkeerde in ons huisje in Strandhill was Tom er niet omdat hij naar Sligo was gegaan om 'de Generaal' op het station te begroeten ter voorbereiding op een optocht door Wine Street, om het grote enthousiasme voor generaal O'Duffy's beweging in de stad te doen uitkomen, zoals Tom het formuleerde. Hij had me gesmeekt een blauwe blouse aan te trekken die Oude Tom na enig aandringen voor me had genaaid, maar eigenlijk was ik bang voor die kant van Tom. In de oorspronkelijke theesalon Cairo, in Caïro zelf – en ik denk niet dat de aardige mevrouw Prunty daar ooit was geweest – werd er veel gebruikgemaakt van de waterpijp, om maar te zwijgen van de beroemde hootchykootchy-meisjes die hun buikdans deden. Ik had nog nooit een man met opium in hem gezien, maar ik vroeg me af of het effect van opium zoiets was als de bijna oosterse gloed in Toms gezicht als hij over de Generaal sprak en over corporatisme (wat dat ook mocht zijn, ik betwijfel of hij het zelf wel wist), en over het betaald zetten van de 'verrader De Valera', en het 'echte begin van Ierlands glorie', en de hele rest van het jengelende lied van die tijd. Als ze Sligo in waren gemarcheerd, kwamen ze allemaal naar Strandhill voor een bijeenkomst in de Plaza. Een groot deel van de overgebleven angst na mijn ontmoeting met John Lavelle kwam voort uit het voor de hand liggende feit dat een man als hij eigenlijk de 'vijand' was van de beweging van de Generaal. Ik weet niet waarom me dat zo dwarszat, maar het was zo. Ik stond in onze kleine woonkamer – kaal als een huurkamer, maar schoon en mooi – te rillen in mijn zomerjurk. Ik rilde, en rilde des te meer toen ik in de verte het geluid van auto's hoorde, een zacht geronk dat steeds meer aanzwol totdat ik naar het raam rende en naar buiten keek en de stroom Fords en zo voorbij zag komen, Tom voorop in zijn eigen auto, een zeer gewichtig uitziend persoon in de stoel naast hem met zo'n opvouwbare pet en een haakneus die wel iets weg had van de neus van Toms broer Jack. Er stroomden vele tientallen auto's voorbij, allemaal met hun metalige muziek, en het witte stof van de smalle kustweg steeg op van de wielen als de Sahara zelf. En alle gezichten, mannen en vrouwen, straalden boven de blauwe blouses en overhemden met die vreemde gloed, het geluk binnen handbereik – het toonbeeld van onmogelijk optimisme, net als de advertenties in een Amerikaans tijdschrift dat ons zo nu en dan bereikte in die afgelegen wereld van Sligo, naar familie gezonden, vergezeld van de begeerde yankee-dollars.

Ik had het merkwaardige gevoel dat ik naar de wereld van iemand anders keek, de Tom van iemand anders, het Sligo van iemand anders. Alsof ik daar niet heel lang meer zou zijn, en er nog niet lang genoeg was geweest, of er zelfs nooit was geweest. Als een spook voor mezelf en beslist niet voor het eerst.

Ik ging naar bed en lag tussen de koele lakens en probeerde rustig te zijn. Ik probeerde mezelf te zijn, maar kon die persoon niet goed lokaliseren. Roseanne. Ze ontglipte me wellicht. Misschien had ze dat al lang geleden gedaan. In de onafhankelijkheidsoorlog moesten niet alleen soldaten en politiemannen gedood worden, zelfs de onnozele halzen die de Eerste Wereldoorlog waren in gegaan zonder erbij na te denken, maar ook zwervers en landlopers en dergelijke. Mensen die de randen van de dingen vuilmaakten, de mensen die aan de rand stonden van foto's van mooie plekken en die in de ogen van bepaalde mensen een stank verspreidden waardoor ze werden besmet. Toen er in die komende oorlog bommen op Belfast werden gegooid door de Duitsers, vluchtten tienduizenden mensen naar het platteland, duizenden van hen uit de sloppenwijken van Belfast, en niemand wilde ze in hun huizen, omdat ze een vergeten ras waren van wilden, zo arm dat ze nog nooit een toilet hadden gezien en niets anders aten dan thee en brood. Ze pisten op de vloeren van fatsoenlijke huizen. Het waren allen mensen die verborgen waren geweest totdat de Duitsers hen uit hun huizen hadden gebombardeerd, hen met vuur hadden verdreven. Als de arme ratten van mijn vader. Ik lag in een bed met schone lakens, maar ik voelde me als die mensen. Net als zij was ik niet dankbaar genoeg, en had ik mijn eigen nest bevuild. Ik wist dat in de ogen van Toms vrienden buiten, verzameld in de Plaza, als ze alles over me wisten, dat ze me zouden willen – ik weet het niet, vernietigen, veroordelen, buiten de lijst van de foto's van het leven plaatsen. De verrukkelijke landschappen van het gewone leven. Natuurlijk wist ik toen nog niets van Duitsers, behalve dat de Generaal een man was zoals ze die destijds in Italië, Duitsland en Finland hadden, geweldig luidruchtige mannen die iedereen wilden opzwepen en ze allemaal rein en fit en puur wilden hebben, zodat ze er met een grote horde op uit konden trekken om de minderwaardigen, de havelozen, de moreel gebrekkigen uit te roeien. Ergens in mijn hart, in het paspoort van mijn hart, zou je, als je het opende, mijn ware gezicht kunnen vinden – ongewassen, verschroeid door vuur, doodsbang, ondankbaar, ziek en stom.

Midden in de nacht ontwaakte ik, wakker gepord door zachte geluiden van Tom in de kamer. Er stond een reusachtige maan boven Knocknarea, de cairn was zichtbaar als in het zonlicht. Ik was nog steeds verstrikt in een droom en dacht heel even dat ik boven op de cairn een gestalte zag in zwarte kleren, met grote blinkende vleugels achter zich gevouwen. Maar ik was daarvoor natuurlijk veel te ver weg.

'Ben je wakker, snoes?' vroeg Tom, en toen ik naar hem keek was hij bezig zich van zijn bretels te ontdoen.

'Er zit bloed op je gezicht,' zei ik, terwijl ik overeind ging zitten.

'Mijn hele overhemd zit onder het bloed,' zei hij, 'hoewel je dat door het blauw nauwelijks kunt zien.'

'Mijn god,' zei ik, 'wat is er dan gebeurd, Tom?'

'Niets. Er was wat verzet van de gardetroepen in Sligo. De demonstratie liep gesmeerd totdat een woest groepje jongens uit Quay Street kwam, kerels die waarschijnlijk uit Collooney waren aangeworven, omdat het geen gewone gardesoldaten uit Sligo waren. En een van hen gaf zo'n harde klap met een stok, dat deed een helse pijn, dat kan ik je wel vertellen. En de Generaal begint naar hen te brullen en de gardesoldaten schreeuwen terug: "U heeft geen toestemming om in Sligo te demonstreren!" Terwijl de Generaal nog maar een paar jaar daarvoor de leider van dezelfde gardesoldaten was. Tja. Er werd in het algemeen enorm geschreeuwd en geschuimbekt. Dus we waren blij dat we de zaal in konden gaan, dat kan ik je wel vertellen. En wat hebben we toen genoten. Zo'n menigte heb je nog nooit gezien.'

Intussen had hij zijn fraaie gestreepte pyjama aan en hij ging naar de wastafel, gooide met kracht water in zijn gezicht, veegde het af in de handdoek en wierp zich naast me in bed.

'En wat heb jij gedaan?' vroeg hij. 'Je had mee moeten gaan. Het was geweldig.'

'Ik ben gaan wandelen,' zei ik.

'O ho,' zei hij, 'echt? En waarom niet?'

Toen legde hij zijn linkerarm onder mijn hand en hield me tegen zich aan, en na een tijdje, tussen het bloed en het maanlicht, vielen we in slaap.

*

Het aantekenboek van dokter Grene

Er was gisteren dikke paniek in het gebouw. Ik moet zeggen dat ik de manier waarop gereageerd werd bijna bemoedigend vond, want in het verleden heeft er naar mijn gevoel zo vaak een wolk van passiviteit boven deze oude daken gehangen. Maar de jongedame die overstuur en onder het bloed was aangetroffen, was verdwenen. De afdelingsverpleegster schrok zich rot omdat de zus van de jongedame net op bezoek was geweest en haar een mooie nieuwe peignoir cadeau had gedaan.

De verpleegster had de ceintuur gezien die van dezelfde lichte stof was gemaakt als de peignoir, maar ze had niet de moed gehad hem meteen te verwijderen. Dus ze vloog door de afdelingen en vroeg iedereen of ze de arme ongelukkige vrouw hadden gezien en zorgde ervoor dat de oude patiënten zich voor het eerst in vele jaren verroerden. Uiteindelijk werd ontdekt dat ze zich niet had verhangen, maar dat ze in haar peignoir naar de receptie was gegaan om zich te laten uitschrijven, waar ze onder de nieuwe wetgeving het volste recht toe had. En daarna was ze naar de hoofdweg gegaan, waar ze een lift had gekregen naar de stad, en vandaar had ze een bus naar Leitrim genomen, dit alles nog steeds in de peignoir. De peignoir was als een toverjas, die haar naar Leitrim terugbracht. Haar man belde ons gisteravond om ons op de hoogte te brengen, en zijn stem klonk heel boos aan het andere eind van de lijn. Hij zei dat de inrichting een toevluchtsoord hoorde te zijn. De hoofdverpleegster stond hem te woord en was heel onderdanig, heel anders dan de oude directrices die we hier vroeger hadden. Ik weet niet wat hiervan de ontknoping zal zijn, maar in mijn ogen had het alle kenmerken van een redding. Ik wens de arme vrouw het beste en het spijt me dat we zo weinig voor haar konden betekenen, integendeel. En ik ben heel blij dat de paniek van de verpleegster ongegrond was.

Vanmorgen ging ik tamelijk opgeruimd naar mevrouw McNulty's — nee, nee, Roseannes — kamer. De toestand van de jonge vrouw is natuurlijk nog steeds precair, maar ik ben nu oud genoeg om alleen al het feit dat iemand nog in leven is hoog aan te slaan.

Er was een beetje schuin invallend lentezonlicht in de kamer, dat met een bijna verontschuldigende teerheid door de ruit naar binnen leek te zijn geslopen. Een klein vierkant vlekje ervan lag op Roseannes gezicht. Ja, ze is heel oud. Zonlicht is altijd de brutaalste meter van leeftijd, maar ook de meest nauwgezette schilder. Ik dacht aan een regel van T. S. Eliot die we in Engeland op school leerden:

Mijn leven is als een veertje op de rug van mijn hand,
*Wachtend op de doodswind.**

Hij wordt uitgesproken door Simeon, de man die lang genoeg wilde leven om de pasgeboren Messias te zien. Ik denk niet dat Roseanne daarop wacht. Ik dacht ook aan die zelfportretten van Rembrandt van Rijn, zo getrouw het beeld ontrouw dat wij van ons eigen uiterlijk hebben als een tegengif tegen wroeging. Hoe we besluiten het feit te negeren dat onze huid gaat hangen onder onze kaken en losraakt onder onze kin als gips dat loslaat van zijn tengels in een ouderwets plafond.

Haar huid is zo dun dat je de aderen en wat niet al kunt zien, als wegen, rivieren, steden en monumenten op een kaart. Iets wat uitgerekt is om erop te kunnen schrijven. Maar geen monnik zou de punt van een pen op zulk dun perkament hebben durven zetten. En opnieuw bedacht ik hoe mooi ze geweest moet zijn, als ze nu op haar honderdste nog zo merkwaardig mooi is. Goede botten, zoals mijn vader altijd zei, alsof hij, toen hijzelf en zijn kennissen om hem heen oud werden, de waarde ervan kende.

Maar aan één kant van haar gezicht heeft ze uitslag, behoorlijk rood en ontstoken, en ik had de indruk dat haar tong haar spraak nogal belemmerde, alsof hij een beetje gezwollen was bij de wortel. Ik moet de arts, de heer Wynn, naar haar laten kijken. Ze kan best eens een antibioticum nodig hebben.

Of het nu kwam doordat ze mijn stemming aanvoelde, ik weet het niet, maar ze was heel spraakzaam, zelfs open. Ze was op een eigenaardige manier op haar gemak. Misschien was het een toestand van geluk. Ik weet dat de weersverbetering, de omslag van het jaar, haar in verrukking brengt. Ze stelt veel vertrouwen in die narcissen langs de oprijlaan, daar geplant door een oude edelman toen dit oord een landgoed met een

* Vrij geciteerd uit 'A Song for Simeon' van T. S. Eliot (1888-1965). Het betreft de volgende versregels: *My life is light, waiting for the death wind, / Like a feather on the back of my hand.* (vert.)

groot huis was, in die oude, verdwenen tijd. Met angstvallige tact, waarbij ik een voorbeeld probeerde te nemen aan het zonlicht, sneed ik uiteindelijk het onderwerp van haar kind aan. Ik zeg 'uiteindelijk', alsof ik honderden andere onderwerpen met vrucht heb aangesneden, of heb toegewerkt naar het kind. Maar dat is niet zo. Ik heb wel veel over de zaak gepiekerd, want als wat eerwaarde Gaunt schreef waar is, dan is natuurlijk haar geestestoestand en haar lange aanwezigheid hier en in Sligo ontegenzeglijk en waarschijnlijk blijvend een netelige kwestie. Over Sligo gesproken, ik heb de inrichting daar weer geschreven om te vragen of ik binnenkort een bezoek kan brengen om met de directeur te praten, die een oude kennis van me blijkt te zijn, een man die Percival Quinn heet. Voor zover ik weet is mij geen andere Percy bekend in het huidige tijdperk, laat staan dat ik die heb ontmoet. Hij was blijkbaar degene die zich de extra moeite heeft getroost om de verklaring van eerwaarde Gaunt boven water te krijgen, en het kan best zijn dat er nog andere dossiers liggen waarvan zelfs Percy vindt dat ze niet ingezien mogen worden, maar dat weet ik niet. We zijn in ons vak van psychiater soms net mensen van MI5. Alle informatie wordt gevoelig, verontrustend en kwetsbaar, zelfs alleen al het tijdstip van de dag, denk ik soms wel eens. Maar ik zal op mijn intuïtie afgaan.

Vanavond is het doodstil in huis. Het is bijna net zo griezelig als het gebonk was. Maar ik ben dankbaar. Menselijk, alleen, verouderend en dankbaar. Zou het misplaatst zijn om hier te schrijven, om hier rechtstreeks aan jou te schrijven, Bet, te zeggen dat ik nog steeds van je hou en je dankbaar ben?

Roseanne was zo kwetsbaar, zo bewonderenswaardig, zo openhartig in mijn gesprek met haar, dat ik haar alles had kunnen vragen, op elk onderwerp door had kunnen gaan, en waarschijnlijk de waarheid had gekregen, althans wat zij als de waarheid beschouwt. Ik was me heel goed bewust van deze gunstige omstandigheid, en als ik had aangedrongen zou het me veel hebben opgeleverd, maar zou ik misschien ook iets zijn verloren. Vandaag was de dag dat ze me alles had kunnen vertellen, en vandaag was de dag dat ik zelf opteerde voor haar stilte, haar privacy. Want het komt me voor dat er iets groters is dan oordeel. Dat heet geloof ik genade.

*

Roseannes getuigenis van zichzelf

Dokter Grene kwam heel vrolijk binnen, trok zijn stoel bij alsof het hem ernst was. Ik was zo overdonderd dat ik zelfs min of meer een gesprek met hem aanging.

'Het is een heerlijke lentedag,' zei hij, 'en dat geeft me de moed om u weer een paar van die vermoeiende oude vragen te stellen waarvan ik zeker weet dat u zou willen dat ik ze niet meer zou stellen. Maar toch heb ik het gevoel dat het misschien iets oplevert als ik het doe. Gisteren nog hoorde ik iets wat me het gevoel geeft dat niets onmogelijk is. Dat dingen die eerst duister en hardnekkig lijken, toch wat licht, wat onverwacht licht kunnen toelaten.'

Zo praatte hij een tijdje en kwam ten slotte bij de vraag. Die ging weer over mijn vader en ik was niet te beroerd hem voor de tweede keer te vertellen dat mijn vader nooit bij de politie was geweest. Ik vertelde hem evenwel dat er in de familie McNulty een link was met de politie.

'De broer van mijn man, Eneas, was bij de politie. Hij ging in 1919 bij de politie, wat geen goede tijd was om daar werk te zoeken,' zei ik, of woorden van die strekking.

'Ah,' zei dokter Grene, 'dus u denkt dat die link met de politie misschien op die manier... aan de orde is gekomen?'

'Ik weet het niet,' zei ik. 'Zijn de narcissen al uitgekomen op de oude laan?'

'Ze zijn bijna uit, ze staan op het punt van uitkomen,' zei hij. 'Misschien zijn ze bang voor een laatste vorst.'

'Vorst is geen enkel probleem voor narcissen,' zei ik. 'Net als hei kunnen ze bloeien in de sneeuw.'

'Ja,' zei hij, 'ik denk dat u gelijk hebt. Goed, Roseanne, het tweede onderwerp dat ik meende met u te kunnen bespreken, is het onderwerp van het kind. Ik las in de kleine verklaring

219

waarover ik het had dat er een kind was. Op een gegeven moment.'

'Ja, ja, er was een kind.'

Toen zei ik niets, want wat kon ik zeggen. Ik ben bang dat ik zo zacht als ik kon begon te huilen.

'Het is niet mijn bedoeling u van streek te maken,' zei hij heel gevoelig.

'Dat denk ik ook niet,' zei ik. 'Het is alleen dat – als ik erop terugkijk is het allemaal zo...'

'Tragisch?' zei hij.

'Dat is een groot woord. Heel droevig in elk geval, in mijn ogen.'

Hij stak zijn hand in de zak van zijn jasje en haalde er een klein opgevouwen papieren zakdoekje uit.

'Wees gerust,' zei hij, 'ik heb het niet gebruikt.'

Ik nam het nutteloze ding dankbaar aan. Waarom zou hij het niet gebruikt hebben, hij met zijn eigen ellende zo kortgeleden? Ik probeerde me voor te stellen dat hij ergens in zijn huis zat, een plek die ik natuurlijk niet kende. Terwijl zijn vrouw hem heeft verlaten. De dood heeft haar weggenomen, even meedogenloos als elke andere minnaar.

En ik droogde mijn tranen. Ik voelde me als Barbara Stanwyck in een stompzinnige draak, of tenminste Barbara Stanwyck toen ze honderd jaar oud was. Dokter Grene keek me met zo'n mistroostig gezicht aan, dat ik moest lachen. Dat monterde hem op en hij lachte ook. Toen lachten we allebei, maar heel zachtjes en bedaard, alsof we niet wilden dat iemand anders het hoorde.

*

Ik moet toegeven dat er 'herinneringen' in mijn hoofd zitten die zelfs voor mij merkwaardig zijn. Dat zou ik niet graag tegen dokter Grene zeggen. Als het geheugen verwaarloosd wordt, zal het wel veranderen in een bergruimte of een rommelkamer in een oud huis waar de spullen door elkaar op een hoop liggen, misschien niet alleen door verwaarlozing, maar ook door te veel lukraak zoeken tussen die spullen en bovendien doordat er dingen bij gegooid zijn die daar niet horen. Ik heb in elk geval het vermoeden – ach, ik weet niet welk vermoeden ik heb. Het maakt me een beetje duizelig als ik rekening hou met de mogelijkheid dat alles wat ik me herinner misschien niet... misschien niet écht is. Er was toentertijd zoveel verwarring dat – dat wat? Dat ik mijn toevlucht nam tot andere onmogelijke geschiedenissen, tot dromen, tot fantasieen? Ik weet het niet.

Maar als ik mijn vertrouwen stel in bepaalde herinneringen, misschien zullen ze dan dienen als stapstenen en zal ik de kolkende beek van 'het verleden' kunnen oversteken zonder er kopje-onder in te gaan.

Ze zeggen wel dat oude mensen tenminste hun herinneringen hebben. Ik ben er niet zo zeker van of dat altijd gunstig is. Ik probeer trouw te zijn aan wat in mijn hoofd zit. Ik hoop dat het mij net zo trouw probeert te zijn.

Het was zo simpel als wat. Hij kwam gewoon niet thuis. Ik heb een hele dag gewacht. Ik maakte de hachee klaar zoals ik hem die ochtend had beloofd, want hij had een zwak voor door elkaar gehusseld en opgewarmd eten, ook al was zijn broer Jack de man van de marine. Het is de lievelingskost van matrozen en soldaten, zoals mijn eigen vader had kunnen onderschrijven. Maar het eten werd weer koud onder de deksels. De avond viel over Knocknarea, over Sligo Bay, over Ben Bulben, waar Willie, de broer van John Lavelle, was vermoord. Op de bovenste hellingen, in de afzondering van de dunnere lucht en de hei. In het hart geschoten, misschien, of in het hoofd, nadat hij zich had overgegeven. John Lavelle had dat gezien vanaf zijn schuilplaats. Zijn eigen broer. De broers van Ierland. John en Willie, Jack, Tom en Eneas.

Ik wist meteen dat er iets helemaal mis was, maar je kunt dat weten zonder die gedachte toe te laten in je hoofd, voor in je hoofd. Hij danst rond in je achterhoofd, waar je er geen controle over hebt. Maar voor in je hoofd is de plek waar de pijn begint.

Ik moet bekennen dat ik daar zat te smelten van liefde voor

mijn man. Het was zijn vreemde doelmatigheid, zelfs zijn doel-
bewuste manier van lopen over de trottoirs van Sligo. Zijn vesten, zijn gabardine, of zijn regenjas met de vier voeringen, zijn
hoge schoenen met de dubbele kwaliteitszolen, die nooit ge-
repareerd hoefden te worden (natuurlijk moesten ze dat wel).
Zijn stralende gezicht en de blozende tekenen van gezondheid
op zijn wangen, en zijn sigaret die slap uit zijn mond hing, hetzelfde merk dat zijn broer rookte, 'Army Club Sandhurst'. Zijn
muzikaliteit en zijn zelfvertrouwen, hoe hij de hele wereld
aankon. En hij kon de wereld niet alleen aan, maar ging haar
veroveren, ging Sligo veroveren en alle streken in het westen
en het oosten, 'van Portugal tot de Zee', zoals het oude gezegde
luidde, hoewel dat eigenlijk een onzinnig gezegde is. Tom Mc-
Nulty, een man die alle recht had op het leven omdat hij het zo
eerde door ervan te genieten.

Lieve hemel, lieve hemel, daar zat ik. En ik zit daar nog
steeds.

Ik ben oud genoeg om te weten dat tijd die voorbijgaat iets
is waarmee we onszelf voor de gek houden, een gerieflijk idee.
Alles is altijd aanwezig, ontvouwt zich nog steeds, gebeurt nog
steeds. Het verleden, het heden en de toekomst, eeuwig in de
hersenpan, als borstels, kammen en haarlinten in een hand-
tas.

Hij is gewoon niet teruggekomen.

Op avonden dat er geen dansfeesten waren, wanneer je alleen af en toe boven een auto het dorp in hoorde rijden, klonk
in Strandhill dikwijls de roep van een uil. Ik denk dat hij op
het achterland onder Knocknarea leefde, waar het land afdaalt
en naar de zee toe een soort dal wordt. De plek waar de uil zat
was zo dichtbij dat je zijn ene herhaalde toon duidelijk over de
met struikgewas bedekte velden en onbewoonbare gebieden
kon horen komen. Zijn roep klonk telkens weer, maar ik weet
niet wat hij wilde zeggen. Roepen dieren die 's nachts wakker
zijn en jagen naar hun eventuele partner? Ik denk het wel.

Mijn eigen hart riep ook en seinde naar die moeilijke, menselijke wereld. Dat Tom thuis moest komen, *thuis moest komen*.

HOOFDSTUK ZEVENTIEN

Ik denk dat ik daar twee avonden later nog moet hebben gezeten. Hoewel dat nauwelijks mogelijk is. Had ik niet gege-
ten, was ik niet naar de wc gegaan, buiten achter de hut, had
ik mijn benen niet gestrekt? Ik kan het me niet herinneren.
Of liever gezegd, ik herinner me alleen dat ik daar zat, en dat
daarna, op het moment dat de schemering inviel op Strandhill
en alles rustig werd, zelfs de kleuren van het gras, de avond-
bries vanaf de baai landinwaarts ijlde en mijn rozen deed rit-
selen bij het vensterglas, of in elk geval de nieuwe knoppen,
tik tik tik, als Gene Krupa zelf die een mopje speelde op de
drums. En toen, als op afroep, hoorde ik flarden van 'Honeysuckle Rose' de weg op en de hoek om komen, eerst maar een
paar noten, en toen hoorde ik Harry B. op de drums slaan en
daarna zette de klarinet in, wat volgens mij Tom was, en iemand op de piano, uiteraard niet ikzelf, en uit de stramme pogingen maakte ik op dat het misschien Oude Tom zelf was, en
dat zou Dixie Kielty wel zijn op de slaggitaar waar hij als kind
van hield, o, en ze ontvouwden de muziek, stengel voor stengel
en bloem voor bloem, net als kamperfoelie zelf, hoewel dat in
die streken een bloem was voor later in het jaar.

Natuurlijk wist ik toen dat het zaterdag was. Die muziek was
iets waarmee ik me kon oriënteren.

Maar jeetjemina, dat is een geweldig liedje voor de gitaar-
solo.

'Honeysuckle Rose'. Wep wep wep gaan de drums, en op en
neer en het klokje rond gaan de akkoorden van de gitaar. Je
kunt zelfs de boerenkinkels van Sligo half buiten zinnen laten
raken met dat liedje. Een dode man zou er nog op dansen. Zelfs
een stomme man zou de solo's toejuichen.

Naar men zei, in elk geval vertelde Tom me dat, besteedde
Benny Goodman op dansavonden ruim twintig minuten aan

dat lied. Dat verbaasde me niets. Je zou het de hele dag kunnen spelen en er nog iets mee te zeggen kunnen hebben. Dat was het namelijk, het was een sprekend lied. Zelfs zonder dat iemand de woorden zong.

Dus.

Dus ging ik daar naartoe. Het gaf een heel vreemd en duister gevoel om dat te doen. Om aan te trekken wat ik daar aan mooie kleren had, mijn beste jurk, haastig wat make-up op te doen, mijn haar te kammen, het bijeen te binden, mijn podiumschoenen aan te doen, en ondertussen een beetje zwaar in en uit te ademen, daarna naar buiten te gaan, de bries in, de kilte erin te voelen, zodat mijn borst om de minuut ineen leek te krimpen. Maar dat kon me niet schelen.

Want ik dacht dat het nog steeds mogelijk was dat alles in orde was. Waarom ik dat dacht? Omdat ik het tegendeel niet had gehoord. Ik zat midden in een mysterie.

Het was nog vroeg voor de dansavond, maar er kwamen al auto's uit Sligo, hun grote lichtbundels schepten als grote schoppen de hobbelige weg. Verwachtingsvolle gezichten in de auto's, en jongens die zo nu en dan op de treeplanken stonden. Het was een mooi gezicht, het mooiste gezicht in Sligo.

Ik voelde me steeds meer een spook worden naarmate ik dichter bij de Plaza kwam. De Plaza was vroeger niet meer dan een vakantiehuis, en ze hadden de zaal aan de achterkant aangebouwd, dus de voorkant zag eruit als een gewone woning, maar dan met beton bedekt, in zekere zin weggevaagd. Er wapperde een fraaie vlag boven het dak, met PLAZA erop geschreven. Wat verlichting betreft was er niet veel, maar wie had er verlichting nodig, als het gebouw het mekka was van ieders doordeweekse dromen en gedachten? Je kon de hele week slavenwerk doen in een ellendig baantje in de stad, maar zolang je de Plaza had... Het was groter dan religie, dat kan ik je wel vertellen, dat dansen. Het was een religie. Het dansen ontzegd worden zou net zoiets zijn als hoe heet het, excommunicatie, de sacramenten niet mogen ontvangen, zoals de mannen van de IRA in de burgeroorlog.

Jongens als John Lavelle natuurlijk.

'Honeysuckle Rose'. De band was daar nu mee klaar en begon 'The Man I Love' te spelen, wat zoals iedereen weet een langzamer liedje is, en ik vond het niet zo'n goede keus voor zo vroeg op de avond. Eens een bandlid, altijd een bandlid. Voor elk liedje is er een geschikt moment. Voor sommige liedjes is dat moment er maar zelden, zoals voor oude kerstliedjes, of weeïge oude balladen midden in de winter wanneer iedereen melancholiek wil zijn. 'The Man I Love' is voor de op één na laatste dans of daaromtrent, wanneer iedereen moe maar gelukkig is, en er op alles een glans ligt, op gezichten, armen, instrumenten, harten.

Toen ik de zaal binnen kwam waren er maar een paar mensen aan het dansen. Ik had gelijk gehad, het was veel te vroeg voor dat lied. Maar de band had evengoed een late-avonduitstraling. Oude Tom speelde de solo zo'n beetje bij het begin, en daarna viel zijn zoon in met de klarinet. Het was eerlijk gezegd schokkend. Misschien merkten de mensen daar ook dat Tom, mijn Tom, aangeschoten was. Hij stond in elk geval niet helemaal vast op zijn benen, maar hij speelde de muziek gewoon zoals het hoorde, totdat hij plotseling leek te stokken en het mondstuk uit zijn mond nam. De band speelde het liedje naar het dichtstbijzijnde einde en hield toen ook op. Hun gezichten keken om naar Tom, om te zien wat hij wilde doen. Tom legde zijn instrument zorgvuldig als altijd neer, stapte van het podium en liep slingerend naar achteren, naar onze kleedkamer. Ik weet niet of hij me überhaupt had gezien.

Ik wilde daar ook naartoe gaan. Tussen mij en de oude gordijnen die voor de deur hingen was alleen de dansvloer. Ik stapte vastbesloten naar voren, maar opeens stond Jack naast me, zijn gezicht heel streng in de draaiende schaduwen.

'Wat wil je, Roseanne?' vroeg hij, killer dan ik hem ooit had gehoord, en hij kon heel ijzig zijn.

'Wat ik wil?'

Het was eigenaardig, ik was een dag of twee, drie zo stil geweest dat mijn stem bijna kraakte toen ik sprak, gghh, als een naald die op een plaat zakt.

Ik geloof niet dat er iemand naar me keek. We moeten er

hebben uitgezien als twee oude vrienden die stonden te kletsen, zoals honderden oude vrienden daar deden op een zaterdagavond. Wat zou vriendschap zijn geweest zonder de Plaza, laat staan liefde?

Mijn maag was waarschijnlijk leeg, maar dat weerhield mijn lichaam er niet van om te proberen over te geven. Het was een reactie op de kilte in Jacks woorden. Die zei me meer dan hij met welk toespraakje dan ook kon zeggen, zoals het toespraakje dat ik ongetwijfeld dadelijk zou horen. Het was niet de stem van de beul, zoals die Engelsman Pierrepoint die in de jaren veertig door de regering van de Vrijstaat werd ingeschakeld om de mannen van de IRA op te hangen, maar het was de stem van de rechter, die mijn executie aankondigde. Hoeveel moordenaars en criminelen kennen hun lot alleen al door de uitdrukking op het gezicht van de rechter, ongeacht de zwarte baret die kort daarvoor op zijn hoofd is gezet, hoewel elke vezel van hun wezen zich tegen die kennis verzet en ze hoop blijven koesteren tot het moment dat de onherroepelijke woorden uitgesproken worden? De patiënt die opkijkt in het gezicht van de chirurg. Doodstraf. Die Eneas McNulty kreeg voor het feit dat hij bij de politie was. Doodstraf.

'Wat wil je, Roseanne?'

'Wat ik wil?'

Toen dat kokhalzen. Mensen keken naar me. Dachten waarschijnlijk dat ik een halve fles gin te snel achterover had geslagen of zoiets, zoals zenuwachtige dansers deden, of linkmiegels, zoals Tom hen noemde. Mijn gekokhals leverde niets op, maar dat maakte mijn pijnlijke onbehagen er niet minder op, een onbehagen dat op de voet werd gevolgd door een zeer diep gevoel van iets, misschien wroeging, misschien afschuw van mezelf, dat me doorboorde.

Jack bleef een eindje van me vandaan staan, alsof ik een klif was of iets gevaarlijks dat bij de rand zou kunnen afbrokkelen en hem een doodsmak kon doen maken. De kliffen van Mohar, Dun Aengus.

'Jack, Jack,' zei ik, maar wat ik bedoelde, wist ik niet.

'Wat is er met je aan de hand?' vroeg hij. 'Wat is er met je aan de hand?'

'Met mij? Ik weet het niet. Ik ben misselijk.'

'Nee, niet nu, niet nu verdomme nog aan toe, Roseanne. Wat heb je uitgespookt?'

'Hoezo, wat zeggen hun dat ik heb uitgespookt?'

Dat klonk in mijn oren niet eens als mijn moerstaal. Wat zeggen hun. Als een oud zwart liedje uit de zuidelijke staten.

Maar Jack zei het niet.

'Mag ik nu naar Tom gaan?' vroeg ik.

'Tom wil je niet zien.'

'Natuurlijk wil hij me wel zien, hij is mijn man.'

'Tja, Roseanne, dat valt nog te bezien.'

'Hoe bedoel je, Jack?'

Toen was hij ineens niet ijzig meer. Misschien herinnerde hij zich andere dagen, ik weet het niet. Misschien herinnerde hij zich dat ik altijd vriendelijk tegen hem was en vol eerbied over zijn prestaties. Ik mocht Jack, God weet het. Ik hield van zijn ernst en zijn rare, vrolijke bevliegingen zo nu en dan, wanneer hij ineens zijn benen uitschudde en wat hij noemde een Afrikaanse dans deed. Op een feestje bijvoorbeeld leek er soms plotseling, zonder waarschuwing vooraf, een enorme vrolijkheid over hem te komen die hem helemaal naar Nigeria sleurde. Ik mocht hem, met zijn mooie jassen en zijn nog mooiere hoeden, zijn dunne gouden horlogeketting, zijn auto die altijd de beste auto in Sligo was, op de grote sedans van de rijkelui na.

'Moet je horen, Roseanne,' zei hij. 'Het is allemaal heel gecompliceerd. Er is een boekje voor je geopend bij de winkel in Strandhill. Je zal niet omkomen van de honger.'

'Wat?'

'Je zal niet omkomen van de honger.'

'Luister,' zei ik, 'er is geen reden waarom ik niet met Tom zou mogen praten. Alleen maar een paar woorden met hem wisselen. Daar ben ik voor gekomen. Ik reken er niet op dat ik... dat ik in de band ga spelen, in godsnaam.'

Dit was niet erg logisch, en ik geloof dat ik de laatste paar woorden zelfs schreeuwde. Dit kon je beter niet doen bij Jack, die zich heel erg van zichzelf bewust was en niets erger vond dan een scène. Ik denk niet dat zijn geliefde uit Galway ooit een scène maakte. Niettemin bewaarde Jack zijn zelfbeheersing en hij kwam wat dichter bij me staan.

'Roseanne, ik ben altijd een vriend van je geweest. Vertrouw me nu maar en ga terug naar huis. Ik neem contact met je op. Het kan allemaal nog met een sisser aflopen. Rustig aan maar en ga terug naar huis. Ga nou maar, Roseanne. Moeder heeft over deze kwestie gesproken en tegen moeder kun je je niet verzetten.'

'Moeder?'

'Ja, ja, moeder.'

'Wat zegt zij in godsnaam?'

'Roseanne,' zei hij, vinnig, zachtjes, 'moeder heeft kanten die jij niet begrijpt. Ze heeft kanten die ik niet begrijp. Ze heeft als kind haar eigen tegenslagen gekend. Als gevolg daarvan weet ze wat ze wil.'

'Tegenslagen? Wat voor tegenslagen?'

Hij siste nu bijna terwijl hij sprak, kennelijk in een verwoede poging om niet gehoord te worden, maar mij tegelijkertijd iets aan mijn verstand te brengen wat misschien niet aan mijn verstand te brengen viel.

'Oud zeer. Ze wil koste wat kost dat Tom in het leven slaagt, omdat, omdat... oude redenen, oude redenen.'

'Je praat als een krankzinnige,' schreeuwde ik. Ik had hem wel met een brandende fakkel te lijf willen gaan.

'Maar luister nou toch, de hele kwestie loopt misschien met een sisser af,' zei hij.

Diep vanbinnen wist ik dat als ik me omdraaide en de danszaal uit liep die 'hele kwestie' vast en zeker niet met een sisser zou aflopen. Voor elk onderwerp is er een geschikt moment om het te bespreken, net zoals er voor elk lied een geschikt moment bestaat, hoe zeldzaam dat ook is. Dit was een zeldzaam moment in een leven, en ik wist dat als ik Tom maar even kon zien, of liever, als ik me maar even aan hem kon laten zien, de vrouw van wie hij zoveel hield, die hij zo begeerde, vereerde en liefhad, dat alles dan uiteindelijk goed zou komen.

Maar Jack versperde me de weg. Geen twijfel mogelijk. Hij

stond iets opzij van me, als een zalmvisser die op het punt staat zijn hengel uit te werpen over de stroom, met zijn gewicht leunend op zijn linkervoet.

Jack was geen hufter, hij was geen wrede man. Maar op dat moment was hij een broer, geen zwager.

Hij was ook een enorm obstakel. Ik probeerde naar voren te dringen, met pure wilskracht langs hem te gaan, een substantie die veel zachter was dan hij probeerde door hem heen te gaan. Hij was gehard door zijn tijd in Afrika, het was alsof je tegen een boom botste, hij sloeg zijn armen om me heen toen ik de zaal in probeerde te ontsnappen, en ik schreeuwde, schreeuwde om Tom, om genade, om God. Zijn armen sloten zich om mijn middel, sloten zich stevig, stevig om me heen, hamma-hamma-stevig, om de woorden te gebruiken die hij in Afrika had geleerd, het pidgin-Engels dat hij graag nabootste en bespotte, hij trok me naar zich toe, zodat mijn kont tegen zijn schoot werd gedrukt, daar werd afgemeerd, vastgehouden, klem, onmogelijk om weg te komen, als een rare liefdesomhelzing.

'Roseanne, Roseanne,' zei hij. 'Hou je gedeisd, vrouw, hou je gedeisd.'

Ik brulde en spartelde.

Zoveel hield ik van Tom en mijn leven met Tom. Zo hevig verzette ik me tegen en verafschuwde ik de toekomst.

*

Terug in het golfijzeren huisje wist ik niet wat ik doen moest. Ik ging naar bed, maar kon niet slapen. Er kroop een koud gevoel mijn hersens in, wat een lichamelijke pijn gaf, alsof iemand de achterkant van mijn grijze massa openmaakte met het vlijmscherpe lemmet van een blikopener. Hamma-hamma-scherp.

Er zijn vormen van lijden die we als levend wezen schijnen te vergeten, omdat we anders nooit zouden overleven tussen alle andere levende wezens. De pijn bij de bevalling behoort daar naar verluidt toe, maar daar kan ik het niet mee eens zijn. En de pijn van wat me toen was overkomen behoort er ook beslist niet toe. Zelfs als een dor, oud besje in deze kamer kan ik me die nog steeds herinneren. Kan ik er nog steeds een zweem van voelen. Het is een pijn die alle dingen uitwist, behalve zichzelf, zodat de jonge vrouw die daar in haar huwelijksbed lag een en al pijn was, een en al lijden. Ik was doorweekt van een vreemd soort zweet. Het grootste deel van de pijn werd veroorzaakt door de geweldige paniek dat er nooit iets zou komen, geen circus, geen bereden strijdkrachten van de yankees, geen menselijke instantie, om de pijn te verlichten. Dat ik er altijd in zou smoren.

En toch denk ik dat het van geen belang was. Ik telde niet mee in de wereld, in een tijd van duister lijden dat veel groter was dan dat van mij, als je de gangbare geschiedenis van de wereld moet geloven. Die gedachte troost me nu, vreemd genoeg, maar toen niet. Wat die kronkelende vrouw in een verloren bed in het verloren land van Strandhill zou hebben getroost, weet ik niet. Als ik een paard was geweest zouden ze me uit medelijden hebben afgeschoten.

Het is geen kleinigheid om een mens neer te schieten, maar destijds leek het te worden beschouwd als een wissewasje. Over het algemeen, in de wereld. Ik weet dat Tom niet lang daarna met de Generaal naar Spanje is gegaan om te vechten voor Franco, en er werd daar veel geschoten. Ze dreven mannen en vrouwen naar de randen van schilderachtige afgronden, schoten hen dood en lieten hen in die peilloze diepten vallen. De afgrond was eigenlijk zowel geschiedenis als toekomst. Ze schoten mensen de ondergang van hun land in, de ellende en de ondergang in, net als in Ierland. In de burgeroorlog schoten we zoveel op elkaar dat we het nieuwe land in zijn wieg hebben vermoord.

Ik spreek voor mezelf, zoals ik de dingen nu zie. Ik wist toen niet veel over dat soort zaken. Maar ik had moord gezien, met mijn eigen ogen. En ik had gezien hoe moord zich zijdelings kon verplaatsen en zonder dat je er weet van had andere levens kon nemen. De slinksheid en verspreidingssnelheid van moord.

De volgende ochtend was het een belachelijk mooie dag. Er was een mus het huis in gevlogen die verbijsterd en panisch was toen hij me uit de slaapkamer de lege woonkamer in zag komen. Ik dreef hem een hoek in, nam zijn woest fladderende lijfje in mijn handen, het leek wel een vliegend hart, nam hem mee naar de deur die ik de avond tevoren in mijn vreemde verdriet vergeten had dicht te doen, en liep de veranda op, hief mijn armen en liet het kleine, nutteloze grijze vogeltje vrij in de zonneschijn.

Terwijl ik dat deed, kwamen Jack McNulty en eerwaarde Gaunt over de weg naar me toe.

*

Aangezien priesters toentertijd het gevoel hadden dat ze de eigenaars waren van het nieuwe land, denk ik dat eerwaarde Gaunt meende dat hij ook de eigenaar was van het ijzeren huisje, hij liep in elk geval regelrecht naar binnen en koos een gammele stoel, zonder nog een woord te zeggen; Jack kwam met grote passen achter hem aan en ikzelf deinsde bijna achteruit een hoek in, net als de mus. Maar om de een of andere reden dacht ik niet dat ze me in hun handen zouden nemen om me te laten gaan.

'Roseanne,' zei eerwaarde Gaunt.

'Ja, eerwaarde.'

'Het is al een tijdje geleden dat we elkaar voor het laatst hebben gesproken,' zei hij.

'Ja, een tijdje.'

'Er zijn voor jou sindsdien een paar dingen veranderd, ik denk dat je dat wel kunt zeggen. En hoe is het met je moeder, ik heb haar ook al die tijd niet gezien?'

Tja, ik vond dat die vraag geen antwoord behoefde, hij was het die haar in de inrichting had willen laten opnemen, en ik had de vraag trouwens niet kunnen beantwoorden, al zou ik het gewild hebben. Ik wist niet hoe het met mijn moeder ging. Het zal wel slecht van me zijn geweest om dat niet te weten. Maar ik wist het niet. Ik hoopte dat het goed met haar ging, maar ik wist niet of dat zo was. Ik meende te weten waar ze was, maar ik wist niet hoe ze het maakte.

Mijn arme, mooie, gekke, verwoeste moeder.

En natuurlijk begon ik te huilen. Vreemd genoeg niet om mezelf, hoewel ik dat vast wel had gekund, dubbel en dwars, maar nee, niet om mezelf. Om mijn moeder? Wie kan echt de vinger leggen op de oorzaak van onze menselijke tranen?

Maar eerwaarde Gaunt was niet geïnteresseerd in mijn domme gehuil.

'Ehm, Jack hier zou graag een bepaald familiestandpunt willen vertegenwoordigen, dat klopt toch, Jack?'

'Nou ja,' zei Jack. 'We willen het feest schoonhouden. We willen hier de blanke man spelen. Alles heeft een oplossing, hoe problematisch het ook geworden is. Daar geloof ik in. In Nigeria zijn er vaak problemen geweest die onoverkomelijk leken, maar met een zekere flair en toewijding... Bruggen over rivieren die hun loop elk jaar verleggen. Van die dingen. Ingenieurs moeten al die problemen het hoofd bieden.'

Ik stond daar tamelijk rustig naar Jack te luisteren. Het was in feite de langste toespraak die hij voor me had gehouden, of in elk geval in mijn aanwezigheid, althans in mijn vage richting. Hij zag er heel gladgeschoren, netjes en schoon uit, zijn leren kraag omhoog, zijn hoed zwierig schuin op zijn hoofd. Ik wist van Tom dat hij sinds een paar weken buitensporig veel dronk, maar hij zag er helemaal niet slecht uit. Hij was verloofd met zijn meisje uit Galway, en dat, zei Tom, had hem enigszins in een mannelijke paniek gebracht. Hij ging met haar trouwen en zou haar meenemen naar Afrika. Tom had me foto's laten zien van Jacks bungalow in Nigeria, en Jack met groepjes mannen, zowel blank als zwart. Ik vond het wel intrigerend, betoverend is misschien het woord, om Jack in zijn fraaie open overhemd en witte broek te zien, met een wandelstok, en op één foto stond een zwarte man, misschien ook een functionaris, hoewel niet met een open overhemd, maar in een compleet zwart pak met vest, stijve boord en das, in wat voor warmte wist ik niet, maar hij zag er behoorlijk koel en zelfverzekerd uit. Dan was er nog een foto van Jack met een groep bijna naakte man-

nen, pikzwart, de kerels misschien die de kanalen hadden gegraven die Jack daar aanlegde, lange rechte kanalen had Tom
gezegd, die het binnenland in gingen om het begeerde water
naar afgelegen boerderijen te brengen. Jack, de verlosser van
Nigeria, de brenger van water, de bouwer van bruggen.

'Ja,' zei eerwaarde Gaunt. 'Ik ben ervan overtuigd dat het
allemaal te herstellen valt. Ik ben ervan overtuigd. Als we de
koppen bij elkaar steken.'

Ik kreeg een niet heel ontspannen beeld voor ogen van mijn
hoofd bij het streng gemillimeterde hoofd van eerwaarde
Gaunt en Jacks met een elegante hoed bedekte hoofd, maar het
loste op in de zwevende stofdeeltjes in het zonlicht dat de kamer binnen drong.

'Ik hou van mijn man,' zei ik, zo plotseling dat ik er bijna
van opschrok. Waarom ik dit zei tegen die twee afgezanten van
de toekomst stelt me zelfs nu nog voor een raadsel. Deze twee
mannen waren wel de laatsten tegen wie je dat moest zeggen,
wilde je er iets mee opschieten. Het was net zoiets als de handen schudden van de twee arme soldaten die opgeroepen waren om mijn executie te voltrekken. Zo voelde het zodra de
woorden uit mijn mond kwamen.

'Tja,' zei eerwaarde Gaunt, bijna gretig, nu het onderwerp
was aangesneden. 'Dat is nu allemaal geschiedenis.'

Ik maakte wat grommende geluiden van medeklinkers en
klinkers, omdat mijn hersenen niet goed wisten wat voor woorden gebruikt moesten worden, maar kreeg er toen een woord
uit:

'Wat?'

'Ik heb wat tijd nodig om de grenzen van dit probleem vast
te stellen,' zei eerwaarde Gaunt. 'In die tijd wil ik dat jij, Roseanne, blijft waar je bent, hier in dit huisje, en als ik de zaak tot
een oplossing kan brengen, zal ik beter in staat zijn je over je
positie te informeren en daarna regelingen te treffen voor je
toekomst.'

'Tom heeft de kwestie in de handen van eerwaarde Gaunt
gelegd, Roseanne,' zei Jack. 'Hij heeft het gezag om in deze
kwestie te oordelen.'

'Ja,' zei eerwaarde Gaunt. 'Dat is zo.'

'Ik wil bij mijn man zijn,' zei ik, want dat was waar, en het enige wat ik zonder boosheid kon zeggen. Want er laaide een nieuwe boosheid in me op, groter dan het gevoel van peilloos verdriet, een soort van hongerige woeste boosheid, als een wolf in een kudde schapen.

'Dat had je eerder moeten bedenken,' zei eerwaarde Gaunt met een passende bondigheid. 'Een getrouwde vrouw...'

Maar hij stokte. Hij wist niet wat hij verder moest zeggen, of wist dat wel maar besloot het niet te zeggen, of hij wilde dat niet, of kon het niet opbrengen de woorden te zeggen. Jack schraapte zijn keel alsof hij in een film speelde in de Gaiety-bioscoop, en hij schudde zijn hoofd, alsof zijn haar nat was en uitgeschud moest worden. Eerwaarde Gaunt zag er plotseling pijnlijk getroffen uit, precies zoals die avond lang geleden toen het lichaam van Willie Lavelle zo bloot, zo vernietigd, in mijn vaders tempel lag. Ik vermoedde wat hij dacht. Dit was de tweede keer dat ik hem in een situatie had gebracht die hem een gevoel gaf van... van wat? Ergernis, ongerustheid. Ergernis en ongerustheid over de aard van de vrouw? Wie weet? Maar plotseling keek ik naar hem met ogen van onverwachte minachting. Als mijn blik uit vlammen had bestaan, zou hij hem in as hebben veranderd. Ik kende zijn macht, die in deze situatie absoluut was, en het kwam me op dat moment voor dat ik zijn aard doorgrondde. Kleinzielig, vol eigendunk die zich uitstrekte naar alle grenzen, noord, zuid, oost, west, en dodelijk.

'Zo,' zei eerwaarde Gaunt, 'ik denk dat we hier nu wel klaar zijn, Jack. Je moet blijven waar je bent, Roseanne, haal je boodschappen elke week uit de winkel en neem genoegen met je eigen gezelschap. Je hebt niets te vrezen, behalve jezelf.'

Daar stond ik. Tot mijn tevredenheid kan ik zeggen dat hoe klem ik ook zat, zonder redders als ik op dat moment was, er toch een felle, donkere woede door me heen ging, golf na golf, als de zee zelf, dat was bizar genoeg een troost. Mijn gezicht liet er misschien alleen maar een zweem van zien, zoals gezichten dat doen.

De twee mannen in donkere pakken gingen naar buiten, het

zonlicht in. Donkere pakken, donkere jassen, donkere hoeden die lichter probeerden te worden in de vloed van blauwe, gele en groene tinten van de kust.

Woede, donkere woede, door niets verlicht.

*

Maar een ziedende vrouw helemaal alleen in een golfijzeren huisje is een kleinigheid, zoals ik al zei.

Wat werkelijk troost biedt, is dat de wereldgeschiedenis zo veel verdriet bevat dat mijn kleine smarten verdrongen worden en niet meer zijn dan as aan de randen van het vuur. Ik zeg dit opnieuw omdat ik wil dat het zo is.

Hoewel anderzijds één geest die ondraaglijk lijdt de wereld lijkt te vullen. Maar dat is een illusie.

Ik had met mijn eigen ogen dingen gezien die veel erger waren dan wat mij was overkomen. Met mijn eigen ogen. Maar die avond, alleen en razend, schreeuwde ik moord en brand in het huisje, alsof ik de enige was op de hele wereld die pijn leed, en joeg ik voorbijgangers ongetwijfeld de stuipen op het lijf. Ik schreeuwde en krijste. Ik sloeg op mijn borst tot die de volgende ochtend onder de blauwe plekken zat, zodat hij eruitzag als een plattegrond van de hel, een plattegrond van het niets, of alsof de woorden van Jack McNulty en eerwaarde Gaunt me daadwerkelijk hadden verbrand.

En wat mijn leven tot die dag ook was geweest, daarna was het een ander leven. Dat is de zuivere waarheid.

Deel drie

Ondoorgrondelijk. Afgronden. Ik vraag me af of dat het probleem is, dat mijn herinneringen en mijn hersenschimmen diep verborgen liggen op dezelfde plek? Of boven op elkaar als lagen schelpen en zand in een stuk kalksteen, zodat ze één geheel zijn geworden en ik ze niet van elkaar kan onderscheiden, tenzij ik er heel goed naar kijk?

Daarom ben ik zo bang om met dokter Grene te praten, bang dat ik hem alleen maar hersenschimmen geef.

Hersenschimmen. Een mooi soort woord voor ramp en waanzin.

*

Jarenlang hebben ze me daar gelaten, want het kost jaren om te regelen wat zij probeerden te regelen, Jack en eerwaarde Gaunt en ongetwijfeld anderen, om Tom McNulty te redden. Duurde het wel zes, zeven, zelfs acht jaar? Ik kan het me niet herinneren.

Toen ik die woorden een paar minuten geleden schreef, legde ik mijn balpen neer, steunde ik met mijn voorhoofd op mijn handen en dacht ik een tijdje na in een poging die jaren te doorgronden. Moeilijk, moeilijk. Wat was waar, wat was niet waar? Welke weg nam ik, welke weg weigerde ik? Armzalige grond, valse grond. Ik denk dat een verantwoording voor God de waarheid, en niets dan de waarheid mag bevatten. Er is geen menselijke instantie die ik hoef te misleiden. God kent het verhaal voordat ik het opschrijf, dus kan Hij me gemakkelijk op leugens betrappen. Ik moet waarheid en leugen zorgvuldig van elkaar scheiden. Als ik nog een ziel heb — en misschien heb ik die niet meer — zal die ervan afhangen. Ik denk dat het mogelijk moet zijn dat zielen in moeilijke gevallen op-

geheven worden, dat ze in een of ander kantoor in het hemel-
rijk weggewist worden. Dat je bij de hemelpoort al aan het verkeerde adres bent, nog voordat Petrus een woord heeft gezegd.

Maar het is allemaal zo duister, zo moeilijk. Ik ben alleen
maar bang omdat ik niet weet hoe ik verder moet. Roseanne, je
moet nu een paar horden nemen. Je moet de kracht vinden in
je oude lijk om te springen.

*

Kan het zijn dat ik al die jaren in dat huisje heb gewoond zonder dat er iets gebeurde, dat ik elke dag mijn boodschappen
haalde en tegen niemand iets zei? Ik denk het wel. Ik probeer
zeker te zijn. Zonder dat er iets gebeurde, zeg ik, en tegelijk
weet ik dat in Europa de oorlog was begonnen, net als in de tijd
dat ik een klein meisje was. En toch zag ik nu geen legeruunifor-
men. Het huisje was als het midden van een reusachtige klok
die de loop aangaf van het jaar in Strandhill, het geraas van de
auto's die op zaterdagavond voorbijreden, de kinderen met hun
emmers, de spreeuwen de hele winter door, de verdonkerende
en lichter wordende berg, de hei met zijn sneeuw van bloemetjes, wat een troost, en ikzelf droeg mijn steentje bij met de rozen op de veranda, ik verzorgde ze, snoeide ze om ze klaar te
maken voor de start en keek dag in dag uit toe hoe ze uitbotten
in het oplevende jaar; 'Souvenir de St. Anne'-rozen waren het,
nu ik erover nadenk, een soort die in een Dublinse tuin was ge-
kweekt uit de beroemde roos die Josephine kweekte ter nagedachtenis aan Napoleons liefde voor haar: 'Souvenir de Malmaison'.

Lieve lezer, ik noem je nu even God, en God, lieve lieve God,
ik probeer me dit alles te herinneren. Vergeef me, vergeef me
als ik het me niet goed herinner.

Ik wil me alles liever goed herinneren dan me alleen maar
dingen te herinneren die een gunstig beeld van mezelf geven.
Die luxe is me niet toegestaan.

*

Toen eerwaarde Gaunt eindelijk bij me terugkwam, was hij alleen. Ik denk dat een priester in zekere zin altijd alleen is. Er is nooit iemand die naast hem ligt. En hij zag er plotseling ouder uit, minder als iemand met een rooskleurige toekomst, ik kon zien dat hij zijn haar verloor bij de slapen, het dreef naar achteren, een eb die geen vloed meer zou worden.

Het was hartje zomer en hij zag er heel warm uit in zijn wollen kleren. Hij betrok zijn kleren bij de kerkelijke kledingzaak in Marlborough Street in Dublin – hoe ik dat wist, weet ik nu niet meer. Deze kleren waren vrij nieuw, eigenaardig chic, de soutane zag eruit als iets wat een vrouw desnoods zou kunnen dragen naar een formele dansavond, als hij een andere kleur had en korter was. Ik was mijn rozen aan het verzorgen toen hij het kleine hek binnen kwam en me verraste, me eigenlijk deed schrikken, want heel lang had niemand dat geluid aan de klink gemaakt, behalve ikzelf, wanneer ik 's avonds laat naar buiten glipte om in de duinen en het moerasgebied te wandelen, dat nu droog en veerkrachtig was door een paar weken betrekkelijke warmte. Ik denk dat ik er toonbaar uitzag, in tegenstelling tot later, ik had een schaar om zelf mijn haar te knippen voor Toms scheerspiegeltje, en mijn jurk was schoon, met die heerlijke stijfheid in het katoen doordat hij op een struik was gedroogd.

Hij had een leren koffertje bij zich, hier en daar versleten en gebutst door lang en intensief gebruik. Deze man had werkelijk een oude vriend kunnen zijn, ik had hem zo lang gekend en zo veel met hem te maken gehad. Hij zou in elk geval een behoorlijk intieme geschiedenis van mijn leven kunnen schrijven, aangezien hij getuige was geweest van bepaalde eigenaardige delen ervan.

'Roseanne,' begon hij, op precies dezelfde toon die hij al die jaren daarvoor had gebezigd, sterker nog: alsof het alleen maar een voortzetting was van dat gesprek. Er was geen begroeting, hoe gaat het met je, of enige aarzeling. Hij had eigenlijk de manier van doen van een dokter die ernstig nieuws komt brengen, niet eens de vriendelijke alertheid van dokter Grene wanneer hij de zoveelste minzame aanval moet doen op mijn 'geheimen'. Kan ik zeggen dat ik een hekel aan hem had? Ik geloof het niet. Maar ik begreep hem ook niet. Wat hem plezier gaf in het leven, wat hem staande hield. Hij keek wel even naar mijn rozen toen hij het trapje op liep en mijn donkere huisje in ging.

Ik veegde mijn vingers af aan het hout van de treden, alleen maar om het groene sap er af te krijgen, en liep achter hem aan naar binnen.

Was het niet ontzettend gedwee van me om op zijn verzoek in dat huisje te blijven? Ik schaam me bijna bij de gedachte dat het misschien inderdaad zo is. Had ik die keer daarvoor niet razend op hem moeten zijn, hem en Jack naar de keel moeten vliegen, mijn tanden in zijn uitstekende adamsappel moeten zetten en zijn stem eruit moeten rukken? Hun de huid vol moeten schelden, naar hen moeten schreeuwen? Maar met welk doel? Louter razernij, nutteloze razernij die zichzelf verkwistte op het witte stof van een weg in Strandhill.

'Ik heb u niets aan te bieden, eerwaarde,' zei ik. 'Tenzij u een glas Beecham's poeder wilt hebben?'

'Waarom zou ik een glas maagpoeder drinken, Roseanne?'

'Nou ja, op het pakje staat "een verfrissende zomerdrank". Daarom heb ik het gekocht.'

'Het is voor mensen met indigestie,' zei hij. 'Maar bedankt voor het aanbod.'

'Graag gedaan, eerwaarde.'

Toen ging hij zitten waar hij de vorige keer ook had gezeten en ik had inderdaad geen reden gezien om de stoel te verplaatsen. Het zonlicht was achter ons aan de kamer in gekomen en lag om ons heen in stoffige hopen.

'Ik zie dat je het goed maakt,' zei hij.

'O, ja.'

'Ik heb je natuurlijk in het oog laten houden door mijn spionnen.' Hij zei dat zonder een spoortje schaamte. Spionnen.

'O,' zei ik. 'Ik heb ze niet gezien.'

'Nee, uiteraard,' zei hij.

Toen deed hij het koffertje op zijn schoot open, waarbij het deksel de inhoud aan het oog onttrok. Hij haalde er een stapeltje papieren uit, heel netjes en schoon, waarvan het bovenste een indrukwekkend dessin of zegel had.

'Ik ben erin geslaagd,' zei hij, 'om Tom te bevrijden.'

'Pardon?' zei ik.

'Als je een paar jaar geleden mijn raad had opgevolgd, Roseanne, en je vertrouwen had gesteld in de ware religie, als je je had gedragen met het fraaie decorum van een katholieke vrouw, zou je nu niet met deze problemen zitten. Maar ik zie wel in dat je niet helemaal verantwoordelijk bent. Nymfomanie is natuurlijk per definitie een vorm van krankzinnigheid. Een aandoening wellicht, maar in de eerste plaats een vorm van krankzinnigheid, met zijn wortels mogelijk in een fysieke oorzaak. Rome heeft ingestemd met dit oordeel, sterker nog, de afdeling van de curia die deze gelukkig zeldzame gevallen behandelt, heeft niet alleen ingestemd, maar dezelfde theorie naar voren gebracht. Dus je kunt er zeker van zijn dat jouw geval bestudeerd is met alle grondigheid en eerlijkheid van goed-geïnformeerde, onafhankelijke geesten, en zonder ook maar enige kwade bedoeling.'

Ik keek naar hem. Netjes, zwart, schoon, vreemd. Een ander menselijk wezen in het hol van een menselijk wezen. Zijn woorden somber, afgemeten, rustig. Geen spoor van opwinding, triomf, niets dan zijn gebruikelijke zorgvuldige, afgemeten toon.

'Ik begrijp het niet,' zei ik, en dat was ook zo, hoewel ik denk dat ik het desondanks wíst.

'Je huwelijk is nietig verklaard, Roseanne.'

Omdat ik niets zei, zei hij na een volle halve minuut: 'Het heeft nooit plaatsgehad. Het bestaat niet. Tom is vrij om met een ander te trouwen, alsof hij nooit getrouwd is geweest. En dat is hij ook niet, zoals ik al zei.'

'En daar bent u de afgelopen jaren mee bezig geweest?'

'Ja, ja,' zei hij, een beetje ongeduldig. 'Het is een geweldig complexe onderneming. Zoiets als dit wordt nooit lichtvaardig toegekend. Er is heel diep nagedacht in Rome, en door mijn eigen bisschop natuurlijk. Alles is gewikt en gewogen, alles is uitgeplozen, mijn eigen verklaring, Toms woorden, de oudere mevrouw McNulty die natuurlijk op haar werk ervaring heeft met de problemen van vrouwen. Jack is natuurlijk in India in de oorlog, anders zou hij ook zijn bijdrage geleverd kunnen hebben. Er wordt zorgvuldig rechtgesproken. Geen middel wordt onbeproefd gelaten.'

Ik staarde hem nog steeds aan.

'Je kunt er zeker van zijn dat jou elke mogelijkheid van recht is verleend.'

'Ik wil dat mijn man hier komt.'

'Je hebt geen man, Roseanne. Je verkeert niet in de echtelijke staat.'

'Ben ik gescheiden?'

'Het is geen scheiding,' zei hij, plotseling met stemverheffing, alsof hij het woord weerzinwekkend vond in zijn mond. 'Er bestaat geen scheiding in de katholieke kerk. Het huwelijk heeft nooit bestaan. Wegens krankzinnigheid ten tijde van de verbintenis.'

'Krankzinnigheid?'

'Ja.'

'Hoe bedoelt u?' kon ik na enige tijd met moeite uitbrengen, want de woorden werden nu log en dik in mijn mond.

'We geloven niet dat jouw misstappen zich beperken tot één geval, een geval waarvan je je zult herinneren dat ik het met mijn eigen ogen heb gezien. Het werd niet waarschijnlijk geacht dat dat geval geen voorgeschiedenis had, gezien natuurlijk je eigen positie ten opzichte van je jeugdjaren, om nog maar te zwijgen van de toestand van je moeder, waarvan we mogen aannemen dat die erfelijk was. Krankzinnigheid, Roseanne, heeft vele bloemen die aan dezelfde stengel ontspruiten. De bloemen van krankzinnigheid, van dezelfde wortel, kunnen zich op diverse manieren vertonen. In het geval van je moeder een extreme vorm van in-zichzelf-gekeerdheid, in jouw geval een verderfelijke en chronische nymfomanie.'

'Ik weet niet wat dat woord betekent.'

'Het betekent,' zei hij, en ja, er was nu een spoortje angst in zijn ogen, omdat hij het woord al een keer had gebruikt en misschien dacht dat ik het had geaccepteerd. Maar hij wist dat

ik de waarheid sprak en hij was nu plotseling bang. 'Het betekent een krankzinnigheid die zich manifesteert in het verlangen om wisselende contacten met anderen te hebben.'

'Wat?' zei ik. De verklaring was even ondoorgrondelijk als
het woord.

'Je weet best wat het is.'

'Niet waar,' zei ik, en dat was ook zo.

Ik had de laatste woorden geschreeuwd, en ja, hij had zijn
laatste woorden ook geschreeuwd. Hij legde de papieren snel
terug in het koffertje, deed het met een klap dicht en stond op.
Om de een of andere reden viel me op hoe mooi gepoetst zijn
schoenen waren, en dat er een randje stof van de weg op zat,
vast en zeker doordat hij schoorvoetend uit zijn auto was gestapt en naar mijn huis was gelopen.

'Ik ga hier niet verder op in,' zei hij, bijkans witheet van ergernis en woede. 'Ik heb geprobeerd je positie duidelijk te maken. Ik geloof dat ik dat heb gedaan. Begrijp je je positie?'

'Wat betekent dat woord dat u gebruikte?' schreeuwde ik.

'Geslachtsverkeer!' schreeuwde hij. 'Geslachtsverkeer! Gemeenschap, seksuele gemeenschap!'

'Maar,' zei ik, en God weet dat dit de waarheid was, 'ik heb
behalve met Tom nooit geslachtsverkeer met iemand gehad.'

'Natuurlijk kun je je toevlucht nemen tot een grove leugen,
als je dat wilt.'

'U kunt het John Lavelle vragen. Hij zal me niet laten vallen.'

'Je onderhoudt kennelijk geen contact met je minnaars,' zei
hij, nogal hatelijk. 'John Lavelle is dood.'

'Hoe kan hij dood zijn?'

'Hij had zich weer bij de IRA aangesloten in de veronderstelling dat we verzwakt zouden zijn door deze Duitse oorlog,
schoot een politieman dood en werd terecht opgehangen. De
Ierse regering heeft Albert Pierrepoint zelf uit Engeland laten
komen om het op te knappen, zodat je er zeker van kan zijn dat
het goed gedaan is.'

O, John, John, dwaze John Lavelle. God hebbe zijn ziel en
vergeve hem. Ik moet toegeven dat ik vaak aan hem had ge-

dacht en me had afgevraagd waar hij was, wat hij deed. Was hij teruggegaan naar Amerika? Om cowboy te zijn, treinrover, een soort Jesse James? Hij had een politieman doodgeschoten. Een Ierse politieman in een Ierse staat. Dat was een vreselijke daad. En toch had hij me de gunst bewezen bij me uit de buurt te blijven, hij had niet meer achter me aan gezeten zoals ik had gevreesd, hij was op een afstand gebleven, hij had niet geprobeerd me weer lastig te vallen omdat hij ongetwijfeld heel goed begreep welke last hij me had bezorgd op Knocknarea. Dat had hij beloofd, en hij heeft zich aan zijn belofte gehouden. Nadat de priesters waren verdwenen, had hij mijn hand vastgepakt en me de belofte gedaan. Hij was zijn belofte eervol nagekomen. Eer. Ik dacht niet dat deze andere man die nu voor me stond zoveel eer had.

Eerwaarde Gaunt wilde nu langs me lopen om door de smalle deur naar buiten te gaan, weg te gaan. Even versperde ik hem de weg. Ik versperde hem de weg. Ik wist dat ik de kracht zou hebben, als ik mezelf ertoe dwong, om hem te doden, ik voelde het op dat moment. Ik wist dat ik iets zou kunnen pakken, een stoel of iets anders wat voor het grijpen lag, om het op zijn hoofd te laten neerkomen. Dit was net zo waar als mijn verklaring aan hem. Ik zou hem, zo niet dolgraag, dan toch met plezier, recht voor zijn raap, woest en elegant hebben vermoord. Ik weet niet waarom ik het niet heb gedaan.

'Je bedreigt me, Roseanne. Ga aan de kant, Roseanne, dan ben je een brave vrouw.'

'Een brave vrouw? En dat zegt u?'

'Bij wijze van spreken,' zei hij.

Maar ik ging aan de kant. Ik wist, ik wist dat elk normaal, fatsoenlijk leven voorbij was. Het woord van een man zoals hij was als een doodvonnis. Ik voelde overal om me heen het hele achterland van Strandhill kwaad over me spreken, de hele stad Sligo over me roddelen. Ik had het al die tijd geweten, maar het is één ding om je vonnis te kennen, en iets heel anders om het te horen uitspreken door je rechter. Misschien zouden ze hun huizen uit komen om me in mijn huisje als een heks te verbranden. Maar het stond als een paal boven water dat niemand me zou helpen, dat niemand aan mijn kant zou staan.

Eerwaarde Gaunt verwijderde zich onberispelijk van het gevreesde huis. De gevallen vrouw. De krankzinnige vrouw. Vrijheid voor Tom, mijn geliefde Tom. En voor mij?

*

Het aantekenboek van dokter Grene

Vannacht weer doodstil in huis. Het is alsof ze, nu ze me een laatste keer geroepen heeft, me nooit meer zal hoeven roepen. Deze gedachte verdreef de angst en bracht me in een geheel andere toestand. Een soort trots dat ik toch nog liefde in me had, begraven in de puinhoop. En zij misschien ook. Ik luisterde weer, niet uit angst, maar uit een soort somber verlangen. Maar ik wist dat er niet opnieuw iets zou worden gevraagd of geantwoord. Een vreemde toestand. Het zal wel geluk zijn. Het duurde niet lang, maar ik vroeg mezelf, zoals ik dat een kwetsbare patiënt zou vragen die ten prooi is aan verdriet, het op te schrijven, het me te herinneren, er hartstochtelijk geloof aan te hechten wanneer ik weer belaagd zou worden door andere duistere gevoelens. Het is heel moeilijk een held te zijn zonder publiek, hoewel elk mens in zekere zin de held is van een merkwaardige, halfverwoeste film die ons leven heet. Ik vrees dat deze opmerking niet bestand zal zijn tegen een kritische blik.

Hoe luidt die passage in de Bijbel ook alweer over de engel in onszelf? Iets soortgelijks. Ik kan het me niet herinneren. Ik denk dat alleen de engel, het onbesmeurde deel van ons misschien, zo'n kenner van het geluk is. Hij zou dat willen zijn, omdat hij er zo weinig van smaakt. En toch... Genoeg.

Engelen. Een zielig onderwerp voor een psychiater. Maar nu ben ik oud en heb ik verdriet gevoeld waarvan ik aanvankelijk dacht dat het me zou vermoorden, villen, verhangen, dus ik zeg, zij het alleen in de beslotenheid van dit boek, waarom niet? Ik ben doodziek van de rationele geest. Op wat voor type lijkt dat? De hemelse betweter?

Ik heb weer zitten lezen in de verklaring van eerwaarde Gaunt. Ik vraag me af of dergelijke alwetende, strenge en volkomen onverzoenlijke priesters nog steeds bestaan? Ik denk het wel, maar in het verborgene als het ware. Misschien kwam het doordat De Valera's afkomst zo onzeker of geheimzinnig was dat hij speciale troost putte uit het vertrouwen van de geestelijkheid. Hij heeft de geestelijken in elk geval in zijn grondwet opgenomen, maar het is ook waar dat hij de laatste eis van de aartsbisschop van die tijd om de katholieke kerk tot staatskerk te maken, niet heeft willen inwilligen. Godzijdank is hij zover niet gegaan, maar hij is ver genoeg gegaan, veel verder dan hij misschien had mogen gaan. Hij was een leider die worstelde met engelen en demonen, soms in een en hetzelfde lichaam. Nadat hij zich in de onafhankelijkheidsoorlog bij de IRA had aangesloten en daarna bij de IRA zoals die werd vertegenwoordigd door de anti-Verdragstrijdkrachten, en na de burgeroorlog zelfs gevangen was genomen, merkte hij toen hij in de jaren dertig aan de macht kwam dat zijn toenmalige kameraden, die zowel het Verdrag als hem op de koop toe afwezen, met de grootst mogelijke kracht moesten worden onderdrukt. Dit moet hem groot verdriet hebben gedaan en hem in zijn dromen hebben achtervolgd, zoals dat bij iedereen het geval zou zijn. Eerwaarde Gaunt beschrijft het leven van een zekere John Lavelle, die een rol speelde in Roseannes leven en uiteindelijk, bij het uitbreken van de Tweede Wereldoorlog, door De Valera zonder pardon werd opgehangen. Andere kameraden van hem werden gegeseld; ik wist niet dat er in Ierland gerechtelijke geseling bestond, om maar te zwijgen van ophanging. Eerwaarde Gaunt zegt dat het om zesendertig geselslagen ging, al klinkt dat wel heel wreed. Maar voor De Valera moet het zoiets geweest zijn als zijn eigen zonen afranselen en ophangen, of de zonen of erfgenamen van de kameraden uit zijn jeugd, wat weer een ander soort scheuring in hem moet hebben veroorzaakt. Het is een wonder dat het land ooit is bijgekomen van deze beproevingen en trauma's en De Valera is zeer te beklagen dat hij deze noodzakelijke verschrikkingen op zijn weg vond. Misschien kunnen we hier ook de oorsprong vinden van de vreemde misdadigheid van de laatste generatie politici in Ierland, om nog maar te zwijgen van de vele priesters die de onschuld van onze kinderen blijken te hebben aangetast met de eggen en ploegscharen van aanranding. De absolute macht van mensen als eerwaarde Gaunt leidt tot absolute corruptie, zoals de dag tot de nacht.

Ik kreeg de onwaardige gedachte dat De Valera's grote verlangen om de Tweede Wereldoorlog te vermijden niet voortkwam uit angst voor de vijand binnenshuis, angst om zijn nieuwe land te splitsen, maar dat het eigenlijk een nadere poging betrof om seksualiteit uit te bannen. Een soort uitbreiding van de intenties van de geestelijkheid. In dit geval, als het niet te voor de hand liggend en grof is, mannelijke seksualiteit.

Ik ben op het moment zo moe dat ik niet weet of het banaal is wat ik schrijf. Ik kan het er later altijd nog uit scheuren.

Deze Lavelle was geen lieverdje, ook al heeft hij misschien lang geleden een gevangenisbinnenplaats gedeeld met de Valera en werd hij om zo te zeggen onder De Valera's toezicht opgehangen. Volgens eerwaarde Gaunt bracht hij zijn gevangengenomen politieman naar de heuvels achter Sligo, deed hij een kap over zijn hoofd en drukte hij een pistool tegen zijn slaap. Hij hield maar niet op met het laten ronddraaien van de cilinder en het overhalen van de trekker. Ik zou denken dat de arme politieman algauw in een toestand van doodsangst verkeerde. Lavelle probeerde erachter te komen wanneer de salarissen naar de kazerne werden gebracht, omdat hij zin had om het loon van de politie te roven. Het lijkt een esoterische misdaad. Maar om wat voor reden dan ook, uit moed of onwetendheid, wilde of kon de politieman geen antwoord geven. Lavelle bleef maar klikken met het pistool. Een paar van zijn maatjes hadden ook de vrouw en dochter van de politieman ontvoerd en hielden hen vast in een vervallen huis in de stad, en Lavelle zei de hele tijd tegen hem dat zij gedood zouden worden als hij geen antwoord gaf. Maar eerlijk gezegd zal die arme man wel niet veel geweten hebben. Uiteindelijk schoot Lavelle hem dood. Dit kwam allemaal aan het licht doordat een van zijn kameraden tegen zijn medeplichtigen getuigde, en wegkwam met de bovengenoemde afranseling. Maar de oorlog was begonnen en De Valera was doodsbang dat de IRA weer sterk zou worden en hij wist dat ze al contact hadden met de Duitsers. En als De Valera een tweede godsdienst had, heette die neutraliteit, hij verdedigde die tot zijn laatste snik. Dus hij kon Lavelle niet sparen. In alle eerlijkheid kan ik niet zeggen dat zijn dood een groot verlies was.

Ik schrijf dit alsof ik een heilige ben in een hutje op Skellig. Natuurlijk ben ik dat niet. Het past ons om toe te geven dat we allemaal deel hebben aan deze moderne zonden. En burgeroorlog is een kwaad dat alle zielen in gelijke mate overkomt.

Alhoewel er in mijn opleiding geen enkele gelegenheid werd geboden om over zonden te praten.

Eerwaarde Gaunt vertelt dit in zijn document in wat ik zie als een grootse ciceroniaanse poging om Roseanne erin te betrekken, nee, dat is misschien niet het juiste woord, om haar op de een of andere manier in dezelfde handgeknoopte wol te wikkelen, haar erin te verstrikken. Eerwaarde Gaunt heeft geen inkt gespaard om dat te bewerkstelligen. Het is echt een opmerkelijk stukje werk, klerikaal, degelijk en overtuigend. Het is als een bosbrand, die al haar sporen wegbrandt, dwars door haar verhaal heen woedt en alles in as en sintels verandert. Een heel klein, obscuur, vergeten Hiroshima. Er is door het hele document heen een soort angst, een angst die zich soms uit in buitensporige, of moet ik zeggen onverwachte, gedetailleerdheid. Eerwaarde Gaunt is bijna klinisch in zijn analyse van Roseannes seksualiteit. Het is natuurlijk ontzettend vreemd om over deze Roseanne van vroeger te lezen, nu de draagster van dezelfde naam honderd jaar is en aan mijn hoede is toevertrouwd. Ik weet eigenlijk niet of ik wel bevoorrecht ben met deze informatie. Als ik het lees voel ik me soms erg voyeuristisch, moreel twijfelachtig. Deels omdat de moraal van eerwaarde Gaunt van een ouderwetse soort is. Hij verraadt om de haverklap een intense haat, zo niet voor vrouwen, dan toch voor de seksualiteit van vrouwen, of voor seksualiteit in het algemeen. Voor hem is seksualiteit de vermomming van de duivel, terwijl die voor mij iets is wat veel vergoedt in het leven. Ik ben geen vijand van de heer Sigmund Freud. Het is ook glashelder dat hij haar protestantisme beschouwt als zonder meer een oerkwaad op zichzelf. Zijn woede over het feit dat ze niet katholiek wilde worden op zijn verzoek is grenzeloos, lang voordat ze met haar katholieke man trouwde en eveneens bleef wat ze was. Voor eerwaarde Gaunt is dit op zichzelf al een ware perversiteit.

Hij gelooft dus al heel vroeg dat ze zo niet slecht, dan toch koppig, moeilijk, misschien mysterieus is. Hij pretendeert nooit dat hij haar begrijpt, maar hij beweert wel degelijk dat hij vat heeft op haar geschiedenis. Ze heeft zichzelf blootgelegd voor de ogen van de stad, ze heeft gepronkt met haar schoonheid, louter, dat moet gezegd, door mooi te zijn. Het is alsof ze alle mannen van Sligo heeft verleid, en vervolgens, nadat ze deze Tom McNulty, een veelbelovende man in het nieuwe land, in haar netten heeft verstrikt, ervoor kiest om zich te vernederen voor een woesteling als John Lavelle, die door eerwaarde Gaunt wordt beschreven als 'een wildeman uit de donkerste hoek van Mayo'.

Nadat ze dit heeft gedaan en haar door eerwaarde Gaunt naar behoren hulp is aangeboden, wordt die hulp geweigerd. Je voelt hier zijn nieuwe woede. Woede. Ze wordt in een golfijzeren huisje in Strandhill ondergebracht, waar ze opnieuw als een magneet werkt op de lusten van Sligo. Het vreselijkste van alles is nog dat Roseanne, nadat eerwaarde Gaunt een nietigverklaring van haar huwelijk heeft bemachtigd van Rome, op geheimzinnige wijze zwanger raakt en een kind baart. Ze baart een kind, zegt eerwaarde Gaunt, en hij komt dan meedogenloos uit de hoek in een zin van maar drie woorden: 'En doodt het.'

Als ik die woorden jaren geleden had gelezen, met het gezag van een priester erachter, zou ik zelf verplicht geweest zijn haar te laten opnemen.

HOOFDSTUK NEGENTIEN

Roseannes getuigenis van zichzelf

John Kane wordt met de minuut geheimzinniger. Hij praat nu helemaal niet meer, maar vanochtend schonk hij me zoiets als een glimlach. Het was in elk geval een eigenaardige, scheve poging tot een glimlach. De linkerkant van zijn gezicht lijkt een beetje te zijn verzakt. Toen hij de kamer uit liep slaagde hij erin de losse vloerplank weer eens een oplawaai met zijn schoenen te geven. Ik vraag me af of hij dat doet om mij te beduiden dat hij weet dat daar iets ligt. Hij denkt vast niet dat het iets van waarde is, of het ligt niet in zijn aard om onder vloerplanken te kijken. Toen ik bij het raam naar hem stond te kijken, probeerde ik me te herinneren hoe lang ik hem al ken. Het lijkt wel alsof ik hem al ken sinds het grijze verleden van mijn kinderjaren, maar dat klopt niet. Het is in elk geval wel een heel lange tijd. Hij draagt al zo'n dertig jaar hetzelfde spijkerjasje als je het mij vraagt. Dat past goed bij mijn eigen versleten garderobe. In het licht van het raam schaamde ik me voor mijn peignoir, want daar kon ik zien dat de voorkant onder de spetters en vlekken zit. Mijn instinct zei me dat ik uit het licht moest, maar nu ik eenmaal zover van mijn bed was, kon ik mijn voordeel niet opgeven. Ik wilde hem vragen naar de vorderingen van de lente buiten, nu hij zich als botanist heeft ontpopt, althans op iets wat daar in mijn omgeving nog het meest op lijkt. Wit, geel, blauw is de volgorde. Sneeuwklokjes, narcissen en hyacinten, en wanneer de narcissen opkomen, beginnen de sneeuwklokjes te verwelken. Ik vraag me af wat de reden daarvan is. Ik vraag me af wat de reden van alles is.

Toen werd ik erg duizelig bij het raam en voelde ik een soort geruk in mijn ledematen, alsof mijn gewrichten me dubbel wilden klappen. Ik hief mijn armen op en probeerde mijn evenwicht te bewaren tegen de muur. Ik moet John nageven dat hij nog niet op de gang was en weer binnenkwam en me in bed hielp, hoewel dat niet zijn taak is. Hij was heel vriendelijk en glimlachte nog steeds. Ik keek op in zijn gezicht. Hij heeft haar op zijn gezicht, het is niet echt een baard, maar meer zoiets als de plukkerige hei op moerasland. Zijn ogen zijn staalblauw. Toen drong het tot me door dat hij niet echt glimlachte, maar dat zijn mond op de een of andere manier vastzit, hij lijkt hem niet goed te kunnen bewegen. Ik wilde hem ernaar vragen, maar ik wilde hem niet in verlegenheid of verwarring brengen. Ik denk dat dat stom van me was.

*

Niet zo lang na het 'bezoek' van eerwaarde Gaunt dwaalde ik op een frisse, maanverlichte avond door de duinen achter het strand van Strandhill. Sinds hij me was komen opzoeken had ik me heel erg opgesloten gevoeld in het golfijzeren huisje, alsof hij op de een of andere manier nog steeds aanwezig was in de kamer. Ik wachtte elke avond zonder ook maar een greintje geduld op de duisternis, die me tenminste de vrijheid gaf van de duinen en het moerasland.

Ik had er geen behoefte aan door iemand te worden gezien of met iemand te praten. Tijdens het wandelen was ik soms in zo'n eigenaardige gemoedstoestand dat ik naar huis snelde bij de minste of geringste aanwijzing dat er iemand anders in de buurt was. Het kwam zelfs voor dat ik mensen meende te zien die er misschien niet waren, bedrieglijke bewegingen van het helmgras en dergelijke, het opvliegen van een moerasvogel – ik leek vooral te worden 'achtervolgd' door een figuur die soms verscheen, leek te verschijnen, aan de uiterste randen van waar ik me bevond, zo te zien in een zwart pak, en met een bruine hoed, maar op het moment dat ik mijn moed verzamelde en naar hem toe liep, de paar keren dat ik hem meende te zien, verdween hij onmiddellijk. Maar dat soort dingen waren in die tijd schering en inslag.

Ik herinner me die avond in het bijzonder omdat die waarschijnlijk het allermerkwaardigste is wat ik ooit heb meegemaakt, terwijl ik in mijn leven toch wel een paar merkwaardige dingen heb gezien.

Ik moet heel voorzichtig zijn met deze 'herinneringen' omdat ik besef dat er een paar levendige herinneringen zijn aan deze moeilijke tijd waarvan ik in mijn hart weet dat ze niet gebeurd kunnen zijn. Maar ik denk niet dat deze avond daar een van is, hoe onwaarschijnlijk die ook was.

Mijn schaamte was zo groot dat ik in plaats van naar de top van de zandheuvel te klimmen, wat ik voorheen graag deed, hoewel je dan het risico liep dat je op vrijende paartjes stuitte of er zelfs over struikelde, helemaal naar de rand van alles was gelopen, waar een diepe, smalle rivier in het zand stroomde, en overdag een soort snackbar voor zeevogels was.

Ik bleef op het zand staan. Het was laag water en het was overal heel stil. Ver weg, rechts van Knocknarea, verschenen en verdwenen op een kronkelweggetje de lichten van een onzichtbare auto. Maar hij was te ver weg om hem te horen.

Er was geen wind en de hemel was immens en over alles lag een emailblauwe gloed van het maanlicht. Het was heel makkelijk om je voor te stellen dat de mens daar het minst belangrijke element was. De zee had zich teruggetrokken van de kust in een uitgestrektheid van afgezonderd, dromerig water.

Toen in de verte dat nauwelijks hoorbare gegrom. Ik keek achter me, in de veronderstelling dat er misschien een hondsdolle hond of iets dergelijks op het strand was. Maar nee, het geluid kwam vanuit de verte rechts van me. Ik keek in de richting ervan, het hele lege strand af, naar de lichtjes van de paar gebouwen op de kust, een paar honderd meter verderop. Daar zag ik een soort lijn van doordringend geel licht aan de horizon groeien, een horizon die half land, half zee was.

Ik dacht dat God was gekomen om me teniet te doen, net zo stellig als eerwaarde Gaunt dat had gedaan. Ik weet niet waarom ik dat dacht, behalve dan dat ik me vreselijk schuldig voelde.

De dunne, glinsterende lijn bleef maar groeien. Het geluid

werd ook sterker, en onder mijn blote voeten meende ik het zand te voelen trillen, diep onder me, alsof er iets door de grond naar boven kwam. De lichten verbreedden zich en werden langer, en er was geraas dat steeds meer aanzwol, en er was iets wat leek op de rand van een vliegend tapijt van monsters, en toen zwol dat geluid aan tot het geluid van een kolossale waterval, en ik keek omhoog, inderdaad als een krankzinnige vrouw, in elk geval voelde ik me knettergek, en steeds voller, steeds groter werden het geluid en de lichten, totdat ik de ronde buiken van afzonderlijke delen ervan kon zien, en metalen neuzen, en reusachtige gonzende propellers, en het waren vliegtuigen, tientallen vliegtuigen, misschien honderden, allemaal dierachtig in het maanlicht, maar op een bizarre manier, met de kleine, smalle raampjes zichtbaar aan de voorkant, en misschien was het echt waanzin, maar ik meende kleine hoofden en gezichten te kunnen zien, en het was allemaal in formatie zoals ze zeggen, grimmig, noodlottig, als iets aan het einde van de wereld. En omdat de vliegtuigen allemaal bij elkaar waren, was hun geluid toegenomen tot waarlijk Bijbelse proporties, iets uit Openbaring, en de hemel boven mijn hoofd was er vol van, metaal, licht en herrie, en ze stroomden over me heen, vlogen zo dicht bij het water dat de kracht van de motoren het water naar boven zoog, het water naar boven trok in gescheurde lakens die terug naar het oppervlak vielen met een gezwiep van slangen, en ik voelde de vliegtuigen aan me trekken, aan het strand trekken, in een poging ons van onze plek te sleuren, de hersens uit mijn schedel te trekken, de ogen uit mijn kassen, en toen stroomden ze over me heen, rij voor rij, waren er vijftig, honderd, honderdvijftig? – ze stroomden minutenlang over me heen, en trokken zich toen verder terug en lieten een stilte achter die bijna nog pijnlijker was dan het lawaai, alsof die geheimzinnige vliegtuigen de zuurstof uit de lucht van Sligo weggenomen hadden. En daar gingen ze, zodat de Ierse kust ervan rammelde en rafelde.

*

Een paar dagen later was ik buiten op mijn veranda bezig met mijn rozen. Het was een bezigheid die zelfs in mijn smart een vleugje troost bracht. Maar het is mij dan ook duidelijk dat elke poging tot tuinieren, zelfs een lukrake, wisselvallige als die van mij was, een poging is om de kleuren en het verhevene van de hemel naar de aarde te slepen. Het was die dag koud en ik had kippenvel op mijn blote armen. Het loutere bestaan van de rozen, nog niet zichtbaar, zo strak en geheimzinnig opgevouwen in hun groene knoppen, maakte me bijna duizelig.

Ik keek achterom over mijn rechterschouder omdat ik iets hoorde bewegen over de weg. Iemand of iets, het zou een oude voortsloffende ezel geweest kunnen zijn, te oordelen naar de geluiden. Ik wilde eigenlijk niet gezien worden, door mens noch dier, ook al gaven de rozen me nog zoveel troost. Misschien zouden ze er dit jaar anders uitzien, niet helemaal 'St. Anne' of 'Malmaison', maar werden ze langzamerhand Sligo, 'Souvenir de Sligo', een aandenken aan Sligo. Maar het was geen ezel, het was een man, een erg vreemde man, vond ik, want zijn haar was heel kortgeknipt in een soort kroeskop, als een zwarte jazzmuzikant, en zijn kostuum had een vreemde, donkergrijze kleur. Nee, het was geen kostuum, het was een soort uniform. Zelfs zijn gezicht zag er eigenaardig blauw uit. En tot mijn stomme verbazing zag ik dat het Jack was. Natuurlijk, dat zou het uniform verklaren, en hij was immers naar India vertrokken, om in naam van de koning te vechten – maar als hij naar India was gegaan, wat deed hij dan in 's hemelsnaam in Strandhill, dat niemandsland?

En toen leek het opeens kouder dan alleen maar de kou van een verraderlijke dag aan de Ierse kust, en het leek wel of ik nog meer kippenvel kreeg. Was deze rare verschijning nu mijn vijand?

'Jack?' riep ik hoe dan ook, en gooide alle voorzichtigheid overboord. Ik had de idiote gedachte dat hij me misschien kwam helpen. Maar wat was er met hem gebeurd? Nu hij dichterbij was en nog vreemder, zou ik als ik niet beter wist zeggen dat hij *verschroeid* was, werkelijk *verschroeid*.

De man bleef op het pad staan, misschien verbaasd dat ik

hem had aangesproken. Hij zag er eigenlijk bang uit.

'Jack McNulty?' zei ik, alsof dat zou kunnen helpen. Hij kende uiteraard zijn eigen naam. Nu zag ik er ongetwijfeld net zo onzeker uit als hij.

Hij sprak als een man die een paar dagen niet heeft gepraat, de woorden kwamen struikelend over zijn lippen.

'Wat?' zei hij. 'Wat, wat?'

Hij zag er zo doodsbang uit dat ik over het pad naar het hek liep en dichter bij hem ging staan. Ik dacht dat hij misschien op hol zou slaan, de weg op, toch nog als een ezel. Maar ik was maar een klein vrouwtje in een katoenen jurk.

'Je bent Jack McNulty niet, hè?' zei ik. 'Je lijkt anders sprekend op hem.'

'Wie ben jij?' vroeg hij, en hij keek achterom naar de zee, alsof hij bang was voor een hinderlaag.

'Ik ben niemand,' zei ik, waarmee ik bedoelde dat ik niemand was om bang voor te zijn. 'Ik ben Roseanne, Toms vrouw – nou ja, dat was ik.'

'O, ik heb over je gehoord,' zei hij, maar zonder de verwachte afkeuring. Hij leek opeens heel blij te zijn dat hij met mij praatte, dat hij mij ontmoette. Hij hief zijn hand even, alsof hij een van mijn handen wilde schudden, maar liet hem weer zakken. 'Ja.'

Ik was zo opgelucht, ik was zo opgetogen dat hij op deze toon tegen me sprak dat ik grapjes met hem wilde maken, aardig tegen hem wilde doen, hem alles wilde vertellen wat er was gebeurd, gewoon kleine dingen, zoals de twee ratten die ik de vorige avond op heterdaad had betrapt toen ze een van mijn eieren wegdroegen door een gat in de muur van het huisje, een gat dat zo klein was dat de ene rat het ei op zijn buik had gelegd en zich door de andere rat door het gat liet trekken. Belachelijk. Maar het was de vriendelijkheid in zijn stem die de doorslag gaf, de loutere eenvoudige vriendelijkheid, iets wat ik al heel lang niet had gehoord, en waarvan ik niet eens wist dat ik het miste.

'Ik ben Eneas,' zei hij, 'Toms broer.'

'Eneas?' zei ik. 'Wat doe jij hier?'

'Ik ben hier eigenlijk niet,' zei hij. 'Ik zou hier niet moeten zijn, en moet binnenkort vertrekken.'

'Wat is dat spul waar je onder zit?'

'Welk spul?' zei hij.

'Je bent helemaal zwart,' zei ik. 'En grijs, als as.'

'Jezus, ja,' zei hij. 'Ik was in Belfast. Ik was op de terugweg naar Frankrijk, weet je. Ik ben soldaat.'

'Net als Jack,' zei ik.

'Net als Jack, alleen is hij officier. Ik was in Belfast, Rose-anne, ik wachtte er op mijn schip, sliep in een hotelletje, toen de paar lullige sirenes die ze daar hebben afgingen, en binnen een paar minuten kwamen ze aanvliegen, de bommenwerpers, tientallen, vele tientallen, en ze lieten lukraak hun bommen vallen, geen rookwolk in de lucht van afweergeschut, geen enkel wolkje, en overal om me heen explodeerden de huizen en straten. Hoe ben ik daar ooit weggekomen? Ik rende als een bezetene langs de wegen, ongetwijfeld schreeuwend en woest biddend voor de mensen in Belfast, en algauw waren er honderden mensen op straat die allemaal hetzelfde deden als ik, mensen in hun nachthemden en spiernaakte mensen, ze renden en schreeuwden, en aan de rand van de stad bleven we maar doorrennen, en de golven van vliegtuigen waren achter ons binnengekomen en lieten aldoor genadeloos de bommen vallen, en een uur later of misschien meer, dat kan ik niet zeggen, zat ik hoog op de rand van een reusachtige donkere berg, en keek achterom, en Belfast was een enorme vuurzee, branddend, brandend, de vlammen sprongen op als rode beesten, tijgers en zo, heel hoog de lucht in, en degenen die samen met mij waren gevlucht keken ook en huilden, en brachten geluiden uit als de klaagliederen in de Bijbel. En ik dacht aan het stukje van de Bijbel dat ze graag uitdelen in de zeemanshuizen, waar ik voor de oorlog vaak kwam omdat ik maar een zwerver ben: *En zo iemand niet gevonden werd geschreven in het boek des levens, die werd geworpen in den poel des vuurs*, en ik wachtte met vrees en beven op de toorn van de Heer, alleen was het niet de Heer, maar het waren de Duitsers die daarboven, dichter bij de sterren, naar beneden keken naar wat ze hadden gedaan en ik zou denken dat ze zich net zo verbaasden als wij.'

Deze man Eneas zweeg. Hij trilde nu weer. Hij was er slecht aan toe. De weerspiegeling van die vuurzee brandde nog in zijn ogen.

'Kom maar even binnen,' zei ik, 'om uit te rusten.' Of dit een moederlijk of een zusterlijk instinct was zou ik niet kunnen zeggen. Maar opeens ging er een enorme golf van tederheid van mij naar hem. Ik dacht: hij is een beetje zoals ik. Hij is verstoten uit zijn wereld, deze wereld van Sligo. En ik kan niet zeggen dat hij eruitzag als een schurk. Ik kan niet zeggen dat hij eruitzag als een moordende politieman van vroeger, met zo'n legendarische achtergrond – al had ik van die legende toen geen weet. Wat wist ik toch bar weinig over hem, wat hadden zijn broers het zelden over hem gehad – alleen met diep gezucht en veelbetekenende blikken.

'Nee, dat kan niet,' zei hij. 'Je kent me niet. Je wilt een man als ik niet in je huis. Ik zal je in de problemen brengen. Hebben ze je niet verteld dat ik ter dood veroordeeld ben? Ik zou hier niet eens in Sligo mogen zijn. Ik ben Belfast uit gelopen en door Enniskillen gekomen en ben hier toen min of meer beland, als een duif die naar huis vliegt, zonder er iets aan te kunnen doen.'

'Kom binnen,' zei ik, 'dat maakt niet uit. Ik ben tenslotte je schoonzus. Kom binnen.'

Dus kwam hij binnen. Onder het lopen vielen er kleine stroompjes zwart stof van hem af. Hij was helemaal uit Belfast komen lopen, werkelijk een bijzonder lange weg, en was als een duif in Sligo teruggekeerd – als een zalm die op zoek is naar de monding van de Garravoge. Hij was in mijn ogen de treurigste man die ik ooit had ontmoet.

Toen hij in het huisje was, beduidde ik hem zonder veel plichtplegingen dat hij zijn uniform moest uittrekken. Het eerste wat hij wilde was een beker water, die hij met een ingehouden woestheid opdronk, alsof er ook in zijn ingewanden een vuur brandde dat geblust moest worden. Ik had een oud zinken bad voor eigen gebruik en terwijl mijn ketel op het vuur stond, vulde ik het bad met een paar bezoekjes aan de bron, waarbij ik het water schoon probeerde te houden. Daarna kon ik met het gekookte water de ergste kou van het bad halen, maar niet meer dan dat. Al die tijd stond de kleine, asgrauwe man in zijn lange onderbroek midden in de kamer, en de properheid van dat kledingstuk verbaasde me. Hij was een tengere, goedgebouwde man, niet in het minst plomp zoals Tom, nee, geen grammetje vet.

'Ik ga even naar de bijkeuken om een boterham met kaas klaar te maken,' zei ik.

Zo liet ik hem om redenen van zedigheid alleen, en ik kon hem een beetje rond horen stommelen terwijl hij zijn lange onderbroek uittrok en in de badkuip ging staan en zich waste. Ik denk dat een man van het leger zoals hij eraan gewend was zich met koud water te wassen, ik hoopte het. Hij gaf in elk geval geen kik. Toen ik meende dat het kon, ging ik weer naar binnen. Hij had zich flink gewassen, de badkuip was een kolk van zeep met askleurige strepen en hij stond weer midden in de kamer en knoopte zijn lange onderbroek dicht. Ik kon zien dat zijn haar een soort roodbruine kleur had, zelfs nu het tot vlak op zijn schedelhuid was verbrand. Zijn huid was donker gevlekt door de zon en zijn handen waren ruw en hadden dikke vingers. Ik knikte naar hem alsof ik zeggen wilde: *Gaat het weer een beetje?* en hij knikte terug, alsof hij zeggen wilde: *Ja, hoor.* Ik gaf hem de dikke boterham met kaas en hij schrokte hem ter plekke kalm naar binnen.

'Nou,' zei hij daarna met een glimlach, 'het is fijn om familie te hebben.'

En ik lachte.

'Ik begrijp wat je bedoelt,' zei ik.

Buiten viel de duisternis in en mijn oude kameraad de uil startte zijn motor. Ik wist echter niet wat ik met Eneas aan moest. Het was net of ik hem heel goed kende, tenminste hoe zijn gezicht en lichaam eruitzagen, want natuurlijk kende ik hem helemaal niet. En toch had ik nog nooit zo'n vriendelijke en vreemde man ontmoet. Hij stond volkomen roerloos als een hert op de berg wanneer het een twijg hoort knappen.

'Dank je,' zei hij, heel eenvoudig en oprecht. Het deed me

heel veel dat ik bedankt werd door een ander mens. Het deed me heel veel dat ik een ander mens vriendelijk en respectvol tegen me hoorde praten. Ik stond nu ook roerloos en staarde hem bijna geschokt aan.

'Ik kan het uniform buiten uitkloppen,' zei ik, 'anders is het morgen nooit droog.'

'Nee,' zei hij, 'laat maar. Ik mag het toch niet dragen in de Vrijstaat. Het is goed zoals het is, zo onder dat vuil. Ik ga naar Dublin om daarvandaan te proberen me bij mijn eenheid te voegen. De sergeant zal wel heel erg over me inzitten.'

'Vast en zeker,' zei ik.

'Ik ben namelijk een goede soldaat.'

'Dat zal best,' zei ik.

'Niet het deserterende type,' zei hij ten overvloede. Dat kon ik zo wel zien.

'Weet je wat het is,' zei hij, 'ik heb hier geen bedoeling mee, ik bedoel, ik sta hier in mijn lange onderbroek, en jij bent immers een vreemde, maar de reden dat ik naar Strandhill ben gekomen is dat ik vroeger een meisje had, en zij en ik gingen hier altijd naartoe, voor de dancing natuurlijk, en ze heette Viv, en haar werd verboden met me om te gaan, begrijp je, en ik zie haar nu niet meer. Maar ik wilde op het strand gaan staan waar we vroeger stonden om over de baai uit te kijken. Begrijp je, zoiets doodeenvoudigs. En Viv was een knap meisje, echt waar. En ik wilde zeggen, en ik bedoel er verder niets mee, maar jij bent ook de mooiste persoon die ik ooit heb gezien, jij en zij allebei.'

Nou, dat was een mooie toespraak. En hij bedoelde er echt niets mee, tenzij hij de waarheid wilde spreken. Ik liep opeens rood aan van een soort trots die ik al heel lang niet had gevoeld. Deze man sprak zonder het te weten net als mijn vader wanneer mijn vader iets belangrijks wilde zeggen. Zijn manier van praten had een vreemd ouderwets tintje, alsof het uit een boek kwam, en wel het boek dat ik nog steeds met zorg bewaarde en koesterde, *Religio Medici* van de oude Thomas Browne. En dat was een man uit de zeventiende eeuw, dus ik weet niet hoe dat taaltje in Eneas McNulty was gekropen.

'Ik weet dat je een getrouwde vrouw bent,' zei hij, 'dus vergeef me alsjeblieft, en je bent getrouwd met mijn broer.'

'Nee,' zei ik, ook naar waarheid, en flapte eruit: 'Ik ben geen getrouwde vrouw. Dat is mij tenminste gezegd.'

'O?' zei hij.

'Nee,' zei ik. 'Weet je, tegen mij is ook een doodvonnis uitgesproken.'

Toen stonden we daar tegenover elkaar. En als een muis ging ik naar hem toe, heel stilletjes, voor het geval ik hem bang zou maken, en ik pakte een van zijn vereelte handen en leidde hem de achterkamer in, waar je de uil beter kon horen en je beter zicht had op Knocknarea, vanaf het sjofele verenbed.

Een tijdje later lagen we daar als twee stenen figuren op een graftombe, minstens zo gelukkig als op welk moment dan ook in de kindertijd.

'Ik geloof dat Jack me vertelde dat je vader in de koopvaardijvloot heeft gezeten,' zei hij na een tijdje.

'O, ja, dat klopt,' zei ik.

'Net als ik – en Jack ook, weet je.'

'O ja?'

'O ja. En hij zei dat je vader daarna bij de oude politie is gegaan, klopt dat?'

'Heeft Jack dat gezegd?' zei ik.

'Volgens mij wel. En dat interesseerde me natuurlijk, omdat ik zelf bij de politie ben geweest. Wat me uiteindelijk natuurlijk zuur heeft opgebroken. Maar wisten wij veel. Het lijkt erop dat wij, de jongens McNulty, het leuk vinden ons ergens voor aan te melden. Nu heb je Jack die bij de Royal Engineers is gegaan. En zelfs de jonge Tom zelf is naar Spanje gegaan met die Duffy, hè?'

'O'Duffy. O ja? Dat wist ik niet.'

'O'Duffy, juist. Ik zou dat moeten weten omdat hij daarna het hoofd van de nieuwe politie is geweest. Ja, Tom is weg geweest, heb ik gehoord.'

'En hoe is dat gegaan?'

'Jack zei dat hij binnen twee weken terug was. Jack vond het trouwens maar niks dat Tom wegging om Franco te steunen.

Nee. Hoe dan ook, Tom is teruggekomen. Het zat hem tot hier. Brak daarna helemaal met O'Duffy. Hij liet hen in loopgraven vastzitten terwijl de ratten hun tenen opvraten, en O'Duffy zelf ging ervandoor, vast en zeker naar Salamanca om de bloemetjes buiten te zetten. Jaja, vast en zeker.'

'Arme Tom,' zei ik. 'Dat mooie uniform, helemaal verpest.'

'O, zeker,' zei Eneas. 'Dus hij was niet bij de politie, je vader?' vroeg hij, onschuldig genoeg, babbelend in het maanlicht.

'Wat is dit voor minnetaal?' zei ik, zonder een zo onschuldige man voor het hoofd te willen stoten. Hij lachte hoe dan ook.

'Ierse minnetaal,' zei hij. 'Veldslagen, en aan welke kant je staat, en al die dingen.'

En hij lachte weer.

'Wanneer was dat trouwens, dat hij naar Spanje ging en alles?' vroeg ik.

'O, 1937, denk ik. Dat is lang geleden, hè? Het lijk wel zo.'

'En heb je onlangs nog ander nieuws over Tom gehoord?'

'O, alleen dat het hem voor de wind gaat, weet je. De veelbelovende man en zo.'

En hij keek me toen aan, misschien uit vrees dat hij me van mijn stuk bracht. Maar dat was niet echt het geval. Het was fijn om hem daar te hebben. Zijn been was heel warm tegen mijn been. Nee, hij hinderde me niet.

*

De arts was hier een tijdje geleden voor me. De uitslag op mijn gezicht beviel hem niet, en inderdaad trof hij die ook aan op mijn rug. Eerlijk gezegd voel ik me de laatste tijd een beetje moe, en dat heb ik tegen hem gezegd. Het was vreemd, want meestal leef ik juist op als de lente buiten op gang komt. Ik kon voor mijn geestesoog de narcissen in vuur en vlam zien staan langs de laan en ik verlangde ernaar naar buiten te gaan en ze te zien, mijn oude hand ter begroeting naar ze op te steken. Ze houden zich zo lang schuil onder de koude, natte aarde, en dan ineens al hun schitterende vreugde. Dat was dus vreemd, en ik zei dat tegen hem.

Hij zei dat mijn ademhaling hem ook niet beviel, en ik zei dat die mij prima beviel, en hij lachte en zei: 'Nee, ik bedoel, dat vreemde reuteltje in uw borst bevalt me niet, ik denk dat ik u maar wat antibiotica geef.'

Toen kwam hij met echt nieuws op de proppen. Hij zei dat het hoofdgebouw van de inrichting in zijn geheel was ontruimd, en dat alleen de twee vleugels aan mijn kant nog in bedrijf waren. Ik vroeg hem of de oude dames waren weggehaald, en hij beaamde dat. Hij zei dat het een afschuwelijke klus was, vanwege de doorligplekken en de pijn. Hij zei dat het heel verstandig van me was te blijven bewegen, zodat ik geen doorligplekken kreeg. Ik zei dat ik ze had gehad toen ik voor het eerst in de inrichting van Sligo kwam, en dat dat geen pretje was geweest. Hij zei: 'Dat weet ik.'

'Weet dokter Grene van deze veranderingen?' vroeg ik.

'O, ja,' zei hij, 'hij is het brein achter de hele operatie.'

'En wat gaat er nu met het oude gebouw gebeuren?'

'Het zal te zijner tijd worden gesloopt,' zei hij. 'En natuurlijk zult u in een fraai nieuw tehuis worden ondergebracht.'

'O,' zei ik.

Ik was ineens over mijn toeren, want ik dacht aan deze bladzijden onder de vloer. Hoe moest ik ze bij elkaar rapen en geheimhouden als ik verhuisd zou worden? En waarheen zou ik worden verhuisd? Ik was nu in rep en roer, net als dat tochtgat in de klif achter Sligo Bay, als het vloed wordt en het water de rots in wordt gedreven.

'Ik dacht dat dokter Grene dit allemaal al had verteld, anders zou ik niets hebben gezegd. U hoeft zich geen zorgen te maken.'

'Wat zal er met de boom daarbeneden gebeuren en met de narcissen?'

'Wat?' zei hij. 'O, dat weet ik niet. Moet u horen, ik zal tegen dokter Grene zeggen dat hij dit met u moet bespreken. Begrijpt u. Dat is zijn afdeling, en ik ben bang dat ik mijn boekje te buiten ben gegaan, mevrouw McNulty.'

Ik was toen te moe om weer eens, voor de duizendste keer in zestig jaar, uit te leggen dat ik mevrouw McNulty niet was. Dat ik niemand was, dat ik zelfs niemands vrouw was. Ik was alleen maar Roseanne Clear.

HOOFDSTUK TWINTIG

Het aantekenboek van dokter Grene

Ramp. De arts, dokter Wynn, die op mijn verzoek naar boven was gegaan om naar Roseanne te kijken, heeft per ongeluk zijn mond voorbijgepraat wat de inrichting betreft. Ik bedoel, ik dacht eigenlijk wel dat ze het wist, dat iemand het haar zou hebben verteld. Als dat inderdaad zo is, is de informatie haar door het hoofd geschoten. Ik had zo verstandig moeten zijn haar voor te bereiden. Overigens weet ik niet hoe ik het onderwerp zou hebben aangesneden zonder een soortgelijk resultaat te bereiken. Ze leek helemaal van streek over het feit dat de bedlegerige oude dames waren vertrokken. Eerlijk gezegd heb ik het gevoel dat we allemaal gedwongen worden veel harder van stapel te lopen dan we zouden willen, maar de nieuwe faciliteit in de stad Roscommon zal over een tijdje klaar zijn, en er waren klachten in de krant dat het misschien leegstond. Daarom haastten we ons om een laatste krachtsinspanning te leveren. Nu zijn er alleen nog de mensen hier op Roseannes afdeling en de mannenvleugel aan de westkant. Het zijn voor het merendeel oude zonderlingen van diverse pluimage in hun zwarte gestichtskleren. Ook zij vinden het heel erg om over ophanden zijnde plannen te horen, en wat alles nu vertraagt is dat ze nergens heen kunnen. We kunnen ze niet buiten op straat zetten en zeggen: oké, jongens, wegwezen. Ze scharen zich als roeken om me heen wanneer ik met hen praat in de tuin, waar ze een beetje rondlopen en roken. Er zijn mannen bij die op de avond dat er brand was in de inrichting heel behulpzaam waren, velen van hen droegen oude dames op hun rug, de lange trap af, heel verbazingwekkend, en naderhand grapten ze dat het lang geleden was dat ze met een meisje gingen, en was het niet leuk om de foxtrot weer eens te dansen, en dat soort geintjes. De meesten van hen zijn beslist niet geesteziek, ze zijn allemaal het 'uitschot' van het systeem, zoals ik hen ooit heb horen noemen. Een van hen die ik goed ken heeft met het Ierse leger in Congo gevochten. Onder hen zijn er heel wat die in het leger hebben gezeten. Ik denk dat we zoiets als de Chelsea-kazerne ontberen, of Les Invalides in Parijs. Wie zou er oud-soldaat in Ierland willen zijn?

Roseanne lag gewoon te zweten in haar bed toen ik haar bezocht. Het kan een reactie op de antibiotica zijn, maar ik heb zo'n vermoeden dat het pure angst is. Dit mag dan een vreselijke inrichting zijn in vreselijke staat, maar zij is tenslotte een mens, net als wij allemaal, en dit is haar thuis, God sta haar bij. Tot mijn verrassing trof ik John Kane daar aan met zijn kalkoenachtige klok-klokstem, de arme man, en hoewel ik argwaan tegen hem koesterde, leek hij zich zowaar zorgen te maken, oude schurk die hij misschien is, en erger.

Ik moet bekennen dat ik zelf ook niet zo hoopvol gestemd ben over dit alles, en me heel erg opgejaagd en opgejut voel, maar evengoed moet het toch fijn zijn om een nieuw onderkomen te krijgen en niet een gebouw met strepen van regenwater in sommige kamers, en japen in de dakleien die niemand durft te repareren, ongetwijfeld omdat de balken zelf aan het rotten zijn. Ja, ja, het is een levensgevaarlijke plek, dit hele gebouw, maar tegelijkertijd is de factor waardevermindering op schandalige wijze genegeerd en nooit gefinancierd, en wat onderhouden had kunnen worden hebben ze naar de verdommenis laten gaan. Het onwetende oog ziet het gebouw hoogstwaarschijnlijk als een soort verdommenis. Roseannes oog niet.

Roseanne leefde op toen ze me zag en vroeg me naar haar tafel te gaan en een boek voor haar te pakken. Het was een boek met de titel *Religio Medici*, dat heel oude, gehavende exemplaar dat ik in het voorbijgaan vaak heb zien liggen. Ze zei dat het haar vaders lievelingsboek was, of ze me dat wel eens had verteld, en ik zei, ja, ik dacht van wel. Ik zei dat ze volgens mij zelfs een keer haar vaders naam erin had laten zien.

'Ik ben honderd jaar,' zei ze toen, 'en ik wil dat u iets voor me doet.'

'Wat dan?' vroeg ik. Ik was verbaasd dat ze haar paniek zo dapper had overwonnen, als het paniek was, en dat haar stem weer zo vast was, ook al waren haar oude gelaatstrekken nog steeds gloeiend rood van die vervloekte uitslag. Ze ziet eruit alsof ze door een vreugdevuur is gesprongen en haar gezicht in de hitte heeft ondergedompeld.

'Ik wil dat u dit aan mijn kind geeft,' zei ze. 'Aan mijn zoon.'

'Uw zoon?' zei ik. 'Maar Roseanne, waar is uw zoon dan?'

'Ik weet het niet,' zei ze, haar ogen werden plotseling troebel en ze viel bijna in zwijm, maar toen leek ze haar geest weer helder te schudden. 'Ik weet het niet. Nazareth.'

'Nazareth is ver weg,' zei ik, haar naar de mond pratend.

'Dokter Grene, doet u het?'

'Ja, ik zal het doen, ik zal het doen,' zei ik, er absoluut zeker van dat ik het niet zou doen, niet zou kunnen doen, gelet op wat ik wist uit eerwaarde Gaunts botte verklaring in zijn document. En dan nog, die hele zee van tijd ertussen. Haar kind zou nu vast ook al oud zijn, als het überhaupt nog leefde. Ik had het haar misschien kunnen vragen: Hebt u uw kind gedood? Ik denk dat ik het haar had kunnen vragen, als ik zelf zo gek was geweest. Nee, dat was geen vraag die je op een beschaafde manier kon stellen, zelfs niet op een professionele manier, denk ik. En ze had trouwens nog bijna geen enkele vraag beantwoord. Ze had niets gezegd wat mijn mening over haar staat, medisch gesproken, kon veranderen.

O, en ik was plotseling doodmoe, alsof ik net zo oud was als zij, of nog ouder. Doodmoe, omdat ik niet in staat was haar 'het leven' weer in te tillen. Ik kon het niet. Ik kon mezelf niet eens naar een hoger plan tillen.

'Ik denk dat u het zult doen,' zei ze, terwijl ze me doordringend aankeek. 'Dat hoop ik tenminste.'

Toen pakte ze nogal bruusk het boek uit mijn handen, legde het er weer in en knikte, alsof ze zeggen wilde: als je het maar doet.

*

Roseannes getuigenis van zichzelf

Het gaat niet zo goed met me, schijnt het, ik voel me beroerd, maar ik moet hiermee doorgaan omdat ik bij het gedeelte kom dat ik je moet vertellen.

Lieve lezer, God, dokter Grene, wie je ook mag zijn.

Wie je ook mag zijn, wees opnieuw verzekerd van mijn liefde.

Want ik ben nu een engel. Grapje.

Ik klapper met mijn zware vleugels in de hemel.

Misschien. Wat denk jij?

*

Vreselijk, druilerig, donker februariweer herinner ik me, en de ergste, bangste dagen van mijn leven.

Misschien was ik toen zeven maanden in verwachting. Maar ik kan dat niet precies bepalen.

Ik werd zo zwaar dat mijn oude jas mijn 'toestand' niet kon verbergen in de winkel in Strandhill, hoewel ik er altijd alleen tijdens de laatste donkere uren van de werkdag kwam, en in die zin was de winter een genade, donker om vier uur.

Als ik naar mezelf keek in de spiegel van de kleerkast zag ik een verbleekte spookvrouw met een vreemd verlengd gezicht, alsof het gewicht in mijn buik me overal naar beneden trok, als een smeltend standbeeld. Mijn navel was uitgestulpt als een kleine neus en het haar onder mijn buik leek twee keer zo lang te zijn geworden.

Ik droeg iets in me, zoals de rivier iets in zich droeg als de zalm op trek was. Als er tenminste nog zalm was in de arme Garravoge. Soms ging het gesprek in de winkel over de rivier, en hoe hij dichtslibde vanwege de oorlog, omdat de stroomopwaarts in de stad zelf gelegen werven en de haven tot aan het einde van de oorlog gesloten waren, en de dreggers de grote emmers modder en zand niet langer ophesen. Ze hadden het over onderzeeërs in de baai van Sligo, en de tekorten, de schaarste aan thee en de eigenaardige overvloed van artikelen als Beecham's poeder. Ze hadden ook de schaarste aan genade kunnen noemen. Er waren bijna geen auto's op de wegen en de meeste avonden was het stil in mijn huisje, ofschoon er wel fietsers en wandelaars en pony's met karren langskwamen op weg naar de dansavond. Iemand in Sligo had een janplezier georganiseerd en die kwam over het zand gehobbeld met zijn lading pretmakers als een verdwaald voertuig uit een andere eeuw. De Plaza straalde een paar lichtpunten uit die misschien een baken hadden kunnen zijn voor de Duitse vliegtuigen in de lucht, van het soort dat ik terug had zien keren van hun werk in Belfast, maar er regende niets neer op die dansers, behalve tijd.

Ik was alleen maar de toeschouwer van deze dingen. Ik vraag me af wat mijn reputatie in die tijd was, de vrouw in het golfijzeren huisje, de gevallen vrouw, de heks, het type dat 'over de rand was gegaan'. Alsof er een waterval was aan de rand van hun wereld waar een vrouw door meegesleurd kon worden, als een onzichtbare Niagara in het dagelijks leven. Een reusachtige, hoge muur van kolkend, nevelig water.

Een vrouw die er mooi uitzag in een jas met een hermelijnen kraag keek me op een dag aan toen ze langs me liep. Ze was heel welgesteld, met zwarte, gepoetste schoenen en bruin haar in een kapsel dat het resultaat was van vele uren in de kapsalon. Tegenover mijn huisje aan de overkant van de weg stond een oud huis met een hoge muur eromheen, en zij ging daarheen, en ergens klonk het geluid van een grammofoon die het liedje speelde dat Greta Garbo vroeger zong. Ik dacht dat ik haar kende, zodat ik tegen mijn gewoonte in stil bleef staan op de weg, alsof het in een andere tijd was. Toen ik een blik door het hek wierp, zag ik tot mijn grote verbazing Jack McNulty, zoals gewoonlijk in een schitterende jas, maar ook met een opgejaagd, uitgeput gezicht, moet ik zeggen. Of misschien zag ik destijds alles op die manier. Ik vroeg me dus af of dit de beroemde Mai was, het deftige meisje uit Galway met wie hij was getrouwd. Ik nam aan van wel. Ze was mijn schoonzus, denk ik – ooit.

Ze leek plotseling boos en van slag. Ik zag er vast en zeker niet uit in mijn versleten jas die nooit veel soeps was geweest, en mijn bruine schoenen die in een soort klompen waren veranderd omdat ik er geen veters voor had, er waren fijne, lange veters voor nodig die zo'n winkel waar Strandhill op kon bogen niet in voorraad had. Ja, misschien lieten mijn onderbenen wel zien dat ik geen kousen had, wat een misdaad was, dat weet ik, en dan die opgezwollen buik onder de jas...

'Aan lagerwal geraakt, hè?' zei ze, en dat is alles wat ze zei. Ze liep verder door het hek. Ik keek haar na, verwonderde me over de woorden, maar vroeg me ook af hoe ze het bedoelde: wreed, wanhopig, constaterend? Ik had geen idee. Het echtpaar ging samen het huis in zonder achterom te kijken, ik denk om te voorkomen dat Mai, terugblikkend op Sodom, in een zoutpilaar zou veranderen.

*

Het weer werd slechter en ik werd ziek. Het was niet alleen de ochtendmisselijkheid, waarbij ik het huisje aan de achterkant uit ging en het moerasgras en de hei op liep om te kotsen in de wind. Het was een ander soort ziekte, iets wat in mijn benen leek te koken en mijn maag pijn deed. Ik werd zo zwaar dat het moeilijk werd om uit mijn stoel te komen, en ik was doodsbang dat ik daar ineens vastzat, gestrand was, en mijn grootste angst betrof mijn kind. Ik kon soms kleine elleboogjes en knieën onder mijn huid naar buiten voelen porren, en wie zou zo'n ding in gevaar willen brengen? Ik wist niet hoeveel maanden ik al achter de rug had, en ik was doodsbang dat ik de baby zou gaan baren terwijl er in de wijde omtrek niemand was om me te helpen. Telkens weer wenste ik dat ik Mai had aangesproken of Jack had geroepen, en ik weet niet waarom ik dat niet heb gedaan, maar mijn toestand was zichtbaar en duidelijk voor hen en het is niet bij hen opgekomen me te helpen. Ik wist dat wilde vrouwen op de prairie in Amerika in hun eentje het struikgewas in gingen om hun kinderen te baren, maar ik wilde niet dat Strandhill mijn Amerika was en dat ik iets zo eenzaams en gevaarlijks moest ondernemen. Waar het alleen mezelf betrof, had ik een kleine strategie van verborgenheid en overleven geleerd, maar nu dreef ik daar ver van af. Ik bad tot God dat hij me zou helpen, ik zei duizenden keren het onzevader, zo niet op mijn knieën, dan wel noodgedwongen in mijn stoel. Ik wist dat ik iets moest doen, niet voor mezelf, aangezien het duidelijk was dat hulp en sympathie mij niet meer konden baten, maar voor de baby.

In die dagen van februari ging ik op zeker moment op weg naar Sligo. Ik had er zo'n twee uur over gedaan om mezelf te wassen. De avond tevoren had ik mijn jurk gewassen en geprobeerd hem te drogen door hem de hele nacht bij het nasmeulende vuur te hangen. Hij was nog een beetje vochtig toen ik hem aantrok. Ik ging voor de spiegel staan en kamde mijn haar keer op keer met mijn vingers, omdat ik mijn borstel met geen mogelijkheid kon vinden. Ik had een overgebleven lippenstift waar nog een laatste sprankje in zat, precies één laatste veeg voor de lippen. Ik wenste dat ik een beetje pancake voor mijn huid had, maar het enige wat ik kon doen was wat oud pleisterwerk van het deel van het huisje halen dat de haard vormde, gebouwd van solide steen, het in mijn handen verkruimelen en proberen het gelijkmatig op te smeren. Ik ging immers de stad in en ik zou tot op zekere hoogte presentabel moeten zijn. Ik werkte aan mezelf als Michelangelo aan zijn plafond. Ik kon niets aan mijn jas doen, maar ik scheurde een strook van het laken van mijn bed en bond die als een sjaal om mijn hals. Ik had geen hoed, maar er stond zo'n krachtige wind dat ik er toch niet lang plezier van zou hebben gehad. Toen vertrok ik en ging verder de heuvel op dan ik lange tijd was geweest, langs de kerk van de Church of Ireland op de hoek, en de Strandhill Road op. Ik zou willen dat ik een lift kon krijgen van de onderbuik van een van die Duitse vliegtuigen die ik had gezien, omdat de weg zich lang en afschrikwekkend voor me uitstrekte. De berg richtte zich rechts van me op, en ik verbaasde me erover dat ik daar ooit zo gretig, zo moeiteloos naar boven was gelopen. Het was alsof er honderd jaar waren verstreken.

Ik weet niet hoeveel uur lopen het was, maar het was een lange, zware wandeltocht. De ziekte leek echter onder het lopen uit mijn lichaam weg te trekken, alsof er geen plaats voor was in mijn huidige nood. Ik begon eigenaardig opgewekt en hoopvol te worden, alsof er misschien toch nog een zegen op mijn missie rustte. Ik zei bij mezelf: ze zal me helpen, natuurlijk zal ze me helpen, ze is ook een vrouw en ik was met haar zoon getrouwd. Of had dat kunnen zijn als het niet was geschrapt in Rome. Hoe kil ze jaren geleden ook was geweest toen ik voor het eerst in haar bungalow verscheen, ik dacht dat haar lange levenservaring haar vast wel zou verplichten haar afkeer opzij te zetten en – enzovoort.

Het tolde maar door mijn hoofd, kilometer na kilometer, terwijl mijn voeten voortsukkelden met die typische wijdbeense beweging vanwege mijn dikke buik, geen fraai gezicht, dat kan ik je verzekeren, en ik verzekerde het mezelf.

*

Het aantekenboek van dokter Grene

Er is nu een datum geprikt voor de sloop, nota bene, niet eens zo ver weg. Ik moet het mezelf telkens in herinnering brengen. Het is op de een of andere manier heel moeilijk om me deze eventualiteit voor te stellen, hoewel overal in de inrichting spullen in dozen gepakt klaarstaan, er elke dag busjes en vrachtwagens komen en spullen wegbrengen, er grote stapels correspondentie opgeslagen zijn, tientallen patiënten uit de inrichting zijn verhuisd, er plotseling, onverwacht, op de gekke manier waarop die dingen gaan, onderkomens zijn gevonden, zelfs voor mijn mannen met zwarte jassen, en sommigen zelfs aarzelend teruggeplaatst zijn onder – onder de levenden wilde ik bijna zeggen. Begeleid wonen is de officiële term, voor de verandering een fatsoenlijke, menselijke term. Het is besloten op grond van mijn beoordeling, voor wat die ook waard is. Uiteindelijk zal een kerngroep naar de nieuwe inrichting gaan. Ik zie er trouwens enorm naar uit om tot een conclusie te komen wat betreft Roseanne.

Aardige brief van Percy Quinn in Sligo waarin hij zegt dat ik kan langskomen wanneer ik maar wil. Ik moet me er dus maar eens toe zetten om dat te doen. Hij klonk zo vriendelijk dat ik hem in mijn antwoordbrief heb gevraagd of hij wist waar oude documenten van de Royal Irish Constabulary werden bewaard in Sligo, en of hij, als hij daarachter kon komen, zo goed zou willen zijn daarin naar de naam van Joseph Clear te zoeken. De jaren van de burgeroorlog waren zo ontwrichtend en destructief dat ik niet eens weet of zulke esoterica wel bewaard zijn gebleven, en als dat wel het geval is, of iemand de moeite heeft genomen ze te beschermen. In een poging de irreguliere troepen uit het gerechtsgebouw van Dublin te bombarderen, verbrandde het Vrijstaatleger bijna alle burgerlijke archiefstukken: geboorteaktes, overlijdensaktes, trouwaktes en andere documenten van onschatbare waarde, waarmee de archiefstukken van het land dat ze nu juist nieuw leven wilden inblazen, werden uitgewist en in feite het geheugen in zijn dozen werd verbrand. Met vuurwapens die hun, als ik het me goed herinner, gegeven of geleend waren door de vertrekkende Britten, die ongetwijfeld probeerden de nieuwe regering behulpzaam te zijn, met die aantrekkelijke gulheid die de Britten eigen is, in scherp contrast met hun bijkomende moordzuchtigheid. Niet dat ik hier met een woord over heb gerept tegen Percy. Toen ik zijn brief beantwoordde schoot me ineens te binnen dat hij op die noodlottige conferentie in Bundoran was geweest, maar hij had daar in elk geval niets over gezegd, en ik zinspeelde er in elk geval ook niet op.

Gistermiddag, toen ik vroeg en moe thuiskwam, ging ik naar mijn gevoel nogal onverschrokken naar Bets kamer. Ik denk dat ik het stadium van zelfbeschuldiging en schuldgevoel nu misschien wel voorbij ben. Tenslotte ben ik nu alleen en is ons verhaal voorbij. Ik ging op haar bed liggen in een poging dicht bij haar te komen. Ik rook de flauwe geur van haar parfum, Eau de Rochas, waar ik naar zocht in duty-freewinkels op het vliegveld, toen ze dat soort dingen nog hadden. Ik voelde me alleen een beetje licht en vreemd, maar niet ongelukkig. Ik vroeg haar afwezigheid om daar te zijn als een soort bizarre, omgekeerde troost. Een paar minuten lang had ik het gevoel dat ik haar was terwijl ik daar lag, en dat ik, de echte andere ik, beneden in de oude slaapkamer lag, en ik vroeg me af wat ik van mezelf vond. Een tekortschietende, onbetrouwbare, liefdeloze man? Een aanwezigheid die merkwaardig genoeg noodzakelijk was, zelfs met een vloer en een plafond ertussen? Ik weet het niet. Zelfs als Bet kende ik Bet niet. Maar een paar minuten lang had ik ook iets van haar kracht, haar vriendelijkheid, haar integriteit. Wat een heerlijk gevoel.

Mijn blik viel op haar exquise bibliotheek van rozenboeken, en ik nam er een van in mijn handen en begon het te lezen. Ik moet zeggen dat het heel interessant was, zelfs poëtisch. Toen vermande ik me en plaatste mijn handen voorzichtig aan weerszijden van de collectie, tilde de boeken als één geheel op, draaide ze op hun kant zodat ik ze naar beneden kon dragen, als buit, als gestolen waar. Ik ging op mijn eigen bed liggen en bleef lezen, tot diep in de nacht. Het was alsof ik een brief van haar las, of het voorrecht had in een onderwerp door te dringen dat haar geest waarschijnlijk bekleedde als behang. *Rosa gallica*, een eenvoudig wit roosje zoals je dat op middeleeuwse gebouwen ziet gebeeldhouwd als *Rosa mundi*, was de eerste. De latere rozen zijn de enorme theerozen die er in tuinen uitzien als achterwerken van danseressen in onderbroeken vol frutseltjes. Wat een raar wezen zijn we toch, dat we in de loop der eeuwen een eenvoudige bloem tot zulke vormen brengen en die schurftige, aasetende dieren aan de rand van onze oude kampvuren in borzois en poedels veranderen. Het ding zelf, het oorspronkelijke ding, is voor ons nooit goed genoeg, we moeten het ontwikkelen, verbeteren, poëtiseren. 'Om de kortheid van ons leven te verlichten', denk ik, zoals Thomas Browne schreef in het boek dat Roseanne me heeft gegeven om aan haar zoon te geven. Tussen *Religio Medici* en *Rozen* van de Royal Horticultural Society heb ik als het ware mijn tenten opgeslagen. Dat Bet al deze dingen over rozen moest en wilde weten, vervulde me plotseling met geluk en trots. En vreemd genoeg maakte dat gevoel geen plaats voor spijt en schuld. Nee, het opende de ene na de andere kamer, de ene na de andere roos, naar verder geluk. Dat was niet alleen de beste dag die ik heb gehad sinds haar dood, maar ook een van de beste dagen van mijn leven. Het was alsof ze vanuit de hemel iets van haar wezen neerliet en me hielp. Ik was haar zo verdomd dankbaar.

O, en ik vergat nog te zeggen (maar tegen wie zeg ik het eigenlijk?) dat toen ik Roseannes boek voorzichtig opzijlegde, zodat ik me op Bets boeken kon concentreren, er bijna een brief uit viel. Het was een heel merkwaardige brief, in die zin dat de envelop niet leek te zijn geopend, tenzij de vochtigheid van haar kamer hem op de een of andere manier weer had dichtgeplakt. Voorts was het poststempel van mei 1987, ruim twintig jaar geleden. Dus ik wist niet wat ik ervan moest denken, of wat ik er mee aan moest. Mijn vader hamerde er altijd op dat post in zekere zin heilig was, en dat het niet alleen een gewone misdaad is om een brief van een ander te openen, zoals mijn overtuiging is, maar dat het ook een ernstige morele misstap is. Ik ben bang dat ik zwaar in verzoeking wordt gebracht om zo'n morele misstap te begaan. Anderzijds zou ik hem misschien terug moeten geven. Of moet ik hem verbranden? Nee, dat lijkt me niet. Of hem daar laten liggen?

*

Roseannes getuigenis van zichzelf

De rand van de stad ontving me koel. Ik zal er wel uitgezien hebben als iets heel wilds wat uit het moeras was gewaaid. Een klein meisje dat met haar pop in het raam van haar huis zat, binnen opgesloten door de storm, zwaaide naar me met de barmhartigheid van kleine meisjes. Ik was blij dat ik niet de binnenstad in zou hoeven gaan. Het harde trottoir leek dreunen naar mijn buik te sturen, maar ik hield vol. Toen kwam ik bij het hek van de bungalow van mevrouw McNulty.

De tuin van Oude Tom was een lap nog net niet ontloken schoonheid. Ik zag al zijn bedden met goed voorbereide planten en bloemen die probeerden te botten, met bamboestokken die alles overeind hielden tegen de wind. Over een paar weken zou het ongetwijfeld een schitterend schouwspel zijn. In de bovenhoek van het veld was een vage man aan het graven, die misschien wel Oude Tom was. Hij groef zonder zich van de wijs te laten brengen door de draaiende windvlagen en de ijzige regen, in een grote jas en met een indrukwekkende zuidwester op. Ik dacht erover naar hem toe te gaan, maar ik wist niet wie mijn vijand was. Of ik dacht, afgaande op Jacks akelige blik bij het hek aan de overkant van de straat bij mijn huis, dat ze allemaal vijanden waren. Ik besloot niet naar hem toe te gaan. Ik besloot de stoute schoenen aan te trekken en naar de deur te gaan. Ik herinner me dat op dat moment de spieren in mijn maag voelden alsof trapezeartiesten ze gebruikten als schommels.

Ik zal wel modderig en doorweekt zijn geweest, dat zal best. Al mijn pogingen om er goed uit te zien waren vast en zeker helemaal tenietgedaan door de tocht. Ik had geen spiegel om te kijken hoe ik eruitzag, behalve de donkere ramen aan weerszijden van de deur, en toen ik daarin keek, zag ik alleen een monster met bizar haar. Dat zou niet in mijn voordeel zijn. Maar wat kon ik doen? Dezelfde weg teruggaan, zwijgend, verslagen? Ik was bang, ik was doodsbang voor dit huis, maar ik was nog banger voor wat er zou gebeuren als ik niet op de bel zou drukken.

Ik zit dit hier droog en oud, met miezerige knoken te schrijven. Het is niet alsof het lang geleden is, het is niet als een verhaal, het is niet alsof het een afgesloten hoofdstuk is. Het staat allemaal nog te gebeuren. Het is zoiets als de hemelpoort van Petrus, bonzen op die poort, vragen of ik de hemel in mag, terwijl ik in mijn zware gemoed weet: te veel zonden, te veel zonden. Maar misschien genade!

Ik drukte op de dikke bakelieten bel. Hij maakte geen geluid bij het drukken, maar toen ik mijn vinger terugtrok hoorde ik zijn nukkige gerinkel in de hal. Geruime tijd gebeurde er niets. Ik kon mijn eigen uitgeputte ademhaling horen in de krappe portiek. Ik meende mijn hart te horen kloppen. Ik meende het hart van mijn baby te kunnen horen, dat me opjutte. Ik drukte weer op de dikke knop. Was ik maar iemand anders die daar aanbelde, een slagersjongen, een handelsreiziger, en niet dit zware, hijgende, beschamende schepsel. Ik zag mevrouw Mc-Nulty's dwergachtige gestalte voor me, haar properheid, haar gezicht net zo wit als judaspenning, en op datzelfde moment hoorde ik geschuifel aan de andere kant van de deur, en de deur werd opengetrokken en zij zelf stond in de deuropening.

Ze gaapte me aan. Ik weet niet of ze meteen wist wie het was. Ze dacht misschien dat ik een bedelares was, of een zwerver, of iemand die ontsnapt was uit het gekkenhuis waar zij werkte. Ik was eigenlijk ook een bedelares, ik bedelde bij een andere vrouw om begrip voor mijn toestand. Verlaten, verlaten was het woord dat in mijn hoofd begon te galmen.

'Wat wil je?' vroeg ze begrijpelijkerwijs, want waarschijnlijk drong het nu tot haar door dat ik het was, de ongewenste vrouw met wie haar zoon was getrouwd en niet was getrouwd. Ik ging ervan uit dat ze jaren daarvoor tegen me had samengespannen, maar dat was nu mijn zorg niet. Ik wist niet hoeveel weken ik nog had te gaan. Ik was bijna bang dat ik de baby zou gaan baren op haar stoep. Misschien beter voor de baby als ik dat had gedaan.

Ik wist niet wat ik tegen haar moest zeggen. Ik had nooit iemand in mijn toestand gekend. Ik wist niet wat mijn toestand inhield. Ik had behoefte – ik had dringende behoefte aan iemand die...

'Wat wil je?' vroeg ze weer, alsof ze geneigd was de deur dicht te doen als ik niets zei.

'Ik zit in moeilijkheden,' zei ik.

'Dat zie ik, kind,' zei ze.

Ik probeerde haar in het gezicht te gluren. Kind. Dat klonk daar in het portiek met de kracht van een prachtig woord.

'Ik zit in grote moeilijkheden,' zei ik.

'Je hebt niets meer met ons te maken,' zei ze. 'Niets.'

'Dat weet ik,' zei ik. 'Maar ik kan nergens anders heen. Nergens.'

'Niets en nergens,' zei ze.

'Mevrouw McNulty, ik smeek u me te helpen.'

'Ik kan niets doen. Wat zou ik voor je kunnen doen? Ik ben bang voor je.'

Dit bracht me even van mijn stuk. Daar had ik geen rekening mee gehouden. Bang voor me.

'U hoeft voor mij niet bang te zijn, mevrouw McNulty. Ik heb hulp nodig. Ik ben, ik ben...'

Ik probeerde te zeggen dat ik zwanger was, maar het leek een woord dat niet gezegd kon worden. Ik wist dat als ik dat woord uitsprak het in haar oren dezelfde betekenis zou hebben als hoer, prostituee. Of ze zou die woorden als echo's horen in het woord 'zwanger'. Ik had het gevoel alsof er hout in mijn mond zat in de precieze vorm van mijn mond. Een stevige windvlaag kwam het pad achter me op en probeerde me de deur in te proppen. Ik denk dat ze dacht dat ik me naar binnen wilde dringen. Maar ik stond ineens zo zwak op mijn benen, dat ik dacht dat ik in elkaar zou zakken.

'Ik weet dat u uw eigen moeilijkheden heeft gekend in het verleden,' zei ik, en ik probeerde me uit alle macht te herinneren wat Jack in de Plaza had gezegd. Maar had hij wel iets gezegd? Wat je ook zegt, zeg niets.

'Tegenslagen, zei hij. Lang geleden?'

'Hou op!' schreeuwde ze. En toen schreeuwde ze: 'Tom!'

Toen fluisterde ze, kwetsbaar als een gewonde vogel.

'Wat heeft hij je verteld, wat heeft Jack je verteld?'

'Niets. Tegenslagen.'

'Vuile roddel,' zei ze. 'Niets anders.'

Ik weet niet hoe Oude Tom haar had gehoord, misschien omdat hij gespitst was op haar stem, maar binnen enkele ogenblikken verscheen hij om de hoek van het huis in zijn jas en met zijn hoed op, en hij zag eruit als een halfverdronken zeeman.

'Jezus-Maria-Jozef,' zei hij. 'Roseanne.'

'Je moet haar wegsturen,' zei mevrouw McNulty.

'Kom, Roseanne,' zei Oude Tom, 'kom mee, kom mee het hek uit.'

Ik deed gehoorzaam wat me werd gezegd. Zijn stem was vriendelijk. Hij knikte met zijn hoofd terwijl hij me achteruitdreef.

'Vort,' zei hij, 'vort,' alsof ik een kalf was in een verkeerd deel van het weiland.

'Vort.'

Toen stond ik weer op het trottoir. De wind denderde door de straat als een troep onzichtbare vrachtwagens, razend en doordringend.

'Vort,' zei Oude Tom.

'Waarheen?' vroeg ik, in uiterste wanhoop.

'Ga terug,' zei hij. 'Ga terug.'

'Ik heb uw hulp nodig.'

'Er is niemand die je kan helpen.'

'Vraag Tom om me te helpen, alstublieft.'

'Tom kan je niet helpen, meisje. Tom gaat trouwen. Begrijp je? Tom kan je niet helpen.'

Trouwen? Mijn god.

'Maar wat moet ik doen?'

'Ga terug,' zei hij. 'Vort.'

*

Ik ging niet terug op zijn verzoek, maar omdat ik geen andere keus had.

Ik dacht dat als ik terug was in het huisje, ik zou kunnen opdrogen, uitrusten, en een ander plan bedenken. Als ik maar uit de regen en de wind was en kon nadenken.

Tom die weer trouwde. Nee, niet weer, maar voor het eerst.

Als hij toen voor me had gestaan, zou ik hem vermoord kunnen hebben met wat me maar voor handen kwam. Ik had een steen uit de muur kunnen trekken, een stok uit de omheining, en hem kunnen slaan en vermoorden.

Omdat hij me met liefde in zo'n ellendig gevaar bracht.

Ik denk niet dat ik toen liep, ik sleepte mezelf voort. Het kleine meisje was nog steeds achter het raam toen ik voorbijkwam, nog steeds met haar pop, nog steeds aan het wachten tot de storm ging liggen, zodat ze buiten kon spelen. Om de een of andere reden zwaaide ze deze keer niet.

Ze zeggen dat we van apen afstammen en misschien is het het dier in ons dat diep vanbinnen dingen weet waarvan we niet beseffen dat we ze weten. Er begon iets, een klok of een motor, in me op gang te komen, en mijn hele instinct zei me dat ik mijn pas moest versnellen, voort moest maken om een rustig en beschut plekje te zoeken waar ik die motor kon proberen te begrijpen. Het was dringend en verspreidde een geur, er steeg een vreemd geluid uit me op dat weggezwiept werd door de wind. Ik was inmiddels de stad uit op de asfaltweg naar Strandhill, groene velden en stenen muurtjes om me heen, en de zichtbare regen die op het oppervlak van de weg sloeg en met een soort woede in het rond sprong. Het was alsof ik muziek in mijn buik had, krachtige opzwepende drummuziek, een dolgedraaide 'Black Bottom Stomp', waarbij de pianist steeds woester op de toetsen tekeerging.

De weg maakte een flauwe bocht en toen werd de baai beneden zichtbaar. Wie had ik om me te helpen? Niemand. Waar was de wereld? Hoe had ik het klaargespeeld om moederziel alleen in de wereld te leven? Hoe kon het dat de bewoners van de paar huizen langs de weg niet naar me toe stormden om me ijlings in hun huizen te brengen, om me in hun armen te houden? Ik werd er scherp van doordrongen dat ik zo onbelangrijk was in de wereld dat ik niet geholpen zou worden, dat priester, vrouw en man een verordening hadden uitgebracht dat ik niet geholpen mocht worden, ik moest overgeleverd blijven aan de elementen, in de toestand waarin ik me bevond, een lopend dier, verlaten.

Misschien was het op dat moment dat een bepaald deel van me uit me wegsprong, dat iets uit mijn hersens vluchtte, ik weet het niet.

Toevlucht. Een verloren wezen zoekt toevlucht. In mijn huisje had ik het vuur met as bedekt, en ik hoefde alleen maar de as van de turven te kloppen en er nog wat turven bij te doen om in een mum van tijd een fatsoenlijk vuur te hebben. En ik kon mijn oude jas, jurk, onderjurk en schoenen uittrekken en jubelend opdrogen in de droge kamer, lachend, triomfantelijk, omdat ik een zege had geboekt op stormen en families. Ik had een eenvoudige stamppot in een afgedekte pan en die zou ik eten, en vervolgens, als ik droog en verzadigd zou zijn, zou ik in m'n bed kruipen, en daar zou ik naar de Knocknarea liggen lijken, naar de oude koningin Maeve boven in haar eigen stenen bed, die zo hoog misschien het meest te lijden had van de storm, en ik zou naar mijn buik kijken zoals ik graag deed en de ellebogen en knieën zien die naar buiten porden en weer verdwenen wanneer mijn baby zich uitrekte en bewoog. Ik had nog zo'n negen kilometer te gaan voordat ik deze begeerde veiligheid zou bereiken. Aan de inkeping van het land kon ik zien dat als ik het strand op ging zoals de auto's bij eb vaak deden, ik ruim drie kilometer zou afsnijden. Zelfs in mijn ellende viel het me op dat het tij op zijn laagste punt was, hoewel je dat moeilijk kon zien door de legers en legioenen van regen die eroverheen striemden. Ik sloeg dus van de hoge weg een steil paadje naar beneden in zonder me al te veel aan te trekken van de ruige stenen, tevreden dat ik een stuk afsneed en zo gevoelloos in mijn voeten en benen dat ik daar niet veel pijn meer voelde. De pijn zat geheel en al in mijn buik, de pijn betrof geheel en al mijn kind, en ik was ontzaglijk gretig om mijn voordeel te doen.

Ooit mooi, maar schoonheid had een einde.

Beneden op het zand leek het één grote dans, alsof de Plaza zelf zich had uitgebreid om Sligo Bay te vullen. De regen was als reusachtige rokken, wervelend en opwaaiend, met pilaren van benen die hamerend naar beneden kwamen, het hele strand en de zee tussen Strandhill en Rosses aan het gezicht onttrokken door duizenden verfstreken van grijs op grijs. Ik dacht toen dat het niet zo verstandig was dat ik naar het zand was gegaan, ik werd in elk geval gestraft met een toenemende onstuimigheid van het weer, een oneindig aanzwellen en brullen van de storm, die aan mij en mijn buik rukte, aan mijn kleine wezentje van ellebogen en knieën.

Toen liep ik ineens door ondiepe stroompjes te ploeteren en wist ik dat ik niet op de goede weg was. Het zand waarop de auto's bij voorkeur naar de dansavond scheurden lag hoger dan de rest, en was op zomeravonden droog. Ik vreesde dat ik afstevende op de bedding van de Garravoge, een onvoorstelbare ramp, en nu wist ik niet welke kant ik op moest. Waar was de berg, waar was de opbolling van het land? Waar was Strandhill en waar was Coney?

Plotseling doemde er een monster voor me op – nee, het was geen monster, het was een kegel van bewerkte stenen, het was een van de meerpalen die op een rij waren gezet om de weg naar het eiland te wijzen, langs het beste zand, het zand dat het laatst zou worden bedekt bij opkomend tij. En het tij was nu aan het opkomen, wist ik, want binnen het gebrul van de storm kon ik het andere galopperende geluid van de zee horen, die gretig landinwaarts stormde om de lege plekken in zijn armen te nemen. Maar ik bereikte de meerpaal en hield me even vast aan zijn stenen in een poging tot rust te komen, in elk geval een tikkeltje moed puttend uit het feit dat ik hem gevonden had. Ik schatte in dat de rivier rechts van mij was en Strandhill ergens links van mij, tenzij ik een hele slag was gedraaid. Boven op de meerpaal zat een roestige ijzeren pijl die naar het eiland wees.

Onverschrokken zou de Metal Man in de storm op zijn rots staan, wijzend naar het diepe water, wijzend, wijzend. Hij zou geen tijd hebben om mensen als ik te helpen.

Ik wist dat ik verder moest gaan, als ik bleef waar ik was zou het water gewoon wassen, het zand bij mijn voeten bedekken en stukje bij beetje de meerpaal bestijgen. Ik durfde niet terug te gaan naar de kust, waar misschien een stijgende vloed zou zijn. Maar bij hoogtij stonden de meeste meerpalen onder water, en het zou hier niet veilig zijn. Het zou het rijk zijn van stromingen en vissen. Ik liet de meerpaal achter me, oriënteerde me aan de hand van de pijl en liep voorwaarts de storm in, biddend dat ik dankzij dat kompas enigszins in een rechte lijn bleef lopen en bij Coney zou aankomen.

Er werd een strook blauw, dreigend licht in de storm gesneden, als een plak bizarre cake, en plotseling zag ik de grote boeg van Ben Bulben opdoemen, als een lijnboot die over me heen zou varen. Nee, nee, hij was kilometers van me vandaan. Maar hij bevond zich op de plek waar ik hem had vermoed, en daarna kon ik de volgende meerpaal bereiken. O, uit dankbaarheid schonk ik mijn hart aan de Metal Man. Nu kon ik vaag, maar scherp genoeg de bult van Coney Island voor me zien liggen. Ik ploeterde in die richting. Terwijl ik van de ene meerpaal naar de andere liep, voelde ik dat water uit me gutsen en mijn benen kortstondig verwarmen. Na nog een honderdtal pijnlijke stappen was ik bij de eerste rotsen en het zwarte zeewier gekomen, en ik sleepte mezelf het hellende pad op. Zonder die onderbreking in de storm weet ik niet wat ik gedaan zou hebben, behalve dat ik verdronken zou zijn in de aanstormende zee. Want nu sloot de storm zich om me heen als een kamer van totale waanzin, muren van water en een plafond van bonkend vuur, leek het wel, en ik lag hijgend en halfdood in een nest van keien.

*

Ik werd wakker. De storm gierde nog om me heen. Ik wist nauwelijks wie ik was. Ik herinner me dat ik in mijn hoofd zelfs naar woorden zocht. In mijn slaap, of welke toestand het ook was, had ik mijn rug tegen een mossige rots op gehesen, ik weet niet waarom. De storm gierde met geweldige doordrenkende regenvlagen. Ik lag zo stil dat ik de krankzinnige gedachte had dat ik dood was. Maar ik was verre van dood. Om de zoveel tijd, ik kon niet uitmaken of het minuten of uren waren, werd ik door iets vastgegrepen, alsof ik vanaf mijn kruin tot aan mijn tenen werd uitgewrongen. Het was zo pijnlijk dat het de pijn voorbij leek te zijn gekropen, ik weet niet hoe ik het anders moet beschrijven. Ik trok mezelf op handen en voeten, opnieuw zonder dat bewust te besluiten, maar gehoor gevend aan een onbekende wil. Toen ik woest voor me uit keek, meende ik in de neerstortende regenstromen iemand te zien staan die me gadesloeg. Vervolgens leek de storm de gestalte uit te wissen. Ik schreeuwde het uit naar wie het ook was, schreeuwde en schreeuwde. Toen werd ik opnieuw getroffen door een schok van pijn, alsof iemand mijn ruggengraat met een bijl kliefde. Wie stond daar naar me te kijken in de regen? Niet iemand die naar me toe kwam om te helpen. Er verstreken nog een paar uur. Ik voelde dat het tij zich weer van het eiland terugtrok, ik voelde het in mijn aderen. De storm brandde neer uit de hemel. Of liever, ik stond in brand in al die natheid. Mijn buik was als een broodoven, die steeds heter werd. Nee, nee, dat kon niet zo zijn. De tijd van de menselijke klokken vloog weg, het komen en gaan van de pijn was de nieuwe markering van de tijd. Kwam de pijn nu steeds dichterbij? Met steeds kortere tussenpozen? Was de nacht stiekem gevallen om de storm te verduisteren? Was ik blind? Nu was er iets plotselings, aankomst, bloed. Ik keek tussen mijn benen. Ik voelde dat ik mijn armen had uitgespreid als vleugels, klaar om iets te vangen wat uit de hemel viel. Maar het viel niet uit de hemel, het viel in mij naar beneden. Mijn bloed viel op de doorweekte hei en schreeuwde naar God om me te helpen, Zijn worstelende dier. De stem van mijn bloed schreeuwde het uit. Nee, nee, dat was alleen maar waanzin, waanzin. Tussen mijn benen waren alleen maar kolen, een ring van kolen die zo rood brandde dat niets er levend doorheen kon. In dat ogenblik van waanzin was er de kruin van een klein hoofdje, en een ogenblik daarna een schouder, alles besmeurd met vlies en bloed. Er was een gezicht, er was een borst, er waren een buik en twee benen, en zelfs de storm leek zijn adem in te houden, er viel een stilte, ik keek, ik nam het kleine wezentje in mijn armen, het trok een lichtgekleurde navelstreng met zich mee naar buiten, ik tilde de baby naar mijn gezicht en beet, opnieuw zonder er echt bij na te denken, de streng door, de storm zwol aan en gierde en gierde, en mijn kind zwol ook, leek zichzelf te vormen in het zwiepende duister, haalde zijn eerste diamant van adem en gierde het uit in miniatuur, riep nietig, naar het eiland, naar Sligo, naar mij, naar mij.

*

Toen ik weer wakker werd was de storm opgetrokken als een woeste jurk die uit de zaal van Sligo sleepte. Waar was het kleine wezentje? Ik zag het bloed, het vlies, de navelstreng en de placenta. Ik krabbelde overeind. Ik was zelf zo duizelig en zwak als een pasgeboren veulen. Waar was mijn baby? Ik werd overspoeld door een vreselijk, woest gevoel van paniek en verlies. Ik keek om me heen met het bezeten verlangen en het vurige hoofd van elke moeder, menselijk of dierlijk. Ik trok de lage twijgjes en heideplanten uiteen, ik zocht in kringen om me heen. Ik riep om hulp. De lucht was groot en blauw tot in de hemel.

Hoe lang was de storm al uitgewoed? Ik wist het niet.

Ik viel weer neer en stootte met mijn heup tegen de rots. Er kwam nog steeds een gestage streng bloed uit me, donker bloed, warm en donker. Ik lag daar als een vrouw die in het hoofd was geschoten naar de wereld te staren, het vredige strand, de met hun lange snavels prikkende en slaande kustvogels langs de terugwijkende vloedlijn. 'Help me alsjeblieft,' zei ik voortdurend, maar er leek behalve die vogels niemand te zijn die me kon horen. Waren er niet een paar huizen op het eiland, zich her en der verschuilend voor de wind? Kon er niet iemand komen om me de baby te helpen zoeken? Kon er niet iemand komen?

Terwijl ik daar lag kwam er een vreemd, scherp, pijnlijk gevoel in mijn borst, het was de melk die erin kwam, dacht ik. Ik had de melk nu klaar. Waar was de baby om hem te drinken?

Toen zag ik over de kronkelende weg naar het strand een wit autobusje rijden. Ik wist meteen dat het een ziekenwagen was, want zelfs op zo'n grote afstand kon ik zijn sirene horen in de stilte. Hij kwam bij het zand en snelde vooruit, waarbij hij van meerpaal naar meerpaal koerste, net als ik had gedaan in de storm. Ik kwam weer overeind en zwaaide met mijn armen, zoals de zeeman doet bij schipbreuk wanneer hij uiteindelijk ver weg het schip ziet dat hem komt redden. Maar niet ik had redding nodig, maar het piepkleine mensje dat spoorloos was verdwenen van de plek waar het had moeten zijn. Toen de mannen naar me toe kwamen met hun brancard, vroeg ik hun me te zeggen waar mijn baby was, ik smeekte het hun.

'Dat weten we niet, mevrouw,' zei een van hen, heel beleefd. 'Waarom bent u hier op Coney om een baby te krijgen? Dit is toch zeker geen plek om een baby te krijgen?'

'Maar waar is hij, waar is mijn baby?'

'Was het hoogwater, mevrouw, en is het weggespoeld, God zegene het arme wurm?'

'Nee, nee, ik had hem in mijn armen, en sliep, en drukte hem dicht tegen me aan en hield hem warm. Ik wist dat ik hem naast me warm kon houden. Kijk, ik had hem hier, tegen mijn borst, kijk de knopen zijn los, ik hield hem veilig en warm.'

'Oké,' zei een ander. 'Oké. Kalm aan maar. Het bloedt nog steeds,' zei hij tegen zijn collega. 'Dat moeten we proberen te stelpen.'

'Misschien kun je het niet stelpen,' zei de man.

'We moeten haar snel naar Sligo brengen.'

En ze laadden me achter in de auto. Maar lieten we mijn kind achter? Ik wist het niet. Ik krabbelde aan het portier toen het dichtging.

'Overal kijken,' zei ik. 'Er was een kind. Echt waar.'

O, toen ze vervolgens de motor startten, was het alsof ik door vloeren zakte, ik bezwijmde.

*

Nu stuit ik op moeilijkheden. De wegen schijnen zich nu te splitsen in het bos, en het bos is met zo'n dikke laag sneeuw bedekt, dat er alleen witheid is.

Iemand had mijn kind weggenomen. De ziekenwagen bracht me naar het ziekenhuis. Ik weet dat ik nog dagenlang inwendig bleef bloeden, en ze verwachtten dat ik het niet zou overleven. Die dingen herinner ik me. Ik herinner me dat ze me hebben geopereerd omdat ik weet dat het bloeden ophield en dat ik het overleefde. Ik herinner me dat eerwaarde Gaunt binnenkwam en tegen me zei dat er voor me gezorgd zou worden, dat hij wist waar hij me kon onderbrengen voor mijn eigen veiligheid, en dat ik het daar fijn zou vinden, dat ik me geen zorgen hoefde te maken. Ik vroeg telkens weer naar mijn kind en elke keer zei hij alleen het woord 'Nazareth'. Ik wist niet wat hij bedoelde. Ik was zo zwak dat ik waarschijnlijk gedaan heb wat de gevangene doet met zijn cipier, ik zocht steun bij eerwaarde Gaunt. Ik heb misschien wel gevraagd of hij me wilde helpen. Ik heb in elk geval veel gehuild en ik heb zelfs een herinnering waarin hij me vasthoudt terwijl ik huil. Was er nog iemand anders? Ik kan het me niet herinneren. Weldra zag ik de twee torens van het gesticht boven me verrijzen en werd ik weggegeven aan de hel.

Ik riep uit dat ik mijn moeder wilde zien, maar ze zeiden: 'Je kunt haar niet zien, niemand kan haar zien, ze is te ver heen.'

Nu hapert mijn herinnering. Ja. Hij sputtert als een motor die probeert te starten bij het draaien van de krukas, maar faalt. Put, put, put. O, zijn dat Oude Tom en mevrouw McNulty in de duisternis daar, in een donkere kamer, en ben ik daar ook, en zijn ze me de maat aan het nemen met hun linnen meetlinten voor een gestichtsjak, zonder iets te zeggen, behalve de maten, de boezem, de taille, de heupen? Zoals ze alle andere patienten toen ze binnenkwamen de maat hadden genomen voor een jak, en toen ze weggingen voor een lijkwade?

Nu houdt de herinnering op. Er is geen enkele herinnering. Ik herinner me zelfs geen lijden, ellende. Niets. Ik herinner me dat Eneas op een avond in zijn legeruniform kwam en het personeel zover wist te krijgen dat hij mij mocht bezoeken. Hij had die dag een majoorsuniform aan en ik wist dat hij maar een gewone soldaat was, maar hij bekende me dat hij het uniform van zijn broer Jack had geleend, en hij zag er heel mooi in uit, met die epauletten. Hij zei tegen me dat ik me snel moest aankleden, dat hij mijn baby buiten had en dat hij me ging bevrijden. We zouden samen weggaan naar een ander land. Ik had geen jurk om aan te trekken, behalve de vodden aan mijn lijf, ik wist dat ik vies was en onder de luizen zat, er zat overal gedroogd bloed op me, en we kropen door de donkere gang, Eneas en ik, en hij deed de grote krakende deur van het gesticht open en we liepen naar buiten onder de oude torens door, het grind over, waarbij ik helemaal geen last had van de scherpe stenen, en hij pakte de baby uit de hoge kinderwagen waar hij op ons had gewacht, een heerlijk jongetje was het, en nam de bundel in zijn armen en leidde me met mijn bloedende voeten over het gazon, en we moesten een klein, fris riviertje oversteken onder aan de helling. Hij stak het over en liep een mooie, groene wei op met heel hoog gras. De maan bespikkelde het water van de rivier, mijn oude uil riep, en toen ik de rivier in stapte loste mijn jurk op en reinigde het water me. Aan de overkant stapte ik door de biezen de rivier uit en Eneas keek naar me, ik weet in mijn hart dat ik weer mooi was, en hij gaf me mijn baby en ik voelde de melk in mijn borst komen. En Eneas en ik en ons kind stonden in de wei in het maanlicht, en er stond een rij reusachtige groene bomen die zachtjes heen en weer werden gewiegd door een warme zomerwind. En Eneas deed zijn nutteloze uniform uit, zo warm was het, en we stonden daar zo tevreden als geen mens ooit was geweest, en we waren de eerste en de laatste mens op aarde.

*

Een herinnering zo levendig, zo prachtig, zo ver buiten de grenzen van het mogelijke.

Ik weet het.

Mijn hoofd is glashelder.

*

Als je dit zit te lezen, dan moeten de muizen, de houtwormen en de kevers deze notitieboekjes gespaard hebben.

Wat kan ik je verder nog vertellen? Ik leefde ooit onder de mensen en vond ze over het algemeen wreed en koud, en toch kon ik de namen noemen van drie of vier mensen die als engelen waren.

Ik denk dat we het belang van ons leven afmeten aan die paar engelen die we om ons heen bespeuren, ook al zijn we niet zoals zij.

Al is om die reden ons lijden groot, toch is aan het eind het geschenk van het leven iets onmetelijks. Iets groters dan de oude bergen van Sligo, iets moeilijks maar merkwaardig stralends, wat de hamers en de veren in hun val gelijkmaakt.

En net als de drang die de oude dienstmeid ertoe aanzet een

tuin te maken met een schrale roos en een verwilderde narcis, duidt het op een komend paradijs.

*

Het enige wat er nu van mij overblijft is een gerucht van schoonheid.

HOOFDSTUK EENENTWINTIG

Het aantekenboek van dokter Grene

Eindelijk heb ik mijn reisje naar Sligo ondernomen, nadat ik een gaatje had gevonden in al deze voorbereidingen voor het vertrek uit de inrichting. Wat een kort reisje is het eigenlijk maar, en toch heb ik het door de jaren heen zelden ondernomen. Mooie lentedag. Maar zelfs op zo'n dag zag de psychiatrische inrichting van Sligo er heel naargeestig uit met zijn onheilspellende dubbele toren. Het is een uitgestrekt gebouw. In de volksmond wordt het het Leitrim-Hotel genoemd, zoals Roseanne me uitlegde, omdat half Leitrim er naar men zegt in zit. Maar dat is ongetwijfeld alleen maar een regionaal vooroordeel.

In aanmerking genomen dat ik ooit zo goed kon opschieten met Percy Quinn, zal het wel vreemd zijn dat we geen contact hebben gehouden, met zo weinig kilometers tussen ons in. Maar sommige vriendschappen, zelfs de hechte en interessante, lijken een kort leven te zijn beschoren en kunnen niet worden voortgezet. Toch was Percy, met zijn terugwijkende haarlijn en een nieuwe corpulentie die ik me niet herinnerde, uiterst hartelijk toen ik zijn kantoor vond, dat zich in een van de torens bevindt. Ik weet niet veel af van zijn reputatie, hoe progressief hij is, of in welke mate hij achteroverleunt en Gods water over Gods akker laat lopen, zoals ik zelf vaak heb gedaan, ben ik bang. Niet dat ik dat ergens anders dan op deze plek zou opbiechten, maar ik weet zeker dat Petrus het aan mijn debetzijde bijschrijft.

'Het speet me zeer om te horen van je verlies,' zei hij. 'Ik was van plan om naar de begrafenis te gaan, maar ik redde het die dag niet.'

'O, dat geeft niet, maak je geen zorgen,' zei ik. 'Dank je.'

Daarna wist ik niet wat ik moest zeggen. 'Het is allemaal heel goed verlopen.'

'Ik geloof niet dat ik je vrouw heb gekend, wel?'

'Nee, nee, zeker niet. Na jouw tijd.'

'Zo, dus nu ben je aan het speuren?' zei hij.

'Tja, om diverse redenen heb ik geprobeerd de patiënt over wie ik je schreef, Roseanne Clear, te beoordelen, en omdat ze niet erg toeschietelijk is, moest ik het langs wat slinksere wegen proberen en als het ware via een achterdeurtje binnen zien te komen.'

'Ik heb een beetje voor je gespit,' zei hij. 'Ik heb een paar dingen gevonden. Het begon me eigenlijk wel te intrigeren. Iedereen zal wel mysteries in zijn leven hebben. Zeg, zal ik Maggie bellen en haar wat thee boven laten brengen?'

'Nee, dat is niet nodig,' zei ik. 'Niet voor mij in elk geval. Misschien voor jezelf?'

'Nee, nee,' zei hij bruusk. 'Het eerste wat je misschien zal interesseren: er zijn inderdaad documenten van de RIC-politie bewaard gebleven. Ze lagen nota bene in het stadhuis. De naam die je me gaf was Joseph Clear, hè? En ja, er was een document met die naam, in de jaren tien of twintig van de vorige eeuw, geloof ik.'

Ik was teleurgesteld, moet ik toegeven. Ik denk dat ik hoopte dat Roseannes ontkenning juist zou zijn gebleken. Maar ziedaar.

'Ik neem aan dat het dezelfde man was,' zei Percy.

'Het is geen veelvoorkomende naam.'

'Nee. En dan heb ik nog eens gekeken naar wat we hadden naast het bijzonder curieuze verslag van die eerwaarde Gaunt, dat ik heb herlezen. Jij was er bezorgd over dat ze haar kind had gedood, hè?'

'Nou ja, niet zozeer bezorgd. Ik probeerde te achterhalen of het waar was, omdat ze het ontkent.'

'O? Dat is interessant. Wat zegt ze erover?'

'Ik heb haar gevraagd wat er van de baby was geworden, aangezien eerwaarde Gaunt er gewag van had gemaakt en het ongetwijfeld de belangrijkste reden was dat ze hier werd opgenomen, en ze zei dat het kind in Nazareth was, en daar kon ik niet veel mee.'

'Ja, nou, ik denk dat ik weet wat ze probeert te zeggen. Het weeshuis hier in Sligo heette Nazareth House. Er zitten nu geen wezen meer, het is nu voornamelijk een bejaardentehuis, maar als ik kan probeer ik mensen daarheen te verwijzen, liever dan... Begrijp je.'

'Aha, kijk eens aan, dan valt alles mooi op zijn plaats.'

'Ja, inderdaad. En ik moet zeggen dat het heel oneerlijk, zelfs onwettig zou zijn geweest als eerwaarde Gaunt iets zo vreselijks suggereerde in de wetenschap dat het niet waar was. Ik ben op zoek naar een interpretatie van zijn woorden. Ik kan alleen maar concluderen dat hij bedoelde dat ze het kind geestelijk had gedood. In die tijd dacht men immers dat een bastaard de zonde van zijn moeder droeg. Misschien bedoelde onze ondernemende geestelijke dat. Laten we in de terugblik genereus zijn. Tenminste, als zou blijken dat ze het kind niet heeft gedood, natuurlijk.'

'Denk je dat ik naar Nazareth House zou kunnen gaan om te vragen of ze over documenten beschikken?'

'Ja, dat zou je best kunnen doen. Ze waren vroeger natuurlijk zeer gesloten over dit soort zaken, tenzij je wist hoe je ze moest openwrikken. Instinctief zijn ze vast nog steeds geneigd tot geheimhouding, maar zoals veel instellingen zijn ze de laatste tijd bestookt met beschuldigingen van wat voor aard dan ook. Er zijn veel Nazareth Houses, en sommige ervan zijn beschuldigd van nogal erge wreedheid in het verleden. Dus misschien zullen ze toeschietelijker zijn dan je zou verwachten. En ze zijn eraan gewend met mij om te gaan. Ik vind hen altijd heel toeschietelijk. Nonnen, uiteraard. Ze waren oorspronkelijk een bedelorde. Eigenlijk wel een nobel concept.'

Toen zweeg hij een tijdje. Hij was aan het 'prakkiseren', zoals Bet het noemde.

'Er was nog iets,' zei hij. 'In het belang van openheid van mijn kant denk ik dat ik het je wel kan vertellen. Helaas maakte het deel uit van onze vertrouwelijke documenten. Interne onderzoeken, begrijp je, dat soort zaken.'

'O ja?' zei ik, heel voorzichtig.

'Ja. Wat betreft jouw patiënt. Er was hier een man, een zekere Sean Keane, een verpleeghulp, zelf kennelijk ook een beetje kierewiet, om maar even een lekenterm te gebruiken, die een klacht indiende tegen een andere verpleger. Dit is natuurlijk lang geleden, in de jaren vijftig zelfs, ik herkende de naam niet eens van de man die de aantekeningen bijhield, Richardson heette hij. Sean Keane beschuldigde deze andere man, Brady, ervan dat hij jouw patiënt gedurende een lange periode bedreigde en, naar ik vrees, misbruikte. Ze wordt beschreven als iemand van "uitzonderlijke schoonheid". Je moet weten, William, dat ik zelfs uit de hanenpoten van het handschrift kon opmaken dat de maker van de aantekeningen dit alles met tegenzin opschreef. Er is niet veel veranderd, hoor ik je al zeggen.'

Maar ik had niets gezegd. Ik knikte om hem aan te moedigen.

'Hoe dan ook, ik geloof dat op dat moment werd besloten om jouw patiënt naar Roscommon over te plaatsen en de kwestie in de doofpot te stoppen.'

'Wat is er gebeurd met de vermeende aanrander?'

'Nou, dat was nogal tragisch, want hij is hier gebleven tot aan zijn pensioen, ik kon zijn aanwezigheid heel duidelijk traceren tot aan het eind van de jaren zeventig. Maar ja, je kent het.'

'Ik ken het inderdaad. Het is allemaal heel moeilijk.'

'Ja,' zei Percy. 'De boot is altijd midden in een storm en je probeert hem niet nog meer heen en weer te doen slingeren.'

'Ja,' zei ik.

'Het is ook niet heel verrassend dat Sean Kean samen met Roseanne Clear uit de documenten verdwijnt, dus ze moeten hem hebben ontslagen. Richardson koos ongetwijfeld voor een soort van vrede.'

We zaten hier even over te peinzen, misschien vroegen we ons allebei af of er eigenlijk wel zoveel was veranderd.

'Haar moeder is hier overleden. Wist je dat? In 1941.'

'Nee.'

'Jazeker. Ernstig gestoord.'

'Interessant, zeg. Ik wist daar niets van.'

'Het is gek dat onze inrichtingen zo dicht bij elkaar liggen en we elkaar nooit zien,' zei hij toen.

'Dat dacht ik ook toen ik hier naartoe reed.'

'Ach ja, zo is het leven.'

'Zo is het leven,' zei ik.

'Ik vind het heel leuk dat je vandaag langs bent gekomen,' zei hij. 'We zouden moeten proberen er een gewoonte van te maken.'

'Bedankt voor het speurwerk dat je voor me hebt gedaan. Ik ben je heel dankbaar, Percy.'

'Graag gedaan,' zei hij. 'Moet je horen, ik bel Nazareth House en zeg hun dat ze je kunnen verwachten, en wie je bent en zo. Is dat goed?'

'Dank je, Percy.'

We schudden elkaar hartelijk de hand, maar ook weer niet zo hartelijk, dacht ik. Er was in ons allebei een aarzeling. Het leven, inderdaad.

*

Het gedeelte van Nazareth House waar ik naar werd verwezen was nieuw, maar leek toch een zekere institutionele naargeestigheid te hebben opgedaan, al was het niet zo naargeestig als het oude gesticht. Toen ik een jonge man was, dacht ik dat onderkomens voor de zieken en gekken heel vrolijk en aantrekkelijk gemaakt moesten worden, dat er een soort feestelijkheid aan verleend moest worden om onze menselijke ellende te verlichten. Maar misschien zijn deze onderkomens als dieren en kunnen ze hun stippen en strepen net zomin veranderen als luipaarden en tijgers. De archivaris was een non, net als ik van gevorderde middelbare leeftijd, om niet te zeggen ouderdom, en droeg haar ontspannen, moderne kledij. Ik had half en half nonnenkappen en habijten verwacht. Ze zei dat de goede Percy haar had gebeld en haar de details van namen en data had gegeven en dat zij informatie voor me had. 'Nieuws', noemde ze het.

'Maar u zult naar Engeland moeten als u dit wilt uitpluizen,' zei ze.

'Engeland?' zei ik.

'Ja,' zei ze, met haar niet thuis te brengen plattelandsaccent dat ik desondanks thuisbracht als Monaghans, of een nog noordelijker accent. 'Er is hier wel een verwijzing, maar alle documenten die betrekking hebben op deze namen zijn in ons huis in Bexhill-on-Sea.'

'Waarom liggen ze daar, zuster?'

'Tja, dat weet ik niet, maar zoals u weet zijn dit oude kwesties, en u zult wellicht meer boven water krijgen in Engeland.'

'Maar leeft het kind nog? Is dat kind hier geweest?'

'Er is een verwijzing naar de naam, en het was het speciale geval van een van onze zusters in Bexhill, zuster Declan, die uiteraard van hier was. Ze is nu dood, moge ze rusten in vrede. Ze was natuurlijk een McNulty, dokter Grene. Wist u dat de oude mevrouw McNulty op haar oude dag bij ons was? Ja. Ze was negentig toen ze stierf. Ik heb haar documenten voor me liggen, God hebbe haar ziel. God hebbe de ziel van hen beiden.'

'Zou u hen kunnen opbellen?'

'Nee, nee, deze kwesties zijn niet geschikt voor de telefoon.'

'Was die non in Engeland de dochter van mevrouw McNulty?'

'Precies. Mevrouw McNulty droeg de orde een warm hart toe. Ze had wat geld om na te laten en liet het ons na. Ze was een geweldige dame en ik herinner me haar heel goed. Een klein vrouwtje met een uiterst vriendelijk gezicht dat altijd het beste met iedereen voorhad.'

'Kijk eens aan,' zei ik.

'O, ja. Ze wilde zelf in het klooster gaan, maar kon dat niet doen zolang haar man nog leefde, en hij werd uitgerekend zesennegentig, en dan waren er nog de zoons. Zij zouden het misschien ook niet leuk hebben gevonden. Mag ik vragen of u katholiek bent, dokter Grene? Aan uw accent te horen bent u een Engelsman.'

'Ik ben katholiek, ja,' zei ik rustig, zonder gêne.
'Dan zult u wel weten hoe raar we zijn,' zei de kleine non.

*

Ik reed huiswaarts in een vreemde gemoedstoestand. Ik dacht dat het eigenaardig was dat mensen bij hun verscheiden een paar sporen achterlaten, die je kunt bekijken en waar je over na kunt denken, maar ik betwijfelde of ze ooit goed begrepen konden worden. Het zag ernaar uit dat Roseanne inderdaad veel had geleden, zoals ik had gevreesd. Wat verschrikkelijk om haar kind te verliezen, hoe dat ook was gebeurd, en daarna overgeleverd te zijn aan de attenties van een ellendige hufter die haar alleen maar zag als een gelegenheid voor zijn genot. Je zou ook kunnen denken dat ze, nadat ze afstand van haar baby had gedaan, of hem had verloren, of hem zelfs had gedood als eerwaarde Gaunt het toch bij het rechte eind heeft, ten slotte misschien ook afstand had gedaan van haar verstand. Dergelijke trauma's zouden heel goed een ernstige psychose kunnen hebben veroorzaakt. Ze zou met haar 'uitzonderlijke schoonheid' wellicht een gemakkelijke prooi geweest zijn voor elk onaangenaam element onder het personeel. God sta haar bij. Ik dacht aan de verwelkte oude dame in de kamer hier in Roscommon. Hoe professioneel ik ook ben, ik moet bekennen dat ik heel erg met haar te doen heb. En met terugwerkende kracht voel ik me nogal schuldig. Ja. Want om te beginnen zou ik waarschijnlijk geneigd zijn geweest net zo te handelen als Richardson.

Anderzijds bedacht ik onder het rijden dat het onwaarschijnlijk was dat ik tijd zou vinden om naar Engeland te gaan. En ik vroeg me af: waar ben je trouwens in godsnaam mee bezig, William? Je weet dat je niet zult aanraden haar terug te plaatsen in de gemeenschap. Ze zal ergens naar overgeplaatst moeten worden (aantekening: niet naar Nazareth House in Sligo, en niet naar de psychiatrische inrichting van Sligo, alles in aanmerking genomen) omdat ze nu gewoonweg te oud is voor iets anders. Dus waarom zou ik dit verder uitpluizen? Tja, eerlijk gezegd is het een grote troost voor me geweest. Verder is er iets mee wat ik bijna onweerstaanbaar vind. Ik denk dat ik de hele drang moet classificeren als een vorm van rouwen. Rouwen om Bet, en om de aard van levens in het algemeen. Om het lot van de mens in het algemeen. Maar ik bedacht dat Engeland een brug te ver was, hoewel ik moet zeggen dat ik graag de waarheid boven water zou willen krijgen van Roseannes kind, of geen kind, nu ik eenmaal zover ben gekomen. Maar de werklast is op het moment veel te groot (ik probeer de loop van mijn gedachten weer te geven zoals ik die in de auto had, altijd moeilijk), en omdat de cruciaalste en belangrijkste delen van het leven uiteindelijk het karakter lijken te hebben van slapende honden, zou ik ze niet wakker moeten maken. Het is allemaal verleden tijd en wat voor zin zou het hebben daarin te gaan wroeten? Maar toen zag ik ineens waar het om ging. Ik had de kwestie steeds vanuit verkeerde invalshoeken bekeken. Want als er een document bestaat van dit kind, zou het dan geen grote troost voor Roseanne zijn om dat te weten, zelfs als de persoon niet bereikbaar is – om 'voordat ze sterft' te weten dat ze iemand toch nog veilig op de wereld heeft gezet? Of zou dat alleen maar nog meer mentale beroering en trauma met zich meebrengen? Zou ze in contact willen komen met deze persoon, en zou deze persoon – o, de spreekwoordelijke doos van Pandora. Maar goed, ik heb toch geen tijd, bedacht ik. Maar ik zal deze queeste met tegenzin opgeven.

Toen parkeerde ik zoals altijd mijn auto en ging de inrichting in. Ik liet me door de dagzuster bijpraten over het verloop van de dag en ze vertelde me onder meer dat Roseanne Clears ademhaling was verslechterd en dat ze zelfs bang geweest waren om haar naar de medische afdeling te verplaatsen, zozeer hing haar leven aan een zijden draadje, maar onder supervisie van dokter Wynn waren ze erin geslaagd, en ze was nu voorzien van een zuurstofmasker. De longen moeten voor 98 procent functioneren om een voldoende uitwisseling van gassen te garanderen om het bloed van zuurstof te voorzien, en bij haar is het door de congestie maar 74 procent. Hoewel zij als puntje bij paaltje komt 'gewoon een van de patiënten' is, moet ik zeggen dat het me erg verontrustte en van streek maakte. Ik spoedde me naar de vlakbij gelegen afdeling alsof ze al gestorven zou kunnen zijn en was op onverklaarbare wijze ontzettend opgelucht dat ik haar levend aantrof, zij het bewusteloos en met een onaangenaam bijgeluid bij haar ademhaling.

Nadat ik daar een tijdje had gezeten, begon ik me een beetje nutteloos te voelen, omdat er in mijn werkkamer papieren zouden liggen die ik moest bekijken. Dus ik ging mijn kamer in en stortte me op de papierstapel. Onder op de stapel formulieren en brieven lag een pakje, een bundel papieren in een grote, gebruikte envelop, sterker nog, een envelop die ik een paar dagen geleden had geopend en in mijn prullenbak had gegooid. Iemand had hem er weer uit gevist en deze pagina's erin gestopt. Ze waren geschreven met blauwe balpen in een heel net, klein handschrift dat mij ertoe noopte mijn leesbril op te zetten, iets wat ik uit pure ijdelheid zoveel mogelijk probeer te vermijden.

Het drong algauw tot me door dat het een verslag was van Roseannes leven, zo te zien geschreven door haarzelf. Ik was stomverbaasd. Ik was vreemd genoeg meteen blij dat ik die dag niet verder had aangedrongen toen ze me had verteld dat ze een kind had gehad. Want hier lag alles voor m'n neus, zonder dat ik het gevoel had haar met alle kneepjes van het vak gedwongen te hebben zich te 'verraden'. Ik wist dat ik pas tijd zou hebben het goed te lezen als ik die avond thuis was (gisteren), maar ik kon al zien dat ze heel open was, in scherp contrast met haar gesproken antwoorden op mijn vragen. Maar waar kwam het vandaan? En wie had het op mijn tafel gelegd, zij zelf toch zeker niet? Ik was moreel verplicht John Kane te verdenken, aangezien hij de persoon was die het vaakst in haar kamer was. Of een van de verpleeghulpen. Met alle consternatie in haar kamer vandaag kan het natuurlijk iedereen zijn geweest. Ik belde naar de verplegerskamer en vroeg of iemand er iets van wist. Doran, een behoorlijk kundige en plezierige man, zei dat hij het zou rondvragen. Waar was John Kane? vroeg ik. Doran zei dat Kane thuis was in zijn flatje op het oude stalerf achter de inrichting (dat ook binnen afzienbare tijd zal worden gesloopt). Hij zei dat John Kane zich niet goed voelde en na een ochtend te hebben gewerkt, had gevraagd of hij naar huis mocht om te gaan liggen. Dokter Wynn had hem bereidwillig vrijaf gegeven. John Kane is immers niet gezond.

*

Ik las Roseannes verslag als een geleerde op het gebied van haar leven, waarbij ik een mentaal register maakte van feiten en gebeurtenissen.

Het eerste gevoel dat ik had tijdens het lezen was dat ik bevoorrecht was. Wat een vreemde gedachte dat zij het in het geheim had geschreven, als een monnik in een scriptorium, al die tijd dat ik een poging deed haar te beoordelen, vrijwel zonder iets te bereiken. Het drong met een schok tot me door dat zij zich misschien tot mij richtte.

Het verschilt in diverse opzichten van de geschiedenis van eerwaarde Gaunt, niet in de laatste plaats het lange verslag over haar vader en zijn ervaringen. Voor een vrouw die bijna niemand kent en de laatste pakweg zestig jaar van haar leven op een plek als de inrichting heeft doorgebracht, komt ze me af en toe verrassend levenslustig en menslievend voor. Er blijft veel onopgehelderd. Maar het weinige dat ik weet heb ik geprobeerd te combineren en ik ben dankbaar op namen gestuit die ik herken. Sean Keane, die in Percy Quinns documenten voorkwam, schijnt een zoon van John Lavelle te zijn geweest. Verder schijnt hij een zekere mate van herserletsel te hebben opgelopen. Er is één iemand die ik ken wie ik hierover kan vragen, want ik vermoed dat John Kane dezelfde man is. Het betreft hier een verhaal van vreemde loyaliteit en bescherming. Zijn vader heeft hem gevraagd voor Roseanne te zorgen, en hij schijnt zijn uiterste best gedaan te hebben dat te doen.

Maar de vraag wie Roseannes baby heeft weggenomen, wordt niet echt beantwoord, en alles blijft erop wijzen dat het niet klopt wat ze over haar vaders werk vertelt. Als dit onjuist is, dan kunnen andere dingen die ze schrijft ook 'onjuist' zijn. Je kunt het niet kritiekloos accepteren, maar dat geldt misschien evenzeer voor het verslag van eerwaarde Gaunt, die blijkbaar geestelijk zo gezond was dat het geestelijke gezondheid bijna onwenselijk maakt.

Ik denk dat ik er zonder meer van kan uitgaan dat ze ten onrechte werd beschuldigd in de zaak van John Lavelle, tenzij ik haar verkeerd lees, hoewel ik inzie dat het in de mores van haar tijd – moeras, schreef ik bijna – al een misdaad was om op die manier met hem gezien te worden, alleen het vermoeden was al genoeg. De moraal heeft zijn eigen burgeroorlogen, met zijn eigen plaats- en tijdgebonden slachtoffers. Maar toen ze eenmaal zwanger was, was haar lot bezegeld. Een getrouwde vrouw die nooit getrouwd was geweest. Die oorlog viel voor haar niet te winnen.

Terwijl ik dit alles schrijf, bekruipt me een knagende twijfel. Het gebruik van het woord 'onjuist' bijvoorbeeld. Wat is er onjuist aan haar verslag als ze het oprecht gelooft? Wordt niet het grootste deel van de geschiedenis geschreven met een soort eigenzinnige oprechtheid? Dat vermoed ik wel. In haar verslag doet ze zeer oprecht en zelfs aandoenlijk uit de doeken hoe haar vader haar wilde laten zien dat alle dingen, van hamers tot veren, op dezelfde manier vallen. Ze schijnt ongeveer twaalf te zijn geweest toen het gebeurde (nu moet ik weer naar haar manuscript kijken, want ik zou zelf de geschiedenis wel eens aan het herschrijven kunnen zijn). Ja, ongeveer twaalf. En dan die afschuwelijke gebeurtenissen op het kerkhof, en het ratten vangen, en uiteindelijk, als ze ongeveer vijftien is (verdorie, dat moet ik weer controleren), de dood van haar vader. Maar eerwaarde Gaunt laat hem vermoorden door de rebellen, de eerste poging vindt uitgerekend plaats in de ronde toren waaraan Roseanne zo'n dierbare herinnering bewaart, zijn mond wordt volgestopt met veren en hij wordt geslagen met houten hamers, wat in termen van posttraumatische stress als de werkelijke gebeurtenis klinkt en erop duidt dat Roseanne die om te overleven helemaal heeft gezuiverd en de gebeurtenis zelfs heeft teruggeplaatst naar een betrekkelijk onschuldige tijd. Maar in mijn ogen gaat het hier al met al om een immense en ongebruikelijke overdracht. Dan is er nog het feit dat de man die door eerwaarde Gaunt als echtgenoot wordt aanbevolen aan Roseanne, Joe Brady, de erfgenaam van haar vaders baan op het kerkhof, in Roseannes verslag wordt beschreven als iemand die een poging tot verkrachting doet, een passage die mij heel 'vreemd' voorkomt. En dat niet alleen, maar eerwaarde Gaunt noemt en passant deze naam ook als de naam op het graf waarin de vuurwapens werden begraven, hoewel hij moet hebben geweten hoe de vork in de steel zat. Anderzijds denk ik dat eerwaarde Gaunt, hoewel hij misschien oprecht was in zijn grote verlangen om haar te laten opnemen, natuurlijk ook onderhevig was aan feilen van het geheugen, en misschien kwam die naam in hem bovendrijven en gaf hij hem abusievelijk als de naam op het graf. Wat in elk geval fataal is bij het lezen van spontane geschiedenis, is een onterecht verlangen naar nauwkeurigheid. Die bestaat niet.

Als om dit te bewijzen ben ik net teruggekeerd naar het eigenlijke verslag van eerwaarde Gaunt, dat ik hier meer heb samengevat dan overgenomen, en ik ontdek tot mijn stomme verbazing en zelfs schande dat hij in zijn verslag van de gebeurtenissen in de toren helemaal niet zegt dat de mond van Roseannes vader was volgestopt met veren, alleen maar dat hij werd geslagen met hamers. Om de een of andere reden moet mijn eigen brein, in het gat tussen het lezen en het samenvatten van zijn verslag, dit detail hebben toegevoegd. Ik zou graag denken dat ik het had gejat van Roseanne, ware het niet dat ik natuurlijk op dat moment haar verslag *nog niet had gelezen*. Op dit ogenblik bevind ik me in de wildste, wolligste jungles van Laing zelf. Het is voor mij bijna een weerzinwekkende gedachte dat ik dit detail wellicht met mijn intuïtie uit de ether heb gehaald en het onbewust heb toegevoegd, vooruitlopend op een verhaal dat ik nog niet had gelezen. Want dit impliceert allerlei afschuwelijke theorieën uit de jaren zestig over de circulaire en achterwaartse aard van de tijd, en die kan ik niet onderschrijven. We hebben al genoeg problemen met de lineaire vertelling en waarheidsgetrouwe herinnering. Toch moet ik vaststellen dat zowel Roseanne als eerwaarde Gaunt zo waarheidsgetrouw waren als ze konden, gezien de grillen en streken van de menselijke geest. Roseannes 'zonden' als historica van zichzelf zijn 'zonden van weglating'. Haar vader liet haar op de toren de werking van de zwaartekracht zien, en een paar jaar later werd er een poging gedaan haar vader in de toren te vermoorden, van welke beide gebeurtenissen ze getuige was, maar waarvan ze de tweede niet wilde vastleggen. Mijn eerste neiging om haar herinnering als traumatisch te identificeren, waarbij details worden verwisseld en vervalst, en de leeftijden veranderd, was dus, hoe onwaarschijnlijk ook, eigenlijk te simpel. Dan was er natuurlijk nog mijn eigen bizarre interpolatie – lieve hemel, lieve hemel. Natuurlijk, natuurlijk is het mogelijk dat ze me vele jaren geleden bij wijze van anekdote over de hamers en veren heeft verteld en dat ik het gewoonweg glad ben vergeten. En dat het weer bij me bovenkwam toen ik in eerwaarde Gaunts verklaring over de toren las. En werkelijk, op het moment dat ik dit opper, op het moment dat ik het 'verzin', lijk ik er zelfs een vage herinnering aan te hebben. Rampzalig! Maar afgezien daarvan zit er iets goeds in deze conclusie. Ik durf voor God (uitgerekend voor Hem, hoor ik mezelf zeggen) te beweren dat ik geloof dat ze niet zozeer onjuiste geschiedenissen hebben geschreven, of zelfs concurrerende geschiedenissen, maar beiden op hun menselijke manier heel getrouwe, en dat uit beide geschiedenissen bruikbare waarheden kunnen worden gedestilleerd die de eigenlijke waarheid van de 'feiten' overstijgen. Ik begin te denken dat er geen feitelijke waarheid bestaat, hoewel ik Bet in mijn oor kan horen zeggen: 'Meen je dat nou, William?'

Ik heb in elk geval op grond van het lezen van haar verslag besloten de reis naar Engeland te aanvaarden. Ze lijkt haar verhaal bijna aan mij te hebben gericht, zo nu en dan tenminste, misschien als haar vriend, en ik voel het niet alleen als mijn plicht, maar ook als iets wat ik heel graag wil, om dit tot het eind te volgen en te zien waar het uitkomt. Ik kan me niet voorstellen dat ik er heel veel mee opschiet, aangezien dokter Wynn niet verwacht dat ze weer bij bewustzijn zal komen, 'heel droevig nieuws' noemde hij het, en hij vroeg me of ze familie had die ik op de hoogte moest brengen. Natuurlijk kon ik zeggen: nee. Ik dacht van niet. Geen levende ziel die onder die noemer valt, behalve dat geheimzinnige kind. En dat is nog een reden om naar Engeland te gaan, voor het geval, hoe onwaarschijnlijk ook, dat er iemand is om in kennis te stellen als deze persoon zou overlijden, die door sommigen misschien als volstrekt onbelangrijk wordt beschouwd, maar voor mij de proporties heeft aangenomen van een vriendin, en een soort rechtvaardiging is van mijn werk hier, ook al heeft dat niets voorgesteld, en van de keuze van dit vak, al stelt het niets voor.

Ik mag nooit vergeten dat op het moment van mijn diepste smart zij door de kamer naar me toe liep en haar hand op mijn schouder legde, een uiterst eenvoudig gebaar misschien, maar voor mij gracieuzer en behulpzamer dan het geschenk van een koninkrijk. Door zo'n gebaar wilde ze mij, de zogenaamde genezer, genezen. Aangezien er voor mij, naar het zich laat aanzien, weinig valt te genezen, kan ik misschien eenvoudigweg een verantwoordelijke getuige zijn van het wonder van de gewone ziel.

Ik ben diep dankbaar dat ik het verslag van eerwaarde Gaunt niet heb gebruikt om haar te ondervragen, agressief of geraffineerd, hoe dan ook, en dat ik op mijn eigen intuïtie ben afgegaan. Ik zie nu in dat het een aanval op haar herinnering zou zijn geweest. Evenzo zou haar eigen verslag niet gebruikt mogen worden als een instrument voor nader onderzoek.

Vóór alles denk ik: laat haar met rust.

*

Ik was algauw klaar om te vertrekken, maar voor ik dat deed, besloot ik een briefje te schrijven aan John Kane, voor het geval geschreven woorden meer kans maakten om tot hem door te dringen.

Beste John (schreef ik), *ik heb gehoord dat je goede daden hebt verricht jegens onze patiënt Roseanne Clear, voorheen mevrouw McNulty. Ik denk dat ik weet wie jouw vader was, John, volgens mij was hij de patriot John Lavelle? en ik zou je*

heel graag een paar vragen willen stellen als ik terugkom uit
Engeland, waar ik meer hoop te ontdekken over het kind van
Roseanne Clear. Misschien kunnen we ervaringen uitwisse-
len?
   Met vriendelijke groeten enz.

Ik hoopte dat hij er iets mee kon. Ik gebruikte het woord 'patriot' om te voorkomen dat er ook maar iets van dreiging in het briefje doorklonk. Misschien zat ik er helemaal naast en zou hij ernaar staren als naar het werk van een krankzinnige.

Ik kon er zelf amper wijs uit worden, maar ik vertrok toch maar.

*

De goedkoopste vlucht was van Dublin naar Gatwick, dus uiteindelijk bevond ik me in mijn auto om de rit van vijf uur naar het oosten te maken. Maar ik denk dat het Roseanne zou verbazen dat er tegenwoordig een vliegveld in Sligo is, dat zag ik op een website, uitgerekend in Strandhill. Maar de kleine vliegtuigjes vliegen alleen naar Manchester.

Ik heb mijn paspoort natuurlijk meegenomen en ook de documenten die ik bezit met betrekking tot Roseanne, de diverse geschiedenissen, en een briefje van de non in Sligo. Ik was me er terdege van bewust dat die oude instellingen heel gesloten kunnen zijn, in goede of slechte zin, net als wij zelf, een mengeling van angst, verloren macht, en misschien zelfs bezorgdheid. Dat de waarheid niet altijd wenselijk hoeft te zijn, dat het ene tot het andere leidt, dat feiten niet alleen voorwaarts leiden tot de ontknoping, maar ook achterwaarts naar de schaduwgebieden, en soms naar de diverse kleine hellen die wij voor elkaar maken. Dus ondanks de aardige non, die trouwens niet had aangeboden om Bexhill op te bellen of anderszins te bemiddelen, en ondanks de bemoediging van Percy, ga ik ervan uit dat ik zal worden tegengewerkt of anderszins gedwarsboomd.

Ik heb natuurlijk ook Roseannes exemplaar van *Religio Me-*

dici meegenomen, voor het geval dat. Ik moet bekennen dat ik het risico nam dat mijn vader zich in zijn graf zou omdraaien, want in het vliegtuig sloeg ik het boek open, nam de brief er brutaalweg uit en opende die, voor het geval ik er iets aan zou kunnen hebben. Ik weet niet waarom ik dat dacht. Misschien was er een laag-bij-de-grondser motief, pure bemoeizucht en nieuwsgierigheid.

Tot mijn grote verbazing zag ik dat het een brief was van Jack McNulty. Ik keek weer naar de datum waarop hij was gepost en realiseerde me dat hij zelf een oude man moet zijn geweest toen hij hem schreef. Uit het beverige gekrabbel van het handschrift zou je dat in elk geval al kunnen opmaken. Het adres dat werd vermeld was King James Hospital, Swansea. Ik heb de brief hier voor me, dus ik kan hem hier net zo goed overnemen, zodat ik over een kopie beschik.

Beste Roseanne,

Ik lig hier in het ziekenhuis in Swansea en ben helaas getroffen door kanker in de dikke darm. Ik schrijf je omdat ik inlichtingen over je heb ingewonnen en heb vernomen, naar ik hoop uit betrouwbare bron, dat je nog leeft. Zelf ben ik opgegeven en ik neem aan dat het Gods wil is, maar het is niet waarschijnlijk dat ik nog heel lang onder de levenden zal zijn. Ik moet zeggen dat het leven me heeft geïnteresseerd en dat ik het een aangenaam verblijf heb gevonden, zoals ze zeggen, maar als je aan de beurt bent, moet je gaan. Ik weet niet of jij ervan op de hoogte bent dat ik in de oorlog heb gediend, ik ben met de Gurkha-karabiniers in India geweest bij de Khyber Pass, kan ik tot mijn trots zeggen, hoewel ik geen Duitsers of Japanners of zo heb gezien. Niettemin zouden we de oorlog hebben verloren als de muskieten zich aan de kant van de Duitsers hadden geschaard. Ik schrijf je omdat er veel dingen door je heen gaan wanneer je te verstaan wordt gegeven dat je doodgaat. Bijvoorbeeld dat mijn vrouw Mai na haar strijd met de alcohol op drieënvijftigjarige leeftijd is overleden. Hoewel ze me het leven bij tijd en wijle zuur heeft gemaakt, heb ik geen moment spijt gehad dat ik met haar was getrouwd, want ik aan-

bad haar. Toch zal ze voor sommigen wel een arrogante, kwetsende vrouw zijn geweest, vooral voor jou. Daarom schrijf ik. Het drukt zwaar op mijn geweten wat er al die jaren geleden is gebeurd, en ik wilde je schrijven om je dat te zeggen. Het is niet nodig, ik denk zelfs dat het onwaarschijnlijk is, dat je me zult vergeven, maar ik schrijf je om je te zeggen dat ik er vreselijk veel spijt van heb en nauwelijks weet hoe ik het als gebeurtenis in al onze levens moet plaatsen. Het is natuurlijk allemaal heel lang geleden, maar niet zo lang geleden dat het niet als de dag van gisteren lijkt, en vaak in mijn gedachten en dromen terugkomt. Ik wilde je zeggen dat Tom is hertrouwd en kinderen heeft gekregen, maar misschien wil je dat niet horen. Tom is zo'n tien jaar geleden gestorven aan een maagkwaal, hij stierf in het Algemeen Ziekenhuis van Roscommon, nadat zijn tweede vrouw inmiddels ook was overleden. We hebben nooit over jou gesproken, hoewel we elkaar vaak zagen, en toch had ik het gevoel dat het altijd onuitgesproken tussen ons in hing als we elkaar ontmoetten. Het is namelijk zo dat het iets in zijn leven was wat hem voorgoed heeft veranderd, daarna was hij voorgoed een andere man, nooit meer de onbekommerde oude Tom die we hadden gekend.

Misschien zul je zeggen: net goed, ik weet het niet. Misschien zou je gelijk hebben gehad. Ik wil nu een paar woorden aan mijn moeder wijden, die, zoals je misschien weet, de belangrijkste rol speelde in heel die moeilijke tijd. Ik wil je dingen over haar vertellen die ik je alleen kan vertellen als een stervende man, en misschien alleen zo, gezichtsloos, achter de dekking van een brief. Want het is ook waar dat ze jouw — ik wilde 'geval' schrijven, maar je weet wat ik bedoel — met een hardvochtigheid behandelde die niet bij haar paste.

Toen ze ongeveer twintig jaar geleden zelf op sterven lag, vertelde ze me het verhaal van haar geboorte. In Sligo ging soms het gerucht dat ze een bastaard was, hoewel je dat gerucht misschien niet hebt gehoord. Het geval wil dat ze was geadopteerd, nadat haar echte moeder jong was gestorven en haar familie, die rijk was en het huwelijk sowieso niet goedkeurde, bekokstoofde om haar af te staan. Haar moeder was

307

een presbyteriaanse vrouw die Lizzie Finn heette. Haar echte vader was een legerofficier, en ze schijnt te zijn afgestaan aan zijn oppasser, een katholiek uiteraard, om als zijn eigen kind te worden grootgebracht. Het is een schimmig verhaal, maar een paar jaar na haar overlijden heb ik in Christ Church met mijn eigen ogen de huwelijksakte van haar ouders gezien. Wat zou ze opgelucht zijn geweest om te weten dat ze getrouwd waren. Maar misschien zijn dit in de hemel onbeduidende kwesties.

Voordat Tom stierf had ook hij de gelegenheid me zijn geheim te vertellen, dat in sommige opzichten jou meer aangaat, en bij jou de vraag kan doen rijzen waarom ze niet meer mededogen met jou heeft getoond. Want hij biechtte me op dat hij en ik alleen een moeder deelden, dat zijn eigen vader niet Oude Tom was, hoewel hij niet wist wie hij dan wel was, al heeft hij geprobeerd daarachter te komen, niet in de laatste plaats via mijn moeder. Mijn moeder heeft dit echter nooit iemand toevertrouwd en nam de naam van de man mee in haar graf. We moeten niet vergeten dat mijn moeder pas zestien was toen ik werd geboren, en niet veel ouder toen mijn broer Tom kwam (of halfbroer moet ik eigenlijk zeggen).

Waarom vertel ik je dit allemaal? Omdat het natuurlijk een verklaring zou kunnen zijn, zij het geen excuus, voor haar enorme verlangen dat Tom niet zo'n verward leven als dat van haar zou hoeven doormaken, slavin als ze was van haar eigen denkbeelden over rechtschapenheid, zoals alleen iemand kan zijn die meent te zijn onteerd.

Eneas? In de jaren zestig ben ik hem op het spoor gekomen via het ministerie van Oorlog; hij zou zich bevinden in een hotel op de Isle of Dogs in Londen. Toen ik er op een avond naartoe ging, zeiden ze me dat hij er niet was en dat ik de volgende dag terug moest komen. Toen ik de volgende ochtend bij het logement kwam, was het een smeulende ruïne. Misschien was hij gealarmeerd door het nieuws dat er iemand uit Sligo was die hem wilde zien, verkeerde hij in de veronderstelling dat het zijn oude vijanden waren en hij vermoord zou worden, zelfs na al die jaren, en heeft hij het hotel zelf in de as gelegd om zijn sporen uit te wissen. Of misschien werd ik inderdaad geschaduwd toen ik naar hem op zoek was, en hebben ze de arme man van kant gemaakt. Wat er ook is gebeurd, ik ben hem nooit meer op het spoor gekomen. Hij is van de aardbodem verdwenen. Ik ga ervan uit dat hij dood is, moge hij rusten in vrede.

Dit is mijn brief, en misschien heb je er niets aan. Het drukt allemaal zwaar op mijn geweten. Roseanne, in werkelijkheid hield Tom wel degelijk van je, maar schoot hij tekort in zijn liefde. Ik ben bang dat we allemaal meer dan een beetje verkikkerd op je waren. Vergeef ons als je kan. Vaarwel.

Hoogachtend en met vriendelijke groet,
Jack.

*

In alle opzichten een vreemde en onverwachte brief. Er stonden dingen in die ik niet helemaal begreep. Plotseling hoopte en bad ik natuurlijk dat vochtigheid er de oorzaak van was geweest dat de brief weer was dichtgeplakt en dat zij hem misschien toch ooit had geopend. Zeker, ze had hem bewaard, tenzij ze hem ongeopend in het boek had gelegd en hem was vergeten. Misschien was het de enige brief die ze ooit had gekregen. Jezus. Ik was in elk geval in diep gepeins verzonken toen het vliegtuig in Gatwick landde.

Bexhill ligt maar vijfenzeventig kilometer van Gatwick in dat gedeelte van Engeland dat zo Engels is dat het bijna iets anders is, iets onbenoembaars. De namen rieken naar gesponnen suiker en oude veldslagen. Brighton, Hastings. Het ligt aan de kust waar zich ironisch genoeg de locaties bevinden van duizenden kindervakanties, hoewel ik niet denk dat de wezen van lang geleden dat zouden beamen. Toen ik op het internet op zoek was naar vluchten en een routebeschrijving naar Bexhill, stuitte ik op een discussiesite met bijdragen van overlevenden van die tijd. De rauwe pijn flakkerde op van die pagina's. In de jaren vijftig zijn daar in de zee twee meisjes verdronken terwijl de andere meisjes een menselijke keten probeerden te vormen om hen te redden en de nonnen bizar genoeg op het strand stonden te bidden. Het is als een schilderij dat is gestolen uit een museum van onverklaarbare wreedheid. Ik moet bekennen dat ik me afvroeg hoe het zat met de dochter van mevrouw McNulty, en ik moet ook bekennen dat ik om de een of andere reden hoopte dat ze niet een van die biddende nonnen was geweest. Als Roseannes kind daar in de jaren veertig was beland... Dat waren zo mijn warrige gedachten toen ik de trein nam vanaf Victoria Station.

Het lijkt erop dat ik gedoemd ben de verbijsterende narigheid van inrichtingen vast te leggen. Het is een constante, onwrikbaar. Nazareth House Bexhill was geen uitzondering. Hun verhalen lijken in het cement zelf te zitten, zoals bij die oeroude zeeschelpen, in de rode kleur van de baksteen. Je zou ze er nooit uit kunnen wassen, dacht ik. De stilte van dat oord riep andere stiltes op. Ik belde bij de voordeur aan en voelde me ineens heel klein en vreemd, alsof ik zelf een wees was die daar aankwam. Weldra werd de deur geopend, ik maakte de vrouw, een leek, duidelijk waarvoor ik kwam en werd de lange gang in geleid met zijn donkere, glanzende linoleum en meubels van solide mahoniehout, waarvan er een was opgeluisterd met een Italiaans beeld van St. Jozef. Ik wist dat het St. Jozef was omdat zijn naam op de sokkel stond. De vrouw bleef staan bij een deur en glimlachte, ik glimlachte terug en ging de kamer binnen.

Het was een soort kleine eetkamer, er stonden tenminste borden met sandwiches en cakejes, en er was voor een persoon gedekt met een theekop erbij. Ik wist niet goed was ik moest doen, dus ging ik maar zitten, me afvragend of ik wel op de goede plaats was, of de juiste persoon op de juiste plaats. Maar algauw gleed er een lange glimlachende non de kamer in en ze vulde mijn kop vanuit een keramische pot. Ik zag dat er een afbeelding van de strandboulevard van Bexhill op stond.

'Dank u, zuster,' zei ik, want ik wist niet wat ik anders moest zeggen.

'Ik weet zeker dat u flinke trek heeft na uw reis,' zei ze.

'Ja, dat is zo, dank u,' zei ik.

'Zuster Miriam zal u later te woord staan.'

Ik at dus met een zekere verbijstering en toen ik klaar was – de non leek daar een zesde zintuig voor te hebben, want die volgeladen tafel was één mens veel te machtig – werd ik dieper het klooster in geleid en uiteindelijk binnengelaten in een kleinere kamer.

Het was een kamer met de gebruikelijke dossierkasten. Ik kreeg meteen een gevoel van doofpot en geschiedenis. Ik vermoedde dat er in deze kasten dingen zaten die mensen pas met de hulp van advocaten te zien zouden krijgen, en zelfs dan misschien nog niet. Een keurige non met een pafferig gezicht zwaaide hier de scepter.

'Zuster Miriam?' zei ik.

'Ja,' zei ze. 'U bent dokter Grene.'

'Dat klopt,' zei ik.

'En u bent geloof ik gekomen om bepaalde documenten te raadplegen?'

'Ja, ik heb zelf ook wat stukken bij me, die ons misschien kunnen helpen om de identiteit vast te stellen...'

'Ik kreeg een telefoontje uit Sligo en ik heb voor uw komst een begin kunnen maken.'

'O, ik begrijp het, ze heeft dus toch gebeld, ik dacht dat ze zei...'

'Dit dossier heeft een dubbele verwijzing,' zei ze, terwijl ze een dunne map opende. 'Het kind dat u zoekt is niet lang bij ons gebleven.'

Ik zei bijna 'godzijdank', maar slaagde erin het inwendig te houden.

'Hoewel het dossier betrekking heeft op een tijd die ver achter ons ligt, begrijp ik dat de moeder nog leeft, en uiteraard het kind zelf...'

'Dus er was, is een kind?'

'O, ja, gegarandeerd,' zei ze met een brede glimlach. Hoewel ik Ierse accenten niet kan thuisbrengen, kan ik het niet laten een gooi te doen, en ik dacht in de richting van Kerry, of in elk geval het westen. Haar lichtelijk officiële taalgebruik was waarschijnlijk het gevolg van een lange vertrouwdheid met deze documenten. Ik moet zeggen dat ze een aantrekkelijk persoon was, heel beleefd, en dat ze een intelligente indruk maakte.

'Kunt u me tot nu toe volgen?' vroeg ze.

'O, ja.'

'Er is een geboorteakte,' zei ze. 'Er is ook de naam van de mensen aan wie het kind ter adoptie werd gegeven. Deze laatstgenoemde partij zou evenwel nooit het eerstgenoemde document hebben gezien, of alleen kortstondig. Het was genoeg om te weten dat het kind Iers was, gezond, en katholiek.'

'Dat kinkt aannemelijk,' zei ik, nogal dom, dacht ik, toen ik de woorden uit mijn mond hoorde komen. Ik had eigenlijk wel een beetje ontzag voor deze vrouw, ze had iets intimiderends.

'De relatie van het kind met zuster Declan, God hebbe haar ziel, deed natuurlijk bij de gemeenschap een zekere wens ontstaan om een goed huis te vinden voor het kind. Ik herinner me haar goed als jonge vrouw. Ze was een mooi West-Iers mens, een prachtig sieraad voor haar moeder en voor ons. Ze was in haar tijd zelfs de beste bedelnon in Bexhill. Dat was een bijzonder grote prestatie. En de wezen hielden over het algemeen van haar. Hielden van haar.'

Er klonk hier een zachte, maar duidelijke nadruk.

'Misschien wilt u straks buiten haar grafje zien?' vroeg zuster Miriam.

'O, dat zou ik heel erg op prijs stellen...'

'Ja. We erkennen hier in Bexhill dat in de jaren veertig alles heel anders was, en persoonlijk denk ik dat het onmogelijk is om zodanig terug te reizen in de tijd dat je die verschillen naar waarde kunt schatten. Zelfs Dr. Who zelf zou het niet meevallen.' Ze glimlachte weer.

'Daar schuilt een grote waarheid in,' zei ik, en zelfs in mijn eigen oren klonk het meteen hoogdravend. 'In het strijdperk van geestelijke gezondheid. God verhoede. Maar tegelijkertijd moet je...'

'Doen wat je kunt?'

'Ja.'

'Om te herstellen en leed ongedaan te maken?'

Ik was zeer verbaasd haar dat te horen zeggen.

'Ja,' zei ik, in verwarring gebracht door haar onverwachte eerlijkheid.

'Daar ben ik het mee eens,' zei ze, en als een koelbloedige pokeraar legde ze twee documenten voor me op het bureau. 'Dit is de geboorteakte. Dit is het adoptieformulier.'

Ik boog me naar voren, haalde mijn leesbril tevoorschijn en keek naar de bladzijden. Ik denk dat mijn hart even stilstond en het bloed in mijn lichaam stokte. Die honderden rivieren en stromen van bloed hielden heel even op met stromen. Toen stroomden ze weer, met een bijna gewelddadig gevoel van kracht en beweging.

De naam van het kind was William Clear, zoon van Roseanne Clear, serveerster. De vader werd vermeld als Eneas McNulty, soldaat. Het kind werd in 1945 gegeven aan de heer en mevrouw Grene uit Padstow, Cornwall.

*

Ik zat daar verdoofd tegenover zuster Miriam.

'En?' vroeg ze heel zacht. 'Dus u wist het niet?'

'Nee, nee, natuurlijk niet — ik ben hier op een officiële — om een oude dame die ik onder mijn hoede heb te helpen en steunen —'

'Wij dachten dat u het misschien wel zou weten. We wisten niet of u het wist.'

'Ik wist het niet.'

'Er zijn hier nog andere dingen, aantekeningen van gesprekken tussen zuster Declan en Sean Keane in de jaren zeventig. Weet u daar iets over?'

'Nee.'

'Meneer Keane wilde u dolgraag vinden en zuster Declan was in staat hem een dienst te bewijzen. Heeft hij u ooit gevonden?'

'Ik weet het niet. Nee. Ja.'

'U bent erg verward en dat is natuurlijk begrijpelijk. Het is net een tsunami, niet? Iets wat over je heen spoelt en mensen en spullen met zich meesleept.'

'Zuster, neemt u me niet kwalijk, ik geloof dat ik moet overgeven. Die cakejes...'

'O, ja, natuurlijk,' zei ze. 'Gaat u die deur maar door.'

*

Toen ik weer voldoende was opgeknapt, had ik de bizarre ervaring om naar het graf van 'mijn tante' te kijken. Daarna verliet
ik die plek en keerde ik terug naar Londen.

Leefde Bet nog maar, wat wilde ik dat zielsgraag, zodat ik
het haar kon vertellen, dat was mijn eerste gedachte.

Maar bij elke volgende gedachte die ik had, schudde ik er
mijn hoofd om. De andere passagiers zullen wel hebben gedacht dat ik parkinson had. Nee, nee, het was onmogelijk. Er
was geen deur in mijn hoofd waar de informatie naar binnen
kon.

De oude dame, van wie ik me jarenlang nauwelijks bewust
was geweest, en die toch de laatste tijd mijn verbeelding zo in
haar greep had gekregen, die oude dame, met haar eigenaardigheid, haar geschiedenissen, haar in twijfel getrokken daden, en ja, haar vriendschap, was mijn moeder.

*

Ik haastte me terug, haastte me naar huis, zou je kunnen zeggen. De uren van de reis brachten me niet veel helderheid.
Maar ik ging naar huis, haastte me, plotseling bang dat ze dood
zou zijn voordat ik aankwam. Ik kon dat gevoel aan niemand
uitleggen. Puur gevoel, verder niets. Gevoel zonder gedachte.
Alleen maar om daar te komen, te blijven gaan en daar te komen. Ik spoedde me door Ierland, reed ongetwijfeld met een
stompzinnigheid die rijp was voor het gesticht. Ik parkeerde
klunzig op de parkeerplaats van mijn inrichting, en zonder
mijn personeel ook maar te groeten beende ik door naar de afdeling waar ze naar ik hoopte en bad nog steeds was. Er was
een gordijn om haar bed dichtgetrokken, hoewel er niemand
anders in de zaal was. Ik dacht, o, ja, natuurlijk is dit de afloop,

ze is dood. Toen ik achter het gordijn keek, zag ik haar klaar-
wakkere en levende gezicht dat nu een paar graden draaide om
me onderzoekend aan te kijken.

'Dokter Grene,' zei ze. 'Waar bent u geweest? Ik ben blijkbaar terug van de doden.'

*

Ik probeerde het haar ter plekke te vertellen. Maar ik had de
woorden niet. Ik zal op de woorden moeten wachten, dacht ik.

Ze leek iets te voelen toen ik bleef dralen bij de spleet in het
gordijn. Mensen weten instinctief meer dan ze in hun bewuste
brein weten (medisch gezien misschien een twijfelachtige no-
tie, maar goed).

'En, dokter,' zei ze. 'Hebt u me beoordeeld?'

'Wat?'

'Heeft u uw beoordeling klaar?'

'O, ja. Ik denk het wel.'

'En wat is het vonnis?'

'U bent onschuldig.'

'Onschuldig? Ik denk niet dat een sterfelijk wezen dat gegeven is.'

'Onschuldig. Ten onrechte opgenomen. Ik bied mijn excuses
aan. Ik bied mijn excuses aan uit hoofde van mijn beroep. Ik
bied mijn excuses aan namens mijzelf, als iemand die niet in
actie is gekomen om alles eerder te onderzoeken. Dat de sloop
van de inrichting ervoor nodig was om dat te doen. En ik weet
dat mijn verontschuldiging voor u zinloos en weerzinwekkend
is.'

Zwak als ze was, schoot ze in de lach.

'Maar,' zei ze, 'dat is niet waar. Ze hebben me de brochure
voor de nieuwe inrichting laten zien. Ik neem aan dat u me
daar een tijdje zult laten verblijven?'

'Dat is geheel aan u. U bent een vrije vrouw.'

'Ik ben niet altijd een vrije vrouw geweest. Ik dank u voor
mijn vrijheid.'

'Het is mijn voorrecht om die af te kondigen,' zei ik, ineens heel eigenaardig en formeel, maar daar stapte ze makkelijk overheen.

'Kunt u wat dichter naar het bed komen?' vroeg ze.

Dat deed ik. Ik wist niet wat ze van plan was. Maar ze tilde alleen mijn hand op en schudde hem.

'Staat u me toe u te vergeven?' vroeg ze.

'Mijn god, ja,' zei ik.

Er viel toen een korte stilte, een stilte die net lang genoeg duurde om de adem van een tiental gedachten door mijn brein te laten waaien.

'Nou, ik vergeef u,' zei ze.

*

De volgende ochtend ging ik naar het oude stalblok achter de inrichting. Ik wilde John Kane zolang het nog kon de paar vragen stellen, nu met des te meer reden. Ik wist dat het onwaarschijnlijk was dat hij in staat of zelfs bereid zou zijn me te antwoorden. Ik bedacht dat ik hem op zijn minst mijn diepste dank kon betuigen, voor al zijn vreemde werk.

Hij was in geen velden of wegen te bekennen. Zijn verblijf bestond uit een enkele kamer met een ouderwets grammofoonmeubel, het soort waarbij je het rechterdeurtje moest openen om het geluid naar buiten te laten, omdat achter de deur een eenvoudige houten versterker schuilging. Er stond een verzameling 78-toerenplaten in de nis die door de fabrikanten (Shephers, Bristol) was aangebracht. Het waren platen van Benny Goodman, Bubber Miley, Jelly Roll Morton, Fletcher Henderson en Billy Mayerl. Verder was de kamer leeg, afgezien van een klein, net ijzeren bed met een sprei met een grof geborduurd bloemenpatroon. Ik dacht meteen aan het werk van mevrouw McNulty, zoals beschreven door Roseanne. Ik twijfel er niet aan dat hij om zijn zin te krijgen, of om Roseanne in zijn ogen zo goed mogelijk van dienst te zijn, alles deed wat in zijn vermogen lag om de McNulty's en hun geheim onder druk te zetten. De eerste echtgenote die wettelijk niet bestond, en over wie het tweede gezin van Tom McNulty waarschijnlijk nooit

iets te horen kreeg. De gekke echtgenote die geen echtgenote was, maar niettemin hun naaste familie. Ik weet zeker dat
mevrouw McNulty en hun goede dochter zover gingen als ze
menselijk gesproken maar konden gaan om John Kane ter wil-
le te zijn, dat ze hem zelfs voorzagen van mijn nieuwe naam en
mijn levensgeschiedenis tot op dat moment. Ik weet niet wat
hij van plan was te doen nadat hij me had gevonden en kan alleen maar veronderstellen dat hij, nadat hij erachter was gekomen dat ik wonderbaarlijk genoeg was opgeleid tot psychiater,
zich daaraan aanpaste en een beter plan smeedde dan het eerste, dat tenslotte, als hij alleen maar een hereniging in gedachten had, tot gevolg had kunnen hebben dat ik weigerde Roseanne te zien, of nadat ik haar had gezien, haar afwees. Want
waarom zou ik haar niet afwijzen, als alle anderen dat ook hadden gedaan?

Tja, al die dingen veronderstelde ik. Het is geen geschiedenis. Maar ik begin me sterk af te vragen wat de aard van geschiedenis is. Is geschiedenis alleen maar herinnering in fatsoenlijke zinnen, en zo ja, hoe betrouwbaar is die dan? Ik zou
zeggen: niet heel betrouwbaar. Het grootste deel van de waarheid en de feiten die door deze syntactische middelen worden
aangeboden, zijn verraderlijk en onbetrouwbaar. En toch zie
ik in dat we dankzij dit bedrog en deze onbetrouwbaarheid ons
leven leven en geestelijk gezond blijven, zoals we ook onze va-
derlandsliefde bouwen op deze papieren werelden van misvat-
ting en onwaarheid. Misschien is dit onze aard, en misschien
maakt het op een onverklaarbare manier deel uit van onze glorie als mens dat we onze beste en duurzaamste gebouwen op
fundamenten van louter stof kunnen bouwen.

Ik moet ook nog een doos Cubaanse sigaren bij het bed van
John Kane memoriseren, die bij opening halfleeg bleek te zijn.
Of halfvol.

Verder niets, behalve dit eigenaardige en belangrijke briefje
boven op de grammofoon:

Beste dokter Grene,
    Ik ben geen lieverdje maar ik heb de baby meegenomen van

317

*dat ijland. Ik ben ermee naar de dokter gerent. Ik wil u graag
spreken maar ik moet nu gaan. U zult vragen waarom ik dit
alemaal voor Roseanne heb gedaan en het antwoort is omdat
ik van me vader hielt. Me vader werd gedood in Peerpoint. Ik
heb dokter Sing gevraagd een brief an u te schrijfen en het was
een wonder dat hij het deed en dat u gekommen ben. Ik ben blij
dat u gekommen ben. Ik zou u op een dag de waarhijt vertellen
en nu is die dag angebroken. Ik weet zeker dat u de waarhijt
kent en verstoot u u moeder nu asteblief niet. Niemand is volmaakt kijk maar naar mij maar daar gaat het niet om.* Als we
bij de hemelpoort komen zonder liefde te hebben betuigd,
kan Petrus ons niet binnenlaten. *Nu groet ik u, dokter, vergeef me, en God vergeef me ook.*

*Hoogachtend,
Seanín Keane Lavelle (John Kane)*

PS. *Doran heb die vrouw uit Leitrim angevallen, de vrouw die
veilig naar huis is gegaan.*

De andere verplegers en medewerkers wisten niet waar hij
was. Er was geen sprake van dat hij een tas had gepakt of het
bosgebied achter ons in was geslopen om te sterven. Hij was
gewoon van de aardbodem verdwenen. Natuurlijk werd de politie verwittigd en ik weet zeker dat de politiemannen op hun
hoede zijn voor hem en hem overal en nergens zien. Max Doran, de verpleeghulp naar wie John Kane verwijst, een heel
jonge en tamelijk knappe vent die een vriendin heeft, biechtte
me onder vier ogen op over de vrouw uit Leitrim, over welke
zaak hij zich duidelijk schaamt en, relevanter, bezorgd is. Hij
bekende, maar trok zijn bekentenis vervolgens weer in. Als de
procureurs klaar zijn, zal hij berecht worden, wat nog wel even
kan duren. Daar de inrichting en het personeel uiteen zullen
vallen, kan ik niet zeggen dat de moraal is geschaad. Misschien
is er iets kleins mee gewonnen. Ik zou graag denken dat het het
begin is van de veiligheid van onze patiënten, maar helaas ben
ik niet zo achterlijk.

HOOFDSTUK TWEEËNTWINTIG

Het is nu herfst en ze heeft een goed onderkomen. Speciaal voor het doel gebouwd, werkelijk ultramodern, inderdaad een asiel, een *asylum* dat die oude en begeerlijke naam waardig is. Op haar leeftijd is het ongetwijfeld een kwestie van tijd, maar wat is dat niet? Heel wat voortreffelijke mensen zijn lang voor mijn eigen leeftijd overleden. Op veel dagen is ze zwijgzaam en moeilijk, wil ze niet eten, vraagt ze waarom ik ben gekomen. Soms zegt ze tegen me dat ze geen behoefte heeft aan mijn bezoek.

Net als John Kane probeer ik mijn momenten uit te kiezen. Ik begrijp heel goed hoe lastig het voor hem was.

Toen ik op een dag wegging, stond ze op en liep de paar stapjes naar me toe als een stukje perkament, omhelsde me en bedankte me. Zelfs haar botten zijn vermagerd. Ik was zo ontroerd dat ik het haar bijna heb verteld. Maar ik heb het nog steeds niet gedaan.

Ik denk dat ik bang ben dat ze, hoewel ze hopelijk tevreden over me is als dokter en vriend, misschien teleurgesteld in me zal zijn als zoon, een persoon die niet voldoende genoegdoening is voor al haar beproevingen – een belachelijke, ernstige, verwarde Engelse Ier op leeftijd. Voorts ben ik doodsbang om haar medisch en psychisch op de verkeerde manier een schok te bezorgen. Hierover zou ik dokter Wynn kunnen raadplegen, maar het zou best een schok kunnen zijn die het medische te boven gaat, die zijn en mijn kennis te boven gaat. Iets fijns, zachts en breekbaars zou gebroken kunnen worden, wat wij met onze onbeholpenheid niet kunnen herstellen. De kern van haar volharding. Maar ik geloof dat het zal standhouden; het zal standhouden. Het belangrijkste is dat ze veilig is en in goede handen. En ze is vrij.

De maand na mijn terugkeer uit Engeland werd de inrichting gesloopt. Ze besloten het te doen door een gecontroleerde explosie, zodat de bovenste vier verdiepingen zouden instorten wanneer de benedenverdieping werd opgeblazen. Die ochtend was het alsof ik mijn leven uitgewist zou zien worden, met draden en dynamiet en prachtige berekeningen. We namen allemaal afstand op een kleine heuvel, zo'n vierhonderd meter van het gebouw. Op het afgesproken tijdstip drukte de ingenieur op de knop, en na een eindeloze seconde hoorden we een oorverdovend lawaai en zagen we de onderkant van het oude gebouw oplossen in een vurige kroon van cement en oude stenen. Het kolossale gebouw stortte meteen ter aarde en er bleef alleen een herinnering hangen aan zijn oude positie tegen de skyline. Erachter was een engel, een reusachtige man van vuur zo hoog als de inrichting, met vleugels uitgespreid van oost naar west. Het was onmiskenbaar John Kane. Ik keek om me heen naar mijn metgezellen en vroeg hun of ze zagen wat ik zag. Ze keken me aan alsof ik gek was, en ik denk dat ik dat ook was nu ik mijn inrichting was kwijtgeraakt en alleen nog maar de directeur was van een enorme afwezigheid, gevuld door een onwaarschijnlijke engel.

Het waren natuurlijk de ogen van verdriet die de engel zagen. Dat weet ik nu. Ik dacht dat ik zo langzamerhand wel over het verlies van Bet heen was, dat Bet een veilige herinnering was, maar het was nog maar het begin. Rouw duurt ongeveer twee jaar, zeggen ze, het is een gemeenplaats uit handboeken voor rouwenden. Maar we rouwen al om onze moeder als we nog niet eens geboren zijn.

Ik zal het haar vertellen. Zodra ik de woorden kan vinden. Zodra we bij dat gedeelte van het verhaal komen.

*

Vandaag reed ik terug naar Sligo. In het noorden van de stad kwam ik langs het gemeentelijke kerkhof, en ik vroeg me af wat er was geworden van de betonnen tempel en al die graven. Ik ging toch nog bij Percy langs en bedankte hem voor zijn hulp. Ik weet niet of hij verrast was. Toen ik hem vertelde wat er was gebeurd keek hij me in elk geval een paar ogenblikken verbijsterd aan. Toen stond hij op vanachter zijn bureau. Ik was bij de deur blijven staan, omdat ik er niet zeker van was geweest of ik helemaal binnen moest komen, of half buiten moest blijven om hem niet te storen.

'Beste kerel toch,' zei hij.

Ik weet het niet, ik dacht dat hij me zou gaan omhelzen. Ik glimlachte als een jongen, zo voelde het, en ik schoot in de lach van geluk. Pas op dat moment drong het echt tot me door. Tot mijn voldoening kan ik melden dat er in het hart van het geheel, alles bij elkaar genomen, de aard van haar geschiedenis en die van mij, een heel eenvoudige emotie was.

Ik wilde tegen hem zeggen dat het er niet zozeer om ging of ze de waarheid over zichzelf had geschreven, of de waarheid had verteld, of geloofde dat wat ze schreef en zei waar was, of zelfs of het op zichzelf waar was. In mijn ogen was het belangrijkste dat de persoon die schreef en sprak bewonderenswaardig, levend en volledig was. Ik wilde tegen hem zeggen, in zekere zin bekennen, dat ik vanuit een psychiatrisch gezichtspunt volkomen had gefaald om haar te 'helpen', de gesloten deksels van het verleden open te wrikken. Maar mijn oorspronkelijke bedoeling was dan ook niet haar te helpen, maar haar te beoordelen. Al die tijd dat ik haar had kunnen helpen, al die jaren dat ze hier was, had ik haar min of meer aan haar lot overgelaten. Ik wilde tegen hem zeggen: ze heeft zichzelf geholpen, ze heeft gesproken tot en geluisterd naar zichzelf. Het is een overwinning. En dat ik, waar het haar vader betrof, als puntje bij paaltje kwam Roseannes onwaarheid liever had dan de waarheid van eerwaarde Gaunt, omdat de eerstgenoemde gezondheid uitstraalde. Dat ik bovendien geloofde dat als de fantastische Amurdat Singh me niet had opgeroepen, ik de psychiatrie waarschijnlijk nooit had beoefend, en dat ik niet geloofde dat ik ooit een goede psychiater was geweest, om nog maar te zwijgen van een goed mens. Dat Roseanne me lesgegeven had in het mysterie van de menselijke stilte en de doeltreffendheid van het neerleggen van de taak van het ondervragen. Maar ik was niet in staat deze dingen te zeggen.

Toen maakte hij een opmerking die misschien beledigend had kunnen zijn, maar die volgens mij in werkelijkheid een plots inzicht vertegenwoordigde, waarop hij heel trots was en waarvoor ik in de omstandigheden heel dankbaar was.

'Je gaat binnenkort met pensioen,' zei hij, 'en toch kom je in veel opzichten nog maar pas kijken.'

Toen dankte ik Percy opnieuw, liep terug naar de auto en reed naar Strandhill. Uit Roseannes verslag kende ik min of meer de weg, en ik ging ernaartoe alsof ik er al eerder was geweest. Toen ik bij de kerk van de Church of Ireland kwam, die gehoorzaam op de plek stond waar hij hoorde te staan, stapte ik uit en keek om me heen. Daar was Knocknarea zoals ze het vaak had beschreven, steigerend alsof hij wegvluchtte in het verleden, het verre en onkenbare verleden. Daaronder was Sligo Bay, met Rosses aan de rechterkant, en Ben Bulben waar Willie Lavelle was vermoord, en ik zag dat de meerpalen nog steeds op het strand stonden, dat naar Coney Island voerde. Het was maar een kleine, opeengehoopte plaats, een paar velden en huizen. Ik kon het bijna niet zeggen in mijn hoofd: *hier ben ik geboren*. Daar ergens, aan de rand van alles, toepasselijk genoeg, aangezien Roseanne altijd aan de rand van onze bekende wereld had geleefd, en John Kane ook. Ik ben aan de rand van alles geboren, en zelfs nu, als bewaker van de geesteszieken, heb ik intuïtief mijn tenten opgeslagen op een soortgelijke plek. Voorbij het eiland, in de verte, was de trouwe figuur van de Metal Man, die niet-aflatend wees.

Links van me was het dorpje, ik zou zeggen niet veel veranderd, maar er zijn natuurlijk veel meer huizen in Strandhill dan er in Roseannes tijd zijn geweest. Toch kon ik daar beneden de façade van een oud hotel ontwaren, en de grote berg zand die deze plek zijn naam gaf, en ik meende zelfs de voorkant te zien van wat eruitzag als een eenvoudige dancing.

Het was kennelijk een goed gekozen dag, want toen ik naar de kust reed en het kanon en het ongevaarlijke water in het oog kreeg, zag ik dat er mannen aan het werk waren aan de dancing. Het leek erop dat ze hem klaarmaakten voor de sloop. Er stond een bord van een architect dat vermeldde dat er binnenkort appartementen gebouwd zouden worden. De dancing zelf zag er bijna lachwekkend klein uit, de bult van golfijzer achter, de voorkant zelf dat ooit een strandhuis was geweest. De vlag die ooit de naam had vermeld, was verdwenen, maar in latere jaren had iemand vijf ijzeren letters aan de voorkant bevestigd, inmiddels allemaal grijs geworden en verroest: PLA- ZA. Het was bijzonder om aan heel die verdwenen geschiedenis van die plek te denken. Om aan Eneas McNulty te denken die hier in zijn verbrande uniform liep, aan Tom die met zijn instrumenten naar binnen ging, aan de auto's die uit Sligo het glinsterende strand op reden, en de muziekflarden die naar buiten lekten, de onbetrouwbare Ierse zomerlucht in, en misschien zelfs tot aan de oeroude oren van koningin Maeve dwaalden. Zeker tot aan de luisterende oren van Roseanne, in haar eigen begraven ballingschap.

Het was moeilijker om haar huisje te lokaliseren. Ik merkte dat ik de plek waar het moet hebben gestaan al voorbij was, omdat ik de fraaie muur van het grote huis ertegenover kon vinden en het hek waar Jacks vrouw Roseanne had vernederd. Eerst dacht ik dat de plek uit niets anders bestond dan braamstruiken en puin, maar de oude stenen schoorsteen was nog bijna intact, zij het bedekt met korstmos en klimplanten. De kamers waar Roseanne haar straf van levende dood had uitgezeten, waren verdwenen.

Ik liep de verwoeste opening van het kleine hek in en bleef op het armetierige gras staan. Er was niets te zien, maar voor mijn geestesoog kon ik alles zien, omdat zij de oude rolprent van deze plek had verschaft. Niets, behalve een verwaarloosde rozenstruik tussen de braamstruiken, met een paar laatste kleurige bloemen. Ondanks het feit dat ik Bets boeken had gelezen, merkte ik dat ik de naam ervan niet wist. Maar had Roseanne hem niet genoemd? Iets, iets... Al sloeg je me dood, ik kon me niet herinneren wat ze had geschreven. Maar ik drong naar voren door de doornstruiken en het onkruid met het idee dat ik een paar rozen als souvenir kon meenemen naar Roscommon. Alle bloemen waren eender, een sierlijke, strak dichtgevouwen roos, behalve aan één tak, waarvan de rozen anders waren, fel en open. Ik voelde de braamstruiken als bedelaars aan mijn benen trekken en aan mijn jasje rukken, maar plotseling wist ik wat ik deed. Voorzichtig trok ik er een twijgje af, zoals aanbevolen in de boeken in de hoofdstukken over voortplanting, en liet het in mijn zak glijden, waarbij ik me bijna schuldig voelde, alsof ik iets stal wat niet van mij was.